湖濱散記

當代經典《華爾登湖》全新中譯本

Walden, or Life in the Woods

亨利・大衛・梭羅 ——著　劉泗翰 ——譯

Henry David Thoreau

關於簡樸、獨立、自由與靈性，
梭羅獻給我們這個世代的心靈筆記
喧囂時代最清醒的聲音

亨利．大衛．梭羅 1817~1862

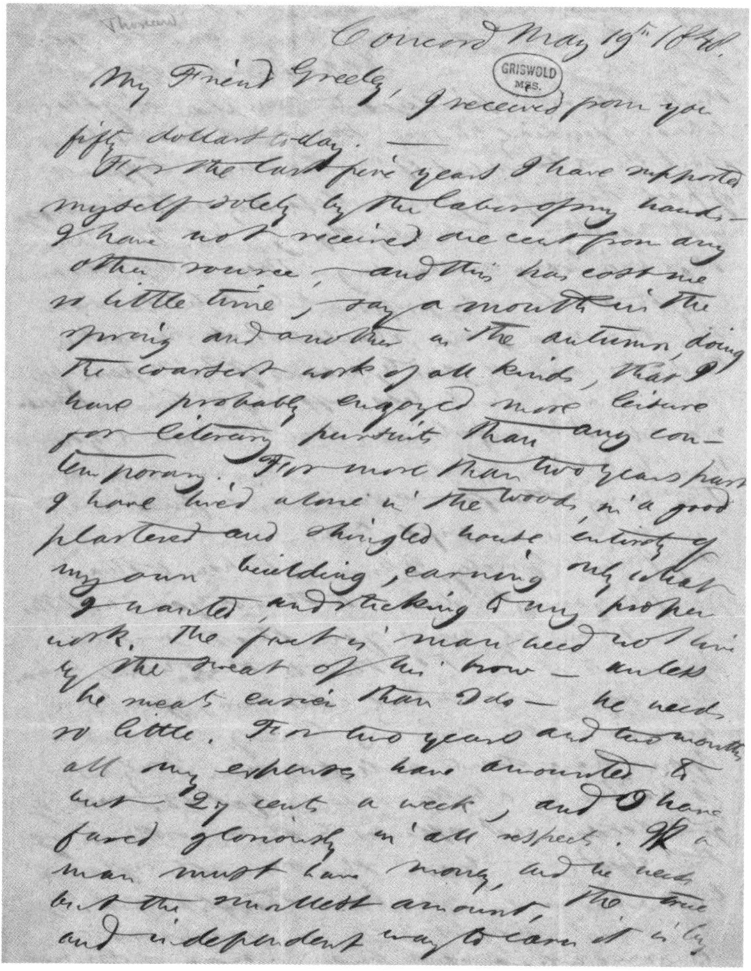

Thoreau

Concord May 19th 1848.

GRISWOLD MSS.

My Friend Greeley,

I received from you fifty dollars today.—

For the last five years I have supported myself solely by the labor of my hands— I have not received one cent from any other source,—and this has cost me so little time, say a month in the spring and another in the autumn, doing the coarsest work of all kinds, that I have probably enjoyed more leisure for literary pursuits than any contemporary. For more than two years past I have lived alone in the woods, in a good plastered and shingled house entirely of my own building, earning only what I wanted, and sticking to my proper work. The fact is man need not live by the sweat of his brow— unless he sweats easier than I do— he needs so little. For two years and two months all my expenses have amounted to but 27 cents a week, and I have fared gloriously in all respects. If a man must have money, and he needs but the smallest amount, the true and independent way to earn it is by

梭羅手稿

【導讀】

《湖濱散記》——心靈荒蕪之際的存在地圖

文／廖偉棠　作家・詩人

「梭羅這人有腦子
像魚有水、鳥有翅
雲彩有天空
梭羅這人就是
我的雲彩，四方鄰國
的雲彩，安靜
在豆田之西
我的草帽上
……
太陽，我種的
豆子，湊上嘴唇
我放水過河

梭羅這人有腦子
梭羅的盔
——一卷荷馬」

——海子

我最初對梭羅感興趣，並非因為《湖濱散記》，而是因為這樣一首怪怪的詩《梭羅這人有腦子》（上引為最後兩段），是中國一位天才詩人、寫「面朝大海，春暖花開」的海子寫的，貌似瘋瘋癲癲的囈語。

後來讀了《湖濱散記》，才知道囈語者海子，可能是梭羅在漢語文學裡的真正知音。海子死於二十六歲，擁有短促而豐盛的一生；梭羅二十八歲的時候開始他的華爾登湖隱居，從美國夢正旺盛的「人間」離去，其同胞無不視之為瘋子，梭羅「回也不改其樂」。

但是海子說「梭羅這人有腦子」，那麼意味著不僅梭羅的同代人沒腦子，他的異代人也不見得有腦子。怎麼說，《湖濱散記》寫成一百六十多年了，成為暢銷書過百年，我們讀他也幾十年了，可是我們改變了多少呢？正所謂「總角聞道，白首無成」，說的就是冥頑不靈的我們。

其實我們不是沒腦子，我們太精明了，就算從梭羅處得知了真理，也不願意身體力行去實踐這真理。反而一步步走向梭羅那些愚蠢的鄰人那邊，和後者一起成為梭羅試圖以湖水之柔力搖撼的那個石頭世界。

如今的我四十五歲，重讀湖濱散記，依然想返回梭羅號召我們集合的出發點。如果我二十五歲的時候毅然決定皈依他了呢，我的人生會是怎樣？我已經幾乎沒有了這個可能，可是讀者諸君呢？你們可曾想過這個世界可以有另一種生存的方式，不用為外物所役，忠於心靈的需求，以放棄物質而不是賺錢發大財來贖取自由？

這本書，正是要給你當頭棒喝：「你以為你真的在自由自在活著嗎？你只不過是在服刑！」這樣一種警醒，在流行賽博朋克、虛擬人生的時代更加有意義，「錢塘江上潮信來，今日方知我是我」——《水滸》裡魯智深圓寂前的絕命詩，更適合脫去臭皮囊卻進入另一個電子皮囊的我們參悟，而錢塘江，是華爾登湖的另一個名字而已。

梭羅在《湖濱散記》裡縱橫開闔論述了創立新生的種種細節，細到帳單本末，但一言蔽之是：人類回歸基本生存狀態才能擺脫名利、感情的束縛。這很像現在流行的「斷捨離」不是？然而他撇除了時尚必然帶有的表演性質——「斷捨離」變成茶道花道一般的儀式，梭羅主義更是主動反消費主義、逆消費主義的激進革命，動搖現代資本主義文明的所謂基礎。

疫情帶來的停頓，讓人驗證梭羅主張的：世界並不需要高速發展也能存活，甚至能自我淨化；不發展不競爭就會死，不過是資本主義為了其運轉順利的一個謊言。「一切已經足夠，我們只需要重新分配」——墨西哥的查巴達游擊隊副司令馬訶士（Subcomandante Marcos）說的這句話，其實不比梭羅激進。梭羅需要的不只是重新分配，而是要我們連「分配」這一執念也摒棄掉，直接成為「一切足夠」裡的一部份。

梭羅的另一下當頭棒喝，則是質問：我們所引以為傲的「文明」是如何成為我們生命的桎梏的？而我們的「世界觀」又是何時背棄了世界本身，變成自欺欺人安於被奴役人生的託辭？

這種種，都引向梭羅的另一本政治宣言書《公民不服從》（Civil Disobedience）。實際上他是以一個美國查拉斯圖特拉的身分，執行「重估一切價值」的實驗；意圖背靠華爾登湖的泰然自在，來對因循的世界日常統統來一個審視、篩選，然後逐一否定。

請留意書的開篇沒多久，梭羅像是漫不經心地講述了三個丟失的隱喻：「**很久以前，我走失了一條獵犬，一匹棗褐色的馬，還有一隻斑鳩，一直到現在，還在找尋他們的蹤跡。**」這多麼像民間故事裡常見的象徵，這三個動物也許是梭羅、是人類初心的三重分身，其謎底為何？讀完這本書，你也許有屬於自己的答案。

使用這種隱喻手法的梭羅，很像日本近代大詩人、童話家宮澤賢治。梭羅的象徵藝術混雜著泛神論和自然主義，像後者的《銀河鐵道》；他的社會觀卻更個人主義，雖然也「不畏風、不畏雨」，奔走於四鄰之間，但他不是為了像宮澤賢治那樣犧牲，而是為了像彌賽亞那樣喚醒愚民。而假如喚醒不了，他就跟華爾登湖一起獨善其身，只對天地四季負責任。

作為後者，也可以說梭羅是一個陸地上的漂流者魯賓遜，在羅列完他在華爾登湖畔小屋的零星「財產」之後，他引用關於魯賓遜的原型 Alexander Selkirk 的一句詩：「**凡我丈量者，皆為我所有，我的權力，殆無疑義。**」以自況，因為整個華爾登湖及湖濱，無異於梭羅專屬的豐盛孤島，帶給他足夠的物質供給之外，還有更多的精神供給。

所以讀梭羅在種種革命宣言之外的華爾登湖營居實錄，讓人嫉妒他是另一種赤裸裸的炫富，不但炫耀那清風明月不費一錢買，更炫耀一個獨立靈魂的精神富足。一個自覺、自足、自明的人，不必落難荒島也能成為燈塔。

這些實錄的部份，也是《湖濱散記》最動人、最富有文學魅力的部份。純粹以散文立足文學史甚至文明史，作者還要是一個反現代文明的人，可能嗎？只有年輕的拓荒者美國才有這樣的自由去滋養這樣一個梭羅，只有古老的印地安人美洲才有這樣的底蘊去啟發這樣一個梭羅。

「時間和空間都變了，我住的地方離宇宙中最吸引我的部份和歷史上我最愛的時代都更近了些。我的住處是如此的遙遠，幾乎像是天文學家在夜晚眺望的區域一樣。」這在古典文學裡叫「自遠」，《湖濱散記》裡的文字到處都充滿了這種出世的美，凜然復悠然。

「夫何遠之有？」我願意用梭羅喜歡的孔子來幽他一默。他也許是最早引用論語的美國作家，尚書、孟子他也是隨口掂來佐證他發現的真理。有時他從孔子走向老子，回答「無為是什麼意思」，發現這才是勞作的終點、目的。但當他又滔滔議論、孜孜不倦地向康科德鎮居民宣講閱讀之好處的時候他就變回執著的孔子。

而我們依然是、始終是魯鈍、自以為是的十九世紀康科德鎮居民。

梭羅是個詩人，海子最先向我強調這一點，他的詩潛藏在哪怕最樸素的篇章。我最喜歡〈聲音〉那一章，即使是書寫他反對的火車、商業活動，都像一首讚美詩，在洶湧澎湃的意象羅列下，可以說梭羅成為了另一個惠特曼，看顧著美國夢的另一面。

只要你選擇了華爾登湖，湖必回贈這詩人的心靈給你作為禮物——這是梭羅以他的寫作行為本身承諾我們的，當然「華爾登湖」也可以換作這世界任何一個「安心地」的名字。〈聲音〉那一章裡，蒼鶚鳴叫「但願我從未出生」那一段甚至在喬治　桑德斯《林肯在中陰》（*Lincoln In The Bardo*）有遙遠的回聲，這就是美國另類精神的延續，甚至在席爾凡・戴松的《貝加爾湖隱居札記》（*Dans les forêts de Sibérie*）這種孤獨讚美詩裡更有回聲。

成為孤獨者是一件光榮的事，這也是尼采和里爾克的意思。梭羅的文字美配得上思想的強壯，這就是先知書的力量。越到後來，越呼之欲出的是，華爾登湖就是梭羅本人的投射，或者換句話說：梭羅是華爾登湖的投射，相看兩不厭。

我們終於得以說：大地仍應作為宗教——「那豆子結出來的果實，不該由我來收成；他們不也是為了土撥鼠而生長嗎？麥穗不應該只是農民的希望，他的種子或穀物也不是他唯一結的果。如此說來，我們怎麼會歉收呢？即使是雜草豐收，他們的種子不也是鳥類的穀倉嗎？」這樣的文字不但語調像極了《聖經》，氣度也是與先知相齊的寬宏。而我們有幸，傾聽離我們這麼近的先知的懇切細語。

「人若能捕獲真正的自己，那才是更高貴的狩獵。」《湖濱散記》絕對不是一本荒野生存指南（雖然它可以成為），更應該是我們在心靈荒蕪之際的存在地圖，梭羅帶領我們走一條最遠的路，他堅信雙腳走得比火車快——因為我們不用為了買火車票而工作所以可以說走就走，還因為他說旅途才是目的，所以走得越久越遠，我們就越有可能捕獲真正的自己、那三隻走失了很多年的動物。

我無意歌詠絕望，
要像黎明即起的公雞一樣，
傲立雞棚報曉，
就算只為了喚醒鄰人。

——梭羅

經濟

我在寫以下這幾頁文字——或者毋寧說是這一大段文章時——是一個人獨居在森林內，就在麻薩諸塞州康科德鎮的華爾登湖畔，住在自己蓋的房子裡，方圓一哩內不見芳鄰，也只靠我雙手勞動維生。我在那裡住了兩年又兩個月，如今，又再次成為文明生活的過客。

我實在不該拿自己的私事來干擾讀者的耳根清靜，然而我的鄉親卻一再追問我的生活方式，有些人認為這種生活方式不合時宜，但是我卻不以為然，因為以當時的情況來說，這還非常自然、妥當呢。有些人問我吃些什麼、會不會覺得孤單、會不會害怕之類的；其他人則出於好奇，想知道我的收入有多少捐給了慈善事業；還有一些自己家裡食指浩繁的人會問我，養了幾個窮孩子。因此，我若是在此書中花了一些篇幅來回答這些問題的話，得先跟那些對我並不特別感興趣的讀者致歉。在大部份的書中，那個「我」，或是第一人稱，往往都是省略掉的；但是在本書中卻予以保留，這一點，以自我中心意識來說，正是其中最主要的差異。我們通常不會記得：畢竟說話的人總是第一人稱。如果我對其他任何人也如同對我自己一樣知之甚詳，就不會如此滔滔不絕地講自己的事；遺憾的是，因為個人閱歷有限，就只能局限在這個主題。況且，我也希望看到每一位作家遲早都能簡單而誠懇地講述他們自己的故事，而不只是轉述他們從其他人那裡聽到的生命故事；像這樣的故事，有些就如同寄給遠方親人的家書一樣，因為只要他誠懇地過日子，想必就是在離我甚遠的地方。或許以下這幾頁文字更像是特別講給窮學生聽的；至於其他讀者，我想他們會各取所需吧。我相信沒有人會穿上不合身的外套，硬是把衣服撐裂，畢竟對他們來說，唯有適合的東西才能派上用場。

我很樂意對閱讀這幾頁文字的讀者說一些切身相關的話——那些住在新英格蘭的居民，而不是中國人或是夏威夷島民——像是你們的處境，尤其是外在環境或是這個世界、這個城鎮的環境如何？有必要這麼糟糕嗎？就真的沒有辦法改善嗎？我去過康科德的許多地方，不管走到哪裡，在商店、辦公室或是田裡，都看到所有的居民就像是以上千種非凡的方式苦修度日。我曾經聽說婆羅門[1]必須在火焰環繞之中坐著，直視太陽；或是倒吊懸掛在火焰之上；或是轉身回頭望天，「直到他們再也無法回復原來的姿勢，除了液體之外，再也沒有任何東西可以經過扭曲的頸部，流到胃裡」；或是終生用鐵鍊綁在樹下；或是用自己的軀體，像毛毛蟲一樣，丈量帝國的寬度；或是單腳站在柱子的頂端——然而，即使這些有意識的苦修形式，也比不上我每天見到的景象那麼令人瞠目結舌又難以置信。看到我的鄰居每天所做的工作，相形之下，赫丘力士[2]的十二件苦差事簡直微不足道，因為他的苦差事只有十二件，而且終有時盡，但是我卻從未見過這些鎮民屠了什麼龍或是抓到任何怪物，也從未見過他們的工作有做完的時候；他們沒有像伊奧勞斯[3]這樣的朋友，拿著火熱的烙鐵，燒炙九頭蛇斷了頭之後的頸根，只能任由一個頭被斬斷了之後，又再長出兩個新頭。

我看到一些年輕人，我的鄉親，他們最大的不幸就是繼承了農地、房舍、穀倉、牛隻與農耕工具，因為這些東西得來容易，卻揮之不去；還不如出生在曠野草叢，讓狼群哺乳餵養長大[4]，至少可以清楚地看到他們身負重擔必須辛勞耕作的土地是什麼樣子。是誰讓他們成了土地的奴隸？每個人一生都注定要吃一點苦，但是他們何苦要耕耘六十畝？為什麼從一出生就開始自掘墳墓？他們應該要過著人的生活，推開眼前所有事物，能怎麼過就怎麼過。我見過多少可憐的靈魂，被工作重擔壓得幾乎喘不過氣，推著一座七十五呎長、四十呎寬的穀倉，在人生道路上艱苦爬行；他們的牛舍就像奧吉斯國王的牛舍[5]，永遠都清掃不完；還有一百畝的農地要耕種、除草、放牧、植林！至於那些沒有繼承土地的人，儘管沒有承襲這些不必要的拖累，光是馴服自己的心智，養活幾立方呎的血肉之驅，就已經夠累了！

1 譯註：印度教種姓制度中最高的階級。

2 譯註：Hercules 是希臘神話天神宙斯的兒子，以天生力大無窮聞名，曾經完成十二項苦差事，為誤殺自己的孩子贖罪。

3 譯註：Iolas 是 Hercules 的僕人，協助他屠殺九頭蛇。

4 譯註：指 Romulus 和 Remus 這一對雙胞胎兄弟，在羅馬神話中，這對雙胞胎在出生後遭到棄養，是由母狼哺乳餵養長大，後來創建了羅馬帝國。

5 譯註：在希臘神話中，奧吉斯（Augeas）國王飼養了上千隻牛，牛舍經年未清，赫丘力士的十二件差事中，其中一個就是要在一天之內將奧吉斯的牛舍清洗乾淨。

但是，人卻在錯誤的前提下勞動，導致靈魂也跟著被鋤進土壤裡，變成了堆肥。在俗稱生活所需的這種似是而非的命運驅使下，人類如同古老的聖經所說的，汲汲營營地累積財富，引來蟲蛾鐵鏽的腐蝕，甚至招惹盜賊上門偷竊；即使生前無法體會，等到他們走到生命終點，總會驚覺自己過了癡愚的一生。據說，垂卡利翁與皮拉[6]將石頭拋至背後，這才創造了人類。

Inde genus durum sumus, experiensque laborum,
Et documenta damus qua simus origine nati.

或者如萊禮爵士鏗鏘有力的韻文翻譯：

「從此，人心堅硬如石，忍受勞苦痛楚，
證明身軀乃堅石之本質。」[7]

只顧著將石頭拋到身後，卻不回頭看看石頭落在哪裡，對如此錯誤百出的神諭，還真是盲從啊！

大部份的人，即使在這個相對自由的國度，只是因為無知與謬誤，為了生活中無謂瑣事與過度粗俗的勞動而鎮日忙碌，卻不能採擷生活中比較精美的果實；他們的手指因為過度勞動變得笨拙且顫抖，無法從事如此細膩的工作。事實上，日復一日，成天勞動之人，無暇顧及精神生活的完整，無法與他人維持人與人之間應該有的關係，其勞動的價值也會在市場上貶值。因為沒有時間，讓自己淪為機器。像這樣的人，只知道應用他那一點點知識，怎麼能夠好好能記住自己的無知？而記住自己的無知，又是心智成長所必要的。有時候，我們應該無償提供他溫飽，以甘露滋養他的靈魂，然後再來批判他。我們天性中最美好的特質，就如同果實表面的果粉，只有靠小心翼翼的採收搬運，才能完整保存。但是我們卻不曾如此溫柔地對待自己或是他人。

我們都知道，你們有些人很貧窮，生活很困苦，有時候，甚至被生活壓得幾乎喘不過氣來。我也不曾質疑，在這本書的讀者當中，有些人已經吃了飯，卻無力償還飯錢；或是眼看著外套和鞋子即將磨損甚或已經穿壞，卻無力添購新裝；甚至還靠著借來或偷來的錢，從債主那裡搶來一個鐘頭，才有時間看到這一頁的文字。顯然你們很多人都過著拮据而卑微的日子，因為生活閱歷將我的目光磨得更敏銳；你們的生活總是捉襟見肘，總是想著做點生意，想著擺脫債務這個非常古老的泥淖——或如拉丁文所說的「*aes alienum*」，也就是別人的銅幣，因為他們的

6 譯註：在希臘神話中，宙斯為了要懲罰人類，引發了大洪水，只有 Deucalion 和 Pyrrha 因為敬天畏神而得以倖存；他們接到女神 Themis 的神諭，將石頭拋向身後，Deucalion 扔出去的石頭就變成男人，而 Pyrrha 扔出去的石頭則變成女人。

7 譯註：梭羅的這段引文出自羅馬詩人奧維德（Ovid）的《變形記》（*Metamorphoses*）；譯文則出自 Sir Walter Raleigh（1554–1618）的《世界歷史》（*The History of the World*）。

錢幣有些是用銅製的；你們總是在別人的銅幣中出生、死亡，甚至埋葬在其中；你們總是承諾要償還，承諾明天要償還，結果卻在今天死了，仍然無力償還；你們總是卑恭屈膝，阿諛奉承，千方百計地逃避觸犯官法而鋃鐺入獄；總是撒謊、拍馬、對天發誓，不是裝出唯命是從的樣子，就是自我膨脹，一副財大氣粗的模樣，其實也只是虛有其表，目的無非是想說服鄰居，讓你們替他做鞋製帽、裁衣造車，或是替他採購日用雜貨；總是想方設法的存錢以備生病之需，有些藏在老舊的箱籠裡，有些藏在牆內的長襪裡，或者更保險一點，就藏在磚砌的銀行裡，不管藏在哪裡，也不管存得多、存得少，結果反而讓自己累垮、病倒。

我有時百思不得其解：我們為何如此輕率地從事那種粗鄙又違反人性的奴役勾當？——我幾乎可以挑明了說，就是所謂的「蓄養黑奴」。在北方和南方都有許多熱衷此道又精明狡猾的主人蓄養奴隸。在南方當奴隸很苦，在北方當奴隸更苦，然而最糟糕的，卻是自己做了自己的奴隸。還侈言什麼人的神聖性？看看那些在路上駕著馬車，日夜兼程，趕赴市集的人，他心中可有任何的神聖可言？他的最高職責無非只是秣馬飲水罷了！跟貨運的利潤相比，他的天命又算什麼？他難道不是受雇於有錢有勢的大爺才拼命趕路嗎？哪裡有一點神的樣子？又哪裡有什麼不朽？看他如此的畏縮鬼祟，惶惶不可終日，根本沒有什麼不朽與神聖可言，只不過是他自己看法的奴隸與囚犯，這也是他自作自受。跟自己的看法相比，社會大眾的看法只是軟弱的暴君。一個人如何看待他自己，決定了——或者毋寧說是闡明了——他的命運。即使在充滿奇思幻想的西印度群島省份，如果少了自我解放，就算有威伯福斯[8]再世也無濟於事。再想想這片土地上的婦女，終日忙著編織妝台繡墊，為末日預做準備，以免透露她們對自己的命運有絲毫興趣！彷彿你可以殺時間，卻不會傷到永恆！

大多數人都過著沉默而絕望的生活。所謂的認命，只是認同絕望罷了。你從絕望的城市走進絕望的國度，只能用水貂和麝鼠的勇氣來自我安慰；甚至用人類所謂的遊戲和娛樂來隱藏典型而不自覺的絕望。即使是遊戲娛樂也沒有什麼樂趣可言，因為那是跟著工作而來的；不過，不做絕望之事，正是智慧的特徵。

且讓我們用教義問答的方式，思索一下：人生的主要目的何在？什麼才是真正的必需品和生活的方式？從表面上看起來，人類看似經過深思熟慮之後才選擇平常的生活模式，好像因為他們比較喜歡這種模式，實則是真心認為自己別無選擇。然而警惕健康的天性記得：太陽每天升起，晴空依舊萬里。揚棄我們的偏見，永遠都不嫌遲。任何一種想法或做法，不管歷史多麼悠久，只要未經證實，都不可輕信。今天大家都附和或是默默認同為真理的事情，到了明天，可能就變成謬論，只是一時風行的意見捲起了煙霧，卻被有些人信以為能夠為田地帶來肥沃甘霖的積雲。老年人跟你說你做不到的事，你放手一搏，卻發現可以做得到。老人有老招，新人有新法。老人曾經不知道要替柴火添薪才能保持火苗不滅，但新人在鍋爐底下添了新柴，就可

8 譯註：William Wilberforce，1759-1833，英國反奴隸運動的領導人物。他在一七八七年皈依基督教之後，即致力推動廢除奴隸運動；一八二三年，在英國成立反奴隸社團，並推動國會在一八三三年通過廢除奴隸法案，解放全大英帝國的奴隸。

梭羅林間小屋

以用小鳥飛行的速度，繞著地球跑[9]，就像那句話說的，顛覆傳統！老年人未必比年輕人更有資格為人師表，也不見得教得好，因為他們從年歲中得到的未必比失去的多。我們幾乎可以質疑：就算是最聰明的人，又能從生活中得到什麼有絕對價值的東西呢？事實上，老人也沒有什麼非常重要的忠告可以給年輕人，因為他們的經驗都有局限；他們也必須相信，因為個人的因素，他們的生命也是以如此可悲的失敗收場；或許他們還留有一些信念，足以掩飾這些經驗，但是隨著年歲增長，他們只會更老，而不會更年輕。我在這個星球上生活了三十年，但是從未自前輩身上聽到任何有價值甚或誠懇的忠告，連一個音節都沒有；他們什麼也沒跟我說，或許在這方面，他們也不能跟我說些什麼。生命絕大部份都是我不曾嚐試過的實驗，就算他們有親身經歷，對我來說，還是沒有什麼幫助。如果我自認為有什麼寶貴的經驗，我確信那是反映了我的經驗，而不是我的老師說了些什麼。

有位農民跟我說：「你不能只靠蔬菜過活，因為蔬菜沒有提供製造骨骼的元素。」所以他每天都花一部份時間，虔誠地為身體提供製造骨骼的原料；他在一邊說這些話的時候，還一邊趕著牛，讓牛用蔬菜餵養出來的骨骼，拖著他和笨重的農具，跨越一個又一個障礙。對某些人來說，例如最無助或是生了重病的人，有些東西還真的是生活必需品；但是對其他人來說，卻是奢侈品；還有其他一些人甚至完全不知道有這種東西。

在某些人看來，人生的所有境遇，不論是巔峰或是低谷，都已經有前人走過，所有的事情

9 譯註：指當時輪船和火車使用的蒸汽發動機。

也都已經有人訂好了規矩。伊夫林[10]說過：「睿智的所羅門王制定法律，規定樹木之間的距離；羅馬的民選官則規定你可以多常到鄰居的田地去撿拾掉落的橡實而不會被視為非法入侵，而且還規定你要有多少比例的橡實分給那位鄰居。」希波克拉底[11]甚至還明確指示我們該如何修剪指甲：必須與指尖相齊，不能太長也不能太短。這類乏味無趣的瑣事早就讓生命中的豐富與樂趣消耗殆盡，甚至可以追溯到亞當的時代。但是人的能力卻始終未曾經過測量；因此我們不能根據前人做過什麼，來判斷什麼事情不能做，因為前人嘗試過的實在太少了。不管到目前為止，你經歷過什麼樣的挫敗，「都別灰心喪志，我的孩子，因為你還未做過的事情，誰能跟你說會成功還是失敗呢？」

有上千種簡單的測試，可以用來考驗我們的生命；比方說，讓我的豆子成熟長大的太陽，也同時照耀著像我們地球這樣的其他星球。只要牢記這一點，就可以避免某些錯誤。可是我在為豆子鋤草時，卻沒有這樣想著太陽。以那些星球為頂點，會形成多麼美妙的三角形啊！在浩瀚宇宙中有各種星體，住著遙遠而不同的生命，卻在同一刻望著同一個太陽！大自然與人類生命就像人類有許多不同的脾氣一樣那麼多元。誰能說生命會給其他人帶來什麼樣的期望呢？我們彼此看著對方的眼睛，在那一瞬間的心靈相通，世界上還什麼比這個更美好的奇蹟嗎？我們應該在一個鐘頭內，體驗世界的所有時代，對，體驗所有時代的世界！歷史、詩歌、神話！——以閱讀他人的經歷來說，我不知道除此之外，還有什麼會更讓人吃驚，也更讓人增長見聞的了。

我的鄰居說很好的事情，我打心底相信絕大部份都是不好的。如果說有什麼事讓我感到懊惱，那就是我太循規蹈矩了。我是中了什麼邪？為什麼要這麼聽話？你盡可以說那些你認為是睿智的話，老人家——畢竟您已經活了七十年，這也算是一種榮譽了——但是我卻聽到一種無可抗拒的聲音，要我朝著反方向走。一個世代揚棄另一個世代的功績，就像是擱淺的船隻一樣。

我想我們大可安心地信任許多事情，這樣就不必太擔心自己，而真的將心思放在其他地方。不管我們是強是弱，大自然都會適應自如。有些人永遠都在焦慮不安，幾乎像是一種不治之症。我們天生就會誇大自己工作的重要性，但是想一想，有多少事情不是我們做的！再想想，如果我們生病了呢？我們真是成天提高警覺啊！就是鐵了心，只要可以的話，就不想依賴信仰過活！白天裡提心吊膽，到了夜裡，才心不甘情不願地唸了禱告文，讓自己接受不確定。我們被迫如此徹底而忠誠地生活，如此崇敬生活，拒絕任何可能的改變。我們說：這是唯一的方式；但是其實不然，可能的生活方式就像從圓心呈放射線狀畫出來的半徑一樣多。所有的改變都可以視為一個奇蹟；但是每一刻都有奇蹟發生，這本身就是一個奇蹟。孔子說：「知之為知之，不知為不知，是知也。」只要有人將想像的事實歸納成可以理解的事實，我預期所有的人終究會以此為基礎，建構自己的生活。

我們且思索一下，我剛剛提到的那些焦慮和煩惱都是跟什麼有關？真的有必要非得去煩惱或者至少說是操心不可嗎？我們雖然身處在物質文明的世界中，但是若想要知道什麼是生活的

---

10 譯註：John Evelyn，1620-1706，英國園藝學家、作家。

11 譯註：Hippocrates，大約西元前 460-370，古希臘醫生，被喻為「西方醫學之父」。

基本所需，又該用什麼方法來獲得這些必需品，那麼暫時過一過原始蠻荒的生活也不無好處；甚或去翻一翻古時候的交易帳冊，看看人在店裡最常買的、貯藏的是什麼東西，換言之，即最基本的生活雜貨。因為時代的改變對人類生存的基本法則並沒有太大的影響，就如同我們的骨骼或許跟祖先的骨骼也沒有太大的差別。

所謂的「生活所需」，我指的是人類憑藉自己的努力換來的東西，不管是什麼，都是從一開始或是經過長期使用，在人類生活中變得很重要，以至於鮮少有人——或者只有很少數人會因為蠻荒、貧窮、哲學等因素——嘗試去過著沒有這些東西的生活。如此說來，對很多生物而言，就只有一種生活必需品：食物。草原上的野牛只需要幾吋可以吃的青草，再加上有水可以喝；另外就是在森林或是山裡的隱蔽處尋求可以提供庇護的住所。野生動物需要的就只有食物與住所。而在我們這個地區的人，其生活所需則可以很明確地歸納為四大類：食物、住所、衣服與燃料；唯有確保這些物質不虞匱乏，我們才行有餘力去探索生命中真正的問題，也才可能找出答案。人類不只發明了房屋，還有衣服與熟食，或許也偶然地發現了火的溫暖，於是學會了如何用火，起初是奢侈品，後來演變成目前的生活必需品。我們發現貓、狗也都養成了這樣的習慣。其實只要有適當的住所與衣服，我們自己就能保持內在的體熱，但是多了火或是燃料，也就是比我們內在體熱還要更高溫的外在熱源，我們豈不是可以說這是開始烤自己的肉嗎？自然學家達爾文提到火地島[12]上的居民，他說他們一行人穿著厚重的衣服、又圍著營火而坐，一點都不覺得太熱，而這些打著赤膊的野蠻人雖然離得遠遠的，但是他卻看到他們「在這樣的燒烤之下渾身大汗」，讓他大吃一驚。於是他說，澳洲土著打著赤膊也不以為意，而歐洲人卻穿著衣服發抖。有沒有可能將這些野蠻人的吃苦耐勞與文明人的理智知識結合在一起呢？據李比希[13]說，人的身體就是一座火爐，食物就是燃料，讓肺裡的內在火焰持續燃燒。天氣冷的時候，我們吃得多；天氣變暖了，就吃得少。動物的體熱是緩慢燃燒的結果，如果燒得太快，就會產生疾病和死亡；若是缺乏燃料，或是通風管道有缺陷，火就會熄滅。當然，我們的生命之火跟一般的火焰不能混為一談，但是拿來做個比喻無妨。因此，如前文所言，「動物生命」一詞與「動物體熱」一詞，幾乎就是同義語了；而食物可以視為燃料，保持我們的內在之火——燃料只是用來準備食物或是從外在增加我們身體的熱度——住所與衣服也同樣只是用來保持因此產生和吸收的熱度。

因此，對我們的身體來說，最主要的需求莫過於保暖，保持我們體內生命的熱度。為此，我們不辭辛勞，而且不只是為了食物、衣服和住所，還有一張安睡的床；床是我們晚上穿的衣服，所以我們搶走了鳥巢和他們胸前的羽毛，打造了住所內的住所，就像鼴鼠在地底巢穴深處，用青草和樹葉鋪床一樣！窮人常抱怨這是一個冷冰冰的世界，而且不只是身體上的寒冷，還有社會上的冷漠，我們往往將所有的不適與病痛，都直接歸咎於寒冷。在某些國度的氣候裡，夏天幾乎可以讓人過著宛如極樂世界的生活，除了烹煮食物之外，根本不需要用到燃料；太陽就

12 譯註：Tierra del Fuego，位在南美洲最南端的群島。

13 譯註：Justus von Liebig，1803-1873，德國化學家，被喻為「肥料工業之父」。

是他們的火源，許多水果光是照射陽光就會熟透了。那裡的食物種類通常比較多，也比較容易取得，至於衣服和住所就算不是完全不需要，也是基本上不太需要。至於在我們這個國度，到目前為止，依我自己的經驗，只需要一些工具，例如刀子、斧頭、鏟子、手推車等，就可以過日子了；對那些勤奮好學的人來說，還需要燈、文具和幾本書，這些都算是次要的必需品，而且不需要花什麼錢就可以買得到。然而，有些不聰明的人卻遠渡重洋，跑到地球另外一端的蠻荒疾厄之境，從事貿易工作，一住就是十年、二十年，以便他們最後可以回到新英格蘭生活——意即維持舒適的溫煦——然後在此終老。這種豪奢的財富絕非只是簡單地維持舒適的溫煦，反而是不自然的酷熱，正如我先前所說的，把自己都烤熟了。不過，當然這也是一種流行。

大部份的奢侈品，還有許多所謂舒適生活的必需品，其實非但不是不可或缺，反而有礙於人類的精神提升。講到奢侈品與舒適生活，智者往往過著比窮人更簡陋、貧乏的生活。古時候的哲學家，無論在中國、印度、波斯或希臘，都屬於同一類——以外在財富來說，比誰都貧窮；但是就內在精神而言，卻比任何人都富裕。我們對他們所知有限，但是令人訝異的是，他們的聲名遠播，對我們來說，卻是如雷貫耳。比較近代的改革家與慈善家也是同一類的人；唯有自願過著我們應該稱之為安貧樂道的日子，才能佔有優勢地位，得以無私或睿智地觀察人類的生活。在奢華生活中結出來的果實也是奢侈的，不論是農業、商業或是文學、藝術都一樣；所以現在只有哲學教師，而沒有哲學家。然而教書仍是令人欽羨的職業，因為那曾經是令人欽羨的生活。要成為哲學家，不只要有細膩的思想，甚至也不只是開宗立派，更要熱愛智慧，從而按照智慧的教誨，過著一種簡樸、獨立、大度而信任的生活，同時還要能夠解決生活中的某些問題，不只是理論上的空談，更要採取行動。大學者和大思想家的成功，通常都像是朝臣式的成功，而不像帝王或英雄式的成功；他們只是遵循父輩的做法，一意屈從，將就應付，絕無可能成就更高貴的人種，成為一代宗師。但是人何以退化至此？家族又為什麼沒落？奢華的本質是什麼，為什麼會讓國家失去活力而滅亡？我們是否確定在自己的生活中完全沒有這些東西？哲學家總是走在他的時代前沿，甚至外在的生活型態也是如此；他在飲食、居住、穿衣、取暖等各方面都與同時代的人不同。一個人若是沒有比其他人更好的方式來保持生命熱度，又怎麼能稱得上是哲學家呢？

如果一個人擁有了我前面所說的幾種保暖方式，還會需要什麼別的東西嗎？當然不會是更多相同來源的溫暖，也不會是更多、更豐盛的食物，更大、更華麗的房子，更精緻、更充裕的衣服，更多源源不絕也更熱的爐火之類的。當人擁有了這些生活必需品之後，他們就會想要得到其他的東西，而不是更多的過剩品；也就是說，他們會想要探索生命，擺脫比較卑微的辛苦勞動，展開生命假期。看起來，土壤是適合種子的，因為種子會向下紮根，或許也會充滿自信地向上萌芽；人類也是牢固地在土地裡紮根，但是為什麼不會以相同的比例向天空發展呢？——比較尊貴的植物都是因為最後生長在半空中和陽光下、遠離地面的果實而受到重視，而不會被視為比較卑微的蔬菜，這些蔬菜儘管也可能是兩年生的植物，但是卻只栽培到他們長好根為止，有時候還會為了讓他們長根而剪掉頂部的枝葉，所以到了開花季節，很多人都不認識他們。

我無意為那些堅強又勇敢的人制訂什麼規矩，這些人不管身處天堂或地獄，都會全心專注在自己的事業，有時候甚至比最富有的人還發展得更宏偉，花錢也更揮霍，也不會讓自己陷入貧困，真不知道他們是怎麼過日子的——說實在的，如果真有這樣的人存在，應該是每個人的夢想吧；我也不會為另外一種人制定規矩，他們可以從事物現存的狀態中找到鼓舞與激勵，並且像熱戀中的情侶一樣珍惜現狀——從某種程度來說，我認為自己也是屬於這一類的人；我不打算對那些不管在任何情況下都能安居樂業的人說話，他們知道自己是否安居樂業——我主要是對那些對現況不滿的廣大群眾說話，他們有機會改善自己的生活，卻成天懶散地抱怨田裡的工作辛苦或是自己生不逢時。有一些人對任何事情都有訴不完的苦，訴起苦來傷心欲絕，任誰都無法安慰，因為他們誠如自己所說的，只是盡自己的義務而已。我心目中還有另外一種人，他們看似富裕，其實卻是最貧困的一群人，他們積累了財富，卻不知道怎麼用，也不知道如何擺脫，等於是用錢替自己鑄造了一副金手銬、銀腳鐐。

如果我要解釋過去這幾年我想要過什麼樣的日子，或許會讓一些了解實情的讀者感到驚訝；對於那些一無所知的讀者，當然就更詫異了。在此，我只簡單說一些我曾經牽掛縈懷的事吧。

不論任何天候，也不論是白天或黑夜的任何時間，我都渴望好好把握每一個關鍵時刻，並且刻在我的丈量棍上，留下記錄；我也渴望站在過去與未來這兩個永恆的交會點，也正是此刻當下，腳尖與起跑線對齊。請原諒我用詞隱晦，因為跟大多數人相比，我這一行有更多的秘密，倒不是出於自願的守密，而是在本質上就是不可分割的一部份。我非常樂意地跟所有的人分享我知道的一切，絕不會在門口掛上「禁止進入」的牌子。

很久以前，我走失了一條獵犬，一匹棗褐色的馬，還有一隻班鳩，一直到現在，還在找尋他們的蹤跡。我曾經向許多旅人打聽他們的下落，說明他們的行跡，還有他們會回應什麼樣的呼喚；我遇過一、兩個人，或曾聽說過那條獵犬，或曾聽過那匹馬的蹄聲，或曾看到那隻班鳩消失在雲端，好像也急著要找到他們，彷彿是自己丟失似的。

不要只是觀賞日昇日落，如果可能的話，要品味大自然本身！有多少個清晨，不論酷夏或是寒冬，在其他鄰居起床奔波之前，我就已經開始我的工作了！無疑有很多鄉親父老見過我做完工作回來，或許是在晨曦中趕往波士頓的農民，或是準備上工的伐木工人。的確，我並沒有真的做什麼事情協助太陽升起，但是不要質疑，只要人在現場，那才是最重要的事。

這麼多的秋日，啊，還有冬日，我在鎮外逗留，聆聽風聲，聽著風裡的消息，並且儘快傳遞出去！我幾乎投注全副心力，為此不顧一切地奔走，跑得上氣不接下氣。若此消息與兩大政黨有關，你放心好了，那肯定會在第一時間見報。至於其他時間，我則站在懸崖或樹梢的瞭望台上觀察，一有新的消息，就立刻傳遞出去；或是在黃昏，矗立山頂，等著夜幕降臨，期盼著或許可以捕捉到一些有如甘霖般迅即在陽光中消融的精神食糧，儘管從來就不曾捕獲太多。

有好長一段時間，我替一家發行量不大的期刊寫稿，可是編輯卻始終認為我寫的大批稿件並不適合刊登出來，於是就跟許多作家常遇到的情況一樣，一切努力都是徒勞無功。然而，以此事來說，我的辛勞本身就是最好的報酬。

多年來，我自封為暴風雪與暴風雨的觀察員，並且忠誠地履行職責，若不是勘測公路，就是勘測森林裡的小徑和越野步道，保持道路暢通，確保山谷上的橋樑四季皆可通行，社會大眾的足跡就驗證他們的功用。

我曾經負責照料鎮上的野生動物，但是他們卻經常跳過圍籬，給忠於職守的牧人帶來不少麻煩；我也曾經看守農場裡人跡罕至的角落，不過並不知道約拿和所羅門曾經工作過的那塊田地，如今安在，那不關我的事；我曾經替紅色的越橘莓、沙櫻桃、蕁麻樹、馬尾松、黑梣木、白葡萄與黑色紫蘿蘭澆水施肥，要不然他們可能在乾季枯死。

總之，我就這樣做了好長一段時間（我可以大言不慚地說），忠誠地履行我的職責，直到我愈來愈清楚，鄉親父老終究不會讓我在鎮上擔任公職，也不會支付我薄酬，讓我掛名做一份幾乎沒什麼事做的工作。我的帳冊——我可以發誓一直都是誠實記載——確實從來不曾受過稽核，也不會有人接受，當然也沒有入帳、結清帳款。然而，這些我都不放在心上！

不久之前，有個流浪的印地安人到附近一位知名律師家中兜售籃子。「你想買籃子嗎？」他問道。「我們不需要買籃子，」主人答道。「什麼？」那名印地安人一邊走出大門，一邊大聲嚷嚷。「你是想餓死我們嗎？」看到勤奮的白人鄰居生活如此優渥——律師只要編造出一些辯詞，就像變魔術似的，財富與名聲就接踵而來——於是他對自己說：我也要做生意；我會編籃子，這是我會做的事。他心裡想著：等他編好籃子，就算是做完了自己份內的工作，接下來就輪到白人來買籃子了。但是他卻不明白：要讓自己的產品值得別人來買，或者至少要讓人家覺得這東西值得花錢去買，再不然就是要做一些值得別人去買的東西。我也一樣，編織了一種質地精緻的籃子，但是並沒有做到值得別人去買的地步。[14]不過，就我而言，我卻覺得花費精神去編織這些籃子很值得，所以我非但不去研究要如何讓這些籃子值得別人來買，反而去研究要如何避免賣掉他們。一般人認定成功並且讚揚的生活就只有一種，但是我們為什麼要貶低其他的生活，來誇大這一千零一種成功呢？

發現市民同胞不太可能在法院替我安插職位，或是讓我擔任副牧師，或是住到其他任何地方，我只好另謀出路，比以前更專注地面對森林，畢竟那裡才是我比較熟悉的地方。我決定不再坐等平常所需的經費，就以手邊所有的一點微薄資金，立刻展開我的事業。我去華爾登湖的目的，並不是要過更節儉或是更奢華的生活，而是想要以最少阻撓的方式，來經營我的私人事業，以免因為缺乏常識，或是缺乏生意頭腦或天分，讓自己看起來像個傻瓜那麼可悲。

我總是努力想要養成嚴格的生意習慣，那是每一個人都不可或缺的。如果你是跟天朝帝

14 譯註：此處是指梭羅在一八四九年出版的第一本書《河上一周》（*A Week on the Concord and Merrimack Rivers*），因為銷售量不佳，讓他花了四年，才清償積欠出版社的 290 美元帳款。

國[15]做生意，那麼在撒冷港[16]的岸邊找一間小房子記帳就夠了；你總是可以用本地的貨輪，出口我們這個國家能夠提供的一些物資，純粹本土的產品，像是很多的冰塊和松木，還有一些花崗岩等等，這些都本地貨船經常載運的貨物。你得親自督導所有的細節，得同時擔任舵手與船長，既是所有人也是認購人，要負責買進賣出、還要同時記帳，要親自收發、讀寫往來的每一封信，要夙夜匪懈地監督進口船隻卸貨，還要幾乎同時關注海岸的許多部份——裝載貨物最多的輪船經常在澤西海岸[17]卸貨——還得自己傳遞訊息，毫不倦怠地來回奔波，跟所有靠岸的船隻保持聯繫；你得確保貨源穩定，足以供應如此遙遠又昂貴的市場；你得隨時關注市場行情，了解全球各地戰爭與和平的展望，預測貿易與文明的趨勢——利用所有探險考察的結果，善用新的航道與改良的導航技術——要研究航海圖，要確定暗礁與新建燈塔、浮標的位置，還有還有，要隨時更正對數表，因為只要計算錯誤，原本應該平安入港的船隻，可能就會撞上岩石——這正是拉佩魯茲伯爵[18]不為人知的命運——還得同步跟進世界上各種科學的發展，研讀從漢諾到腓尼基人[19]，乃至於到近代，所有偉大發現者和探險家、偉大冒險家與商人的生平事蹟；還要不時地清點存貨，知道自己的生意狀況。這些都是讓人勞心又勞力的工作——另外還有諸如損益、利潤、皮重與耗損、各種測量等問題，這些都需要廣泛的知識。

我認為華爾登湖是個做生意的好地方，不只是因為有鐵路和冰塊交易，還有天機不可洩漏的優勢；這裡是優良的港口，地基又穩固，不像涅瓦河[20]的沼澤一樣，需要填土，不管到哪裡，都必須自己打地基才能蓋房子。據說，只要涅瓦河一淹水，再加上西風與河裡的冰塊，就足以讓聖彼得堡從地球表面消失。

因為我這門生意靠的不是一般的資金，所以不容易推測要如何籌措本錢，畢竟這仍然是每一門生意都不可或缺的部份。像是衣服，就是一個迫切需要解決的現實問題；我們在取得衣服時，經常受到自己喜新厭舊或是別人對我們品頭論足的影響，往往都不是考慮衣服的真正用途。那些有工作要做的人不妨回想一下衣服的目的：第一，保持生命所需的熱度；第二，在目前的社會中，用來遮蔽裸體。他們也可以評估一下，如果不添置行頭，可以完成多少必要或重要的工作。帝王后妃有裁縫或專人替皇上陛下縫製衣裳，但是那些衣服卻只穿一次，所以他們無從得知穿上合身的衣服有多麼舒適；他們和晾衣服的木架，其實沒有什麼兩樣。我們日復一日穿著同樣的衣服，於是衣服逐漸與我們融為一體，表現出穿衣人的個性，讓我們捨不得丟棄，即使破了也要縫縫補補，就如同對待自己的軀體，病了也要吃藥，直到最後才不得不莊嚴地告別。在我看來，沒有人會因為穿著有補丁的衣服就變得低下卑微，但是我也確信一般人有更多的焦慮，寧可追求流行時尚，或者至少穿著乾淨而沒有補丁的衣服，也不願意有健全的良知；不過，

15 譯註：指中國。

16 譯註：Salem 是麻薩諸塞州海岸的一個重要港口，也是當時與中國貿易的重心。

17 譯註：指新澤西州的海岸，經常有船隻在那裡失事遇難。

18 譯註：Jean François de Galaup（Comte de la Pérouse），1741-1788?，法國探險家。

19 譯註：Hanno 是北非的迦太基探險家，約在西元前 480 年航遍整個非洲西岸；Phoenicians 是古代中東地區的一個民族，在現今地中海東岸一帶建立王國，以擅長航海探險著稱。

20 譯註：Neva River 是位在俄羅斯西北部的河流，聖彼得堡就是建立在此河三角洲的城市。

即使衣服破了就丟棄不補，或許頂多也只是透露出這個人浪費成性罷了。有時候，我會用這樣一個問題來測試我的朋友：如果褲子的膝蓋部位貼了補丁或者只是多了兩道縫線，還有誰肯穿？大部份的人都表現出一副好像做了這樣的事情，這輩子的未來就毀於一旦的樣子；他們寧願跛著腳，一拐一拐地進城，也不願意穿破褲子。若是一位紳士的腿出了意外，通常還有補救的機會；不過，若是他的褲管出了類似的意外，那就沒得救了：因為他心裡想的只有別人尊敬的是什麼，而非真正值得尊敬的是什麼。我們認識的人不多，但是認識的大衣和馬褲倒是不少。你把最後一件衣服穿在稻草人的身上，然後自己光著身子站在旁邊，誰不會向稻草人敬禮呢？前幾天，我經過一片玉米田，農場主人就站在旁邊，但是我卻是從木樁上的帽子和外套才認出是他；其實跟我上次看到他相比，他也只不過多添了一點風霜罷了。我聽說狗若是看到任何一個穿著衣服的陌生人走近主人的房子，都會狂吠示警，但是如果遇到赤身裸體的小偷，反而很容易就默不作聲。人若是脫掉了身上的衣服，還能保有多少身份地位呢？這是一個有趣的問題。在這種情況下，你還能確定哪一群人是屬於最受尊敬的階級嗎？就連菲佛夫人[21]在她由東向西環遊世界的壯遊中，才走到俄羅斯亞洲地區，就覺得已經很靠近自己的家鄉，有必要換掉身上的旅行裝扮，才能去見當地官員，因為她「此時身處文明國家——這裡的人都以貌取人」。即使在我們這個民主的新英格蘭城鎮，偶然獲得意外之財，光是在服飾裝備上講究一點，就足以贏得幾乎普遍的尊重；只不過這些尊敬他們的人，雖然人數眾多，但是到目前為止都是異教徒，應該派個傳教士去感化他們。此外，有了衣服才會有縫紉，這是一種你可以稱為至死方休的工作；至少女人的衣服永遠都做不完。

一個人若是好不容易才找到什麼事情可以做，根本就不需要穿著新衣服去上工；對他而言，在閣樓裡不知道放了多久、沾滿灰塵的舊衣服也就夠了。僕役穿過的舊鞋拿給英雄穿，還可以穿更久——如果英雄有僕役的話——打赤腳的歷史又比穿鞋更長，所以英雄就算打赤腳也無所謂。只有那些要參加晚宴和出入議事殿堂的人才需要穿新衣，只不過那裡換人的速度跟換衣服一樣快。可是，如果我可以穿著這套衣褲鞋帽去崇敬上帝的話，自然也可以穿著去參加晚宴、出入議事殿堂，誰曰不宜？誰會在意他的舊衣衫？那件實際上已經穿破的舊外套，襤褸到只剩布料的原形，就算送給某個窮困的男孩也稱不上慈善，不過這個窮困男孩或許還會再轉送給另一個更窮困的男孩——或者應該說他更富有？因為他知足常樂。依我說，如果事業只重視新衣衫，卻不重視穿衣的新人，你就得特別留意了。如果沒有新人，要替誰量身裁製新衣呢？如果你眼下有什麼事業要做，先試著穿舊衣上工吧。我們要在意的不是穿什麼去做事，而是做什麼，甚或是成就什麼。或許，無論舊衣如何的破爛、骯髒，我們都不應該添購新行頭，除非我們已經揚名立萬，或是事業有成，或是啟航遠渡重洋，覺得自己煥然一新，如果繼續穿著舊衣，無異是舊瓶裝新酒。我們應該跟鳥禽一樣，只有在生命遭逢危機時才更換羽毛。潛鳥會遁到隱密的池塘去換羽毛，一如蛇的蛻皮和毛毛蟲的破繭成蛾，都是要經過一番內在的努力與轉化；衣

21 譯註：Ida Laura Pfeiffer，1797-1858，奧地利探險家、旅行家、作家，著有《女性環遊世界遊記》（*A Lady's Voyage Round the World*）。

服就像是我們最外層的皮膚，一副臭皮囊，如果缺乏內在的轉化，不管換什麼衣服，都只是換湯不換藥，最終免不了遭到自己和所有其他的人唾棄。

我們穿了一件又一件的衣服，彷彿成了每年增生樹皮的植物，一層又一層地向外生長。穿在外面、通常輕薄炫麗的衣服，是我們的表皮或偽皮，與我們的生存無關，隨時都可以脫掉也不會造成致命的傷害；我們一直穿在身上、比較厚重的衣服，則是細胞外皮或皮質；至於襯衣，則是我們的韌皮或真樹皮，必須環切才能移除，但是如此一來，這個人也就毀滅了。我相信所有的種族都會在某些季節穿著相當於襯衣的東西。人的穿著愈簡單愈好，最好是在黑暗中也能隨時摸到自己的身體，這樣就可以說是在生活的各個層面都夠簡潔，隨時做好準備，即使敵人攻陷城池，也能像古時候的哲人一樣，從容不迫地空手走出城門[22]。在大多數場合，一件厚衣服可抵三件薄衫，也有廉價的衣服讓消費者人人都買得起；厚外套一件五美元，可以穿好幾年；厚長褲一條兩美元，真皮皮靴一雙一點五美元；一頂夏帽零點二五美元，一頂冬帽則要零點六二五美元；還有更好的方法就是在家裡自己做，窮人用微不足道的花費打造一套**自己掙來的**衣裳，難道智者不會向他表達敬意嗎？

有一次，我要求裁製一件特定樣式的衣服，結果女裁縫師嚴正地跟我說：「他們現在不流行做這樣的衣服了。」她完全沒有強調「**他們**」這兩個字，彷彿她引述的不是特定的人，而是命運女神最具權威的神諭。我發現很難照著我想要的樣式去做衣服，純粹只是因為她不相信我說的是真話，以為我只是隨便說說。我聽到這句宛如神諭的話，一時陷入沉思，逐字思量，希望能理解箇中真義，或許可以知道這個「他們」跟「我」之間究竟有什麼關係，竟然對一件與我息息相關的事情有如此重大的權威；最後，我選擇用同樣玄之又玄的話來回答她，也同樣不強調「他們」——「沒錯，他們最近確實是不流行做這樣的衣服，可是現在又流行起來了。」如果她不考量我的個性，就只是測量我的肩寬，好像我只是掛衣服的吊鈎似的，那麼這樣的測量有什麼意義呢？我們崇拜的不是希臘的命運女神，也不是羅馬的命運女神，而是時尚女神。她以至高無上的權威，紡紗織布、裁剪衣裳。在巴黎那隻帶頭的猴子戴了一頂旅行帽，全美國的猴子也就跟著效尤。有時候，我會感到絕望，因為在這個世界上，請人家幫忙做一件相當簡單又老實的事情，竟是如此的困難。他們必須先經過強力的壓榨機，把腦子裡的舊觀念全都擠出來，讓他們不會那麼快站起來出聲反對；可是在這一群人當中，總是會有那麼一個，從腦子裡蹦出什麼歪點子，就像是不知道什麼人在什麼時候放在那裡的蛋裡孵出來的蛆，就連放火也燒不死他們，然後你所有的努力都付諸東流。然而，我們也不要忘了，有些埃及的小麥據說還是木乃伊留下來的呢[23]！

整體而言，我認為，不論在這個國家或是任何國家，服飾都還沒有到達藝術的境界。目前的人還是有什麼就穿什麼，就像遭遇船難的水手，在海灘上發現什麼就穿什麼，然後隔著一段距離——不是時間或空間的距離——嘲笑彼此的裝扮。每一個世代都嘲諷古早的流行，但是又

22 譯註：指 Bias，古希臘七賢之一。

23 譯註：在梭羅的時代流傳著一個說法，在埃及的木乃伊裡發現了小麥種子，然後種到英格蘭的土壤裡。

虔誠地遵循新的流行。我們看到亨利八世或伊莉莎白女王的打扮，往往忍不住發噱，好像那是什麼食人族島上國王、王后的穿著。所有的服裝一旦沒有人穿，就變得可憐又古怪；唯有穿著這些衣服的人流露出嚴肅的目光、過著誠懇的生活，才能遏止惡意的嘲笑，讓衣著有神聖感。如果小丑突然腹痛如絞，即使身上穿著五顏六色的喜慶服裝，看起來也是痛楚；士兵若是被砲彈擊中，就算衣衫襤褸，也像王室成員一樣尊貴。

俗世男女根據幼稚又粗鄙的品味，不斷追求新款式，不知道讓多少人拼命搖著萬花筒，瞇起眼睛往裡面看，希望能夠挖掘出時下最流行的當代風潮。不過製衣商人早就知道這種品味的反覆無常。兩個款式頂多只是在幾根條紋或是某個特定顏色上有所差異，結果這一款熱銷，另一款卻躺在貨架上乏人問津；不過，等過了一季之後，很可能後者又成了流行，這種情況也是司空見慣。相形之下，刺青反而不像一般人所說的那麼可怕，總不能因為刺青圖案深入皮膚，無法改變，就說這是野蠻的習俗吧。

我認為我們的工廠體系並不是人類獲得衣服的最好管道。這裡的作業方式日趨接近英國的模式，因為就我所見所聞，他們的主要目標已經不是讓人類穿得好、穿得實在，而是讓公司賺取更多的利潤，這一點無庸置疑，也沒有什麼好奇怪的。無論如何，人終究只能走到自己的目標，因此，就算眼前會嚐到敗績，還是要將目光放遠一點，設定更高的目標比較好。

至於住所，我不否認現在是生活必需品，不過即便在比我們這裡更冷的國度，還是有人很長一段時間都沒有住所，也活得好好的。撒繆爾・雷寧[24]說：「拉普蘭人穿著獸皮衣，躺在用獸皮做的袋子裡，拉起來蓋住頭部和肩膀，就這樣夜復一夜地睡在冰天雪地裡——此地冰冷的程度，到了即使穿著羊毛衣露宿也會凍死的地步。」他看過他們就這樣睡覺，然後又補了一句話說：「他們也不比其他人身強體壯。」然而，人類或許在地球上生活沒有很久，就發現房子的便利，所謂溫暖的家，這個詞彙可能一開始就是指房子帶來的滿足，而不是家庭的溫暖。可是在某些地方，這樣的說法一定是非常片面且偏頗的，因為那些地方的氣候，房子主要讓人聯想到冬天或雨季，而一年有三分之二的時間，除了一把遮陽傘之外，根本不需要房屋。以我們的氣候來說，昔日的房子幾乎就只是在夏天夜裡的遮蔽而已；在印地安人的象形文字記事中，棚屋就是一天跋涉的象徵，在樹皮上刻畫出一排棚屋，就表示他們在那裡紮營了多少次。人類天生就不是四肢粗壯、體魄強健，因此必須限縮他們的世界，用牆壁圍起一個適合的空間。最早，人類也是赤身露體地在戶外活動，這在白天寧靜而溫暖的氣候中固然很怡人，但是到了雨季或冬天——更別說是在炙熱的陽光下——如果不趕快穿上衣服，躲在房屋的庇蔭裡，可能這個種族的幼苗早就夭折殆盡了。根據寓言傳說，亞當與夏娃都是先以枝葉蔽體，然後才穿上衣服。人類需要一個家，一個溫暖舒適的地方，先是身體上的溫暖，然後是感情上的溫暖。

我們可以想像一下，在人類初始的那個時候，某個具有冒險患難精神的人爬進了一個岩石洞穴尋求庇護。從某種程度上來說，每一個孩子都是從自然出生，即使在濕冷的天氣裡，也喜歡待在戶外，出於本能地扮家家酒、騎馬打仗。誰不記得小時候充滿興致地看著可以遮風蔽雨

24 譯註：Samuel Laing，1780-186，蘇格蘭旅行家、作家。

的岩洞或是任何通往洞穴的幽徑？那是我們最原始祖先體內的自然渴望，一直流傳到現在，還流在我們的血液裡。從洞穴開始，我們慢慢進展到學會搭屋頂，使用的材料從棕櫚樹葉、樹皮樹枝，到編織拉長的亞麻纖維、青草稻桿，再到木板木瓦、石塊磁磚；最後，我們進展到完全不知道如何過露天的生活，導致我們的生活遠比我們所想像的還要更居家。從爐邊到原野，中間隔著一段很大的距離。如果我們想要在日月星辰之間毫無阻隔地度過大部份的歲月，如果詩人不在屋子裡說那麼多話，如果聖人沒有在那裡住那麼久的話，或許這樣也不錯。鳥在洞穴裡不會歌唱，鴿子也不會珍惜他們在鴿舍裡的純真。

然而，如果要設計建造一間房子的話，就有必要運用一點北方佬的精明幹練，免得到頭來蓋出一間貧民工廠、找不到出口的迷宮、博物館、窮人救濟院、監獄或是華麗的陵寢。先仔細想想，我們真的需要房子嗎？我在這個鎮上看到一些皮納布斯科族的印地安人[25]，住在用薄棉布搭的帳蓬裡，四周的積雪將近有一呎深，我還在想：如果積雪更深一點，可以替他們擋風，他們不知道會有多高興呢。要如何過著實在的生活，又有餘裕可以從事正當的追求呢？現在這個問題已經不像過去那樣深深地困擾著我，因為很不幸的，我已經麻木了。我以前常常看著鐵路旁一個六呎長、三呎寬的大箱子，那是工人到了晚上用來存放工具的地方；我心想：每一個生活拮据的人都可以用一美元買一個這樣的箱子，用鑽子打幾個洞，至少可以通風，遇到下雨或晚上時，就躲進去把蓋子蓋起來，如此一來，就可以擁有自由的愛，靈魂也得到解放。這似乎不是最糟糕的住所，也絕對不是什麼不入流的替代品。你在裡面，愛多晚睡就多晚睡，早上起床出門時，也不會有房東或地主追著你討房租。很多人為了一間比較大或比較豪華的箱子，被租金壓得快要死掉，其實只要有這麼一個箱子，就不至於會凍死街頭。我一點也不是在開玩笑。經濟這門學問固然可以輕鬆應付，卻無法輕鬆地解決。對於長年住在戶外、體格粗壯的原始民族來說，過去幾乎完全使用大自然中唾手可得的材料，就可以建造出一間舒適的房子。在麻薩諸塞州殖民地管理當地印地安人的古金[26]，曾經在一六七四年寫道：「他們最好的房子都覆蓋著樹皮，整齊、結實又溫暖；樹皮是在樹汁飽滿的季節，從樹幹上剝下來，趁著樹皮還鮮嫩時，用沉重的樹木壓成一大片……比較差一點的房子則覆蓋著他們用一種蘆葦編成的草蓆，也同樣的結實、溫暖，但是比不上前一種……我見過的一些房子有六十呎或一百呎長，三十呎寬……我經常在他們的棚屋內過夜，發現他們跟最好的英式房屋一樣的溫暖。」他還說，這些屋內常常鋪著編織精美的草蓆，也有各式各樣的生活用品。印地安人已經進步到會在屋頂開窗，在窗口掛一塊草蓆，用繩子拉扯草蓆來調節通風。像這樣的房子最多一、兩天就可以蓋起來，要拆卸重建也是幾個鐘頭就可以完成。每個家庭都有一間這樣的棚屋，或者至少在屋子裡有一個房間。

在尚未開化的國度，每個家庭都擁有一個上好的棲身之所，足以滿足他們比較基本、簡單

25 譯註：Penobscot Indians 是源自緬因州北部皮納布斯科灣的一支印地安民族，經常到康科德鎮兜售籃子，並且在鎮外搭營露宿。

26 譯註：Daniel Gookin，1612-1687，早期移民北美的清教徒，由維吉尼亞州搬至麻薩諸塞州，受命管理印地安人，曾經撰寫兩本關於北美印地安民族的書。

的需求。空中的鳥有自己的巢，地上的狐狸有自己的窩，野蠻人也有自己的棚屋，但是在現代文明社會卻只有不到一半的家庭有自己的住所——我想我這樣說並不會太過分。特別是在文明更進化的大城鎮，擁有自有住所的人數只占全體居民的極小部份，其他的人為了這件穿在最外面、一年四季不可或缺的衣服，每年繳付的稅金足以買下一整村的印地安棚屋，不過現在卻只夠他們維持貧困的生活，活得愈長，窮的愈久。我倒不是堅持租房子比不上擁有自宅，但是野蠻人能夠擁有棲身之所，顯然是因為花費不多，而文明人租房子通常是因為買不起，而且到最後可能連租都租不起。可是，有人會說：只要繳了這筆稅金，貧窮的文明人也能擁有一間跟野蠻人相比幾乎像是皇宮一樣的住所。一年繳二十五到一百美元——這還是鄉下的價格——就能享受到幾百年來文明進步的成果：寬敞的房間、乾淨的油漆與壁紙、煙霧不會逆流的通風壁爐、塗了灰泥的牆柱、百葉窗、銅水泵、彈簧鎖、寬敞的地窖和其他許多東西。可是擁有這一切的人，據說通常是貧窮的文明人，而沒有這些東西的野蠻人反而是富有的野蠻人，怎麼會這樣呢？如果說文明是指人類生活情況的真正進步——不過我個人覺得只有智者才能改進他們的優勢——那麼具體的表現應該就是創造出更好的住所，卻不會那麼昂貴；每樣東西都要用我所謂的人生為代價去交換，不論是現在的人生或是未來的人生。在我們這一區，一棟普通的房子大約要八百美元，而勞工即使沒有家累，也必須花十到十五年才能累積到這個數目——我是以每位勞工每天可以掙一美元來估算，有些人可能掙得多一點，有些人則少一點——所以他必須耗掉一半以上的人生，才能賺到屬於他的棚屋。假設他只租不買，那也只是兩惡相權取其輕罷了。

野蠻人會聰明到以這樣的條件拿他的棚屋來換皇宮嗎？

或許有人會說，我幾乎將擁有多餘房產因應未來不時之需的好處貶低到一無是處；以個人來說，也許就是拿來支應葬禮的花費。但是，人或許不需要埋葬自己。然而，話說回來，這一點正是文明人與野蠻人之間的一個重要區別；無疑這樣的設計也是為了我們好，讓文明人的生活成了一種制度，讓個人的生活融入這個制度之中，藉以保存和改善整個種族的生活。但是我想告訴大家，為了眼前的好處，我們必須有什麼樣的犧牲；同時也要指出：我們其實可能保留所有的好處，卻不受壞處所苦。你們說你們常與窮人同在，或者說父親吃了酸葡萄，孩子也跟著牙酸，是什麼意思呢？

「主耶和華說，我指著我的永生起誓，你們在以色列中，必不再有用這俗諺的必要。」

「看哪，世人都是屬於我的，為父的怎麼屬於我，為子的也同樣屬於我；犯罪的人必將死亡。」[27]

看看我的街坊鄰居，那些康科德鎮上的農民，他們的生活至少都跟其他階級一樣小康，但是我卻發現大部份的人辛勞了二十年、三十年，甚至四十年，只為了能夠真正擁有他們的農場；

27 譯註：兩段引文分別出自聖經〈馬太福音〉第二十六章與〈以西結書〉第十八章。

這些農場通常都是他們繼承來的包袱，再不然就是借錢買來的——我們可以將他們辛勞的三分之一視為房屋的代價——但是他們通常都還沒有付清。事實上，這些包袱有時候還超過了農場的價值，所以農場本身反倒成了一個大包袱，不過還是有人得繼承這些房產，因為就像他們所說的，已經習慣了。我曾經問過估稅員，這鎮上有多少人已經付清貸款，沒有負債，是真正擁有自己的農場，結果他們連十幾個都數不出來，讓我大吃一驚。如果你想了解這些房產的歷史，去問抵押貸款的銀行就可以了。那些實際上已經付清貸款，在自有農地上辛勞耕作的人少之又少，幾乎每一個人都會認得他。我懷疑在整個康科德鎮，會有三個像這樣的人。有人曾經說過，那些從商的人絕大部份，甚至高達百分之九十七，都會以失敗收場；農民的情況亦復如此。然而，以商人而言，其中一個說得好，他說他們大部份的失敗都並非真的在金錢上的失敗，而是因為種種不便，未能履行承諾；換言之，就是道德人格的破產。可是，如此一來，情況豈不是更慘了嗎？因為這意味著連剩下的三個人都未必能夠拯救自己的靈魂，或許還遭逢比老老實實的財務破產更嚴重的人格破產。我們的文明有一大半都是靠破產和賴帳這塊跳板，不斷地翻滾跳躍，而野蠻人則站在一塊毫無彈性的飢餓跳板上。可是，此地一年一度的米德薩克斯[28]牛展仍然辦得風風光光，彷彿這台農業機器的每一顆螺絲都上好了油，運作順暢。

農民費盡心思想解決生活的難題，但是他們採用的方法卻比問題本身還要複雜。為了取得牛皮鞋帶，他想到的是養幾頭牛；他用完美的技巧設置輕巧靈敏的陷阱，想要捕獲舒適獨立的生活，沒想到才一轉身，就一腳踩進了陷阱裡。這正是他會貧窮的原因；而基於類似的原因，我們的生活中雖然充斥著奢侈品，但是相較於野蠻人享有的千種舒適，也全都算是窮人。正如查普曼[29]在詩中所說的：

「人類的虛妄社會——
為了塵世的偉業
讓天國的安逸化為煙雲。」

當農民擁有了自己的房子，卻未必更富有，反而可能更貧窮，因為這時候是房子擁有了他。據我了解，摩墨斯有充分的理由反對智慧女神米娜瓦蓋的房子[30]，說她「蓋了一間不能動的房子，所以無法躲避惡鄰」；這樣的論點至今仍然成立，因為房子是如此笨重的財產，我們通常都是被監禁在屋子裡，而不是住在裡面，唯一需要躲避的惡鄰就是因此罹患的壞血症[31]。我知道在這個鎮上至少有兩、三戶人家一直想要賣掉他們在近郊的房子，遷居到村落去住，可是賣了將近一個世代，仍然無法如願，唯有死亡才能讓他們重獲自由。

28 譯註：Middlesex 是康科德鎮所在的郡。
29 譯註：George Chapman，1559-1634，英國詩人、劇作家、翻譯家，以翻譯荷馬史詩《伊里亞德》（*Iliad*）和《奧德賽》（*Odyssey*）聞名。這段引文出自他的《凱撒與龐貝的悲劇》（*The Tragedy of Caesar and Pompey*）。
30 譯註：Momus 是希臘神話中的享樂之神；Minerva 則是羅馬神話中的智慧女神。
31 譯註：長期監禁是導致壞血症的一個原因。

假設**大多數人**終究能夠擁有或租到一間現代化的房子，享受屋內的現代設備，但是文明固然改善了我們的房子，卻未能同樣地改善住在裡面的人；文明可以興建皇宮，卻不能輕易地創造出帝王貴族。而且，**若是文明人的追求還不如野蠻人的追求那麼有價值，若是他耗費了大半的人生就只是為了滿足基本的需求與舒適，又何必擁有比野蠻人更好的住所？**

但是**少數的**窮人又過得如何呢？或許我們會發現：從表面上看起來，有些人過得比野蠻人好，有些人則比野蠻人差，比例相去不遠。一個階級的奢華，被另一個階級的貧困給抵消了；一邊是皇宮，另外一邊則是貧民救濟院和「沉默的窮人」[32]。無數工人費力興建金字塔，替法老王蓋墳墓，自己卻只能吃大蒜餬口，或許死後連個葬身之地都沒有；石匠為皇宮雕樑畫棟，晚上卻只能回到連棚屋都比不上的簡陋茅舍棲身。你若是以為在一個已經證實有文明存在的國度裡，大部份的居民就不至於過得不如野蠻人，那就大錯特錯了。我現在講的是潦倒的窮人，還沒講到潦倒的富人。要了解這一點，毋需遠求，只要看看鐵路旁邊到處可見的簡陋木屋就可以了——鐵路還象徵著人類文明最新的進步呢——我每天散步時都看到有人生活在豬圈裡，即使冬天也敞門大門，好讓光線照進去；通常也可以想見，屋內看不到生火的柴堆，只見老老少少因為窮苦凍餒而長期蜷縮成一團，導致身軀永久變形，再也無法伸直；他們的四肢與身體機能的發展也因此停頓。正視這個階級的生活當然是公正的，因為他們的勞力付出造就了這個卓越的世代。在英格蘭，每個領域的工人目前的生活情況或多或少也是如此，因為那裡已經成了世界上一個碩大的貧民工廠；或者，我也可以舉愛爾蘭為例，在地圖上，那裡已經標示為白點，代表已經開發或是啟蒙的國家，但是你可以拿愛爾蘭人的身體狀況，跟北美印地安人、或南海島民、或是任何還沒有接觸到文明人導致退化的野蠻民族相比。我一點也不懷疑，這些民族的統治者跟一般的文明統治者一樣英明睿智。他們的情況只不過證明了文明本身會帶來什麼樣的髒污。當然，我也不需要多說南方各州的那些勞工，他們生產了這個國家的大宗出口產品，但是本身也成了南方的大宗產品。我就先局限在據說生活情況還算中等的那些人吧。

大部份的人似乎都不曾認真思考過房子的意義，卻認為一定要跟鄰居一樣擁有一棟房子，導致他們一生過著沒有必要的貧苦日子。這就好像一個人已經要穿上裁縫為他量身訂製的任何型式外套，或是要逐漸揚棄棕櫚草帽或土撥鼠皮帽，卻還是抱怨日子難過，只是因為他買不起皇冠！我們當然可能發明出比現在更便利、更豪華的房子，但是也必須承認這不是一般人可以買得起的；難道我們要一直鑽研該如何擁有這些東西，而不是偶爾也知足常樂一下嗎？難道可敬的市民要如此嚴正地以言教和身教來教導年輕人一輩子都要準備多餘的膠鞋、雨傘和空的客房，以備不存在客人來訪嗎？我們的家具為什麼不能像阿拉伯人或印度人那麼簡單？每當我想到那些民族救星，我們尊他們為神明，視他們為上天來的使者，為人類帶來神聖的禮物，但是在我腦海裡卻從未浮現他們隨身帶著僕役前呼後擁或是一大車時髦家具的景象。如果我說我們在道德和智識上比阿拉伯人高出幾倍，使用的家具就可以比他們複雜幾倍，這樣的說法豈不是很奇怪！目前，我們的房子都堆滿了家具，弄得髒兮兮的，勤快的家庭主婦寧可將大部份的家

32 譯註：指不肯承認自身貧窮狀況，以免被送進貧民收容所的人。

具掃進垃圾堆，也不願意放著早上該做的工作不做。早上的工作！奧羅拉的紅暈，還有門農的音樂[33]，世人在早上的工作應該是什麼呢？我書桌上曾經有三塊石灰岩，但是後來卻赫然發現，我每天還來不及打掃心靈家具的塵埃，就得先打掃石頭以免堆積灰塵，於是我就嫌惡地將他們丟到窗外。如此一來，我要如何才能在房子裡擺置家具呢？我寧可露天席地而坐，因為草地不會堆積灰塵，除非有人在那裡大興土木。

生活優渥、耽於遊樂的人引領流行，然後眾人就趨之若鶩。旅人若是在最好的旅店停留，很快就會發現：旅店老闆都把他當作薩達那帕斯[34]，如果他意志不堅，屈服於他們的殷勤奉承，很快就會失去男子氣慨。我認為，我們在火車車廂內，最容易花錢購買豪奢，而不是注重安全與便利；少了安全與便利，火車車廂不過就變成一個現代的起居室，有長沙發、軟凳、遮陽篷和上百種來自東方的物品，那些原本是為了綉房閨女或是天朝裡女性化的住民所發明的，但是我們卻帶到西方來，一般美國人連知道這些東西的名字，都會感到羞赧。我寧可一個人坐在南瓜上，也不願意跟一群人去擠絲絨軟墊；寧可坐著牛車自由來去，也不願意搭乘天國列車的時髦車廂，一路上聞著污濁的空氣。

在未開化的蠻荒時代，人類生活的那種簡單、原始至少有一個好處，就是讓人類仍然屬於大自然的過客。一個人吃飽、睡足了，就開始思考他的旅程要往何處去；在這個世界上，他以帳篷為家，不是在山谷跋涉，就是在橫越平野或攀登高山。可是你看！現在的人類已經成了他們使用工具的工具！原本餓了就自由採摘果實的人成了農民！原本只是站在樹下遮風蔽雨的人成了管理房屋的人！如今我們不再野營度夜，而是在土地上落地生根，結果卻忘了天堂！我們信奉基督教，純粹只是因為那是改良「農業」的方法[35]，卻忘了那也是一種文化。我們為今世興建了家族豪宅，為來世修葺家族墓園。最好的藝術作品原本應該是表現出人類脫離現狀束縛、爭取心靈解放的掙扎，但是我們的藝術卻只是追求低層次的舒適生活，而忘了更高層次的訴求。在這個村子裡，其實沒有精緻藝術作品的立足之地；就算真有什麼作品傳下來，在我們的生活中、屋子裡和街道上，也找不到合適的地方可以展示。我們的牆上找不到釘子可以掛畫，也沒有架子可以擺放英雄或聖賢的人像。想到我們要花多少錢來蓋房子，要如何籌措資金來支付房款——或者說還沒有付完的房款——還有家庭經濟要如何管理維繫，我就忍不住好奇：當賓客在屋內盛讚壁爐上那些華而不實的裝飾時，他腳下的地板何以不會當場塌陷，讓他掉入地窖內雖然是樸實的泥地，但是卻比較堅固實在的地基。這不得不讓我感到：這種所謂富裕、優雅的生活是令人雀躍的東西，但我卻看不到裝飾這種生活的精緻藝術，因為我所有的注意力都集中在雀躍本身了；我記得純粹靠人類肌肉跳躍的最高紀錄是某個遊牧的阿拉伯人創下的，據說他跳了離地二十五呎高。如果不靠人工輔助的支撐，人類跳起來，只要超過這個距離就一定會往

33 譯註：奧羅拉（Aurora）是羅馬神話中主掌黎明的女神；門農（Memnon）是伊索比亞國王提托諾斯與奧羅拉的兒子，後來繼位成為伊索匹亞的國王，在戰爭中被阿基里斯所殺。他的國人在底比斯為他矗立雕像，據說在太陽昇起時會發出音樂。

34 譯註：Sardanapalus 是亞述帝國的最後一任國王，據傳個性柔弱且作風腐敗。

35 譯註：此處梭羅特意強調這個字的拉丁字根「*agri*-culture」，「agri-」是指農田，「culture」是指文化。

下掉。因此，對擁有那些大而無當房產的業主，我想要提出的第一個問題是：是誰在支撐你？你是屬於那九十七個失敗者？還是那三位成功人士？先回答這幾個問題，然後我或許會好好看看你那些華而不實的小裝飾，還覺得挺漂亮的。把馬車放在馬匹前面，既不美觀，也不實用。在我們替房子裝上美麗的裝飾之前，必須先把牆壁刮乾淨；我們的生活也是一樣，必須先刮乾淨，才能塗上美麗的居家裝飾和美麗的生活做為基底：如今，對美好事物的品味，大多是在戶外養成的，那裡既沒有房屋，也沒有管理房屋的人。

老約翰遜[36]在《新英格蘭的神奇造化》一書中談到這個鎮上跟他同時期的首批殖民者，說道：「他們在山坡挖地穴棲身，將泥土堆在木材上，然後在最高的那一側泥土中生火。」他說，他們一直等到「受上帝賜福，從土壤裡種出麵包餵養他們」，這才「替自己蓋房子」；但是第一年的農作物歉收，長長的一整季，都得將麵包切得很薄才夠吃。新荷蘭省[37]的書記也在一六五〇年以荷蘭文寫道：「在新荷蘭，尤其是新英格蘭的人，一開始都無法按照自己的希望蓋農莊房舍，只能在地上挖一個四方形的坑洞，像地窖一樣，大約六、七呎深，長寬由人，然後用木板圍在四周的土牆上，再以樹皮或其他東西覆蓋在木板上，避免土牆崩塌；地窖的地上鋪了木板，頭頂上方則以護牆板充作天花板，再以圓材作成屋頂出入，圓材上再覆蓋樹皮或青草，這樣就有一個乾燥、溫暖的住家，一家人可以在裡面住上兩、三年，甚至四年；據了解，像這樣的地窖還可以依據家庭人數多寡隔間呢。在新英格蘭那些比較富裕的領頭人物，在殖民初期，也在這樣的居所裡住了兩季，一是不想浪費時間來蓋房子，以免到了下一季缺糧；二則是不想讓他們從祖國一起帶來的大量勞動貧民感到洩氣。這樣過了三、四年，直到這個國度適應了農業，才花好幾千美元替自己興建華麗的房舍。」

老祖宗採用的方法，起碼可以說是深謀遠慮，彷彿他們的當務之急是先滿足更迫切的需求。但是今天，這些更迫切的需求已經滿足了嗎？每當我想要替自己找一個更豪華的居所時，就會想到我們這個國家連人類的文化都還沒有完全適應，所以不得不將精神麵包切得比祖先的小麥麵包還要更薄，於是就打消了這個念頭。這倒不是說我們必須揚棄所有建築上的裝飾，即使在最原始的階段也未必如此；而是說我們應該先美化房子裡與生活息息相關的部份，就像貝類的蝸居一樣，不過也毋需過度修飾。啊，我曾經見過一、兩間這樣的房子，知道裡面的裝潢是如何！

當然，我們今天已經進化到或許不用再住洞穴、棚屋，穿獸皮的程度，最好還是接受文明的好處，雖然這些人類發明與工業的成果所費不貲。在我們居住的這個地區，木板木瓦、石灰磚塊還是比適合居住的洞穴，或是整根原木，或是充分的樹皮，甚至精煉的陶土或平板石塊還要更便宜，也更容易取得。我這樣說自然是有所本，因為無論在理論上或實際上，我都曾經深入了解。只需要用一點巧思，我們就能利用這些材料讓自己變得無比的富有，讓文明變成神的

36 譯註：Edward Johnson，1598-1672，是最早到美國麻薩諸塞州殖民的領袖之一，著有《*A History of New-England From the English Planting in the Yeere 1628 untill the Yeere 1652*》，一般稱之為《*The Wonder-Working Providence of Sion's Saviour in New England*》。

37 譯註：荷蘭人於一六一三年在北美建立的殖民地，後來在一六六四年被英國人打敗之後，改名為「新約克」，即今天的紐約。

庇佑。文明人是比較有經驗，有智慧的野蠻人。不過，我還是趕緊說說我自己的實驗吧！

一八四五年三月底，我借了一把斧頭，來到華爾登湖畔的森林，靠近我想要蓋房子的地方，開始砍伐一些像箭矢一樣尖銳，樹齡不大卻已經長得相當高的白松木，準備做為木料。萬事起頭難，不先借點東西，很難開始工作；不過，這也是一個最有效的途徑，可以讓鄉親父老關注你的事業。斧頭的主人在把東西借給我的時候說，這是他的寶貝，但是我歸還時，斧頭變得比借來的時候更鋒利。我工作的地點是在宜人的山腳下，那裡松林遍布，還可以從林間看到湖泊，是林子裡一塊松樹與山胡桃木蔓生的小空地。湖面上的冰尚未完全消融，不過有幾處已經破冰，透出黝黑的顏色，湖水溢出冰面。我在那裡工作的那幾天還偶爾飄些雪花，但是大部份的時間，當我從林子裡走出來準備回家的路上，經過鐵道旁，只見向前延伸的黃沙土堆在朦朧的氛圍中閃閃發亮，鐵軌在春日陽光照耀下熠熠生輝，耳邊還聽到雲雀、山鷸和其他鳥類啁啾，告訴我們又是新的一年開始。那是令人心曠神怡的春日，人類在冬天的不滿跟著大地一起融冰，冬眠的生命也開始伸展四肢。有一天，我的斧頭從斧柄脫落了，於是我砍下一截青翠的山胡桃木做楔子，用石頭將楔子嵌進斧頭，再將整支斧頭浸泡到湖水裡，讓木頭膨脹；這時候，看到一條花蛇鑽進水裡，顯然很安逸地躺在湖底，我在湖邊停留了超過一刻鐘，但是它連動也沒動，或許還沒有完全從冬眠狀態甦醒過來吧。在我看來，人類也是因為相似的理由，仍處在目前低級原始的狀態中，如果他們感受到四周春意盎然的影響，必然會提升到更高也更接近天國的生命層次。我先前曾經在霜凍的清晨，在路邊看過那條蛇，當然它還有一部份的軀體仍然痲木僵硬，等待陽光曬暖它們的身子。在四月一日那天，天降甘霖，融化了冰；那天稍早，霧氣仍重，我聽到一隻失群的野雁在湖面上摸索鳴叫，像是迷失了道路，也像是霧中的精靈。

所以我連續幾天用這把窄斧頭砍樹劈柴，立柱架樑，沒有太多可以跟別人說的想法或是像學究般的念頭，就只是自吟自唱——

人都說自己所知甚多；
可是看哪！他們飛走了——
藝術與科學，
還有千種運用方式；
但是只有風一直吹
才是我們唯一的所知。

我將主要木材都砍成六吋見方，大部份的柱子只砍掉兩邊，至於椽樑和地板的木材則只砍一邊，其他各邊都保留樹皮，這樣才能跟鋸的木材一樣筆直，甚至更堅固。這時候，我已經借來了其他的工具，所以每一塊木材都小心翼翼地榫接在一起，或是在殘株鑿出榫眼。我在林子裡工作的時間並不長，但是通常都會帶著麵包和奶油做午餐，到了中午，就坐在被我砍下來的綠色松枝之間，一邊吃麵包，一邊閱讀用來包著麵包的報紙；因為我的雙手都沾了一層厚厚的松脂，所以連麵包也散發出松木香氣。雖然我砍掉了一些松樹，但是在我完工時，我與他們早就已經化敵為友，也跟他們更熟悉。有時候，我的斧頭聲會引來一些在林間漫步的人，我們就在我製造的這些松樹木屑中愉快地交談閒聊。

到了四月中——因為我不急著趕工，只求盡興——房子的框架已經完成，可以準備豎起來了。這時候，我已經買下了詹姆斯．柯林斯的木屋，打算拆掉他的房子，利用那些木板。詹姆斯．柯林斯是愛爾蘭人，在菲奇堡鐵路工作，他的木屋已經算是少見的好房子了。我去他家看看房子的時候，他並不在家。我先在房子周圍繞一圈，起初屋子裡的人並沒有發現我，因為窗戶又高又深；房子很小，屋頂尖尖的，沒有什麼可觀之處；房子四周堆積了五呎高的泥土，彷彿是蓋在堆肥堆上似的。屋頂是最完整的部份，不過在陽光的照射下，已經彎曲變形，也變得易脆。大門沒有門檻，門板底下就是母雞可以永遠自由進出的通道。柯林斯太太出來，請我進屋子裡去看。那群母雞也因為我靠近而躲進來了。屋子裡面很暗，大部份的地板都很髒，陰冷、潮濕，令人感到不適；只有東一塊、西一塊，已經不堪搬動的木板。她點起一盞燈，帶我去看屋頂和牆壁裡的情況，還有延伸到床鋪底下的地板，同時警告我不要走進地窖，一個大約兩呎深的洞穴，裡面全是灰塵。依她的話說，「屋頂的木板是好的，四周牆壁的木板也是好的，還有窗戶也是好好的。」——其實只剩原本的兩個方框，最近也只有貓從窗戶進出。屋內還有一個爐子、一張床、一個可以坐的地方、一個在這間屋子裡出生的嬰兒、一把絲綢陽傘、一面鑲著鍍金鏡框的化妝鏡，和一個釘在橡木樁上別出心裁的咖啡研磨器——就這樣，沒了。我們很快就談妥了買賣，因為這時候詹姆斯也回來了。我今天晚上付他四點二五美元，他則在明天早上五點清空房屋，搬出去，同時不能再轉賣給其他人，然後我在六點正式成為屋主。他說，早一點去也好，因為他預期可能會有人來索取某些說不清楚又不公平的地租和燃料欠款；他跟我保證就只有這一點小麻煩。到了六點，我在路上遇見他們一家子，就只帶了一大捆的家當——床、咖啡研磨器、鏡子、母雞——沒有貓，因為她把貓帶到林子裡放生，從此成了野貓；後來我得知它誤踩了捕捉土撥鼠的陷阱，最後成了一隻死貓。

我當天就拆掉房子，拔除鐵釘，用小車子推到湖邊，把木板攤在草地上曝曬陽光漂白，也把彎的地方曬直。我經過林間小徑時，只有一隻早起的畫眉對著我叫了一、兩聲。有位年輕的派屈克偷偷地跟我說，一個叫做西里的鄰居，是個愛爾蘭人，趁我推車運送木材的空檔，將那些沒有壞、還算直、也還堪用的鐵釘、U形釘、鉚釘等裝進自己的口袋，等我回來時，還精神抖擻地跟我寒暄問好，站在那裡，一副若無其事的樣子，看著我拆房子——就像他說的，小事一樁。他像觀眾一樣站在一旁看，讓這件原本無足輕重的小事，也變得像是特洛伊城搬運神像那樣的大事[38]。

38 譯註：在特洛伊戰爭中，希臘的奧德修斯（Odysseus）與戴奧米迪斯（Diomedes）得知必須搬走特洛伊守護神雅典娜的神像，才有可能攻陷城池，於是趁黑夜將神像從神殿中搬了出來。

我在朝南的山坡挖了地窖，那裡原來就有土撥鼠挖的巢穴，深入漆樹與黑莓的樹根之間，已經是最深入地底的植物了；地窖有六呎見方、七呎深，在一片細沙地裡，不管再怎麼冷的的寒冬，放在這裡的馬鈴薯也不會結冰。地窖的兩側依然保持傾斜，並沒有砌上石塊；但是陽光不會照射進來，所以沙土也不會滑落。這個工作只花了兩個鐘頭。我對挖地特別感興趣，因為不管是住在哪一個緯度的人，幾乎都會在地底挖洞，尋找恆溫。即使是城裡最華麗的房子，也還是會挖地窖，跟以前的人一樣用來儲存根莖類食物；就算上層建築早就消失無蹤，後代子孫仍然會發現地底洞穴的遺跡。所以房子無非也不過就是地底巢穴入口的一座門廊罷了。

終於，到了五月初，在一些朋友的協助之下，我將房子的框架豎了起來；與其說是我需要他們幫忙，不如說是利用這個好機會，增進一下鄰居情誼。我對這些來幫忙架起屋屋框架的朋友可說是深感榮幸，因為我相信他們註定將來會協助架設更崇高的建築。我在七月四日正式遷入新居，這時候屋頂和牆壁的木板都才剛剛釘好，因為每一塊木板的邊緣都要削薄，然後仔細地鑲嵌重疊，以免下雨時滲水；但是在鑲上木板之前，我先在屋子的一端鋪設煙囪的基石，這些石頭都是我從湖邊抱回來，再分兩趟用推車運到山坡上。我是到了秋天開始鋤地之後，才蓋了煙囪，因為這時候才需要生火取暖；在此之前，我都是一早在戶外地上露天煮食，直到現在，我仍然覺得這種方法在某些方面比平常的方法還要更方便，也更舒適。如果麵包還沒有烤好就開始下雨的話，我就拿兩塊板子遮在火上，然後自己坐在板子底下，看著麵包在火裡烤，如此度過許多愉快的時光。在那一段時間內，我的手邊的工作很多，讀書的時間就比較少，但是那些丟在地上、架上或是桌上的碎紙和上面的隻字片語，仍然帶給我許多閱讀的樂趣，事實上，其功能也跟伊里亞德相去不遠。

如果多花一點心思來蓋房子，當然也是值得的，比方說，想一想在蓋門窗、地窖或閣樓時，可以在人性中找到什麼樣的基礎？甚或在還沒有找到比眼前短暫需要更好的理由之前，就不蓋上層建築。人類蓋房與鳥類築巢，都有一些相同的合理性。誰知道呢？如果人類親手蓋自己的住所，又以夠簡樸、夠實在的方式餵養自己和家人，說不定他們也能充分發展詩性機能，就像鳥兒在做這些事情的時候一樣高聲歌唱，傳遍四海呢！可是啊，我們卻像燕八哥和杜鵑鳥一樣，總是在其他鳥類築的巢裡下蛋，只會嘰嘰喳喳地發出毫不悅耳的聲音，讓過往旅人避之唯恐不及。難道我們永遠都要把建築的樂趣拱手讓給木匠嗎？在大眾的經驗裡，建築又是什麼呢？在我的經驗中，從未見過任何一個人的工作，就是蓋自己的房子，這麼簡單而自然。我們都是社會的一部份。不只有裁縫是九分之一個人[39]，牧師、商賈、農民全都一樣；這樣的分工要分到什麼時候？又能達到什麼目的呢？誠然，別人或許也會為我思考，但是不能因此就認為我不需要為自己思考。

沒錯，這個國家確實有所謂的建築師，我至少就聽說過有一位建築師抱持著建築裝飾必須

39 譯註：出自古老英語諺語：「九個裁縫才抵得上一個人。」這句話至少可以追溯到十七世紀。

有真理核心的想法，也就是說，必須有必要性，也因此產生美感；對他來說，這彷彿是一種天啟。從他的觀點看來，這些都不錯，但是也只比業餘的文藝愛好者稍微好一點而已。他雖是建築界裡的改革者，但是感情用事，只從楣簷細節著手，卻不觸及基礎核心；只想著如何在裝飾中嵌入真理核心，就好比在糖漬梅子裡鑲入杏仁或茴香子一樣——我個人認為不加糖的杏仁才最有益健康——而不是想著如何讓居民，也就是住在房子裡的人，真正的由內在和外在建立自我，至於裝飾呢，順其自然就好了。有哪個理智的人會認為裝飾只是外在的皮毛而已？就像烏龜有斑點外殼，貝類有珍珠色澤，或是百老滙的居民有一座三一教堂？但是人與房子建築風格之間的關係，就像烏龜跟他的殼一樣；士兵也不需要閒著沒事，硬是要在他的旗幟上塗滿與他德性相符的特定顏色。這樣會被敵人發現，更何況等到他面對審判時，可能也會變得蒼白失色。在我看來，這位建築師只是靠著他的楣簷，怯生生地對著不明就裡的住戶說明他那半瓶水的真理，其實住戶知道的比他還多呢。我知道，現在看到的建築美感，都是基於住戶的需求與個性，由內而外逐漸發展出來的；住在房子裡的人才是唯一的建築師，純粹發自無意識的真誠與尊貴，完全沒有考慮到外表，而且一定要在生活中先有同樣無意識的美，才會產生這種附加的美。畫家都知道，這個國家裡最有意思的住房，就是一般窮人住的原木小屋與村舍，不扭捏做作，又謙遜不華；並非這些房子的外在有任何特殊之處，而是住在裡面的人所過的生活，才造就了他們的殼，讓這些房子變得如圖畫一般。而同樣有意思的，則是市民在鎮郊的小箱子，他們的生活如同想像般的簡單舒適，並沒有刻意在住家風格上追求什麼勉強的效果。絕大部份的建築裝飾，在實質上都是空洞的；一陣九月的強風，就會將它們吹走，宛如借來的羽毛，而不會傷及實體。如果你不在地窖裡儲存橄欖與葡萄酒，其實就跟**建築學**完全不相干。如果在文學上也花費同樣多無謂的功夫追求風格的裝飾，或者修築經典的建築師也像修建教堂的建築師一樣，花這麼多時間去修飾楣簷細節，那會怎麼樣呢？所謂純文學與純美術及其教授，便是這樣造就出來的。的確，一個人關心的無非只是幾根棍子在他頭頂或是腳下如何斜放，還有他的箱子要塗上什麼顏色。如果這真的是**他**放的棍子或是塗的顏色，那麼認真說起來，還真的能夠透露出一些訊息；然而一旦背離了住戶的精神，那麼就跟替自己打造棺材沒有什麼兩樣了——在墳墓的建築中，「木匠」只是「棺材工人」的另一種說法而已。有人說，人若是對生命絕望或是漠不關心，隨便從腳邊捧起一坏土，就把房子塗成那個顏色；他心裡想的是不是人生的最後那一坏土呢？那還不如丟銅板來決定。想來他也是太有閒情逸致了！何必要捧起一坏土？不如把房子漆成你的臉色，讓它跟著你的臉色蒼白或羞紅就好了。那還是改進木屋建築風格的事業呢！等你準備好給我的裝飾，我穿戴上就是了！

我在冬天來臨之前蓋好了煙囪，並且在已經防雨的四周牆壁內側貼上木瓦；木瓦的材料是初次從原木切割下來的薄片，仍飽含汁液，不盡完美，而且邊緣彎曲，我還得用刨刀將其刨直。

於是，我有了一間內牆貼了木瓦和塗上灰泥的房子，十五呎長，十呎寬，還有八呎高的柱子，屋內有一間閣樓和一間盥洗室，每一邊都有一扇大窗戶，還有兩扇天窗；房子的一端有一扇大門，正對著磚砌的壁爐。房子的確切造價如下，包括使用材料的價格，但是不含工資，因為都是我自己親手做的；我鉅細靡遺的列舉出來，因為很少人知道他們的房子到底花了多少錢，更不用說各種材料的各自花費：

木板……………………………八點零三五美元（大部份都是小木屋的木板）
屋頂和牆板使用的廢木瓦……四美元
木板條…………………………一點二五美元
兩扇二手窗戶（含玻璃）……二點四三美元
一千塊舊磚頭…………………四美元
兩桶石灰………………………二點四美元（買貴了）
鬃毛……………………………零點三一美元（買多了）
壁爐鐵架………………………零點一五美元
鐵釘……………………………三點九美元
鉸鏈及螺絲釘…………………零點一四美元
門閂……………………………零點一美元
白堊……………………………零點零一美元
搬運費…………………………一點四美元（我自己也扛了大部份）
合計……………………………二十八點一二五美元

這些就是所有的材料，除了木材、石頭和沙子之外——後面那些是我行使佔地權得來的。我另外還蓋了一間木棚子，不過主要是用蓋房子剩餘的材料搭建而成的。

我打算等哪一天心血來潮，還要再蓋一間房子，比康科德鎮大街上那些房子都還要更宏偉、更豪華，而且花費不會超過我現在這一間。

於是我發現：想要覓得一處棲身之所的學生，絕對可以找到一個終生的住所，而且花費不會超過他現在每年支付的租金。倘若我說的話聽起來有點誇大不實，那也是因為我替全人類誇口，而不是為我自己；我的缺點與前後矛盾，一點也不影響陳述的真實性。儘管有些虛假和偽善——這是與麥子難以區分的粗糠，我也跟所有的人一樣感到失禮——不過以此事來說，我仍然要挺直腰桿，暢所欲言，這樣才對身心兩益。當然，我也下定決心，絕對不會低聲下氣地成為魔鬼代言人[40]，而是努力為真理說好話。在劍橋學院[41]，學生宿舍的房間只比我現在的房子大一點，一年光是租金就要三十美元；但是企業佔有優勢，可以在同一個屋頂下蓋三十二間房，一間挨著一間，而住戶則必須忍受許多鄰居吵鬧帶來的不便，或許還得住到四樓呢。我忍不住在想：如果我們在這方面有更多真正的智慧，不但不需要這麼多的教育（因為我們自學的確實就已經更多了），而且在教育方面的支出也會大幅減少。在劍橋或其他地方的學生為了生活所

40 譯註：在羅馬天主教會中，通常會指派一名主教做為「devil's attorney」，指出獲得提名的封聖候選人有什麼潛在的缺失，後來引申為「為了反對而反對的人」。

41 譯註：指位為麻薩諸塞州劍橋的哈佛學院（Harvard College），也就是梭羅的母校。

需的便利，讓他或其他人犧牲掉十倍的生命；如果能夠妥為安排的話，就可以省下來。花費最多的東西絕對不是學生最需要的東西。比方說，學費就是每學期帳單中最重要的項目，然而學生跟同儕中最有教養的人交往可以獲得更有價值的教育，卻一毛錢都不必花。成立學院的方法通常是從募款開始，然後就是盲目地遵循分工的原則，這個原則應該要慎重以對，但是他們卻盲從到了極致——找來承包商，將此事變成一門投機生意，又雇用愛爾蘭人和其他工人來蓋學校，而未來的學生則據說要自行適應學校，因此讓一代又一代的學子為這個疏失付出代價。我認為應該有更好的作法，就是讓學生或是想要從教育中獲益的人自己去蓋學校。學生千方百計地規避人應該從事的體力勞動，藉以獲得他夢寐以求的閒暇與安逸，然而這只是不光彩又毫無益處的閒暇，剝奪了他原本應有讓閒暇更有成果的勞動經驗。「但是，」有人說，「你是叫學生用手工作，而不是用腦嗎？」我完全沒有這個意思；我只是說他們不應該玩樂人生，或僅僅是研究人生，讓整個社會支持他們玩這個昂貴的遊戲，而是應該從頭到尾認真地生活。年輕人除了立刻就開始嘗試人生的實驗之外，還有什麼更好的方法可以學習生活嗎？我認為這跟數學一樣，可以鍛鍊他們的心智。比方說，我若是想讓孩子學習藝術與科學，我不會送他去上一般的課程，因為那只是把他送到某位教師的身邊，在那裡，什麼都教、什麼都練習，就是沒有生活的藝術——用望遠鏡和顯微鏡觀察這個世界，卻始終不用自己的眼睛好好地看世界；或是研究化學，卻不知道麵包是怎麼做出來的；或是學習機械，卻不學要如何掙錢；或是發現海王星的新衛星，卻不曾發現自己眼中的微塵，或是發現自己本身也是繞著某個遊手好閒的人轉；或是只思索著一滴醋裡的怪物，卻渾然不覺自己已經快要被周圍成群的怪物給吞噬了。一個孩子自己挖礦煉鐵、製作折疊刀，並且大量閱讀與這方面相關的必要書籍；另外一個則到學院去上冶金學的課，然後從父親那裡接過一把羅傑斯生產的小刀[42]，你想，到了月底，哪一個進步最多呢？哪一個比較可能割到自己的手指頭？……我在離開學院時才得知我曾經學過航海學，真是讓我大為詫異——學這個幹嘛？如果我實際開船出港轉一圈，學到的可能還更多呢！即使是窮學生，他們讀的、學校教的也都只是政治經濟學，至於等同哲學的生活經濟學，在我們學院裡甚至不曾認真地教過；結果是學生一邊讀亞當．斯密、李嘉圖與薩伊[43]，一邊讓父親陷入永遠還不清的債務。

我們的學院如此，上百種「現代進步設施」也是一樣；我們對他們都存有一種幻想，但是未必都有正面的進步。魔鬼因為早期的股份與後續無數的投資，會一直抽取複利，直到最後。這些發明往往都只是漂亮的玩具，吸引我們的注意力，卻因此忽略嚴肅的事物；到頭來，手段進步了，但是目的卻沒有進步，而這些目的本來就已經很容易可以達成，就像通往波士頓或紐約的鐵路一樣。我們急著興建從緬因州到德州的電報線路，但是緬因州與德州之間，很可能沒有什麼重要的事情要溝通；就像有個人急著想要認識一名傑出的失聰婦人，但是當他真的見到

42 譯註：Joseph Rodgers & Sons 是英格蘭雪菲爾德一家老字號的刀具店，以品質精良著稱。
43 譯註：Adam Smith，1723-1790，蘇格蘭經濟學家；David Ricardo，1772-1823，英格蘭經濟學家；Jean-Baptiste Say，1767-1832，法國經濟學家。

了本人，手裡握著她助聽器喇叭的一端，卻沒有話好說的窘況一樣。彷彿我們的首要目標是講得快，而不是言之有物。我們急著在大西洋海底挖地道，讓舊大陸與新大陸的距離縮短幾個星期，但是第一個透過地底電纜傳播到美國人耳中的訊息，很可能只是艾德蕾德公主[44]得了百日咳；畢竟，騎著快馬一分鐘跑一哩的人，未必帶著什麼重要的訊息；他不是福音信使，也不是來吃蝗蟲與野蜜。我懷疑飛翔的查爾德斯[45]從來不曾馱過一粒玉米進磨坊。

有人跟我說：「我在想，你怎麼不存一點錢；你喜歡旅行，可以搭車去菲奇堡[46]，看看鄉村景色。」可是我有更聰明的做法。我曾經聽說過，走路旅行的人，速度最快。我跟朋友說，我們猜猜看誰會先到。這段距離有三十哩，路費是九毛錢──那幾乎是一天的工資了。我記得當初興建這條鐵路的工人，一天的工資是六毛錢。好啦，我現在開始走，到晚上可以抵達；我曾經一整個星期都以這樣的速度旅行。而你呢，在這個時候則必須工作賺旅費，然後明天才會到；或者如果你運氣夠好，能夠在這個季節找到工作的話，也許今天晚上也能到，可是你大半天都必須留在這裡工作，而不是旅行到菲奇堡。所以，就算鐵路可以通行到全世界，我仍然會走在你的前面；若是你跟我說什麼見見世界，增廣見聞之類的，那我早就應該跟你絕交了。

這是放諸四海皆準的法則，任何人都得信服；至於鐵路，那就應了那句話：「橫豎都一樣！」要興建環繞世界的鐵路，讓所有人都可以乘坐，就等於是要鏟平整個地球表面；人類似乎隱約認為，只要持續投資，一鏟接一鏟地蓋下去，時間久了，終究會讓所有的人都搭上火車，不用花什麼時間，也不用花什麼錢，可以愛到哪裡就到哪裡。然而，儘管有大批群眾湧入車站，可是當蒸氣凝結，車頭冒出濃煙，車長大聲喊道：「統統上車！」時，還是會發現只有少數人在車上，而其他人則被車輾過——成了所謂「可悲的意外」。當然囉，那些賺足了車資，而且還沒有累死的人，無疑是可以登上火車，只不過到了那個時候，他們很可能已經喪失了旅行的興致和欲望。把人生最好的時光用來賺錢，以便在最沒有價值的時光中享受令人質疑的自由，這樣的做法讓我想起了一個英格蘭人，他先到印度尋寶，以便發財後可以回到英格蘭當一名詩人；他應該立刻就搬到閣樓去住才對。「什麼！」上百萬名愛爾蘭人會從這塊土地上的所有棚屋裡跳起來大喊。「我們蓋了這條鐵路不是一件好事嗎？」是的，我答道，相對來說是一件好事。也就是說，如果不蓋鐵路，你們可能做出更糟糕的事情，但是我希望——因為你們是我的兄弟——你們可以把時間花在比挖土更有意義的事情。

在蓋好房子之前，我想以實在、愜意的方法賺個十塊或十二塊美元，以備不時之需，所以就在房子旁邊大約兩英畝半的輕質沙地上種了一些作物，主要是豆子，但是也有一小部份種了馬鈴薯、玉米、豌豆和蕪菁。整片土地佔地十一英畝，大多是松樹與山胡桃木，在上一季，

44 譯註：Princess Adelaide，指 Adelaide Louise Theresa Caroline Amelia，1792-1849，是英國國王威廉四世的皇后。
45 譯註：Flying Childers 是英格蘭一匹知名的賽馬。
46 譯註：Fitchburg 是位在康科德鎮西邊的城鎮。

每英畝平均賣了八點零八美元。一位農民說那塊地「除了養一些吱吱叫的松鼠之外，沒有什麼用處」。我沒有在土裡施肥，因為我不是地主，只是暫時佔用，也沒有打算要種那麼多作物；我也沒有一次把所有的土地都全部鋤好。我在犁地時，刨出了好幾塊樹根，可以充當燃料，夠我用上好長一段時間，同時也留下幾圈沒有耕作的鬆土，等過了夏天，更茂盛的豆苗長出來之後，很容易就可以分辨出來。在屋後那些已經枯死或是大部份沒有出售價值的樹木，還有湖裡的漂流木，就足以供應不足的燃料。儘管我自己扶犁，但是仍然不得不雇用一組人馬幫忙犁地。我的農場在第一季的支出為十四點七二五美元，主要是購買工具、種子和雇用勞工；玉米種子是別人送給我的。除非你要大量種植，否則這方面的支出可說是微不足道。我收成了十二蒲式耳[47]的豆子、十八蒲式耳的馬鈴薯，還有一些豌豆和甜玉米；至於黃玉米和蕪菁則因為種得太遲，來不及收成。所以我的農場總收入為：

……………………………二十三點四四美元

扣除支出………………十四點七二五美元

結餘………………八點七一五美元

另外還有一些已經吃掉和尚未出售的作物，我估計價值約為四點五美元——尚未售出的金額就足以抵銷我自己沒有種的牧草，還綽綽有餘。通盤考量起來，也就是說，將一個人的靈魂和今日時光的重要性都列入考慮，儘管我的實驗時間很短——甚至還有一部份正是因為這種短暫的特性——我相信我當年的表現比康科德鎮上任何一位農民都還要好。

第二年，我的表現又更好了，因為我將所有需要用到的土地全都翻了一遍，大約三分之一英畝。我完全沒有被許多知名的農耕專著給震懾住，例如亞瑟．楊恩[48]的作品，反而從這兩年的經驗中得知：一個人若是生活簡單，只吃自己種的作物，也只種自己要吃的作物，不用來交換永遠都嫌不夠的那些奢侈品或昂貴的物品，那麼就只需要種幾杆[49]長的地就夠了；用鏟子翻地比用牛犁地要便宜，另外，偶爾選擇新的土地種植而不是在舊的土地上施肥，那麼他只要在夏季利用零星的時間，用左手就可以完成必要的農事工作，如此一來，就不需要像現在這樣受到耕牛、馬、乳牛或豬隻的牽制。我對當前經濟和社會措施的成敗完全不感興趣，因此關於這一點，我想以這樣的立場，說幾句公正的話。我比康科德鎮上任何農民都要更獨立自由，因為我沒有被房子或農場綁住，隨時可以依照自己天賦意向行事，而且是相當曲折多變的意向。我的生活本來就比他們富裕，此外，就算我的房子慘遭祝融或是農作物欠收，我也沒有什麼損失，還是跟以前一樣的富裕。

我常常在想：與其說人看守著牛馬，還不如說是被牛馬給看守著，因為牛馬比人要自由多

---

47 譯註：Bushel 是英式的容量與重量的單位，通常用來度量乾貨，尤其是農作物。一蒲式耳等於八加侖（約 36.37 公升）。

48 譯註：Arthur Young（1741–1820），英國農耕學家。

49 譯註：Rod 是英制的度量衡單位，長度相當於 5.5 碼（約 5 公尺）。

了。人與牛交換工作，但是我們若只算必要的工作，那麼就可以看得出來，牛占了絕大的優勢，因為他們耕的地要比人大的多。人只有在曬乾草的那六週期間，做了一部份他交換來的工作，那也不是兒戲就是了。一個在各個層面都過著簡樸生活的國家——換言之，也就是哲學家的國度——當然不會鑄下這種利用動物勞動力的大錯；沒錯，這種哲學家國度以前不曾存在，也不可能就在眼前，而我甚至不確定這樣的國度是不是大家想要的。然而，我是絕對不會訓練一匹馬或一頭牛，把它帶回家替我做事，因為我怕自己淪為馬人或牛人；社會似乎是這種做法的受益者，但是我們真的能夠確定一個人的利益不會是另外一個人的損失嗎？馬伕跟他的主人一樣感到滿意嗎？就算有些公共工程若是沒有牛馬的協助就無法完成，而人類也願意跟牛馬分享榮耀，這是否表示人類就無法獨力完成更有價值的工作？一旦人類開始藉助牲畜來完成一些不只是沒有必要或藝術性的工作，甚至是一些奢華或閒逸的工作，那麼不可避免地就會有一些人跟牛交換所有的工作，換言之，就是成為強者的奴隸；如此一來，人就不只是為他自己內心的動物工作，而且從象徵意義上來說，也是為他身外的動物工作。雖然我們已經有很多磚砌或石造的房子，但是仍然以穀倉超越房舍的程度來衡量農民的財富；據說本鎮已經有附近最大的牛舍、馬廄，公共建築也不落後，但是在這個郡裡，可以自由崇拜敬神、自由發表言論的廳堂仍然很少。國家想追求永垂千古，不應該靠他們的建築，何不靠他們抽象思考的力量呢？《薄伽梵歌》[50]受到的讚美景仰，遠遠超過任何東方的廢墟！高塔和廟宇是王公貴族的奢侈品，但是單純獨立的心靈卻不受任何王公的命令。天才不是任何帝王的財產，他們的資質——除了極微不足道的一小部份之外——也不是金銀瑪瑙。所以，請跟我說，我們要鑿那麼多石頭幹什麼？我去阿卡迪亞[51]的時候，都沒有看到有人在鑿石頭。許多國家都抱持著一種瘋狂的野心，他們拚命鑿石頭，想要以留下的石頭數量，在人們心裡留下永遠的記憶；如果他們願意花費同樣多的心血來磨鍊修養自己的品行，那該有多好？高明的見識比高聳入雲的紀念碑還要更令人難忘。我寧看到石頭留在原地不動。底比斯[52]的宏偉只是粗俗的宏偉。實在做事的人沿著自家田地築一道石垣，也比有上百個城門的底比斯城牆更有意義，因為後者已遠離了生命的真理。未開化的異端宗教與文化建造了輝煌的廟宇，但是你可以稱之為基督教的文化裡卻沒有；一個國家鑿下來的石頭，大部份都只是拿去蓋墳墓，把自己活埋在裡頭。至於金字塔，也稱不上什麼奇蹟，唯一令人嘖嘖稱奇之處，就是竟然有這麼多人會墮落到浪費自己的生命，替某個野心勃勃的白痴興建墳墓；像這樣的人若是在尼羅河裡淹死或是拿自己去餵狗，說不定還更明智、更有氣魄呢。或許我可以替他們編出什麼藉口，但是我沒有那個時間。至於建造者的宗教信仰及其對藝術的愛好，則在全世界都一樣，無論是埃及金字塔或美國銀行，花費都比本身的價值要高，背後的主要動機都是虛榮，再加上對大蒜、麵包和奶油的喜好。巴爾坎先生——某位前途無量的建築師——追隨維特魯威[53]的腳步，用硬筆和尺畫出設計圖，然後交給石匠道布森父子去完成；

---

50 譯註：Bhagvat-Geeta 或拼成 Bhagavad Gita，是印度教的梵文經典。

51 譯註：Arcadia 是古希臘的田園地區，寓意生活簡樸、幸福快樂的世外桃源。

52 譯註：Thebes 是古埃及的首都，擁有最豐富的紀念碑與宏偉的建築，見證了古埃及帝國的雄偉風華。

53 譯註：Marcus Vitruvius Pollio 是古羅馬著名的建築師。

等到三十個世紀開始睥睨人間[54]，人類才開始尊敬這個建築。說到你們的高塔與紀念碑，這個鎮上曾經出現一個瘋子，誓言要挖一條地道直通中國，他挖得極深，甚至還說他可以聽到中國的鍋碗瓢盆　啷作響；不過我想，我是不會特地跑去瞻仰他挖的那個洞就是了。很多人關注西方和東方的紀念碑，想探聽誰興建了這些東西；但是對我來說，我反倒想要知道在那個年代，誰沒有興建這些東西，誰不屑做這種瑣碎小事。不過我還是繼續談我的統計數字好了。

在此同時，我還在村子裡做測量、木工和各種其他工作（因為我會的技能跟手指頭一樣多），也賺了十三點三四美元。以下就是我這八月個來的伙食費——也就是說，從七月四日到隔年的三月一日，即計算這份帳目表的時間，雖然我在那裡住了兩年多——其中不包括我自己種的馬鈴薯、一點綠玉米和一些豌豆，也不包括到了最後一天尚未出售作物的價值：

米……………一點七三五美元
糖漿…………一點七三美元（最便宜的糖類）
黑麥粉………一點零四七五美元
玉米粉………零點九九七五美元（比黑麥粉便宜）
豬肉…………零點二二美元

麵粉……………………零點八八美元（比玉米粉貴，也更麻煩）
糖……………………零點八美元
豬油…………………零點六五美元
蘋果…………………零點二五美元
蘋果乾………………零點二二美元
蕃薯…………………零點一美元
一顆南瓜……………零點六美元
一顆西瓜……………零點二美元
鹽……………………零點三美元

（這一部份的實驗全以失敗告終）

沒錯，我確實吃掉八點七四美元，不過我不該如此臉不紅、氣不喘地公布自己的罪過，若不是我知道大部份的讀者也跟我一樣罪過，而且他們的行為若是公諸於世，也好不到哪裡去。在第二年，我有時候會捕魚來吃，有一次甚至還宰了一隻在我豆田裡肆虐的土撥鼠——或者如韃靼人所說的，助他轉世投胎——把它給吃了，有部份原因也是出於好奇；儘管吃起來有一股腥羶味，不過當下仍是很滿足。雖說村子裡的屠夫可以幫你替土撥鼠剝皮拔毛，我還是覺得長此以往不是一件好事。

54 譯註：拿破崙曾經對站在金字塔前的法國士兵說：「四十個世紀在睥睨著你們。」

在同一時期內的衣服和其他零星花費如下，不過從這一項看不出什麼細節：

……………………………………八點四零七五美元

油和一些家居用具…………………兩美元

這就是所有的金錢支出了——除了洗衣和縫補之外，這些工作都不在家裡做，也還沒有收到帳單——在我們這個地方，所有必要的支出就是這些了：

房子……………………………………二十八點一二五美元

一年的耕種…………………………十四點七二五美元

八個月的伙食………………………八點七四美元

八個月的衣服雜支…………………八點四零七五美元

八個月的油和其他…………………兩美元

總計……………………………………六一點九九七五美元

現在，我要對那些必須自謀生路的讀者說話。為了謀生，我賣掉了田地收成的作物：

……………………………二十三點四四美元

打零工收入……………………十三點三四美元

總計……………………………三十六點七八美元

扣除支出的總和，還有二十五點二一七五美元的差額——這個金額非常接近我一開始的資金，而我原本也就是依據這個數目來規劃支出——而在所得方面，除了安逸、獨立和健康之外，我還多了一間舒適的房子，而且我想住多久，就可以住多久。

這些數字看似瑣碎又沒有什麼意義，不過因為本身的完整性，也賦予其價值。我收到的每一樣東西，無不列入帳目記載。從以上的估計看來，我每星期的伙食費約為零點二七美元；在接下來的將近兩年時間內，我吃的是沒有酵母的黑麥粉和玉米粉、馬鈴薯、米、少許醃豬肉、糖漿和鹽；對一個如此熱愛印度哲學的人來說，以米當主食，倒也合情合理。為了滿足那些生性吹毛求疵的讀者，我不妨也在此說明：如果我偶爾外出用餐——我以前會這樣做，相信以後也有機會這樣做——確實會常常擾亂我的家務安排；不過，如我所說的，雖然我經常外出用餐，絲毫也不會影響我上面做出的比較說明。

我從這兩年的經驗中得知：即使在我們這個緯度，要取得一個人生存必需的食物，根本不必費什麼工夫，簡單的令人難以置信；而且人類的飲食也可以跟動物一樣簡單，同時還能維持健康與體力。我曾經在自己的玉米田裡採收馬齒莧（*Portulaca oleracea*），在水裡加鹽煮一煮，做成一道菜，吃了一頓豐盛的晚餐，在各方面都很滿足。我刻意加註拉丁文的學名，因為這個名稱有美味的意思。想一想，對一個理智的人來說，在承平時代的尋常午餐，若是有充足的綠色甜玉米穗加鹽煮熟，夫復何求？即使我在飲食方面有少量變化，那也只是為了增進胃口，而非為了健康著想。然而人類卻來到經常覺得飢餓的關卡，倒不是因為缺乏必要的食物，而是因為追求豪奢。我認識一位好婦人，她就認為她兒子之所以喪命，都是因為他只喜歡喝清水的緣故。

讀者會發現，我是從經濟的角度而不是從飲食的角度來談這個話題，所以除非他身上儲備了充分的脂肪，否則千萬不要冒險效法我的節制。

我一開始只用玉米粉加鹽做麵包，是不折不扣的玉米餅；我在戶外，利用蓋房子剩下來的木條或零星木料生火燒烤，經常冒出濃煙，還有松木的香味。我也試過用麵粉，不過最後發現黑麥和玉米粉的組合最方便，也最可口。天氣冷的時候，連續烤好幾條這樣的小麵包，在爐火邊小心翼翼地盯著、翻著麵包，像埃及人孵蛋一樣，倒也不失為一件樂事。這真的是我一手催生的穀物果實，在我聞起來，也跟其他尊貴的果實一樣，散發出香氣，我甚至還用衣服包著，儘可能地延長保存時間。我特地鑽研製作麵包這門古老而不可或缺的藝術，請教了所有找得到的權威，甚至追溯到原始時代和最早發明的不加酵母麵包，當時人類才剛脫離吃野生堅果和生肉的階段，進展到這種溫和精緻的飲食，然後又逐漸研究到人類在偶然間發現麵糰變酸——這應該就是發酵過程——以及隨之而來的各種發酵方法，最後終於做出「好的、美味的、有益健康的麵包」，正是生命的支柱。有些人視酵母為麵包的靈魂，也就是拉丁文說的「精神」（*spiritus*），充滿在麵包的細胞組織之間，也像女灶神的火種一樣受到虔誠的保存——我猜應該是放在寶貴的瓶子裡，跟著五月花號一起帶進來，在美洲大陸發揮其作用，造成的影響至今仍在這片土地上滋長、膨脹、蔓延、在麥浪穀海之間翻騰——我原本也忠誠地定期從村子裡買來這樣的種子，直到有一天早上，我忘了規矩，用熱水燙死了酵母；不過，這個意外也讓我發現：原來就連酵母也不是非用不可——這個發現不是綜合推論的結果，而是經過分析的過程——此後，我就很開心地省掉這個材料，儘管大部份的家庭主婦仍然殷切地跟我說，沒有酵母可能就做不出安全而有益健康的麵包，還有長者預言我的生命力會快速衰退。不過，我還是認為這並非必要的原料，而且我已經一年都沒有用酵母做麵包，也還是活得好好的。讓我更開心的是，我再也不必在口袋裡裝著小瓶子，因為有時候瓶蓋會爆開來，瓶子裡的東西灑出來，弄得我狼狽不堪。省略這道工序不但更簡單，也更值得尊敬，因為人類本來就比其他動物更容易適應各種氣候與環境。我也沒有在麵包裡加入小蘇打或是其他的酸或鹼，不過這種作法似乎更接近馬庫斯・波修斯・卡托[55]在西元前二世紀的食譜：「Panem depsticium sic facito. Manus mortariumque bene lavato. Farinam in mortarium indito, aquæ paulatim addito, subigitoque pulchre. Ubi bene subegeris, defingito, coquitoque sub testu」——我想這段話的意思是說：「揉麵包的方法如下：

55 譯註：Marcus Porcius Cato，西元前234-149，又被稱為老卡托（Cato the Elder）古羅馬政治家、農業學家，著有《農業志》（*De Agri Cultura*）。

把手和揉麵盆洗乾淨。把粉放入揉麵盆裡，慢慢加水，徹底搓揉。揉好之後，塑形，然後加蓋烘焙」，也就是放在烘焙鍋裡烤。裡面完全沒有提到酵母。話說回來，我也不是一直都能享用這種生命之物；有一段時間，因為阮囊羞澀，我有一個多月沒有看到酵母。

每一個新英格蘭居民都可以輕易地在這片土地上種植製作麵包所需的黑麥和玉米，不需要仰賴遙遠而價格波動的市場，然而我們在康科德鎮卻遠離簡樸和獨立，以至於在店裡鮮少販售新鮮甜美的粗穀粉，也很少有人會使用碎玉米或是形式比較粗糙的玉米。農民自己生產的穀物絕大部份都拿去餵牛豬，然後再到店裡去買麵粉，不但要多花錢，而且未必有益健康。我發現我自己可以種出一、兩個蒲式耳的黑麥和玉米——前者可以在最貧瘠的土地上生長，而後者也不需要最好的土壤——然後再以手工研磨成粗粉，這樣就不需要米和豬肉也能過活。如果我真的需要一些濃縮的糖，我也從實驗中發現可以利用南瓜和甜菜製作非常好的糖漿，而且我知道種幾株楓樹，就可以輕易地獲取更多糖漿；而在我說的這幾種作物還在生長、尚未收成的期間，我也可以用其他的各種替代品。「因為，」誠如我們的老祖宗所歌詠的，

「我們可以用南瓜、防風根和胡桃木片，
釀出美酒來潤唇。」[56]

最後，講到鹽這種最粗糙的雜貨，只要找個合適的時機到海邊跑一趟就可以拿到了，或者

我如果完全不用到鹽，或許還可以少喝點水。我從來不曾聽說印地安人會大費周章地去找鹽。

如此一來，以我的食物而言，就可以省掉買賣交易或是以物易物的麻煩；再加上我已經有了遮風避雨的住所，那就只剩下衣服和燃料需要傷腦筋了。我現在穿的長褲是一位農民的家人替我織的——謝天謝地，人還有這麼多的美德，因為我認為從農民墮落成工人就跟人類墮落成農民一樣，都是一件讓人難忘的大事——而在一個新的國度，燃料則是一樁累人的事。至於落腳的地方，如果我無法繼續佔用此地，或許我會以目前耕種的這塊土地出售的價格去買一英畝的土地，換言之，即八點零八美元。不過事實上，我認為我佔用這塊地，反而增加了土地的價值。

有一群抱持懷疑態度的人有時候會問我這樣的問題，像是我是否認為自己可以只靠蔬菜過活？為了一次從根本解答這樣的問題——因為根源才是信念的所在——我常常會說：我吃鐵釘也能過活。如果他們聽不懂這句話，那麼也不會了解我說的大部份事情。對我來說，我只是樂見有人做這樣的實驗，就像有一名年輕人嘗試兩個星期只吃玉米穗上堅硬的生玉米，並且只用自己的牙齒來磨碎玉米；松鼠做過同樣的事，而且很成功。人類會對這樣的實驗感興趣，不過對那些力有未逮或是繼承了三分之一座磨坊的老婦人[57]來說，可能會是一則警訊。

56 譯註：出自美國雕刻家與歷史學家 John Warner Barber（1798–1885）的《歷史選集》（*Historical Collections*）。

57 譯註：根據梭羅那個時代的法律規定，丈夫過世時若是留有子嗣而且沒有預立遺囑的話，妻子可以繼續三分之一的財產。

梭羅小屋內陳設

我的家具有一部份是自己做的，其他的也沒有花錢去買，所以就沒有記在帳本裡。這些家具包括：一張床、一張書桌、三把椅子、一面直徑三吋的鏡子、一套火鉗和柴薪架、一把水壺、一支長柄鍋、一支煎鍋、一支長柄勺、一個洗臉盆、兩把刀叉、三個盤子、一個杯子、一根湯匙、一個油罐、一個糖罐，還有一盞日本漆器枱燈。沒有人會窮到必須坐在南瓜上，那是不思長進。我最喜歡的那種椅子，在村子的閣樓裡多的是，只要我想搬，要多少就有多少。講到家具，謝天謝地！即便不藉助家具倉庫，我也仍然站坐自如。一個人若是看到自己的家具裝在車上，在光天化日、眾目睽睽之下拉過田野，結果卻只有幾個窮酸的空箱子，除了哲人之外，誰不會感到難為情呢？那可是斯伯丁牌的家具呢。每次看到這樣的一車家具，我總是無法判斷到底是屬於所謂的富人或是窮人；家具的主人似乎永遠都是貧窮的，的確，這種東西擁有的愈多就愈貧窮。每一車看似包括十幾間棚屋的家當，如果一間棚屋象徵貧窮，那麼十幾間棚屋就是十幾倍的貧窮。請問：我們若不是為了擺脫家具，就像蛇為了擺脫蛻下來的舊皮，那何必要搬遷呢？不就是為了終於能夠離開這個世界，搬到另外一個全新裝修的世界，好把舊的世界全都燒掉嗎？這就好像將捕獸夾繫在一個人的腰帶上，不管他走到哪裡，都始終拖著捕獸夾，只要觸動我們在荒野設下的機關，就會掉進陷阱裡。若是能像狐狸那樣斷尾求生，都算他走運呢。有時候，麝鼠甚至會咬斷自己的第三條腿脫困。人類那麼輕易地陷入絕境，難怪會失去彈性！「先生，請恕我斗膽發問：你說陷入絕境是什麼意思？」如果你的眼光夠敏銳，當你看到一個人，就會看到他所擁有的東西，哎呀，還有很多留在他身後假裝不屬於他的東西，甚至廚房裡的家具和所有那些中看不中用的東西，他都捨不得丟棄，也不肯燒掉，就像是綁在自己的身上，辛苦地拖著向前進。我認為這些人就是陷入絕境，因為他們的人雖然從木材的節孔或是通道鑽了出去，但是拖在身後的那一大車家具卻過不去。我聽說過有些人，外表俐落簡潔，看似自由自在，隨時都蓄勢待發，但是一開口就問他的「家具」保險了沒有，讓我忍不住同情他們。「可是，我的家具要怎麼辦呢？」我那鮮豔活潑的蝴蝶就陷入蜘蛛網的纏繞。即使那些看似很久都沒有家具拖累的人，如果你仔細詢問，也會發現他們有一些存放在別人的倉庫裡。在我眼裡，現在的英格蘭就像是一位老紳士拖著一件大行李旅行，裡面都是他長年累積的一些中看不中用的東西，又沒有勇氣一把燒光；大箱子、小箱子、薄木板箱、包袱——至少扔掉前三樣吧。如今，即使是一個健康的人，要他背著床鋪走路都力有未逮，更何況是病人？我當然會勸他們把床放下來，先跑了吧。我曾經見過一個移民，背上扛著大包袱，裡面裝著他所有的家當，步履蹣跚地前行——看起來像是頸背上長出一顆巨大的肉瘤——我真是同情他，倒不是因為他所有的家當就只有這些，而是因為他必須把這些扛在身上。如果我真的必須拖著捕獸夾，我也會謹慎地選一個輕的，而且不會夾到讓我致命的要害部位；不過最聰明的方法或許還是不要把爪子伸進陷阱裡吧。

另外，我也順便提一下：我沒有花一毛錢裝窗簾，因為除了太陽和月亮之外，沒有人會從窗外向內張望，而我是非常歡迎太陽和月亮來看我。月亮不會讓我的牛奶餿掉，也不會讓我的肉壞掉；太陽不會傷害我的家具或是讓地毯褪色，如果這位朋友有時候太過熱情，我也覺得躲在一些自然界提供的遮蔽後面，還是比在家裡增添一件家具要划算多了。有位女士曾經要送我一塊踏腳墊，但是因為我家裡沒有多餘的空間可以放，我也沒有多餘的時間來撣它，所以就婉謝了；我寧可在門外的草地上擦擦腳就行了。最好是從一開始就拒絕邪惡。

不久前，我去參加了一名教堂執事的財產拍賣會，因為他不會打理生活：

「人做的惡事，到死後仍然流傳。」

一如往常，大部份都是沒有用的東西，從他父親的時代就開始堆積，裡面還包括一條乾掉的絛蟲。如今，在他的閣樓和其他塵封的垃圾堆裡躺了半個世紀，仍然沒有燒掉。非但沒有在篝火中讓他們淨化毀滅，還辦了一場拍賣會，繼續堆積。鄰居們迫不及待地聚在一起看，然後全部買下來，又小心翼翼地搬回他們自家的閣樓與塵封的垃圾堆繼續躺著，直到他們自己的家產也要清算，這時舊戲又再重演一遍。人死後還激起一陣煙塵。

或許一些野蠻國度的習俗，也值得我們效法，至少他們都有每年拋棄蛻皮的假象；不管是真是假，但是至少有這樣的想法。如果我們也能像巴特蘭[58]筆下描述的摩克拉斯族印地安人一樣，有這種「豐年祭」或是慶祝「第一批果實收成的節日」，那該有多好！「當一個城鎮在慶

58 譯註：William Bartram，1739-1823，美國自然學家。

祝豐年祭時，」他說，「他們會替自己準備新衣服、新的鍋碗瓢盆和其他家庭用品、家具等，然後將穿舊的衣服和其他可以丟棄的東西集中在一起，將房屋、廣場和整個城鎮都打掃乾淨，再將垃圾、剩餘的穀物和其他舊的用具全都堆成一座小山，放一把火燒掉。然後他們服藥，齋戒禁食三天，鎮上的火也都熄滅了。在齋戒期間，他們避免任何口腹之慾，也斷絕所有的情慾。另外還宣佈特赦，犯罪的人也可以回到鎮上——」

「到了第四天早上，高階祭司開始鑽木取火，在公共廣場升起新的火苗，於是鎮上的每位居民都從這裡取得新的、純淨的火源。」

然後，他們連著三天以新採收的玉米、水果大擺宴席，唱歌跳舞，「在接下來的四天內則接待訪客，與鄰鎮的友人同歡，這些朋友也以相同的準備方式滌化淨身。」

墨西哥人每隔五十二年也會在當年的年底舉行類似的滌淨儀式，因為他們相信那個時候就是世界末日了。

字典上對聖禮的定義是「以外在可見的符號，表示內在精神的恩典」，以這個定義來說，這可能是最真實的聖禮了；雖然沒有任何經典記載這種天啟，但是他們最初一定是直接受到上天的啟發才開始這樣做，這一點無庸置疑。

五年多來，我一直都只靠著雙手勞動來維持自己的生活，而且我發現：一年只要勞動大約六個星期，就足以掙得生活之所需。所以，一整個冬天，還有大部份的夏天，我都有閒暇可以自由閱讀。我曾經嘗試在學校教書，結果發現支出與收入相當，甚至還入不敷出，因為我必須打點服裝，還要搭火車通勤，更別說連我自己的思考和信仰都得因此改變，還有在這筆交易中損失的時間。因為我不是為了作育英才而教書，只是為了掙一口飯吃，所以最後以失敗收場。我也嘗試過做買賣，但是發現至少需要十年才能步上正軌，屆時我可能已經走入歧途；其實我更擔心到時候我可能已經在做一門所謂的好生意了。原本我只是看看可以做什麼維生，結果為了滿足朋友的期望，利用了我的才智，導致一些悲慘的經驗[59]，讓我記憶猶新，所以我才經常認真地考慮以採收越橘莓維生，這是我能力所及之事，所得的利潤雖少卻也夠過活——我生平最大的才能就是需求極少——我傻傻地以為這份工作需要的資金很少，又不會影響到我日常作息。當我的朋友都毫不猶豫地投身交易買賣或其他行業，我卻認真思考著做這一行，跟其他人思考他們的工作一樣：整個夏天都在山林裡漫遊，順手採摘路邊的莓果，然後不經意地丟到一邊，就像是替阿德墨托斯[60]牧羊一樣。我也夢想著採集野生藥草，或是帶著常青樹去賣給那些嚮往森林生活的村民，甚至推著堆滿乾草的車子到城裡去賣。但是後來我聽說不管做什麼買賣都會帶來詛咒，即使買賣的是來自天國的福音也是一樣，只要牽扯到生意就會招來買賣的詛咒。

59 譯註：梭羅曾經在愛默生的鼓勵之下，自費出版了《河上一周》，後來因為滯銷，只好自己花錢買回賣不出去的書。

60 譯註：Admetus 是希臘神話中的菲里國王。音樂、詩歌和預言之神阿波羅在遭到天國放逐的九年期間，受罰去替 Admetus 放羊。

由於我有個人的偏好，尤其是重視個人自由，再加上我可以過苦日子而且還過得很好，所以我不希望花時間去賺取華麗的地毯或其他精緻的家具，或精巧的廚具，或是什麼希臘式或歌德式的豪宅。如果有人在獲得這些東西時不會干擾到他們的生活，或是在得到之後知道該怎麼利用，那麼我情願將追求這些東西的權利讓給他們。有些人很「勤奮」，而且好像熱愛為了勞動而勞動，或許因為這樣可以避免他們做出更糟糕的壞事吧；對這樣的人，我目前無話可說。至於那些不知道該如何利用比現在更多閒暇的人，我可能會奉勸他們比現在更加倍努力地工作，直到他們清償債務，取得自由證[61]為止。對我自己來說，我認為白天打零工是最自由的一種工作，尤其是一年只要工作三、四十天就足以過活。打零工的工人做到太陽下山就休息，然後就可以自由地追求他想做的事，不再受到工作所累；反觀他的雇主，月復一月地精打細算，一年到頭都沒有喘息的時間。

簡言之，不論是基於信念或是經驗，我都深信：只要我們簡單而睿智地過生活，要在這個地球上養活自己不是一件難事，反倒是一件消遣；生活比較簡單的民族，他們的追求在那些崇尚人工繁複的民族看來，就像是娛樂。人類未必要流汗才能謀生，除非他跟我一樣天生容易出汗。

我認識一位繼承了幾英畝土地的年青人，他曾經跟我說，他覺得如果他有辦法的話，也應該過著跟我一樣的生活。無論如何，我都不鼓勵任何人採用我的生活方式；因為在他還沒有真的弄清楚之前，我很可能又已經替自己找到另外一種生活方式。此外，我也希望這個世界上有各種不同的人，種類愈多愈好，更希望每一個人都能謹慎地找到並追求他自己的生活方式，而不是他父親、母親或鄰居的生活方式。那位青年人可以去蓋房子、去種田或航海，不管他跟我說他想做什麼，只要不受阻撓就好。人類的聰明才智只能專注在一個點上，就像水手或逃亡的奴隸知道眼睛要始終盯著北極星一樣，不過這樣就已經足以引導我們一輩子了，即使未必能在預定的時間內抵達港口，但是卻維持在正確的路徑上。

在這一方面，如果對一個人來說是真實的，那麼無疑對一千個人來說就更真實了，就像大房子從比例上來說，未必比小房子貴，因為一個屋頂之下和一座地窖之上，可以用牆壁隔成好幾間房。但是對我而言，我還是喜歡獨居，再說，自己蓋一間房子通常比說服另外一個人跟你共用一堵牆要便宜；而且這堵共用的牆如果要便宜很多的話，勢必就會很薄，另外那個人也很可能會是惡鄰，又不常修補他那一邊的牆壁。唯一可能的合作通常都是非常片面、膚淺的，真正的合作少之又少，幾乎不存在，就像是人類耳朵聽不到的和聲。如果一個人有信念，不管走到哪裡，他都會帶著相同的信念合作；如果一個人沒有信念，那麼不管他跟什麼樣的人合作，就還是會繼續活得跟世界上的其他人一樣。所謂合作，無論是從最高或是最低的意義來說，都是指在一起生活。我最近聽說有人提議讓兩位青年人一起去旅行，遊歷世界，其中一位沒有錢，這一路上必須在船上、在田裡工作維生，而另外一位則在口袋裡放了一張支票；我們可以輕易

61 譯註：殖民時期的移民經常借錢支付從歐洲到美洲的旅費，等到欠債付清之後，就會發給他們一張自由證；同樣的，奴隸在獲得解放或是付款贖身之後，也會發給他們一張自由證。

地看得出來，這兩人的合作不會長久，因為其中一個根本不用工作。他們在旅程中遇到第一個有趣的危機，就會立刻分道揚鑣。再者，正如同我先前所說，一個人旅行隨時都可以出發，但是如果要跟另外一個人同行，就必須等他準備好，可能要等很久才會成行。

我曾經聽到一位同鎮鄉親說，可是這樣也太自私了。我必須承認，到目前為止，我確實很少投入慈善工作；我曾經出於責任感犧牲了某些東西，其中也包括從事慈善工作的樂趣。有些人曾經費盡唇舌，想說服我去援助鎮上某些貧困家庭；如果我沒事做的話——惡魔自會找事給遊手好閒的人做——或許還可能會嘗試做點消遣。然而，當我想要投入這方面的工作，以替某些窮人打造天堂為己任，讓他們在各方面都能過得像我一樣舒適，甚至主動提供協助，但是他們全都毫不猶豫地拒絕了，寧可繼續過著窮困的生活。如果鎮上的鄉親，不分男女，皆如此熱衷地以各種方式投入慈善工作，那麼我相信至少有一個人可以豁免，讓他去追求比較不人道的事業。行善跟從事其他工作一樣，都需要有天分。至於行善這一行，已經人滿為患了。再者，我也好好地去試過了，雖然聽起來很奇怪，但是發現這一行與我本性不合，也就釋懷了。社會要求我做好事，拯救宇宙免於毀滅，或許我不應該有意識或故意忽視這樣的召喚，但是我相信在某處自然有一股更大的無限堅定力量，此刻正在支撐著宇宙，使其不至於毀滅。然而，我也不會妨礙任何人發揮行善的天分，他們全心全意地投入自己的生命與靈魂去做這份我不願意做的工作；我想對他們說：即使全世界都說這是在行惡——他們也非常可能會這樣說——也請你們堅持下去。

我想我絕對不會是個特例；無疑有很多讀者也抱持類似的論點。說到做事——我不能保證我的鄰居會說是好事——我可以毫不遲疑地說自己是箇中好手，絕對會是好員工，但是事實如何，卻要由我的雇主來認定。我所做的**好事**——即一般常識中所認知的好事——都必須是我在主要事業以外，而且大部份都是無意間所做的事。其實大家都說：就從此時此地開始，依照你的本色行事，不要預期自己會成為更有價值的人，只要蓄意存好心、做好事就可以了。如果我也以這樣的口吻來說教的話，我想應該是：做好人。彷彿太陽點燃了月亮或是某顆六級星的光芒之後，就應該停止發光，然後像羅賓精靈[62]一樣，到每一間小屋的窗外窺視，讓人發狂、讓肉腐壞，讓黑暗得見，而不是持續增加他和煦的熱度與慈悲，直到他的光芒讓人無法直視他的臉龐，在此同時還繼續在自己的軌道上繞行世界，繼續行善，或者如一位真實的哲學家所發現的，其實是這個世界繞著太陽運轉，接受他的恩惠。費頓想要賜人恩惠，以此來證明自己天國的高貴出身，於是駕著太陽神的馬車出巡，結果只有一天，就衝出了平日行走的軌跡，不但燒毀了天國較低階那幾條街道上的房子，還燒焦了地球表面，燒乾了每一個泉源，製造出撒哈拉大沙漠，直到天神朱比特以雷擊落他的馬車，導致太陽為了他的死亡哀慟逾恆，一整年都不曾

62 譯註：Robin Goodfellow 是英國民俗傳說中惡作劇的小精靈，例如莎劇《仲夏夜之夢》裡的帕克。

發出光芒[63]。

世界上沒有其他的味道比走味的善行還要更臭了。那是人的腐屍、神的腐屍。如果我確實得知有人抱著想要行善的心到我家裡來，那我一定沒命地跑，遠離在非洲沙漠被稱之為西蒙的焚風，又乾又熱，帶來的沙塵塞滿了你的耳鼻眼，直到你窒息為止，因為我擔心會接受到他對我做的善行，讓病毒混進了我的血液裡。不行——如果這樣的話，我還寧可以自然的方式忍受邪惡。若是有人在我飢餓時給我食物，在我受凍時給我溫暖，在我跌入水溝時拉我一把，在我眼中，這些人都不算好人。我隨便找一隻紐芬蘭犬都能做到這些事情。從最廣的意義來說，博愛並不是同胞愛。霍華德[64]在他的事業中無疑是個傑出又有卓越貢獻的人，也已經獲得他的回報；但是相對而言，如果他的博愛並沒有在我們最好的狀態、最值得幫助的情況下協助我們，那麼就算有一百個霍華德，對我們來說，又有什麼意義呢？我從未聽說過有哪個博愛會議中曾經真誠地提出要對我或像我這樣的人做什麼善事。

耶穌會教士在面對印地安人時也曾經不知該如何是好，因為就算把他們綁在柱子上要活活燒死，他們還會向折磨他們的人提供更多折磨人的方法。這些印地安人已經超越了肉體的痛苦，所以有時候也就超越了傳教士可以給他們的慰藉。所謂「己所欲施於人」的法則在這些人聽起來就沒有什麼說服力，因為這些人不在乎別人怎麼對待他們，也以一種新的方式愛他們的敵人，而且幾乎完全寬恕別人在他們身上所做的一切。

要幫助窮人，一定要給他們最需要的東西，不過影響他們最深遠的，恐怕還是你以身作則的榜樣。如果你要給錢，就要跟他們一起把錢花掉，而不是把錢丟給他們就算了。有時候我們會犯一些奇怪的錯誤。窮人經常未必是又冷又餓，而只是衣衫襤褸、骯髒邋遢，這不僅僅是因為貧窮，還有一部份是因為他們喜歡。如果你給他們錢，他們可能會拿去買更多破爛的衣服。我以前會同情那些在湖上鑿冰的愛爾蘭工人，他們穿得如此寒酸破爛，動作笨拙，而我穿著比較整潔也比較時尚的外套都還冷的發抖呢；有一個天寒地凍的日子，一名工人不慎跌入湖中，於是到我的住處求助取暖，我看到他脫掉三件長褲、兩條長襪，這才看到他的肌膚，儘管這些衣服骯髒破爛，但是卻足以讓他拒絕我拿給他穿的外衣，因為他裡面穿了那麼多的內衣。他還真的需要落水呢。這時候，我才開始同情自己，覺得送我一件法蘭絨襯衫比送給他一整家服裝店都還是更大的慈悲善行呢。有一千個人在砍伐邪惡的樹枝，卻只有一個人在砍伐邪惡的根；在有需要的人身上花最多時間與金錢的那個人，或許正是貧困的最大根源，因為他的生活方式製造出更多他竭盡心力想要救濟卻徒勞無功的不幸。那些蓄奴的人虔誠地捐出收入的十分之一——這錢還奴隸替他賺來的呢——讓其他奴隸有星期天去上教堂的自由。有些人雇用窮人到廚房工作，藉以表現他的仁慈；他們何不更仁慈一點，自己去廚房工作就好了呢？你誇口說捐出收入的十分之一做慈善工作，但或許你應該捐出十分之九，只靠十分之一過日子。現在社會

63 譯註：Phaeton 是太陽神的私生子，因為受到取笑，想要證明自己的出身，於是向父親提出請求，讓他駕著太陽車出巡，結果因為速度太快而失控，導致地球的北非地區整個燒焦。後來是天神 Jupiter（羅馬神話中的主神，相當於希臘神話中的 Zeus）以雷電將其擊落，才讓地球免於燒毀。

64 譯註：John Howard，1726?-1790，英國獄政改革家。

只回收了十分之一的財富，這是因為那些擁有財富的人慷慨解囊？抑或是司法官員的疏失呢？

博愛幾乎可說是唯一受到人類充分肯定的美德，嗯，應該說是過分肯定，而且還是我們的自私所造成的。有一天，康科德鎮上陽光普照，一名身強體健的窮人對我讚美某位鎮上的同鄉，因為——據他說——這個人對窮人很仁慈，換言之，就是對他很仁慈。人類中仁慈的叔伯嬸姨們，往往比精神上真正的父母，還要更受到尊崇。我曾經聽過一位牧師講到英格蘭，這位學養智識俱佳的講者舉出英格蘭值得一提的科學家、文學家和政治家，有莎士比亞、培根[65]、克倫威爾[66]、米爾頓、牛頓等等，然後又說到基督教英雄，有潘恩[67]、霍華德和弗萊夫人[68]等，並推崇這些人的地位遠超過其他人，是偉人中的偉人，彷彿是他的職業使然。每個人都必然感到這些話的謬誤與偏斜，因為最後那三個人稱不上是英格蘭最好的男人和女人，充其量也只是最好的慈善家。

我無意減損博愛應得的讚賞，只是要求公平地對待所有認真生活、工作並以此造福人類的人。我最重視的並非一個人的正直與仁慈，這些畢竟都只是枝葉而已；植物的綠葉枯萎之後，我們就做成草藥，泡茶給病人喝，用途並不起眼，也只有庸醫才最常用。我重視的是一個人結出來的花果，從他身上向我飄來的馥郁香氣，在我們交往中醞釀出來的成熟風味。他的善行肯定不是片面而短暫的行為，而是持續不斷的滿盈，他不需要花什麼錢，也經常不知不覺。這樣的仁慈遮掩了大量的罪惡。慈善家常以他拋下的悲傷記憶塑造一種氣氛包圍著全人類，然後美其名為同情，但是我們應該傳遞我們的勇氣，而不是絕望；傳遞我們的健康與安適，而不是疾病，同時還要注意疾病不會因為傳染而蔓延。在南方大地，從哪裡傳來哀號哭泣？需要我們送去光明的異教徒，又在哪個緯度？誰才是需要我們拯救的放縱殘暴之人？如果一個人生了病，身體機能失常，也無法履行社會責任，甚或他腹痛如絞——因為那是同情的根源——他就立刻著手去改革——這個世界；由於人類本身就是一個宇宙的縮影，於是他發現（這可是一個真正的大發現，而他正是發現這個事實的人）：這個世界正在吞噬青蘋果[69]；事實上，在他看來，這個地球就是一顆青蘋果，想到人類的子孫在這顆蘋果成熟之前就已經在啃了，這是多麼可怕的危機啊！於是他當下啟動最強烈的慈悲心腸，南征北討，東奔西跑，找到愛斯基摩人與巴塔哥尼亞人，擁抱人口眾多的印度與中國村落，於是經過幾年的慈悲善行，有權有勢的人也同時利用他達到他們的目的，毫無懸念的，他治好了自己的消化不良，這個地球的雙頰或是某一邊的臉頰也透出紅潤，彷彿就快要熟成了似的，生命失去了原始的天然，又再次的甜美而有益健康。我作夢也想不到會有比我犯下的滔天大罪還要更嚴重的罪行，而像我這樣罪孽深重之人，更是前無古人，後無來者。

我相信，最令改革者悲傷的，不是他對身陷苦難同胞的憐憫，而是他個人的病痛——儘管

65 譯註：Francis Bacon，1561-1626，英國政治家、哲學家、散文作家。
66 譯註：Oliver Cromwell，1599-1658，英國政治家、軍事家，1649 年斬殺了查理一世後，廢除英格蘭的君主制，並 1653 年至 1658 年期間出任英格蘭聯邦的護國公。
67 譯註：William Penn，1644-1718，桂格派教會的人道主義者和改革家，創建了美國的賓夕法尼亞州。
68 譯註：Elizabeth Fry，1780-1845，英國獄政改革家，社會改革家和人道慈善家。
69 譯註：當時的人認為吃未成熟的青蘋果是消化不良的主要原因。

他是上帝最神聖的兒子。如果他的病痛好了，如果春天重返他的人生，如果晨光重新照耀到他的臥榻，他會毫無歉意地拋棄寬宏大量的同伴。我從不發言反對菸草，因為我從來不嚼菸草；發言反對菸草是那些已經戒掉嚼菸草的人必須受到的懲罰；不過我若是嚼了其他的東西，自會發言反對。如果你不慎做了任何的善行，千萬不要讓左手知道你右手做了什麼，因為那不值得知道。救起了一個溺水的人，然後就　好鞋帶，不慌不忙地去做你該做的事情吧。

我們的規矩因為與聖徒交往而遭到腐化，我們的讚美詩歌聽起來像是上帝對我們旋律優美的詛咒，讓我們永遠都在忍耐受苦。有人會說：即使是先知和救世主也只是安慰恐懼的靈魂，而不是肯定人類的希望；生命就是最好的禮物，最簡單而無法壓抑的滿足，對神最難以忘懷的讚美。所有的健康與成功，無論多麼的遙遠而隱蔽，對我都有益處；所有的疾厄與挫敗，無論給我帶來多少同情或是我有多麼同情它，對我都有壞處。如果我們確實要以真正印地安人的、植物的、動物魅力的、自然的方法來回復人類的純真，首先就要像大自然本身一樣的簡單安適，揮去籠罩在眉宇間的烏雲，讓周身毛孔都呼吸到一點生命。不要只是監督窮人，而要努力的成為這個世界上一個有價值的人。

我在波斯詩人薩迪的《薔薇園》[70]裡讀到：「他們向智者問道；至尊神明創造了許多高聳成蔭的樹，除了不結果的松柏之外，沒有一種稱之為自由人；其中蘊涵何種奧秘？智者答道；每一種樹都在固定的季節結出合適的果實，當令時期，就會持續鮮美開花，過了季節，就變得乾枯凋萎；而松柏沒有時令，始終長青；這樣的性質才稱得上自由，或者宗教上的獨立——不要心繫短暫無常之事；因為就算哈里發[71]遭到罷黜，底拉河——或稱底格里斯河——依然流過巴格達；你若是手頭富裕，就要像棗樹一樣慷慨；但是你若囊空如洗，就像松柏一樣，做個自由人吧！」

補充詩篇

貧窮的託辭

你這個潦倒貧困的窮鬼也太放肆了，
妄想在蒼穹間有一席之地！
因為你那寒酸的小屋，或者說是木盆，
成了怠惰、迂腐的溫床，
在廉價的陽光裡，樹蔭下的泉水旁，
靠樹根與香草維生；而你的右手
卻拔除了人類心靈的熱情，
扼殺原本可以開花結果的美德，

70 譯註：Sadi 或 Saadi of Shiraz，是波斯詩人，著有詩集《薔薇園》（*The Gulistan* 或 *Rose Garden*）。
71 譯註：哈里發（caliphs）是伊斯蘭教中穆罕默德的繼承人，也是穆斯林的統治者。

於是人性遭到貶抑，感官開始麻痺，
像蛇髮女妖一般，將活人變成岩石。
我們不需要這般沉悶的社會
迫使你自我節制，
也不要那種不自然的愚鈍，
不知喜樂與哀愁；我們不要你那種
受到虛假讚揚的消極堅毅，
說得比積極更高尚。這種低下與卑賤
在平庸中找到根深蒂固的位置，
成了你奴顏婢膝的心靈；但是我們推崇
容許無節制的美德，
像是勇敢慷慨的行為，高貴的莊嚴，
思慮縝密的審慎，大度無邊的雅量，
這種英雄的美德，
古人未留其名，
只留下千古典範，如赫丘力士、
阿基里斯、鐵修斯[72]。回到你可憎的洞穴吧，

等你見到文明新世界時，
好好研究一下，才會知道什麼最有價值。

——湯瑪斯・卡盧[73]

72 譯註：Theseus 是希臘神話中英雄，以殺死牛首人身的怪物 Minotaur 聞名。
73 譯註：Thomas Carew，1595-1640，英國騎士派詩人。這段引文出自他的假面劇《*Coelum Britannicum*》。

070455 THOREAUS COVE CONCORD MASS.

生活的地方，與生活的目的

人生到了某個階段，就會習慣性地將每個地點都想成可以蓋房子的地方。所以我已經調查過住所方圓十餘哩內的每個地方，然後在想像中連續買下每一座農莊，因為他們都待價而沽，而且我也知道價格。我走過每位農民的莊園，品嚐過他園子裡的野生蘋果，還跟他討論農耕畜牧，以他開的價錢或是任何價錢買下他的農莊，然後在我的腦子裡抵押給他；甚至出更高的價錢——買下一切，唯獨沒有簽契約——我將他說的話視為契約，因為我熱愛談話——然後耕種這塊地，同時我相信也在某種程度上教化他。等我享受夠了，就退出莊園，留給他繼續耕種。這樣的經驗讓我被朋友視為某種房地產仲介。無論我在哪裡落腳，那裡就是我的住所，風景也以我為軸心向外輻射開展。問世間房為何物？無非就是個位子——如果是個鄉間的位子，那就再好不過了。我發現好幾個可以蓋房子的地點都不是短期內可以改善的，或許有人認為離村落太遠，但是在我眼中，反倒是村落離它太遠。好吧，我說，我可以住在那裡，而我也真的住了下來，住了一個鐘頭、一個夏天或是冬天，看我如何任時光流逝，送走冬天，迎接春天的到來。

未來要住在這個地區的居民，不管他們要在哪裡蓋房子，都可以確定已經有人住過了。只要一個下午，就足以整理好地，開闢果園、林地和牧場，決定要在門前留下哪些好橡樹、好松柏，決定要如何讓枯樹也能物盡其用，然後我就讓土地休息，或許就乾脆休耕，因為一個人可以拋下的東西愈多，就表示他愈富有。

我想得太遠，甚至想像自己獲得幾間農莊的優先選購權——我想要的也就是優先選購權而已——但是我從未真正擁有農莊，到後來變成燙手山芋。我最接近擁有的那一次，是我買下了霍洛威爾農莊，甚至已經開始整理種子、收集製作手推車的材料，以便日後搬運貨物，但是就在地主準備簽契約之前，他的老婆——每個男人的背後都有一個這樣的老婆——改變心意，想要保留農莊，他則給我十美元，希望我同意解約。說老實話，我那時候口袋裡只有一毛錢，而我的算術能力實在不足以讓我分辨自己是有一毛錢，或擁是有一座農莊或十美元，或是二者都有。無論如何，我沒有收那十美元，也讓他繼續保有農莊，因為我這樣就夠了，或者說我很慷慨地將那塊地以原價又賣回給他，因為他也不是有錢人，那十美元就當做是給他的禮物吧，畢竟我還有我的一毛錢、種子或做手推車的材料，於是我發現這無損於我的貧窮，而我仍然是個富裕的人。不過，我留下了那一片風景，從此每年都帶走那片風景，還不需要用到手推車呢。

至於風景：

「凡我丈量者，皆為我所有，

我的權力，殆無疑義。」[74]

我經常看到一位詩人在享盡了農莊裡最有價值的部份之後離開，而冥頑的農民還以為他只不過是吃了幾個野生蘋果罷了。唉，地主哪裡知道，多年來，詩人早就將他的農莊寫進詩韻裡，用最值得尊崇的那種無形圍籬，將土地團團圍住，擠了牛奶，撇去牛奶裡的浮油，取走了所有的奶油，只留下脫脂的牛奶給農民。

對我來說，霍洛威爾真正吸引人的地方在於完全的遺世獨立，距離村落約兩哩，最近的鄰居也相隔半哩，還有大片田野將公路隔在外面；這座莊園濱臨河岸，據地主說，春天時河面的霧氣可以阻絕霜害，不過我倒是不在意；灰撲撲的房舍與穀倉破敗宛如廢墟，還有搖搖欲墜的籬笆，看來此地已經很久無人居住；中空的蘋果樹長滿青苔，有兔子啃噬過的痕跡，顯示我會有什麼樣的鄰居；但是最重要的是，我第一次溯溪航行時，對此地留下美好的回憶，當時房舍隱藏在濃密的紅楓樹叢之間，只聽到從枝葉間傳來家犬吠聲。我急著想要買下這座農莊，所以地主還來不及搬走一些石頭，砍掉中空的蘋果樹，挖出在草地上冒出來的樺木幼苗；總之，就是來不及做任何的修整。為了好好享受這樣的優點，我已經準備好自己去收拾殘局，像阿特勒

74 譯註：此詩為英國詩人 William Cowper（1731–1800）所作，原題為〈Verses Supposed to be Written by Alexander Selkirk〉。英國小說家狄福（Daniel Defoe）寫的《魯賓遜漂流記》就是以 Alexander Selkirk 為原型。原詩中第一行的「survey」一詞有「眺望」與「丈量」的雙重意義，梭羅刻意以斜體字標示，強調他曾經做過丈量工作。

斯一樣，將世界扛在自己肩頭[75]——我也從未聽聞他因此得到任何補償——而我做這些事情唯一的動機或理由，就是我可能付錢買下這座莊園，不受干擾地擁有這片土地；因為我始終知道：只要我讓這片土地休養生息，就可能收獲我想要的豐碩成果。但是最後就像我說的，事與願違。

談到大規模的農耕（我一直到在園子裡耕種），我只能說，我已經準備好種子。許多人認為種子放得愈久，品質就愈好。時間確實會區分出種子的好壞，這一點我毫不質疑；等我終於播種時，也比較不會失望。但是我想對同胞說——只此一次——儘可能過著自由而不受束縛的生活，愈久愈好。無論是農莊或是國家監獄的束縛，都沒有太大的差別。

老卡托寫的「論農業」（De Re Rusticâ）是我的「農耕寶典」；他曾經說過——不過我看過的唯一譯本，卻把這段文字譯得莫名其妙——「當你想要得到一塊農地，先在心裡反覆思量，不要貪得無饜；也不要怕麻煩就不去實地勘察，更不要以為去看一次就夠了。如果真是塊好地，你愈常去，就會愈喜歡。」我想我不會貪得無饜，而且只要我還活著，就會一去再去，死了也要埋在那裡，或許最後我會更歡喜。

現在是我第二次進行這類的實驗，我想要寫得更詳盡一點；為了方便起見，我將兩年的經驗濃縮成一年。誠如我所說的：我無意歌詠絕望，要像黎明即起的公雞一樣，傲立雞棚報曉，就算只為了喚醒鄰人。

當我住進森林裡，也就是我日夜都在那裡度過的時候，正好是一八四五年七月四日，獨立紀念日；當時房子尚未完工，也還沒做好過冬的準備，只能勉強擋風遮雨；還沒有塗灰泥，也沒有煙囪，牆壁是受過風吹日曬雨淋的粗糙木板，有粗大的縫隙，晚上很涼爽。直立的白色板牆是新劈的，門框窗櫺也是剛剛才刨平的，看起來清爽通風，尤其是在早晨，當木材飽含露水，讓我幻想著到了中午會分泌出甜美的樹膠。在我的想像中，這屋子一整天都或多或少地保留了這種清晨的特質，也讓我想起前一年曾經在山上造訪過的一間房子；那是一間清新的小木屋，牆壁沒有塗上灰泥，適合招待下凡的神仙，是女神留下衣香鬢影的地方。吹拂過我家的風，也同樣吹拂著山稜，帶來斷斷續續的俗世旋律，或者說，只留下人間仙樂的部份。晨風不停地吹，創造出來的詩歌也永不間斷，可是少有俗人的耳朵能夠聽得見。奧林帕斯山[76]離地球不遠，而且到處都有。

在此之前，我唯一擁有過的房子——如果船不算的話——就只有一頂帳篷，我夏天出門旅遊時偶爾會用，至今仍捲起來放在閣樓裡；但是那艘船，幾經轉手之後，已經不知道隨著時間之河漂向何方。如今，有了這個比較實在的避風港，也算是我朝著在世界上安身立命，邁出了一步。房子的結構如此單薄，幾乎像是某種結晶體，也反映在造屋人的身上，有點像是一幅只勾勒出輪廓的畫。我毋需出門即可呼吸到新鮮空氣，因為屋內的空氣一點也不失清新。我坐的

75 譯註：在希臘神話中，Atlas 因為參與了泰坦巨人推翻宙斯的叛變受到懲罰，必須將世界扛在肩上。

76 譯註：Olympus 是希臘神話中眾神居住的山巔。

地方說是在門內，不如說是門後，即使是雨勢最大的天候也是如此。《訶利世系》[77]說：「居處無鳥就像是肉沒灑鹽。」我住的地方就絕對不會，因為我很快就發現自己與鳥為鄰；不是我把鳥養在籠子裡，而是在靠近他們的地方把自己關起來。我不只靠近一些常常去光顧花園和果園的鳥類，還有一些野鳥和更令人激賞的森林歌手——他們從來沒有，或者說絕少，會對村子裡的人高唱小夜曲——像是畫眉、斑鶇、赤風琴鳥、野麻雀、北美夜鷹和其他鳥類。

我落腳在一個小湖畔，在康科德村落南方約一哩半的地方，地勢稍高，就在該鎮與林肯鎮之間那片廣濶的森林裡；我們那一帶唯一出名的地方——康科德戰場[78]——在北邊約兩哩外，不過由於房子位在森林的低處，因此半哩外的湖對岸，跟其他地方一樣覆蓋著茂密的森林，就是我視力所及最遠的地平線了。住在那裡的第一個星期，只要我望著湖面，就覺得好像是一座位在半山腰高處的山中湖，湖底遠高其他湖泊的水面，每當旭日初昇，就看到湖面褪去夜霧的睡袍，慢慢地露出這裡一點、那裡一點的輕柔漣漪或是平滑如鏡的湖面，而薄霧則如幽靈般朝四面八方散去，遁入林內，像是某個神秘教派的夜間集會宣佈散會。垂懸在枝頭的露珠似乎也比平常逗留得更久，直到日間仍未消融，彷彿在半山腰。

在八月，每當溫和的風雨暫歇，這個小湖就是最有價值的鄰居；在那個時候，空氣與湖水都一片靜謐，天空濃雲密布，雖然只是午後，卻已經有黃昏的寧靜，四周樹林裡畫眉啁啾，隔著湖水相互唱和，從此岸傳到彼岸。像這樣的一個小湖，沒有比此時此刻更平靜無波了；湖面上清澈的空氣變得淺薄，烏雲下的天光也變得陰暗，反倒是充滿光影的水面本身，看起來像是低層的天空，也更可觀。在附近的山頂，有一塊最近才剛砍伐過的空地，從那裡向南眺望湖泊，可以看到一幅宜人的美景：兩山之間夾著寬敞的隘口形成湖岸，兩側相向而下的斜坡看似有一澗溪水往那個方向流去，穿過樹林茂密的山谷，但是其實並沒有溪流。我往那個方向望去，視線穿越近處的綠蔭山林，再望向更高、更遠的地方，就看到地平線上染了一抹的藍。沒錯，如果我踮起腳尖，仰首翹望，可以瞥見西北方更遙遠、也更湛藍的山脈峰頂——那是天國鑄幣廠生產的正藍錢幣——還有一部份的村落。但是往其他方向望去，即使從這裡，我的視線也穿不透環繞四周的森林。在住家附近有水是一件好事，提供一點浮力，讓大地漂浮起來；即使是最小的一口井也有價值，因為當你往井裡望下去時，就會發現腳下的大地不是大陸，而是島嶼。這一點固然很重要，不過同樣的重要的還有另外一點，就是可以冰鎮奶油。當我站在這個山頂，隔著湖泊，遙望蘇德伯里大草原——這片草原在河水氾濫時，好像地勢會升高，有如水盆裡的一枚硬幣，或許是因為山谷裡的熱氣導致的海市蜃樓吧——在湖另一邊的土地看起來都像是一片薄薄的硬殼，漂浮在這片小小的水面上，與世隔絕，也讓我想起：原來我居住的這片土地是乾的。

雖然從家門口望出去的視野受限，但是我一點也不覺得擁擠或狹隘。這裡的草原已經足以讓我的想像力奔馳。湖泊的對岸是一片高地，覆蓋著低矮的橡樹叢，向著西部草原和韃靼草原

77 譯註：Harivansa 是印度教的史詩，講述黑天神（Krishna）的故事。

78 譯註：Concord Battle Ground 是一七七五年四月十九日，美國獨立戰爭發生第一場戰事的地點。

延伸，為遊牧民族的家庭提供充分的空間。「世間最快樂的事，莫過於自由享受廣濶地平線的生命。」——達摩達羅[79]在他放牧的牲口需要更大的新草原時說道。

時間與空間都變了，我住的地方離宇宙中最吸引我的部份和歷史上我最愛的時代都更近了些。我的住處是如此的遙遠，幾乎像是天文學家在夜晚眺望的區域一樣。我們常會幻想在遙不可測的遠方，在星系某個不屬於人間的角落，有一個稀有宜人的地方，躲在仙后座的後面，遠離世俗的塵囂與騷擾。我發現我的房子確實就座落在宇宙中這樣一個隱密幽靜、卻又永保常新而不受玷污的地點。如果住得靠近昴宿星團或畢宿星團，或是靠近金牛座的畢宿五或天鷹座的牛郎星，真的那麼值得的話，那我也算是真的住在那裡了，或者說是同樣遠離被我拋在身後的生活，向最靠近我的鄰居放射出閃爍、細小的微光，只有在無月的夜晚才看得到。我蝸居的所在，正是世界上像這樣的一個地方：

「曾經有位牧羊人住過，
他的思想崇高，
有如羊群放牧的峻嶺，
時時餵養著他。」[80]

如果他的羊群總是爬到比他思想更高的山上吃草，那麼我們會怎麼看這位牧羊人的生活呢？

每天清晨，都像是接到令人雀躍的邀請，讓我的生活跟大自然本身一樣的單純——甚至可以說是一樣的純潔。我跟希臘人一樣，虔誠地崇拜著黎明女神奧羅拉；一早起床，在湖裡沐浴淨身，那是一種宗教儀式，是我做過的一件最好的事。據說商湯的浴盆裡刻著這幾個字：「苟日新，日日新，又日新。」我完全可以理解。清晨也喚回了英雄年代。在破曉時分，當我打開門窗，坐在屋內，可以聽到蚊蚋的嗡嗡低鳴，在我房裡展開肉眼看不到也難以想像的旅程，就像是聽到宣揚威名的號角，簡直就是荷馬的安魂曲，像是飛在空中的伊里亞德與奧德賽，吟唱著他們自己的憤怒與漂泊。這其中蘊涵著宇宙的無限，像是廣告立牌，宣傳著這個世界永不衰竭的活力與豐饒，直到拆除為止。清晨是一天之中最令人難忘的時光，也是覺醒的時刻；我們在這個時候的倦意最少，即使是在其他時間都睡著的部份，此時，至少有一個鐘頭，也會是清醒的。如果我們一早不是被天才守護神喚醒，而是被僕從推醒；如果不是被新生的內在力量與希望喚醒，同時伴隨著跌宕起伏的天國樂聲與空氣中濃郁的芳香，迎向比我們入睡前更崇高的生活，而是被工廠的鐘聲吵醒——那麼這一整天，即使同樣也是白天，卻沒有什麼好期望的。如此一來，黑暗就結了果，證明它不亞於陽光。人若不相信每天都有一個更早的時刻，是還沒

79 譯註：Damodara 是大黑天神的另一個名字。

80 譯註：出自一首名為「The Shepherd's Love for Philiday」的詩，作者不詳，後來配上了 Robert Jones 的樂譜，收錄在《繆思花園》（*The Muses Garden*, 1610）一書。

有遭到玷污，是更神聖、更光明的時辰，就會對生活感到絕望，走上墮落和通往黑暗的道路。每一天，當感官聲色的生活片面中止了一段時間之後，人的靈魂——或者毋寧說是人的器官——就會復甦重生，他的天才守護神也會再次試探自己能夠成就何等崇高的生活。我敢說，所有值得紀念的事情都是在早晨的氛圍中發生的。《吠陀經》[81]說：「一切智慧皆與黎明同醒。」詩歌與藝術，人類最美好、最值得紀念的行動，都從這個時辰開始；所有的詩人與英雄，例如門農，都是黎明女神奧羅拉的孩子，在日出時分奏響他們的音樂。對那些在思想上充滿彈性與活力，可以跟得上太陽腳步的人來說，一整天都是早晨。不管時鐘怎麼說，也不管人的態度與勞動如何，我總是黎明即起，心中始終都有曙光。革除品性弊端，就從摒棄睡眠開始。人若不是昏昏欲睡，怎麼會無法好好記錄他們的日子呢？他們可都是精於打算的人哪。他們若不是整天精神不濟，應該會小有所成啊。可以清醒到從事體力工作的人有上百萬，但是清醒到足以有效運用智慧的卻只有百萬分之一；若說到能過著詩人或神聖生活的人，那麼一億人當中就只有一個。醒著就是活著。我還沒見過有哪個人是真正清醒的，又怎麼能直視他的臉呢？

我們一定要學習再次甦醒，並且保持清醒，但不是藉助機械，而是對黎明無窮的期望；即使在最深沉甜美的夢鄉，這黎明也不會棄我們而去。我知道人絕對有能力靠意志力來提升自己的生活，這是一個無庸置疑又令人振奮的事實。能夠畫出一幅畫、雕刻出一座雕像，或是做出一些美麗的物品，這些都是了不起的成就，但是能夠刻畫出我們看到的那種氛圍與媒介，則是更榮耀的成就，而這正是我們在精神上可以做到的。改變一天的品質，那才是最崇高的藝術。

每一個人都肩負使命，要讓自己的生活——即使只是枝微末節——值得在最高尚、最關鍵的時刻反思觀照；如果拒絕或是耗盡了我們得到的這些瑣碎的資訊，神諭就會很明白地告訴我們該怎麼做。

我走入森林，因為我想慎重地過日子，只面對生活的基本要素，看看我是否能夠學會生活的教誨，而不是在我行將離世的時候，才發現自己沒有活過。我不想過著不是生活的生活，因為生活是如此的可貴；我也不想就此遁世歸隱，除非是迫不得已。我想要活得深刻，吸吮生活的精髓；我想要像斯巴達人一樣活得強健，根絕所有不是生活的一切；我想要劃出一大畦田地，耕耘到最後一分；我想要將生活逼至角落，減至最簡單的元素；就算最後證明生活很艱辛卑賤，何不接受全部且真實的艱辛與卑賤，然後公諸於世呢？如果發現生活是崇高莊嚴，也要透過親身體驗去了解，並且在我下一次的旅程裡忠實地記錄下來。在我看來，大部份的人對生活都還處在一種奇怪的不確定之中，不知道是屬於魔鬼還是上帝，卻有點倉促地下定結論，說人活在世上最主要的目的就是「榮耀上帝，永享神恩。」[82]

可是我們仍然活得像螞蟻一樣卑賤，儘管寓言故事說我們在很久以前就變成了人[83]，像侏

81 譯註：Vedas 是印度教中最古老的經書。

82 譯註：這是《簡要教義問答》（Shorter Catechism）中開宗明義的第一句。

83 譯註：在希臘神話中，奧諾比亞國王艾古斯（Aeacus, King of Oenopia）是天神宙斯的兒子，因為子民遭到瘟疫消滅，於是懇求其父將一棵老橡樹裡的螞蟻變成人，做為他的臣民。

儒一樣與鴻雁奮戰[84]；我們的生活是錯上加錯，補了又補，我們最好的美德反而變成沒有必要、能免則免的可憐蟲。我們的生活就在瑣事中給浪費掉了。誠實的人只需十根手指頭就可以算完一切，碰到極端的情況，再加上十根腳趾頭也就夠了，其他的就不必細算。簡單，簡單，簡單！依我說，讓你的事情減至兩、三件，而不是一百件或一千件；不要數到上百萬，數到六、七個就行了；讓你的帳目簡化到可以放在大姆指的指甲上。在文明生活這片波濤洶湧的海上，可能會有烏雲、暴雨、流沙和一千零一種變故，如果想活下來，不想翻船沉入海底，永遠都靠不了岸的話，就一定得仰賴精算方位、航程和速度等等；那些成功人士，想必都是精於計算之輩吧。簡化再簡化！一天不需要吃三餐，只吃一餐足矣；不需要用到一百個盤子，只要五個即可；其他事物也可以按照比例精簡。我們的生活就像是日耳曼邦聯[85]，由好幾個小國組成，彼此的疆界永遠都在變動，連日耳曼人也說不準什麼時候的疆界在哪裡。國家本身，雖然有所謂的內在改革——順便說一聲，這些全都是外在而表面的改變——卻只是一個過度膨脹又笨重龐大的機構，堆滿了家具，也常常被自己設的陷阱絆倒，又因為無謂的奢侈浪費、缺乏精算與有價值的目標而敗壞，就跟這片土地上數以百萬計的家庭一樣。對他們來說，唯一的解方就是嚴格節約，維持一個比斯巴達人還要更嚴苛的簡單生活與更崇高的生活目標。生活的步調太快了。大家都認為國家一定要有商業活動，要出口冰塊，要透過電報溝通，要搭乘時速三十哩的火車前進，這些都是不可或缺，而且無庸置疑的——不管他們是不是真的都這樣做；但是我們究竟要活得像狒狒或是像人，卻還是有點不確定。如果我們不把枕木[86]挖起來，不鑄造鐵軌，不日以繼夜的工作，反而積極地修補我們的生活、改進生活，那麼誰來修建鐵路呢？如果沒有人修建鐵路，我們要如何及時抵達天堂呢？但是我們若是留在家裡，做好自己的事情，又有誰需要鐵路呢？到頭來，不是我們搭乘鐵路，反而是鐵路壓在我們身上。你有沒有想過：壓在鐵路底下的枕木都是些什麼人呢？每一根枕木都是一個人，一個愛爾蘭人或是北方人。他們身上壓著鐵軌，覆蓋著沙土，讓車廂平穩地輾過去。我可以跟你保證，這些枕木全都是沉睡不醒的人。每隔幾年，就有一批新的枕木放下去讓火車輾過；於是，只要有人享受了搭乘火車的歡欣，就有其他人必須忍受被火車輾過的不幸。如果他們輾過了一個在夢遊的人，一根放錯位置、多出來的枕木，他們會立刻停車，大吼大叫，彷彿那是例外似的。我聽說他們每隔五哩就會派一群人來維修枕木，讓他們躺好，保持在一定的水平；這讓我聽了很開心，因為這就表示沉睡的人可能會有醒過來的一天。

我們為什麼要活得如此倉促，浪費生命呢？我們還沒有感到飢餓，就已經下定決心會餓死了。大家都說，及時縫上一針可以省下未來的九針，於是他們趕在今天縫了一千針，只為了省下明天的九針。至於工作，我們還沒有任何工作是有任何重要性的。我們就像是罹患了舞蹈症，搖頭晃腦，停不下來。如果我只是輕拉幾下繩索，敲響教堂裡的鐘，像是火災警報一樣，沒有

84 譯註：在荷馬史詩《伊里亞德》中，將特洛伊人比喻成鴻雁與侏儒作戰。

85 譯註：German Confederacy 是一八一五至一八六六年間由好幾個日耳曼公國與王國共同組成的鬆散邦聯組織，直到後來由俾斯麥統一德國為主。

86 譯註：此處的 sleeper 是雙關語，一是指鐵路的枕木，一是指沉睡的人。

拉到底，那麼我敢說，在康科德城郊的田裡，每一位男女老少，儘管他們今天早上已經不知道有多少次以工作繁忙走不開為藉口，都會放下手邊的一切，跟著鐘聲走，主要倒不是為了從火場搶救財產，而是——如果我老實說的話——為了看熱鬧，因為火已經燒起來了，而我們要讓大家知道，這火不是我放的；或者是為了看滅火，如果火可以滅得漂亮的話，說不定還可以參一腳；而且沒錯，即使著火的就是教堂，也是一樣。一個人吃過午飯後打個小盹，還不到三十分鐘，醒過來之後就問：「有什麼新聞嗎？」彷彿全世界其他的人類都在為他放哨似的。還有一些人甚至下達指令，要別人每隔半個鐘頭叫醒他一次，無疑也是為了同樣的目的；然後，他再跟你說他做了些什麼夢，以為回報。在一夜好眠之後，新聞也跟早餐一樣不可或缺。「請跟我說說這個星球上任何地方有什麼人發生了什麼事吧。」——他一邊喝咖啡、吃麵包，一邊看新聞，看到報紙上說今天早上在瓦奇托河畔[87]發現一個人的眼睛被挖了出來，卻從來不曾想過自己就住在陰暗又深不可測的長毛象洞穴裡，只剩一下一隻退化的眼睛。

對我來說，即使沒有郵局，我也可以過得很好。我覺得沒有什麼重要的事情是透過郵局來傳遞的。更嚴格的說，我這輩子收過的信裡，也只有一、兩封值得付那些郵資——這是我在幾年前寫的。所謂的郵便，一般來說，就是你透過這個機構，認真的付了一便士給一個人，請他跟你說他在想什麼，而這一便士平常可都是開玩笑的說說而已，不必真的付出去[88]。我也確信從來不曾在報紙上看過任何讓人難忘的新聞。如果我們看到某人遭搶、遇害或是在意外中喪生，或是某間房子燒毀，或是船隻失事，或是汽輪爆炸，或是西方鐵路的火車撞死一頭牛，或是一隻瘋狗被殺，或是在冬天看到一大群蚱蜢——那就不用再多看什麼其他的新聞，一則就夠了。如果你熟知原則，又怎麼會在乎大量的例子和應用呢？在哲學家的眼中，所有的新聞——雖然以新聞為名——都只是流言蜚語；那些編輯和讀者，無非也只是喝咖啡、聊是非的三姑六婆。可是，還是有不少人貪婪地追逐這種流言。我還聽說前幾天在某一間辦公室裡，因為太多人擠在一起，搶著要聽新來乍到的人帶來的國外新聞，甚至擠破了那個機構裡好幾塊大型玻璃，可是那些新聞呢，我真的認為一個機敏聰慧的人可以在十二個月，甚至十二年前就寫好了，而且還不失精確。比方說，在西班牙，只要將唐卡洛斯、公主、唐佩德羅[89]這幾個人名，再穿插一些像塞維爾、格拉納達之類的幾個地名，不時地依正確比例排列組合一下——自從我不看報紙之後，這些名字或許有些變化——如果沒有什麼娛樂新聞，就寫一點鬥牛賽，那麼你寫出來的新聞就很接近真實，跟報紙上大標題底下最簡潔清晰的新聞報導一樣，都可以讓我們了解西班牙的現實情形或是毀壞的狀況。再以英格蘭為例，從這個地方發出來的最後一則重大新聞，幾乎就是一六四九年的革命了；如果你知道這個地方一般年份的農作物歷史，就不需要再多看這

---

87 譯註：Wachito River，現稱為 Ouachita River，源自於阿肯色州，最後注入路易斯安那州的紅河（Red River）。

88 譯註：這句話是衍生自一句俗語：「a penny for your thought」，字面上的意思是「給你一便士，告訴我，你在想什麼」，但是引申的意義是：「你在想什麼」。

89 譯註：這些都是一八三〇和四〇年代經常出現在報紙上的名字。西班牙的費南德七世國王（King Ferdinand VII of Spain，1784-1833）死後，其弟唐卡洛斯（Don Carlos，1788-1855）在保守派的支持下自稱繼位為王，但是自由派卻支持年僅三歲的公主，兩派相爭不下，因而發生了內戰，後來由公主繼位，成為伊莎貝拉女王。唐佩德羅（Don Pedro，1798-1834）應是指巴西皇帝佩德羅一世，後來也兼任葡萄牙國王。

方面的新聞，除非你在這方面有金錢上的投機生意。在那些鮮少看報的人眼中，外國根本就沒有什麼新鮮事，連法國大革命也不例外。

什麼新聞嘛！了解那些永遠都不會變陳變舊的東西才更重要呢！「蘧伯玉使人於孔子，孔子與之坐而問焉。曰：『夫子何為？』對曰：『夫子欲寡其過而未能也。』使者出，子曰：『使乎！使乎！』」[90]每個週末都是農民休息的日子——因為週日應該是渾渾噩噩的一週結束，而非新的一週美麗的開始——傳教士何苦用拖泥帶水的佈道，虐待他們昏昏欲睡的耳朵？應該用如雷貫耳的聲音喊道：「停！且慢！為什麼看起來很快，其實卻慢的要死呢？」

虛偽謊騙與錯覺妄想被尊為最健全的真實，而真實反倒成了寓言傳說。如果人只是從容地觀察事實，不受蠱惑，那麼生活——以我們知道的事情來比喻——就會像是童話故事，像天方夜譚；如果我們只重視那些不可避免而且有權利存在的事物，那麼音樂與詩歌將會響徹街頭巷尾。當我們放慢腳步，耳聰目明地過生活，就會發現只有偉大而有價值的事物才有恆久絕對的存在——那些瑣碎的小驚小懼，小悲小喜，無非只是真實的陰影罷了。這總是令人振奮而崇高莊嚴。如果人閉上眼睛沉睡不醒，自願受到假象欺瞞，就等於是確認他們的日常生活都是僵化的習慣，而且還是在建立在純粹的虛幻基礎上。嬉戲過日子的孩童反而比成年人更能清楚地分辨真實的法則與關係，因為成年人未能過著有價值的生活，反倒自認經驗豐富就比孩童聰明，殊不知他們擁有的全都是失敗的經驗。我曾經在印度教的書中讀到：「有一位國王的兒子，自嬰孩時期就被逐出宮廷，由森林裡的樵夫扶養長大，長大後也成為一名樵夫，因此自認為屬於跟他一起生活的賤民階級。他父親宮中的一位大臣發現了他，向他透露了他的身世，消弭了他對自己身份的誤解。於是，」這位印度教的哲學家繼續說道：「靈魂所在的環境會讓他誤解自己的身份，直到某位神聖的教誨師對他說出真相，才會知道原來自己是婆羅門。」我發覺我們在新英格蘭的居民會過著現在如此卑微的生活，就是因為我們的目光未能穿透事物的表象；我們認為一件事物的外表是什麼，本質就是什麼。如果一個人走過市鎮，只關注真實的話，你想水車壩[91]會在哪裡？如果他跟我們描述他在那裡所看到的真實，或許我們根本認不出他所說的地方。看看會議廳，或是法院，或是監獄，或是商店，或是住家，再跟我說這些東西在真實的凝望下究竟是什麼，這些事物在你的描述中都將支離破碎。人們總是尊崇遙遠的真理，在宇宙的邊緣，最遙遠的那顆星星後面，在亞當之前和末世之後；在永恆中，確實有些真實莊嚴的東西，但是這些時空與時刻，其實就在此時此地。就在當下，神已親臨，比任何時代的任何時刻都要更神聖；唯有不間斷地灌輸在我們周遭的真實，並且浸潤其中，我們才能完全體會所有的莊嚴與尊貴。宇宙經常順從地回應我們的心領神會，不論我們走得快慢，路徑都已經替我們鋪好了。讓我們在生活中好好地領悟吧。詩人或藝術家還來不及完成的美好尊貴設計，至少還有後世子孫接手來完成。

讓我們像大自然一樣用心地過一天吧，不要像火車一樣，碰到一點小小的堅果或蚊子的翅

---

90 譯註：語出《論語》憲問第十四，意思是孔子稱讚使者能知道君子的本意。

91 譯註：康科德鎮的發源地原本是一個水車壩，後來成了市鎮中心。

膀，就逸出常軌；讓我們早起斷食，或者解除斷食，溫和而不受干擾地享用一頓早餐吧[92]；讓朋友來來去去，讓鐘聲響，讓孩子哭——下定決心好好地過這一天。我們為什麼要屈從，隨波逐流呢？千萬不要因為那個位在正午淺灘上叫做午餐的恐怖急流與漩渦而感到心煩意亂，不知所措；熬過這個險灘，你就安全無虞了，因為剩下來的旅途都是一路下坡。放鬆心情，帶著早晨的活力，勇敢地航向前方，撇過頭去，像尤里西斯一樣把自己綁在桅杆上吧[93]。如果引擎的汽笛響了，就讓它喊到聲嘶力竭；如果鐘聲響起，我們何必跑呢？不妨想想那是什麼樣的音樂。讓我們安身立命，讓雙足向下紮根，穩穩地立在輿論、偏見、傳統、幻象與表象的泥濘與沼澤之中，像這樣的沙洲遍佈全球，從巴黎到倫敦，從紐約到波士頓再到康科德，從教堂到國家，從詩歌到哲學再到宗教，直到我們踩到堅實的地底，踏在我們稱之為事實的堅固岩盤上，我們就可以說，這就是了，絕對錯不了；然後我們就可以在這樣地基上，在融雪、嚴霜和烈焰之下，興建一堵城牆或是一個國家，安全地立起一盞燈柱或者一支計量表，不過不是尼羅河水位計量表，而是真實的計量表，好讓後世知道有時候這種虛偽表象可能積累得有多深。如果你直面事實，就會發現太陽的兩面都會發光，就像是一把短彎刀，還可能感受到甜美的刀鋒切穿了心臟與骨髓，然後你就可以開開心心地結束這趟俗世之旅。不論是生是死，我們都只渴求真實。如果真的死了，讓我們聽見噓氣的聲音，感覺四肢末稍的冰冷；如果還活著，就讓我們好好地幹我們的事業！

時間不過是我常去釣魚的河流。我在河邊飲水，同時看到河床的沙底，知道河流有多淺。

淺淺的河水流逝，卻留下了永恆。我要飲得更深一些，在天空中垂釣，天河底部的小石頭就是星辰，但是我數不清。我連第一個字母是什麼都不記得了。我總是遺憾自己不像剛出生的那一天那麼聰慧。智慧是一把刀，切開了事物的秘密。除非絕對必要，我不想讓雙手太過忙碌。**我的頭就是手和腳**，我覺得全身最好的機能都集中在裡面；我的本能跟我說，頭是用來挖掘的器官，就像某些生物用他們的口鼻和前爪一樣，我要用我的頭在這些山裡採礦，挖出一條生路。我認為最豐富的礦脈就在這附近，因此我要用探測杖和上升的晨霧來判斷，開始在這裡挖掘採礦。

92 譯註：英文中的早餐（breakfast）一詞，拆開來就是「中斷」「禁食」的意思。

93 譯註：在荷馬史詩《奧德賽》中，尤里西斯將自己綁在船桅上，以免聽到賽蓮女妖（Siren）的歌聲而喪失心智，讓船隻觸礁失事。

閱讀

所有的人只要在選擇他們的追求時多用一點心，或許都可能成為研究家與觀察家，因為他們的本性與命運都跟其他人一樣有趣。我們在替自己或後世子孫累積財產時，在成家或建國時，甚至在沽名釣譽時，都是生也有涯的凡人；然而，當我們在鑽研真理時，卻是永世不朽，毋需懼怕變化或是意外。最古老的埃及或印度哲學家，將遮住神性這座雕像的布袍撩起了一角，這一角顫抖的布袍至今依然掀起，而我凝視的榮光也一如他看到的一樣清新，因為當年正是他心中的我如此大膽張望，而如今則是我心中的他回顧這個景象。布袍不曾沾惹塵灰，顯露神性之後的時間似乎也不曾流逝，我們真正精進或是無法精進的時間，既不是過去，也不是現在，更不是未來。

我的居所不只適合思考，也比大學更適合嚴肅的閱讀；雖然我住的地方不在一般巡迴圖書館流通的範圍之內，但是那些在全世界流通的書本對我的影響卻更甚以往，這些字句最初是寫在樹皮上，如今卻只是偶爾印在布紋紙上。詩人密爾·喀瑪·烏丁·馬斯特[94]說：「坐遊馳騁在精神世界的領域，這是我從書本中得到的益處。只飲一杯葡萄酒就陶然欲醉，當我暢飲奧妙教義的佳釀時，就體驗過這種愉悅。」一整個夏天，我在桌上放著荷馬的《伊里亞德》，雖然只是偶爾翻翻而已。我的雙手不停地勞動，先是為了蓋好房子，後來又同時要鋤地種豆，讓我不可能多讀一點書；可是我用未來可以閱讀更多書的展望來鼓舞自己。我在工作的空檔看了一、兩本膚淺的遊記，直到我為止感到羞愧，忍不住問我自己：我究竟住在哪裡？

學生或許可以研讀希臘的荷馬或埃斯庫羅斯[95]，而不必擔心會有放浪形骸或窮奢極侈的危險，因為閱讀這樣的書或多或少意味著他們也有心效法這些英雄，並將神聖的晨光奉獻給這些書頁。這些英雄之書即使用我們母語的文字印出來，對我們這個道德敗壞的時代來說，也始終都是沒有生命的語言；因此我們必須不辭辛勞地尋找每一字、每一行的意義，窮盡所有的智慧、勇氣與胸懷，來揣測比文字通常用法更廣泛的意義。現代廉價多產的印刷業，出版了大量的翻譯，卻沒有讓我們更接近古代的英雄作家；他們似乎跟任何時代一樣孤獨，他們筆下的文字也一樣稀有而難以理解。即使你耗費了青春歲月與昂貴的時光，卻只學會了一種古老語言的幾個字，那也是值得的，因為那些文字是從瑣碎的街談巷議中，提煉出永恆的激勵與啟示。農民偶爾記得一、兩句他們曾經聽過的拉丁文，並且背誦出來，也不是全然無用。有時候大家說得好像古典學研究終將讓位給更現代也更實用的學問，但是奮勇上進的學生總還是會研讀古典學，不管是用什麼語言寫的，也不管是多麼古老的經典。因為古典學不正是人類最高尚尊貴的思想紀錄嗎？那是唯一不曾腐朽的神諭，即使最現代的問題，也能從中找到答案，是德爾菲與杜多納[96]都無法解答的。如果說古典學太古老就可以略去不讀，那麼我們乾脆連大自然就可以省了，因為大自然也很古老。好好的讀書——換言之，就是以真確的精神閱讀真確的書籍——是一件高貴的鍛鍊，比當代時尚推崇的任何一種鍛鍊都更能淬鍊讀者，需要像運動員經歷的訓練一樣，幾乎要窮盡一生心力，堅持不懈，才能達成目標。寫書需要深思熟慮，審慎拘謹，讀書也是一樣。不管是用哪一國的語言寫成的書，光是會講那一國的語言還不夠，因為在說的與寫的、聽的與讀的語言之間有顯著的差異。前者通常都只是短暫的聲音、語言或土話，幾乎可說是粗野無文，而我們就像野獸一樣，在不知不覺中跟著母親學語；而後者則是前者的經驗積累熟成。如果說前者是母親的語言，那麼後者就是父親的語言了，是一種含蓄精煉的表達方式，因為寓意太深遠，所以無法用耳朵聽，而是必須經過重生之後才能說得出來。在中古世紀，只是會講希臘語和拉丁語的芸芸眾生，並不會因為剛好出生在那個年代，就能讀用這兩種語言寫成的天才作品，因為這些書不是用他們知道的希臘文與拉丁文寫的，而是用精煉過的文學語言寫的；他們不曾學過更高貴的希臘、羅馬語言，認為以這種語言寫成的書本都是廢紙，反而更重視廉價的當代文學。可是，當許多歐洲國家開始有了自己雖然粗淺但是卻獨特的書寫文字，足以發展自己正

94 譯註：Mir Camar Uddîn Mast 是十八世紀的波斯烏爾都詩人。

95 譯註：Æschylus，西元前 525–456，希臘詩人、悲劇作家，著有《奧瑞斯提亞》（*Oresteia*）三部曲，《受綁縛的普羅米修斯》（*Prometheus Bound*）等。

96 譯註：德爾菲（Delphi）的阿波羅神廟與杜多納（Dodona）的宙斯神廟是古希臘兩個主要頒布神諭的地方。

方興未艾的文學之後，第一波的學術研究復甦了，於是學者得以從遙遠的年代中挖掘出古董寶藏；於是羅馬、希臘的廣大群眾聽不懂的東西，在過了無數世代之後，讓少數學者讀懂了。直到現在，也只有少數學者還在讀。

無論我們多麼崇拜演說家偶爾迸發的滔滔雄辯，在轉瞬即逝的口說語言深處或高處，通常還是有最尊貴的書寫文字，一如雲層後方那滿天星斗的穹蒼。星辰始終都在那裡，唯有看得到的人才能讀得懂；天文學家永遠都在觀察星象，為其註解，他們可不像我們在日常言談中吐出來的氣息瞬間蒸發。在論壇上所謂的辯才無礙，通常就是書房裡的修辭了。演說家縱情於轉瞬即逝的靈感，面對群眾，講給那些聽得到他的人聽；但是作家過著寧靜致遠的生活，那些激勵演說家的事件與群眾反而會讓他分心，因此他是對著全人類的智慧與心靈說話，講給任何年代可以理解他的所有人聽。

難怪亞歷山大大帝遠征時也要在寶貴的箱子裡裝一本《伊里亞德》。書寫的文字是精選的古老遺跡，與其他藝術相比，也是與我們更親密，也更具有普遍性的藝術，同時是最接近生命本身的藝術作品。文字可能翻譯成每一種語言，不只是用來閱讀，實際上更是所有人類唇間呼吸出來的氣息——不只是重現在畫布或大理石上，而是用生命的氣息雕刻出來的作品。古人思想的符號，成了今人唇邊的語言。兩千個夏天只是賦予希臘文學紀念碑更成熟的金黃秋色，一如賦予其大理石雕像，因為他們本身帶有天國般的寧靜氛圍，不論走到哪裡，都能保護他們免於時間的侵蝕。書本是世界上最珍貴的財富，是每一個世代、每一個國家最妥適的遺產。最古老也最好的書，自然且適得其所地安放在每一間小屋的書架上；他們不忮不求，但是讀者若是受到他們的啟發與鼓舞，明智的心靈自然也不會拒絕他們。書本的作者是每一個社會中自然而不可抗拒的貴族，對人類的影響也遠超過帝王將相。當那些目不識丁甚至語帶嘲諷的商人藉由工商業賺得了他們渴求的閒暇與獨立之後，進入財富與時尚的圈子，但是最後仍會無可避免地轉向更高不可攀的知識與天分的圈子，這才意識到自己的教養不足，財富的虛榮與不全；他深刻地體認到自己欠缺知識文化，因此費盡心機讓他的孩子接受這樣的文化薰陶，更進一步證明了他的見識，也唯有到這個時候，他才算是真的立業成家。

未能學會古典語言，所以無法用原文閱讀古典作品的人，對於人類的歷史必然也是一知半解，因為值得注意的是，這些作品都還沒有譯成任何一種現代語言，除非我們的文明本身可以視為其中的一個譯本。荷馬還不曾譯成英文，埃斯庫羅斯也沒有，甚至連維吉爾[97]都沒有——這些都是千錘百鍊又渾厚扎實的作品，幾乎跟早晨一樣的美。後世作家不論如何吹噓自己的天分，實在都鮮少有人——如果真有任何人的話——可以媲美古人那種精緻的優美與修養，也比不上古人那種奉獻一生的英雄式文學功績。那些從來不認識古典文學的人只會叫人家忘記他們，但是等我們有了那樣的學養與天分，可以致力於研究並欣賞這些作品之後，再來說忘記也不遲。的確，等到我們累積了更多稱之為古典文學的遺產，還有其他國家更古老、更經典卻更少人知道的經文聖典；等到梵諦岡的圖書館都收藏了印度的吠陀經、波斯的　教古經和希伯來的聖經，

[97] 譯註：Virgil 的原名為 Publius Vergilius Maro，西元前 70-19 年，古羅馬詩人。

收藏了荷馬、但丁與莎士比亞；等到未來的世世代代都能持續在世界講壇上存放展示他們的戰利品，我們就可以說是達到富足的年代了。有了這樣的一堆書，我們才可能有希望攀登天國。

偉大詩人所寫的作品，迄今仍未有人類真正讀過，因為只有偉大的詩人才能讀得通。一般人讀這些詩作，就像大眾觀星一樣，大多是屬於占星學，而不是天文學的性質。大多數人學習閱讀，只是圖個小方便，就好像他們學算術，也只是為了記帳，做起生意來不至於受騙，但是將閱讀視為一種崇高的智力練習，他們可就只是略知一二，甚或一無所知了。然而，從更高的角度來看，這才是唯一的閱讀，不是哄我們開心的奢侈品，也不會讓我們的尊貴機能昏昏欲睡，而是要我們正襟危坐，奉獻出最清醒警覺的時光來閱讀。

我認為，一旦學會識字之後，就應該閱讀最好的文學作品，而不是一輩子都像在四、五年級的班上，坐在教室最前排、最低矮的凳子上，反覆背誦字母和單音節的字彙。大部份的人只是讀過或是聽人家讀過一本好書——也就是聖經——或是偶爾領悟了書中的智慧而痛改前非，就感到心滿意足，然後終其一生就茫然度日，放任自己的機能沉溺在所謂的輕鬆閱讀裡。在我們的巡迴圖書館裡有一套分成好幾冊的書，叫做《小讀本》（*Little Reading*），我還以為是我不曾去過的那個城鎮的名字呢。[98]也有一些人像貪婪的鵜鶘和鴕鳥一樣，即使午餐的飯菜都吃得很撐，還是把所有的一切都囫圇吞棗地嚥下去，只因為他們捨不得浪費食物；如果說其他人是供應糧草的機器，那麼他們就是閱讀機器了。他們讀了九千個關於澤布倫與薩佛妮雅[99]的故事，讀到他們前無古人、後無來者的愛情，還有真愛之路始終不順遂——總之，就是看他們的愛情如何的迭宕起伏，如何的坎坷崎嶇，如何的跌倒了又爬起來繼續前進！還讀到某個可憐蟲如何爬上教堂的尖塔——其實他根本連鐘樓都不該爬上去——不過既然已經讓他毫無必要地爬到上頭，開心的小說家乾脆敲響鐘聲，讓全世界都聚攏過來聽，唉喲，天哪！他又要如何下來！在我看來，他們最好將全世界小說裡那些心高氣傲的男主角，全都變成人形風向標，就像當年他們將英雄人物化為天上的星宿一樣，讓他們在屋頂上隨風搖擺，直到生鏽為止，免得他們再下來胡鬧，打擾正直的好人。下一次，如果小說家再敲鐘，就算議會廳都燒了，我也連動都不動。「『踮腳跳』——中世紀傳奇，『雜談閒扯』知名作家最新力作——即將每月連載；勢必造成轟動，欲購從速，以免向隅。」他們瞪著又圓又大的眼睛，帶著高昂原始的好奇心，讀著這些東西，狼吞虎嚥地吞進沙囊，用不需要磨尖的皺褶，孜孜不倦地消化著，就像四歲孩童一樣，看著兩分錢一本，還有燙金封面的「灰故娘」——據我所見，無論在發音、重音或加強語氣上都沒有任何改進，更別說在寓意上有什麼吸收或引申。其結果就是目光遲鈍，生命循環停滯，整體精神錯亂，一切智能退化。像這樣的薑汁麵包幾乎每天在每一個烤爐裡都烘焙出爐，比做純麥或黑麥麵包還要更勤快，而且市場銷路看好。

甚至連可以稱之為好讀者的人，都不讀最好的書。我們康科德鎮的文化究竟如何呢？在這個鎮上，除了極少數的例外，對於最好或是非常好的書都沒有太大興趣，即使是每一個字都看

98 譯註：梭羅可能是指英格蘭的瑞丁（Reading）。

99 譯註：Zebulon 和 Sephronia 都是十八、十九世紀常用的名字，此處暗指言情小說中的男女主角。

得懂也拼得出來的英文文學也是一樣。不論是此地或是其他地方，即使上過學院和受過所謂博雅教育的人，都真的很少甚至完全沒有接觸過英文古典作品；至於人類智慧的紀錄，古時候的古典作品與聖經——這些都是只要想認識都有機會可以接觸的書籍——不論在任何地方都鮮少有人會費一點點氣力去認識他們。我認識一位中年的伐木工人，他訂了一份法文報紙，不過並不是為了看新聞，因為他說他不屑看那些東西，而是為了「讓他自己持續練習法文」；他出生在加拿大，我曾經問他：在這個世界上，他能做的事情當中，哪一件事最棒？他說除了會講法文之外，就是加強英文能力，迎頭趕上。上過學院的人通常也能做到這一點，也應該有這樣的志向，為了這個目的訂一份英文報紙。然而，當一個人剛讀完一本堪稱最好的英文書，又能找到多少人跟他討論心得呢？又或者假設他剛讀完原文的希臘或拉丁古典作品——即使是所謂目不識丁的人可能也對這些作品耳熟能詳，甚至讚賞有加——也找不到任何人可以談論，只好保持緘默。的確，在我們的學院裡，即使有老師精通希臘文，克服了語言上的困難，也絕少有人能夠克服文字上的困難，或是擁有與希臘詩人相當的才智與詩情，向那些機警勇敢的讀者傳授任何心得。若是講到神聖的經文或是人類的聖經，這個鎮上又有誰能夠教我這些經文，即使只是他們的名稱？大部份的人只知道希伯來人有這樣的聖經，對其他國家就一無所知了。一個人，或者說任何人，若是在路上看到一枚銀幣，都會特地繞道去撿；但是眼前就有這樣的金句，是古時候的智者所說的話，箇中智慧的價值也經過後來的世世代代所驗證，卻乏人問津。我們學會認字，卻只想輕鬆的閱讀，只讀識字讀本或是課堂上的教科書；離開學校之後，就只有那些給小孩子和初學者看的《小讀本》和故事書。我們的閱讀，我們的談話與思考，都停留在很低的層次，其價值只相當於侏儒和矮人。

我渴望認識在我們康科德這塊土地以外的智者，他們在此地仍沒沒無聞。還是我應該聽說過柏拉圖的大名，卻不曾讀過他的書？就好像柏拉圖是我同鎮的鄉親，但是我卻從未見過他——就像是我的近鄰，只是我沒有聽他說過話，也無緣親炙他的智慧良言。可是事實不正是如此嗎？像他的《對話錄》，裡面蘊涵了他不朽的智慧，就放在我身邊的書架上，但是我卻從未讀過。我們都是教養不足，生活低俗又不識字的文盲；在這方面，我必須承認，我們鎮上有兩種文盲，一種是完全不識字，另外一種則是雖然識字卻只讀那些給孩童與弱智看的書，二者之間並沒有太大的差別。我們應該向古代的大人物看齊，但是首先必須知道他們有多偉大。我們是體力與智力都發育不全的矮人族，在智力飛行上，只能飛得比報紙上的專欄稍微高一點而已。

並不是所有的書都像他們的讀者一樣單調沉悶。書中或許有些文字正好適用我們的情況，若是我們可以真的聽懂領會，會比清晨和春天更有益於我們的人生，讓我們對世間的人事物，有另外一番的見解。有多少人因為讀完一本書而展開人生的新頁，或許這本書就是為了我們而存在，為我們解釋生命中發生的奇蹟，並揭示新的奇蹟。我們現在不知道如何表達的事情，可能在其他地方早就已經有人說過了；現在讓我們煩惱、困惑、不知所措的問題，也同樣在所有智者的身上都發生過，而他們也依據自己的能力，用自己的言語和人生，一一回答了這些問題，沒有一個漏掉。再說，有了智慧，我們才能學會寬宏開明。獨居在康科德鎮郊農場上的工人或許會不以為然，因為他才剛喜迎重生，而這種特殊的宗教經驗讓他相信，信仰可以帶領他進入沉默的莊嚴與孤絕，但是數千年前，教始祖就已經走過同樣的路，有過同樣的經驗，不過因為他睿智，知道這種舉世皆然的一致性，所以也用同樣的態度對待他的鄰居，據說還在人間首創崇拜儀式呢。讓這樣的人謙卑地與教始祖和耶穌基督本人心靈交流吧，透過這些大人物開明的影響力，讓「我們的教會」沉沒吧。

我們吹噓自己屬於十九世紀，比任何國家都要更快速地大步前進，但是想一想這個村落為自己的文化所做的事情有多麼少。我不想奉承同鎮鄉親，也不要他們來奉承我，因為這讓我們彼此都不能進步，對誰都沒好處。我們必須像牛一樣，得有人在背後驅使，才會邁開步伐。我們的普通學校制度還不錯，不過那只是給嬰兒上的學校；但是除了在冬天餓個半死的學會，還有最近在州政府建議下才剛起步的圖書館之外，我們並沒有為自己設立的學校。我們在自己身體所需的每一項食物和病痛上，花的錢幾乎都比精神糧食要多。現在已經到了我們該設立非普通學校的時候，好讓我們在長大成人之後，還能繼續接受教育；到了該讓村子變成大學的時候，讓村子裡年長的居民成為大學的研究員，在餘生還有閒暇可以追求博雅研究——如果他們真的生活無虞的話。難道這個世界上就只能有一所巴黎大學和一所牛津大學嗎？難道學生不能住在這裡，就在康科德的天空下接受博雅教育？我們為什麼不能聘一位艾伯拉爾[100]來為我們講學？可嘆啊！我們忙著餵牛、看店，離開學校太久，教育也疏忽到可悲的地步。在這個國家，村落應該在某些方面取代貴族在歐洲的地位，應該要資助藝術創作；村子的錢夠多，只缺優雅與教養。村子花了夠多的錢在農民與商賈重視的事物之上，但是一提到花錢在有識之士知道會更有價值的事業時，就認為那不切實際。我們鎮上花了十萬七千美元蓋一棟市政廳——不知道該感謝財富還是政治——但是即使再過一百年，恐怕也不會花這麼多錢在生命的智慧上，而那才是放進外殼裡真正的靈魂。每年冬天，繳一百二十五美元的學會會費，比鎮上任何其他的同額支出都還要更值得。我們既然活在十九世紀，何不好好享受十九世紀的好處？為什麼要在任何方面過著粗鄙無文的生活？既然要看報紙，何不省略波士頓的小道消息，立刻訂閱世界上最好的報紙？不要再看所謂「中性家庭」報刊[101]，不要再瀏覽新英格蘭本地的「橄欖枝」[102]了！讓所有博學社會的報導都到我們這裡來吧，我們才會知道他們是不是知道些什麼事情。我們為什麼要讓哈潑兄弟和瑞丁公司[103]替我們選擇該讀什麼書呢？就像品味高雅的貴族，身邊圍繞著有益於他文化素養的一切——天分——學識——機智——書籍——繪畫——雕塑——音樂——哲學器材[104]等等，讓我們的村落也起而效尤吧，不要因為我們朝聖的祖先曾經靠著一個教書匠、一個牧師、一個教堂司事、一間教區圖書館和三個市政委員，在荒涼的石頭上度過淒冷的冬天，就以此為滿足。集體行動符合我們的制度精神；我相信，隨著環境愈來愈富裕，我們的財力會

100 譯註：Peter Abelard，1079-1142，法國神學家、哲學家，曾在巴黎大學任教。
101 譯註：文中所謂“neutral family” papers 是指避談政治等硬性話題，而偏向適合家庭閱讀內容的報紙。
102 譯 註 ： 指《*The Boston Olive Branch, Devoted to Christianity, Mutual Rights, Polite Literature, General Intelligence, Agriculture, and the Arts*》，是基督教衛理公會出版的週報，自一八三六年開始，在波士頓地區發行。
103 譯註：Harper & Brothers 和 Redding & Co. 分別是位在紐約和波士頓的出版公司。
104 譯註：在現代科學問世之前，所有關於自然與物理的研究都稱之為自然哲學。

比貴族更雄厚。新英格蘭可以聘請全世界最聰明的人來講學，可以供得起他們的食宿，藉以擺脫粗鄙無文。這才是我們需要的**非普通學校**。我們不需要貴族，只要有高貴的村民。如果有必要的話，少在河上搭一座橋，稍微繞一點路，但是至少先在我們身邊那更幽暗的無知深淵上架起一座拱橋吧。

聲音

但是，當我們埋首於書本，即使是最精選、最經典的作品，也只是局限於閱讀特定的書寫語言，這語言本身也是地方性的方言，於是我們就陷入一種危機，可能會忘記那種不需要比喻就能講出萬事萬物的語言。這種語言的詞彙豐富，本身就是一種標準；這種語言發表的多，形諸文字的少。透過活動百葉窗板照射進來的光線，在窗板完全拆掉之後，就不再有人記得。沒有任何一種方法或訓練可以取代永遠保持警覺的必要。無論是如何精選的歷史、哲學或詩歌，或是最好的社會或最令人仰慕的日常生活，跟看著眼前所見的事物相比，又算得了什麼呢？你只要當一名讀者、一名研究者就好了嗎？還是你也想當一個看得見未來的人？觀覽你的命運，看著眼前的景物，走向未來。

我在第一年的夏天並沒有讀書，只是鋤地種豆。啊，不對，我做的常常不只這些。有時候，我會捨不得放下當下的花開，去做任何工作，無論是用腦或是用手的工作。我喜歡在生活中保留寬裕的餘暇。有時候在夏日清晨，完成了日常的沐浴淨身之後，我會坐在陽光普照的門口，從日出坐到中午，坐在松樹、山胡桃木與漆樹間，在完全不受干擾的孤絕與寂靜中，專注地幻想，只聽到小鳥在身邊啁啾，或是無聲地掠過房子，直到太陽從西側窗戶落下，或是遙遠的公路上傳來行旅的馬車聲，才讓我驚覺時光流逝。在那樣的時光中，我就像夜裡的玉米一樣成長神速，遠比任何用到手的工作都要更豐富。我這樣做並不是浪費生命，反而是超越了我平常的有限生命，讓我體會到東方人所謂的冥想與無為是什麼意思。大部份的時候，我都不在乎時間是怎麼過的。白晝推移，似乎只是為了照亮我的工作；剛剛還是早晨，可是你看，轉眼又是夜幕低垂，我也沒做什麼值得懷念的事。我並沒有像鳥兒一樣歌唱，就只是對著自己連續不斷的好運默默地微笑。就像麻雀棲息在我門口的胡桃木枝頭，啼聲流囀一樣，我也暗自輕笑或低聲哼唱，也許他會聽到從我的窩裡傳出來的聲音。我不按照星期幾過日子，我的日子沒有異教神祇的戳記[105]，也沒有被切割成小時或遭到時鐘滴答聲的消磨耗損，因為我的生活就跟布里族的印地安人[106]一樣，據說他們「對昨天、今天和明天都用同一個字，但是卻用不同的手勢來表達，指向後方是昨天，指向前方是明天，指向頭頂則表示現在的這一天。」在我同鎮鄉親看來，這無疑是偷懶；但是如果花鳥以他們的標準來檢視我，應該會發現我什麼都不缺。的確，人應該從自身找尋自己所需，自然的一天會非常平靜，也不必指責他偷懶閒散。

我的生活模式至少有一個好處，就是不需要像其他人一樣到外面找樂子，我不需要社交，也不需要去戲院，因為我的生活本身就是一種娛樂，而且永遠都有新意；就像是一齣不會落幕的多幕戲劇。如果我們根據我們學會的最新、也是最好的生活模式，切切實實地生活，就永遠都不會感到厭煩無聊。只要順著你的心情與才情，就能時時刻刻展現新鮮的前景。連做家事都是宜人的消遣。每當地板髒了，我就會一早起床，把所有的家具都搬到門外的草地上，連床、帶床架綁成一捆，然後在地上灑一點水，再灑上從湖裡撈出來的白砂，最後拿起掃帚，使勁兒地刷洗到乾淨潔白如新；在村民起床吃早餐之前，早晨的陽光就已經將我的屋子曬乾，可以把東西再搬進去，一點也不會打擾到我的靜坐冥想。看到我所有的傢俬全都攤在草地上，也是一件賞心樂事；那些東西像吉普賽人的包袱一樣堆在一起，三腳桌立在松樹與山胡桃木之間，桌上的書本、筆墨都沒有搬開。他們似乎都很喜歡出來透透氣，甚至還不想回去了呢。有時候，我會忍不住想在桌子上方搭起遮陽篷，然後坐在底下。看著陽光灑落他們身上，聽著自由的風拂過他們身旁，真是值得欣賞的景觀；這些再熟悉不過的物品放在戶外比放在家裡要有趣的多了。鳥兒就棲在附近的枝頭，長生草在桌子底下蔓生攀爬，黑莓的藤蔓也纏著桌腳，四周則散落著松果、刺栗與草莓的葉子，看起來彷彿這才是這些家具本來的樣子，後來才變成桌椅、床架——因為他們原本就跟大自然站在一起來。

我的房子座落在山腰，緊鄰一大片森林，周圍是大王松與山胡桃木的新生林，離湖邊只有六杆的距離，有一條狹窄的步道從山上連接到湖畔。在我的前院裡，長了草莓、黑莓與長生草，

105 譯註：英文中的星期名稱是來自神話，例如星期三（Wednesday）是源自北歐神話的主神 Woden；星期四（Thursday）則是源自北歐神話中主宰雷、戰爭與農業的 Thor；而星期五（Friday）則是源自主宰愛與美的 Freya。

106 譯註：Puri Indians 是巴西東部的原住民族。

還有聖約翰草、金桿菊、灌木橡樹、沙櫻桃、藍莓與地豆等等。到了五月底，沙櫻桃（*Cerasus pumila*）就用纖細的花朵綴滿步道兩側；這些小花在短短的莖梗上呈現圓柱形的繖狀花序，到了秋天，就被又大又美的莓果壓得抬不起頭，像是朝著四面八方照射出去的光芒一樣，形成一個花圈。為了向大自然表示禮讚與敬意，我淺嚐了這些莓果，但是並不可口。房子的四周，長滿了茂盛的漆樹（*Rhus glabra*），在第一季就長了五、六呎，將我砌的圍牆都掀倒了；寬濶的羽狀熱帶樹葉，看起來雖然怪異，卻別有一番趣味。到了晚春時節，大片嫩芽突然從看似枯死的乾枝上冒出頭來，像是變魔術似的，長成優雅的綠色嫩枝，直徑有一吋。有時候，當我坐在窗邊，他們就如此不經意地成長，重壓在脆弱的關節上，儘管無風無息，也會聽到新鮮的嫩枝像扇子一樣掉落地面，原來是被自己的重量給壓斷了。到了八月，大量的莓果一齊開花，吸引許多野生蜜蜂前來採蜜；慢慢地，這些莓果換上了絲絨般可口的豔紅新裝，又再次因為自身的重量低垂，甚至壓斷嫩枝。

在這個夏日午後，我坐在窗邊，群鷹就在門前空地的上空盤旋；野鴿子或三三兩兩地從我眼前掠過，或是不安地棲息在屋後的白松枝頭，對著天空鳴叫；一隻魚鷹在如鏡的湖面上激起漣漪，順勢叼起一條魚；一隻水貂悄無聲息地從門前的沼澤溜出來，在湖邊捕到一隻青蛙；蘆葦鳥到處飛掠，壓得莎草也彎腰駝背；在過去這半個鐘頭內，我聽到火車車廂　唧　唧地經過，一會兒遠去，一會兒又像鷓鴣鳥振翅一樣響起，載著旅客從波士頓趕往全國各地。畢竟我住的地方還不像那個男孩說的那麼偏僻，我聽說他被送到鎮外東部的某個農家，但是不久之後就因為想家，衣衫襤褸地跑回家。他從未見過如此荒涼的地方，人都走光了，唉呀，甚至連火車的汽笛聲都聽不到！不過我懷疑如今在麻薩諸塞州還有像這樣的地方：——

「真的，我們的村子已經成了箭靶，
讓飛掠的火車正中靶心，
在寧靜的平原上發出安撫人心的聲音——
康科德的協和之聲。」[107]

菲奇堡鐵路經過我住處南邊約一百杆的湖泊，我經常沿著鐵道旁邊的小路走到村子裡，因此這條小路也成了我與社會的聯結。貨運列車上的人從起站坐到終站，經常會看到我，也跟我點頭致意，像是老朋友似的，顯然他們誤認為我也是鐵路員工。其實我確實也是，我很樂意在某個地方為地球軌道修理鐵軌。

107 譯註：這段詩句出自Ellery Channing（1818-1901）的〈華爾登之春〉（Walden Spring），收錄在《伐木工人與其他詩選》（*The Woodman and Other Poems*, 1849）。他是梭羅的好友，也是詩人和傳記作家。這段引文最後一行只有一個字「Concord」，有一語雙關的意思，既是指協和的音律，也是指他們居住的康科德鎮。

不論冬夏，蒸氣引擎的汽笛聲都穿透我的森林，聽起來像是在哪個農家上空盤旋的老鷹發出尖叫聲，提醒我許多汲汲營營的城裡商人來到我們鎮上，或者是富有冒險精神的鄉村商人，也從另外一邊過來；因為他們都在同一條地平線上，於是彼此喊叫著，警告對方讓路，警報汽笛聲在兩鎮之間交響，兩邊都聽得到。鄉村啊，你們的雜貨來了！鄉下人啊，你們的配給來了！沒有哪一個人可以靠自家的農地自給自足，因此也沒有人能夠拒絕他們，然後就得付出代價！來自鄉下的火車汽笛尖聲嘶鳴，像古代的攻城槌一樣，以每小時二十哩的速度衝撞城牆，車內座椅足以容納所有住在城牆內勞苦又背負重擔的人；鄉村以如此龐然笨重的禮節，替城市送來一把椅子。於是滿山的越橘莓、遍地的小紅莓全都被採摘一空，送到城裡來。棉花進了城，織成了布再下鄉；絲綢進了城，羊毛製品下鄉；書本進了城，寫書的才智卻下了鄉。

當我看到火車頭拉著一長列的車廂，像行星運動一樣向前奔馳——或者毋寧說是像慧星一樣，因為看的人並不知道以這樣的速度與方向，它還會不會再重返這個星系，而軌道看起來又不是回歸的曲線——頭頂上冒出一團團的蒸氣，像飄揚的旗幟，形成金銀色的花圈；又像我在高空中見過的許多羽絨般的雲朵，對著陽光舒展雲團——彷彿這半人半神的司雲手[108]，在行進間，不久就會將滿天夕陽披在身上，妝點車廂。當我聽到這鐵馬如雷鳴般的喘息在山間迴響，翻飛的馬蹄讓大地為之震動，從鼻孔呼出烈焰濃煙（他們要在新的神話中加入什麼樣的飛馬或

108 譯註：司雲手（cloud compeller）這個稱號常用來指希臘神話中的天神宙斯，或是印度教吠陀經中所說的眾神之首帝釋天（Indra）。

噴火龍，那我就不知道了），彷彿地球上終於有個值得住在這裡的種族。要是這一切真的都如表面所看到的一樣，要是人類真的利用大自然的元素，為了最高貴的目的服務，那就太好了！如果火車頭上方的雲霧是英雄行徑的汗水蒸發，或是如同飄浮在農田上空的雲層一樣為人類帶來好處，那麼這些元素與大自然本身都會興高采烈地陪著人類去辦事，甘願做人類的隨從。

我看到晨間列車經過，跟看到太陽昇起時的感覺是一樣的，二者幾乎一樣規律。火車過後，留下一串雲霧，愈飄愈高，直達天國，而車子則去了波士頓；雲霧將太陽遮蔽了一會兒，在我遠方的農田投下陰影。跟這一列天國列車相比，旁邊那列擁抱大地的小火車，就只是矛尖上的倒鈎。在這個冬天早晨，照顧這鐵馬的馬伕一早即起，在群山裡的晨星照耀下，替他的駿馬餵食草秣，披掛馬鞍；火也同樣早起，為他提供生命熱源，準備啟航。要是這整件事也像早起那麼單純，那就太好了！如果積雪很深，他們還要替他穿上雪鞋，拖著巨大的犁，從山間到海濱，犁出一道深深的溝畦，而一節節車廂就像跟在犁車後面的播種車一樣，放出汲汲營營的人們與流動的商品，像種子一樣播撒在鄉間。一整天，這匹火駿馬奔馳過鄉野，只偶爾停下來讓他的主人休息；到了半夜，當它在森林中某個遙遠的山谷裡遭遇冰雪，發出沉重的抗議鼻息，將我吵醒；到了晨星升起，他才終於回到馬廄，不過還來不及小憩或沉睡，又得再次出發。或者偶爾在黃昏時分，我會聽到他在馬廄裡噴發出當天剩餘的能量，鬆弛他的神經，冷卻他的肝腦，這才有幾個鐘頭可以沉睡似鐵。要是這整件事真的如此的英勇又威風凜凜，一如其不眠不休又精神抖擻，那就太好了！

在城鎮邊緣，人跡罕至的遙遠森林裡，原本只有獵戶會在白天經過，如今即使在最黑的夜裡，也有這些燈火輝煌的餐車從中穿越，連車上的人都不知不覺；這一站，他停在某個市鎮的明亮車站，吸引了人群聚集；下一站，卻停在陰鬱沼澤[109]，嚇跑了貓頭鷹與狐狸。火車的到離，如今成了村落裡日常的大事；他們來來去去，如此的規律而準時，即使大老遠也能聽到他們的汽笛聲，因此連農夫也開始利用汽笛當做時鐘，於是一個管理完善的機制，讓整個國家都規律起來。自從鐵路發明了之後，人變得比較準時了嗎？他們在火車站說話和思考不是都比在馬車驛站時要更快了嗎？在火車站裡，有一種令人振奮的氣氛，創造出一種令我感到訝異的奇蹟：我原本斷然地預測某些鄰居絕對不會利用如此快速的交通工具去波士頓，沒想到鐘聲一響，他們竟就已經在月台上準備就緒。做事情要「像火車一樣」這句話，現在已經成了大家朗朗上口的口頭禪。即有任何力量如此頻繁又誠懇地警告你遠離鐵軌，也是值得的。火車不會停下來宣讀暴動法[110]，也不會對著群眾對空鳴槍；我們創造了一個命運女神，一個不會回頭的阿特洛波斯[111]。（不妨就用這個名字替引擎命名吧。）大家早早就看到廣告，知道這些箭會在幾點幾分，朝著羅盤上某個特定的目標發射出去；他們不會干擾到人的生活，孩童也依然去學校上學。因

109 譯註：梭羅或許並沒有指哪個特定的沼澤，不過在維吉尼亞州東南部與北卡羅萊納州東北部交界處有一個叫做陰鬱沼澤（Dismal Swamp）的地方。

110 譯註：英國在一七一五年通過了「暴動法」，規定十二人以上集會擾亂安寧者，就要宣佈為暴動，立即解散；在有關單位宣讀暴動法後仍不解散者，則以重罪處置。

111 譯註：Atropos 是希臘神話中三位命運女神中最年幼的一位，掌管人類的生命結束，其名字字面上的意思是「必然而無可避免的」，即代表死亡的意思。

為有了他們，我們的生活變得更穩定；全都被訓練成泰爾[112]的兒子。空氣中充滿了看不見的弩箭，除了你自己的路之外，每一條道路都是命運的安排，所以就照你自己的軌道走吧。

在我看來，商業可取之處就在於其進取精神與勇氣。從商不能只是雙手合什，向朱比特禱告；我看到這些人每天帶著或多或少的勇氣與滿足出去做生意，做得比他們自己料想的還要更多，成就也高於自己有意識的計畫。跟那些在布埃納維斯塔[113]前線苦撐半個鐘頭的英雄事蹟相比，那些在冬天以鏟雪機為家的人反而更讓我感動，他們表現出堅定、歡樂的勇氣，不但是拿破崙一世所說的那種最罕見的凌晨三點的勇氣，而且還不會那麼早休息——他們只有在暴風歇息或是鐵馬的肌肉凍僵時，才會去睡覺。在這個大風雪的清晨，狂風暴雪仍在肆虐，讓人身上的血液都快要凍僵結冰，但是我卻聽到低沉的引擎鈴聲，從他們吐出來的冰冷氣息所凝結成的霧牆裡傳出來，宣布火車即將到來，儘管新英蘭東北暴風雪投下了否決票，火車仍然沒有延誤太久，我也看到鏟雪人全身覆蓋著霜雪，從犁雪板上冒出頭來，盯著被犁雪板鏟掉的雛菊和田鼠窩，彷彿那是內華達山的巨石，在宇宙中佔據了一個外在的位置。

商業出乎意料的自信、穩重、機靈、有膽識，還孜孜不倦；而且其方法之自然，比起許多異想天開的事業和感情用事的實驗都有過之而無不及，因此才會成就非凡。當貨運火車從我身旁轟隆隆地經過時，我會感到精神一振，整個人為之開朗；我可以聞到商店的味道，一路從長碼頭散發到查普蘭湖[114]，讓我聯想起異國風情，想起珊瑚礁、印度洋、熱帶地區與地球的廣袤無垠。看到那麼多的棕櫚葉——想起這些葉子可以做成那麼多的草帽，在明年夏天遮住那麼多新英格蘭人的頭顱——那麼多的馬尼拉麻與椰棕纖維，看到那麼多的廢棄雜物、黃麻袋、廢鐵和生鏽的鐵釘，讓我更覺得像是一個世界公民。比起將來做成紙張、印成書本，這一整車的破風帆現在要更有趣，也更明白易懂，畢竟有誰能比這些破洞更生動地訴說他們親身經歷過的暴風雨歷史呢？他們是不需要訂正的校稿紙。火車運來了緬因州森林裡的木材，這些都是上回山洪暴發時沒有被沖進大海的樹木，因為有些樹木流失，有些破裂，因此每一千根木材漲了四美元；松木、雲杉、圓柏——分為了第一級、第二級、第三級、第四級，其實不久之前，他們還全都屬於同一等級，在熊、麋鹿、馴鹿的頭頂上迎風招搖呢。接著運來的是湯瑪斯頓[115]的石灰，還是原始的生石灰，在加水熟化之前，還要翻山越嶺，送到好遠的地方。還有各種顏色、各種質料的一包包破布，都是棉花與亞麻的最落魄形式，也是衣服的最終結果——他們的樣式早就褪了流行，除非是在密爾瓦基[116]；至於那些華麗的商品，英國、法國、美國的印花布，條紋或格子棉布，平紋細布等等，不論是從時髦城市或是窮人區裡收集來的，全都將變成單色或只有幾種色調的紙張，在上面書寫真實人生的故事，有上流生活的豪奢，也有社會底層的卑賤，不

112 譯註：指瑞士民間傳說中的神箭手 William Tell，據說他在兒子的頭上放了一顆蘋果為靶，發箭射穿蘋果，而他兒子也始終保持穩定不動。

113 譯註：Buena Vista 是美墨戰爭中的一個戰場，一八四七年，美國在這裡打了一場勝仗。

114 譯註：長碼頭（Long Wharf）的波士頓港內的一個重要的碼頭；查普蘭湖（Lake Champlain）則位在紐約州與佛蒙特州交界之處。

115 譯註：Thomaston 是在緬因州南部的城鎮，以蘊藏石灰聞名。

116 譯註：Milwaukie 是威斯康辛州東南部的一個當時剛發展起來的小城鎮。

過全都根據事實！這個密閉車廂有醃鹹魚的味道，強烈的新英格蘭與商業的氣息，讓我想起大淺灘[117]和捕魚。誰沒見徹頭徹尾都醃得好好的鹹魚？根本沒有任何東西可以讓他腐敗，連聖人的堅忍不拔看了都要感到汗顏。這種鹹魚，你可以用來掃街鋪路，用來砍柴引火，趕貨車的人可以用來替自己和車上載的貨物擋風、遮陽、避雨——而商人呢，正如一位康科德的商人曾經說過的，可以掛在門口充當招牌，從開張營業到最後關門大吉，連最老的顧客都還是分不清楚那究竟是動物、植物或礦物，不過那條鹹魚還是跟雪花一樣純潔，如果丟進鍋裡燉煮，可以煮出一條美味的褐魚，在星期六午餐時享用。接下來那一車是西班牙的皮革，尾巴還保留原本彎曲上揚的角度，就跟公牛還披在身上、在南美洲大草原奔馳的時候一樣——是一種固執頑強，顯示所有天生的劣根性是如何的沒有指望，如何的無藥可救。老實說，我必須承認，當我知道了一個人的真實性格之後，就不會抱持任何希望想要去改變現狀，不論是變好或是變壞。就像東方人說的：「狗尾巴可以燙過、壓過，甚至用繩索綁起來，如此過了十二年，還是維持老樣子。」對付像狗尾巴展現的這種痼疾，唯一有效的方法就是將他製成黏膠，而我相信黏膠也真的就是這樣做出來的，如此一來，就可以固定服貼了。這裡有一大桶糖蜜或白蘭地要送給佛蒙特州卡汀維爾的某位張三李四，是綠山[118]的某位商人，為他家附近的農民進口的；此刻他或許正站在船艙隔板上，想著上一批到岸的貨物會如何影響到他的價錢，然後告訴客戶——在今天早上之前，他已經跟他們說過了二十次——下一班火車就會送一些特級品過去，這在《卡汀維爾時報》上有登廣告。

有些東西送出去，有些東西送進來。我被颼颼的風聲驚醒，從書本裡抬起頭來，看到一棵從遙遠北方山脈砍下來的高聳松木，長了翅膀，飛越綠山和康乃狄克河，像一支箭似的，在十分鐘之內穿越鎮上，想要再看一眼就已經不見蹤影；這松木即將

「成為某位海軍將領
旗艦上的桅桿。」[119]

你聽！一輛運牛的貨車送來了千山的牛隻，這空中的羊舍、馬廄、牛圈，趕牛的人手裡拿著棍子，牧童站在羊群之中，除了山上的草地之外，其他的一切都像樹葉一樣，被九月的狂風從山中掃了下來。空中傳來牛犢與羔羊的叫聲，還有公牛彼此的熙攘，彷彿田園山谷從旁邊經過。當領頭的老羊搖頭晃腦地搖響了頸下的鈴鐺，群山確實像公羊一樣跳躍，小丘也像羔羊一樣舞蹈。其中也有一車載著趕牲畜的人，現在跟他棍下驅趕的牲畜一樣平起平坐了，雖然工作沒有，手上卻仍然握著用不著的棍子，像是職務徽章。但是他們的狗呢？到哪裡去了？他們倉皇潰散，遭到拋棄了，再也嗅不到牲畜。我想，我聽到他們在彼特布羅山[120]後方吠叫，或是在

117 譯註：Grand Banks 位在紐芬蘭東南部外海，是北大西洋重要的漁場，也新英格蘭漁民常去捕魚的地方。
118 譯註：Green Mountains 從佛蒙特州東北方緜延到麻薩諸塞州的西邊。
119 譯註：出自英國詩人 John Milton（1608-1674）的《失樂園》（*Paradise Lost*）。
120 譯註：Peterboro' Hills 位在新罕布夏州南方，正好在康科德鎮的西北角。

綠山的西坡上喘息；宰殺牲畜時不需要他們在場，他們同樣丟了工作，忠誠與聰慧再也派不上用場，只能偷偷摸摸地回到自己的狗窩，或許變成流浪狗，跟野狼與狐狸結盟吧。於是，你的田園生活就這樣呼嘯而過，但是鈴聲響起，我必須離開軌道，讓火車過去；——

鐵路於我何干？
我從來不曾去看
哪裡才是終點。
它填補了一些坑洞，
為燕子築起了堤岸，
讓砂石飛揚，
也讓黑莓成長。

但是我跨越鐵路，就像是森林裡的一條推車小徑，不再讓它的煙霧、蒸氣和嘶鳴，打擾我的眼睛，玷污我的耳朵。

現在，火車走了，所有不安騷動的世界也跟著一起走了，湖裡的魚不再感受到轟隆隆的震動，我也比以前更孤單。或許，在漫長午後的剩餘時光中，我的冥想只會受到遙遠公路上那馬車或車隊微弱的轆轆聲干擾。

有時候，在星期天，我會聽到鐘聲，來自林肯、艾克頓、貝德福[121]或康科德的鐘聲；在順風時，還稱得上是一種輕柔、甜美又自然的旋律，可以完全融入荒野中。隔著足夠的距離，這聲音穿過森林，多了一種震顫的感覺，彷彿地平線上的松針是它拂過的豎琴琴弦。所有的聲音，只要隔著最大的距離，聽起來都有相同的效果，一種宇宙七弦琴的顫動，如同天地之間的大氣替遠山增添了一抹蔚藍的色彩，映入眼簾，自然成趣。以眼前的景緻來說，正是大氣拉緊了琴弦，與森林裡的每一片樹葉、每一根松林對話，化成美妙的旋律，朝著我迎面襲來；那聲音由大自然的元素組成調整，在山谷間迴盪。而那回音，從某個角度來說，也是一種原創的聲音，蘊涵著某種魔力與魅惑；那不只是鐘聲裡值得重覆的部份一再重覆，還有一部份是森林的聲音，是林間仙子哼唱的小調小曲。

到了黃昏，從森林後方地平線上傳來牛隻遙遠的哞叫聲，聽起來悅耳動聽，起初我還誤以為是某位吟遊詩人的歌聲，他遊走在山巔谷間，有時候會對著我唱起小夜曲；但是不久之後，卻拉長成不值錢的牛鳴聲，是自然的音樂，讓我大失所望，不過倒也不是不悅就是了；我清楚地聽到那些年輕入的歌聲與牛的音樂相似，並非有意挖苦，而是表達欣賞之意，因為那終究是一種自然的聲音。

121 譯註：Lincoln、Acton、Bedford 都是康科德附近的城鎮。

在夏天的某個時段，每天到了七點半，等夜班火車經過之後，北美夜鷹就定時唱起晚禱曲，一唱就是半個鐘頭；他們或棲在門口的殘株，或立在屋頂的橫樑，幾乎像時鐘一樣準時，每天晚上，在固定時間——也就是太陽下山後的五分鐘之內——引吭高歌。我也因此有了這個難得的機會，熟悉了他們的習性。有時候，我聽到四、五隻同時在森林的不同地點唱起來，剛好是一隻比一隻慢了一小節，而且離得我好近；我不但可以聽到每個音符結束後發出咯喇一聲，還經常可以聽到獨特的嗡嗡聲，像是受困在蜘蛛網上的蒼蠅，只不過音量與體型成正比地加大而已。有時候，會有一隻鳥在幾呎外的林子裡繞著我轉圈，彷彿有一條線拴著他似的，不過或許是我太靠近他產的卵吧。一整晚，他們斷斷續續地唱著，直到了將近黎明前，也都還是一如既往的悠揚悅耳。

當其他鳥類都靜默下來時，蒼鴞接力，像哭喪的婦女一樣，嗚——嚕——嚕——地唱起古老的哀歌；蒼涼的叫聲真的有班．強森[122]的韻味。聰明的夜半女巫！那不是詩人誠摯樸素的「嘟唯——嘟胡」，而是絲毫不苟言笑的墓園小調，是殉情戀人想起煉獄叢林中宛如天國愛情的痛苦與喜悅時的彼此慰藉。然而，我喜歡聽他們的悲鳴與淒涼的唱和，在森林的邊緣震顫，有時候會讓我想起音樂與高歌的鳥兒，彷彿是音樂中黑暗與傷心的那一面，渴望被唱出來的遺憾與嘆息。他們是墮落靈魂的幽靈，是低下的幽靈，帶來哀傷的不祥預感；他們曾經以人形現身，趁著黑夜行走於地上，幹了見不得光的事，如今只好在他們犯罪的現場，用哀鳴的曲調或輓歌，為自己的罪愆贖罪。他們讓我對我們共同居住的大自然有了全新的認識，對其多樣與包容又多了一層體會。噢—噢—噢—噢—噢，但願我從未出生—生—生—生！湖的這一邊有一隻這樣哀嘆著，然後在絕望中不停地盤旋，在灰色橡樹上找尋新的棲息地；接著，在湖的另一邊也有另外一隻唱和：——但願我從未出生—生—生—生！充滿誠意的顫音，從遙遠的林肯森林傳來微弱的生—生—生—生！

也有一隻大角鴞對著我唱小夜曲，就在耳邊，幾乎可以想像成自然界最憂傷的聲音，彷彿要把這個聲音刻成鉛版，將人類臨終的呻吟在和聲中化為永恆——某個將希望留在身後的必死之人，留下可憐又脆弱的殘跡，在進入黑暗幽谷之前有如牲畜的哀嚎，卻又有人類的啜泣，再加上某種咯咯的旋律，顯得更恐怖——我發現自己想要模仿時，也開始發出咯咯的聲音——所有健康勇敢的思想一旦遭到禁錮，進入黏稠發霉的階段，都在此表露無遺。這讓我想起食屍鬼和白痴，還有精神錯亂的嚎叫。可是此刻，遠方森林裡傳來一聲應答，因為距離遙遠而變得悠揚悅耳——呼，呼，呼，呼兒，呼——的確，無論是在白天或黑夜，也無論是在酷暑或寒冬，這聲音聽起來都只有令人愉悅的聯想。

我喜歡有貓頭鷹作陪。讓他們為人類發出痴狂的叫聲，那是最適合沼澤與昏暗森林的聲音，在陽光永遠都照不到的地方，讓人想起廣袤而尚未開發的大自然，是人類還沒有發現的地域。那聲音代表著荒涼的暮色，還有每個人心中不滿足的思想。一整天，陽光都照射在某個原始沼

122 譯註：Ben Jonson，1572-1637，英國劇作家、詩人。此處可能是指他宮廷劇《女王假面》（Masque of Queens, 1609）中的〈女巫之歌〉（*Witches' Song*）。

澤的表面，沼澤上方有地衣苔蘚從黑雲杉的枝椏垂掛下來，幼鷹在上方盤旋，山雀在常綠樹間口齒不清地鳴唱，鷓鴣與野兔在樹下潛行；可是這會兒，更蒼涼、更合宜的一天開始，不同物種的生物甦醒過來，要在這裡表達大自然的意義。

向晚時分，我聽到遠方傳來馬車過橋的隆隆聲——比夜晚的任何其他聲音都要傳得更遙遠——像狗吠或是偶爾從遠方農舍傳來牛隻的悲鳴。在此同時，整個湖岸都響徹了牛蛙的號角，他們是古代酒仙與縱酒嬉鬧之徒冥頑不靈的鬼魂，至今仍不知悔改，一心想在冥河般的湖畔高唱一首輪唱曲——但願華爾登湖仙子不介意我做這樣的比喻，因為湖中雖然沒有水草，但是確實有牛蛙——他們渴望持續古老宴席上的狂歡規則，不過聲音卻已經變得粗嘎、嚴肅又低沉，彷彿在嘲笑自己的狂歡作樂，於是美酒失去了香醇，變成讓他們腹部膨脹的液體，甜美的醉意無法淹沒過去的記憶，只是讓他們肚子灌飽了水，更加的沉甸甸、腹鼓鼓。其中一隻最腦滿腸肥的牛蛙，下巴夾著一枚青荇，正好充當餐巾，托住他下垂的雙頰，在這北岸的狂飲宴中，一口飲盡了他曾經不屑一顧的湖水，然後將酒杯傳遞下去，同時發出：**特—魯—恩克**，**特—魯—恩克**，**特—魯—恩克**！同樣的口令也立刻從某個遙遠的岬灣沿水面上傳來，那年資和腰圍都排行老二的牛蛙也一口飲盡他該喝的份量；這樣的儀式沿著湖岸繞行一圈，於是司儀心滿意足地發出一聲：**特—魯—恩克**，每一隻與會的牛蛙都依樣畫葫蘆，直到肚子最小、最扁也最軟的那一隻也跟著行禮如儀，絲毫不會出錯；然後，杯盞再一次又一次地傳遞下去，直到日頭驅散了晨霧，這時候只剩下族長尚未掉進水面，仍然不時徒勞地發出**特—魯—恩克**的叫聲，還停頓一下等候回應。

我不確定是否曾在住家附近聽過雞啼，不過我覺得養一隻小公雞，即使只是為了聆聽他的音樂，把他當成會唱歌的鳴鳥，也算值回票價。這種一度是野生的印地安雉雞，歌聲堪稱是所有鳥類之中最引人注目的，如果他能重返大自然，而不再做家禽的話，一定很快就會成為森林裡最著名的聲音，超越野雁的鏗鏘與貓頭鷹的呼嘯；而且再想像一下，如果還有一些母雞，在她們的領袖暫停吹號時，發出咯咯的叫聲，那該有多麼溫馨啊！難怪人類會馴化這種鳥，納為家禽──更別說還有雞蛋與雞腿呢！冬日清晨，在林間漫步，聽著這些鳥禽在他們原生的樹林裡高歌，還有野生的小公雞立在枝頭啼叫，聲音清亮高吭，迴盪數哩而不墜，技壓其他鳥類微弱的聲音──想想看，這可會讓整個國家都為之驚醒哪！還有誰會不早起？不會在他有生之年，一天比一天更早起，直到他變得難以言喻的健康、富有、睿智？這種異國鳥禽的歌聲受到所有國度裡的詩人歌詠讚歎，拿來跟自己本國的歌手相提並論。英勇的雄雞能夠適應所有的氣候，可以比本土生物更適應本地風土；他始終都健康，聲音永遠洪亮，精神從不萎靡。即使在大西洋與太平洋上航行的水手，也是被雞鳴喚醒的；但是他們尖銳的啼聲卻從來不曾將我從沉睡中驚醒。我沒有養貓狗牛豬，也沒有養母雞，所以你可以說我家裡少了居家的聲音；其實，我也沒有攪乳器、紡紗輪，甚至沒有水壺清唱、鍋釜嘶鳴，更沒有幼兒哭鬧來安撫人心。面對這樣的生活，老派的人可能會失去理智或是無聊至死。我的牆裡甚至連老鼠都沒有，因為他們在裡面可能會餓死，或者毋寧說，他們根本就不會上鈎──只有屋頂上或地板下的松鼠，屋脊橫樑上的夜鷹，窗下的藍鵲尖鳴，屋子底下的野兔和土撥鼠，屋子後方的蒼鴞或大角鴞，湖上一群野雁或嬉鬧的潛鳥，還有狐狸在夜裡吠叫。從來沒有雲雀或黃鸝這些溫和的林鳥曾經造訪過我家，院子裡沒有公雞啼，也沒有母雞咯咯叫；其實根本連院子都沒有！就只是一片沒有籬笆的大自然一路延伸到你的門前！一座新生的樹林就在你的窗台下成長，野生的漆樹與黑莓蔓藤竄進了你的地窖，大王松緊挨著木瓦發出吱吱聲，想要爭取更多的空間，而樹根更是早就伸到屋子底下了。一陣狂風襲來，吹走的不是籬笆或百葉窗，而是屋後一棵被攔腰折斷或連根拔起的松樹，成了木柴燃料；在大雪中，並不是沒有路通往前院大門，而是——沒有大門——沒有庭院——也沒有通往文明世界的路徑！

孤獨

這是一個美妙的夜晚，全身上下只有一種感覺，彷彿周身毛孔都酣飲著喜悅。我也成了大自然的一部份，帶著陌生的自由，在其中來去自如。雖然天氣陰沉，又起了風，感覺有點涼，但是我卻只穿著襯衫，沿著湖畔的石岸漫步，觸目所及都沒有什麼特別吸引我注意的，天地萬物都很不尋常地與我合而為一。牛蛙低鳴迎來夜色，夜鷹的叫聲隨著水面上的漣漪蕩漾開來，赤楊與白楊樹葉的簌簌聲和著我的氣息，讓我幾乎喘不過氣來；然而，我寧靜的心就跟湖水一樣，雖然偶有漣漪，卻水波不興。那夜風吹起的小波紋絲毫不影響如鏡的湖面，更稱不上是什麼暴風。此刻的夜幕已然低垂，但是風仍在林間呼嘯，水波也仍在蕩漾，有些動物就用他們的叫聲哄著其他生物入睡。可是這個世界永遠不會完全安歇。最野生的動物不會在此時歇息，反而開始尋找獵物；狐狸、臭鼬、野兔無畏地在荒野林間漫遊，他們是大自然的守夜人——將黑夜與生氣勃勃的白天串連起來。

等我回到家裡，發現有訪客來過，還留下他們的名片，或許是一束花，或是常綠植物串成的花圈，或是用鉛筆在黃色的核桃樹葉或木片上寫下名字。鮮少到森林裡來的人，常常會順手從林間拿點什麼小東西在手上把玩，也因此有意或無意地留下來。有人曾經剝了一條柳枝，編成戒指，就丟在我的桌上。我總是可以看得出來，我不在家時是否有人來訪，或許是踩扁的樹枝或草葉，或者是他們的足跡，通常還可以從訪客留下來的蛛絲馬跡看出他們的性別、年紀或個性，比方說掉下來一朵花，隨手拔起來又隨手丟棄的一束草——甚至可能是遠從半哩外的鐵路那裡拔來的——或是雪茄或菸斗殘留的氣味。可不是嗎？我經常可以從他們菸斗的味道得知有人從六十杆外的公路經過呢。

我們周遭通常都有足夠的空間。地平線絕對不會近在咫尺，濃密的森林也不會就在你家大門口，湖泊也是一樣，這中間總是會隔著一些空地，是我們千方百計地向大自然徵收、挪用，圈起來利用並熟悉的地方。但是我為什麼會有這麼大的一片土地，幾平方哩杳無人跡的森林遭到遺棄，全留給我一個人使用呢？離我最近的鄰居也在一哩之外，除非你爬到山頂，否則方圓半哩之內，在任何地方都看不到任何房舍。我的地平線與森林交界，全都歸我所有；一邊遠眺沿湖而行的鐵路，另外一邊沿著林地小徑的圍籬。但是，大部份的時間，我住的地方就像是在大草原一樣孤獨。這裡是新英格蘭，不過要說是亞洲或非洲也可以；可以說，我有我自己的日月星辰，是屬於我自己的小小世界。在夜裡，不會有人從我家經過，更不會有人來敲門，好像全世界就只剩下我一個人；除非是在春天，隔了很久之後，有人從村子裡來釣大頭鯰魚——其實他們在華爾登湖只是釣出更多自己的天性，以夜色為餌垂釣——但是他們很快就會撤退，通常空手而歸，「把世界留給黑暗與我」；夜的核心也不會受到人類近鄰的褻瀆。我相信人通常都還是有點畏懼黑暗，雖然女巫都已經吊死，基督教與蠟燭也都已經引進我們的生活。

然而，我有時候會切身體悟到：在任何一個自然的物體中，你都可能找到最甜美溫柔、最純真無邪又鼓舞人心的社交活動，即使對那些厭世又憂鬱的可憐人來說，也是一樣。與大自然同在又保有心靈感官的人，是不會有非常黑暗的憂鬱。在健康又純真的耳朵聽來，暴風雨無非只是伊歐勒斯[123]的音樂罷了；沒有什麼能逼迫簡單又勇敢的人進入粗俗的悲傷。當我與四季交友並樂在其中時，深信沒有什麼能讓生活成為我的負擔。溫柔的雨水滋潤我的豆子，讓我今天留在家中，一點也不陰鬱悲傷，反而對我有益。雖然下雨讓我無法去鋤地種豆，但是雨水比我鋤地更有價值；就算連綿的雨天讓地裡的種子腐爛，毀了低地的馬鈴薯，但是對高地的青草來說卻有好處，而對青草有好處，就是對我有好處。有時候，我拿自己跟其他人相比，似乎比他們更受到神的恩寵，遠超出我應得的獎賞；彷彿我從眾神手中接過其他人都沒有的保證與授權，得到特別的指引與保護。我這不是在自鳴得意，如果可能的話，反倒是眾神賜給我的榮幸。我從不感到孤單，也絲毫不曾感受到任何孤獨感的壓迫，只有一次，那是在我搬到森林裡來的幾個星期之後，有一個鐘頭的時間，我開始懷疑是不是真的需要有人類的近鄰，才能擁有平靜健康的生活。孤身一人並不是一件愉快的事。但是我同時也意識到自己情緒中有一絲的錯亂，似

123 譯註：Aeolus 是希臘神話中的風神。風奏琴（Aeolian harp）是梭羅最喜歡的絃樂器之一，將琴風在窗台上，風吹過琴絃就會發出音樂。

乎也預見了自己的康復。在細雨中，當這樣的思緒縈繞心頭時，我突然領悟到大自然中如此甜美有益的社交活動，就在滴滴答答的雨聲中，就在屋子周邊的每一個聲音與景象裡，無邊無際又無以言傳的友誼就像大氣一樣全都湧上來環抱著我，讓人類近鄰想像中的好處變得無關緊要，此後我就再也不曾想過這件事了。每一根小小的松針都因為跟我產生了共鳴而放大膨脹，成了我的朋友；我也清楚地感知：即使在我們習慣稱之為荒野而枯燥的地方，也有我們的親人存在，而跟我最接近的血親或是最有人性的近鄰並不是人或村民。於是我想，再也不會有任何地方讓我感到陌生：

「過早的哀傷耗損了悲慟之人，
他們在生之土地上的日子也不多，
托斯卡的美麗女兒啊！」[124]

最讓我感到愉悅的時光，有些都在春秋兩季，下個不停的暴雨之中，讓我一整個上午甚至午後都困在屋子裡不能出門，只有持續的怒吼雨聲安撫著我；然後提早來報到的暮色迎來漫長的黑夜，許多思緒便在此時生根萌芽。強勁東北風帶來的雨勢，也同樣考驗著村子裡的房子，

124 譯註：出自蘇格蘭詩人 James Macpherson（1736 - 1796）的史詩《*Ossian*》。詩中的主人翁在托斯卡的女兒瑪文娜慟失愛侶之後，試圖安撫她。

當女僕手持拖把、水桶站在大門口，準備將洪水擋在門外時，我卻坐在小屋子裡的門後——那是唯一的一扇門——徹底享受房子的保護。在一場雷電交加的暴雨中，一道閃電擊中湖對岸的一棵大王松，從樹梢到樹根，劈出了一道明顯又規則完美的螺旋凹槽，約莫有一吋多深，四、五吋寬，就像你在手杖上挖出來的凹槽一樣。那天，我經過那棵樹，抬頭看到那道痕跡比以前更醒目，正是八年前從看似無害的天空中，一道威猛可怕又無可抗拒的閃電凌空劈下所留下來的遺跡，心中不覺感到震驚又敬畏。常常有人對我說：「我想你在那裡一定覺得很孤單，想要跟人更近一點吧，尤其是在下著雨雪的日夜。」我很想回答說——我們住的這整個地球無非只是太空中的一小點而已，你想，在遙遠的星球上——那星球的寬度還不是我們現有儀器可以測量出來的——兩個相距最遠的居民之間相隔有多遙遠呢？我為什麼會感到孤單？我們的星球不也在銀河嗎？在我看來，你所問的似乎不是最重要的問題。什麼樣的空間會讓人跟同伴分開，讓他感到孤獨？我發現不管雙腿再怎麼努力，也無法讓兩顆心拉得更近；我們最想要跟什麼比鄰而居呢？當然不是靠近很多人，或是很多人聚集的地方，像是車站、郵局、酒館、議事廳、學校、雜貨店、燈塔山或五點區[125]，而是長年提供我們生命的源頭，也就是我們所有經驗的出發點，就像柳樹要靠近水邊，朝著水的方向紮根。這個地方會根據不同人的天性而有所差異，但是有智慧的人就會在這裡挖地窖……有一天晚上，我在華爾登路上遇到一位同鎮鄉親，他正趕著兩頭牛要去市場；他是那種累積了所謂「可觀家產」的人——雖然我從未好好的觀過——問我如何下定決心放棄舒適的生活；我回答他說，我非常確定自己喜歡還過得去的生活。這話可不是開玩笑。然後我回家，躺在自己的床上，讓他摸黑踩著泥巴路去布萊頓[126]——或者是光明城（Bright-town）——他要走到天亮才會到那個地方。

對死亡的人來說，只要有任何覺醒或是復生的希望，不論是在什麼時間或在什麼地方，都無關緊要。然而覺醒總是在同樣的地方發生，也總是給我們所有的感官帶來筆墨難以形容的喜悅。我們大部份的人都只對不重要而短暫的環境大作文章，事實上，這些瑣事只是讓我們分心的原因。最接近天地萬物的，正是形塑天地萬物的力量；最偉大的法則就在我們身邊持續不斷地施行著；在我們身邊的，不是我們雇用的工人，我們喜歡跟他們談天說地的那些人，而是創造我們的工人。

「鬼神之為德，其盛矣乎！」

「視之而弗見，聽之而弗聞，體物而不可遺。」

「使天下之人，齋明盛服，以承祭，洋洋乎如在其上，如在其左右。」[127]

我們是一項實驗的主體，而我對這個實驗還頗有興趣。在這樣的環境中，我們難道不能暫時脫離八卦閒談的社交活動，用我們自己的思考來鼓舞自己？孔夫子說得很對：「德不孤，必

---

125 譯註：燈塔山（Beacon Hill）位在波士頓，是麻薩諸塞州州議會的所在地；五點區（Five Points）位在紐約的下曼哈頓，因五條街道滙聚而得名，在梭羅的年代，是龍蛇混雜，罪犯、娼妓、酒鬼、賭徒聚集的地區。

126 譯註：布萊頓（Brighton）是波士頓郊區的一個小鎮，以屠宰場和牲口市場聞名。

127 譯註：引文出自《中庸》第十六章，大意是說：「鬼神的靈感顯赫，可謂大到極點！看了也看不見，聽了也聽不到，但是他卻無所不在，像是具有形體的事物不能遺棄。他能使天下的人齋戒沐浴，穿著整齊的衣服去奉行祭祀，到處充滿流動著鬼神的靈氣，好像就在頭頂上，又好像就在身邊左右。」

有鄰。」[128]

有了思考，我們就可以神智清晰地超越自我，藉著有意識的心靈活動，冷眼旁觀所有的行為及其後果，於是所有的事情，無論好壞，都如同洪流般從我們身旁流過。我們並不是完全地參與大自然。我可能是河裡一塊浮木，或是在空中俯瞰這塊浮木的帝釋天[129]。我可能受到戲劇展演的感動，但是在另一方面，看似與我更切身相關的實際事情，卻可能不會影響到我。我只知道自己是一個人類實體，也可以說是展現思想與情感的舞台，但是我同時也意識到某種雙重性，一方面疏離自我，另一方面也遠離他人。無論切身的經驗如何強烈，我都可以意識到另外一部份的自我存在及其批判；那也可以說不是我的一部份，而是一個旁觀者，並不會分享這個經驗，只是在一旁做記錄；你可以說那是我，也可以說是你自己。當生命這齣戲——也許會是一齣悲劇——結束時，觀眾就離席而去；對他們來說，那是一個虛構的故事，純屬想像的作品，這樣的雙重性有時候很容易讓我們變成不好的鄰居和朋友。

我發現在大部份的時候，獨處是有益健康的。有人作伴，即使是最好的同伴，也很快讓人感到疲憊厭倦。我熱愛獨處，從未找到一位比孤獨更好的同伴。出門在外，置身於人群中，往往比獨處一室還要更孤獨。不管走到哪裡，人在思考或工作時，永遠都是一個人。孤獨不是用人跟同儕之間的距離相隔多少哩來衡量的；真正勤奮求學的學生，即使身處在劍橋學院擁擠的蜂房裡，也像沙漠中的苦行僧一樣孤獨。農夫可以一個人在田裡或林間工作一整天，無論是鋤地或是伐木，都不會覺得孤單，因為他在工作；但是等他晚上回到家，卻無法一個人坐在房裡好好地思考，反而一定要到一個可以「看得到朋友」的地方消遣，這樣他才認為是補償了白天的孤獨，甚至還想不透那些學生怎麼能夠一整個晚上，甚至大半個白天，都獨坐屋內讀書，而不會覺得無聊，感到「藍色的憂鬱」。但是他有所不知的是，雖然學生坐在屋內，卻是在他的田裡工作，在他的林裡伐木，就跟農夫一樣，當然也會跟後者一樣尋找休閒與社交活動，只不過可能是以比較精簡的形式進行。

社交活動通常都太低俗。我們見面的次數太頻繁，間隔太短，沒有時間為彼此增添新的價值。我們一天三餐見三次面，同樣一塊陳舊發霉的起司，卻要給對方新的味道；我們還得事先協調出一套彼此認同的規則，美其名曰禮儀或禮貌，以便容忍這種頻繁的相見，才不致於公開兵戎相向。我們在郵局見面，每天晚上還得在社交場合或是火爐邊再見一次；我們住得太近，常常擋到別人的路，甚至絆倒其他人；我認為我們就是因為這樣才失去了對彼此的尊重。當然，即使見面的次數少一點，也不會妨礙重要且真誠的溝通交往。想想在工廠裡工作的女孩子——她們從來都不會是一個人，甚至連在夢裡也不是[130]。最好是每一平方哩只住一個人，就像我現在這樣。一個人的價值不在於他的皮膚，因此不一定需要彼此碰觸。

我聽說過有個人在森林裡迷路，後來倒在一棵樹下，就快要餓死、累死，臨死前因為身體

128 譯註：引文出自《論語》里仁第四。
129 譯註：Indra 是印度教中主宰空氣、風、雷、雨和雪的神。
130 譯註：當時在磨坊工作的女性勞工多半住在附近的宿舍裡。

虛弱，導致眼前出現詭異的影像，讓病態的想像包圍著他，讓他信以為真，竟然因此緩解了他的孤單。而我們也是一樣，因為身體與心靈的健康和力量，不斷地受到類似但卻比較正常、自然的社交活動鼓舞，竟也誤認為我們從來不孤單。

我在家裡有很多同伴，尤其是在早晨，沒有人來探訪的時候。我來打個比方好了，這樣或許有人可以大致了解我的情況。我不會比湖裡高聲嬉鬧的潛鳥或是華爾登湖本身更孤單；請問：那個孤伶伶的湖有什麼同伴呢？可是在他那湛藍天青的水裡，並沒有藍色的魔鬼，只有藍色的天使。太陽也是孤身一人，除了遇到濃雲密布的天氣，有時候會出現兩個太陽，不過其中有一個是假的[131]。神也只有一個——魔鬼倒是永遠都不孤單，始終都是成群結隊，甚至足以組織一個軍團。我也不會比草原上的毛蕊花或蒲公英孤單，不會比一顆豆苗、或酢漿草、或馬蠅、或大黃蜂孤單，也不會比米爾溪[132]、或風雞、或北極星、或南風、或四月的陣雨、或一月的融雪、或新房子裡出現的第一隻蜘蛛孤單。

在漫長的冬夜裡，當大雪紛飛，狂風在林間呼嘯時，偶爾會一位老移民和原始業主來訪，據說華爾登湖就是他挖出來的，而且還在湖底鋪了石頭，在湖畔種了松林；他會跟我說一些古老的故事和新的永生；我們交談甚歡，彼此交換了一些對事情的看法，即使沒有蘋果或蘋果酒，也一起度過歡樂的夜晚——他真是最睿智、幽默的朋友，我非常愛他，但是他的行蹤比高菲與華雷[133]還要更隱密，雖然大家都認為他已經死了，卻沒有人知道他埋在哪裡。我家附近還住了一位老夫人，大部份的人都看不到她，不過我有時候愛在她的香草花園裡散步，採一些藥草，聽她說寓言故事；因為她的天分有無與倫比的豐饒創造力，而且記憶力可以追溯到比神話還要更遠古的時代，因此她可以告訴我每一個寓言的源頭，還有每一個故事是根據什麼樣的事實建構出來的，因為這些事情都發生在她年輕的時候。她是一位臉色紅潤、身體健朗的老夫人，不管什麼天氣或什麼季節，始終笑口常開，也很可能會活得比她的孩子還要更久。

大自然難以言喻的純真與恩惠——像太陽和風和雨，像酷暑與寒冬——始終都源源不絕地給予我們這樣的健康，這樣的歡欣！他對我們人類又寄予如此的同情與憐憫，如果有人因為正當的理由而哀傷，所有的大自然都會受到影響：陽光會黯淡，風會像人一樣嘆息，雲會掉下雨的淚水，連樹木也會在仲夏抖落一身樹葉，換上服喪的裝扮。我能不跟地球的靈性相通嗎？難道我不也有一部份是樹葉和蔬菜形塑而成的嗎？

有什麼藥可以讓我們健康、平靜、滿足？可不是你我的曾祖父，而是我們大自然曾祖母用蔬菜和植物煉製的萬能草藥，這味草藥讓她青春永駐，活得比她那個年代的眾多帕爾[134]還要更久，還靠他們腐化的肉身滋養她的健康呢。至於我的靈丹妙藥，絕對不是江湖郎中的小藥瓶，裡面裝了從冥河與死海舀出來的混和水，用那些看起來像烏篷的馬車運來——我們有時候會看

131 譯註：又稱為幻日（parhelion），指日暈上出現的光點。
132 譯註：Mill Brook，流經康科德鎮的一條溪流，或許為米爾水壩上的磨坊提供動力。
133 譯註：William Goffe，英國清教徒圓顱黨的將領，與他的岳父 Edward Whalley 都在一六四二年參與了推翻英王愛德華一世並弒君的叛變，後來逃亡到美洲大陸，藏匿在康乃狄克州與麻薩諸塞州。
134 譯註：Thomas Parr，1483-1635，以長壽著稱的英國人，據說他活了一百五十二歲。

到這些馬車載著瓶瓶罐罐——而是吸一口純淨的清晨空氣。清晨的空氣！如果人不能在一天的開始，飲一口這樣的瓊漿玉液，那就一定要用瓶子裝一些，拿到店裡去賣，嘉惠世界上那些丟失了訂閱門票，未能親炙晨光的人；但是要謹記，即使放在最涼的地窖，這空氣也不能維持到中午，而會在那之前，就衝出瓶塞，隨著黎明女神奧羅拉的腳步向西疾行。我不是海吉亞[135]的信徒——她是古老的醫神亞希彼斯[136]的女兒，在紀念碑上，她的形象是一手持蛇，一手持杯，供蠹蛇飲用——我寧可崇拜替朱比特斟酒的希比[137]，她是朱諾與野生萵苣的女兒，擁有讓諸神與人類回復青春的力量；曾經在這個星球上行走的女子之中，她或許是唯一身強體壯、健康又活力十足的年輕女子，所到之處，盡皆春天。

135 譯註：*Hygeia* 是希臘神話中的健康女神。
136 譯註：*Æsculapius* 是希臘神話中的醫藥之神。
137 譯註：Hebe 是希臘神話中的青春女神，是宙斯（即羅馬神話中的朱比特）與希拉（即羅馬神話中的朱諾）所生的女兒，據說她是在吃了某種野生萵苣之後才懷了希比。

訪客

我想，我跟大多數人一樣喜歡與人交往，如果有任何一位血氣旺盛的人朝我走過來，我也隨時準備像水蛭一樣，緊緊地吸著他不放。如果工作上有需要，我也可能在酒館裡坐很久，連最常去的酒客都比不上。

我房子裡有三把椅子，第一把留給我獨坐；第二把留給朋友；第三把則留給社交使用。如果訪客來得太多，人數超過預期，他們也只能共用第三把椅子，不過他們通常都會站著，節省空間。這麼一間小房子竟然能容納這麼多的男男女女，真是令人驚訝！曾經有二十五或三十個靈魂，連同他們的軀體，同時聚集在我的屋簷下，但是經常在告別時卻一點也不覺得彼此曾經靠得那麼近。我們有很多房子——不管是公家或私人的房舍——都有幾乎數不清的房間和寬敞的大廳，還有地窖可以存放美酒和其他日常生活必需品，在我看來，對住在房子裡的人來說，都大而無當。這些房子太寬敞、也太宏偉華麗，反而讓住在裡面的人看起來像是出沒其中的害蟲。當特里蒙或亞斯特或米德薩克斯賓館[138]等豪華酒店的門房吹起號角，通知房客有賓客來訪時，我卻看到一隻可笑的老鼠爬到廣場來，然後又一溜煙地鑽進人行道的地洞裡，真是嚇了我一大跳呢！

住在這麼小的房子裡，有時候也會讓我感到不便，就是當我跟賓客開始用深奧的字眼談起深奧的思想時，很難在彼此之間拉開足夠的距離；你需要空間讓思想轉個一、兩圈，修正方向，然後才泊港靠岸；你的思想子彈在傳到聽者的耳朵之前，必須先克服橫向運動與上下跳動，然後才進入最後的穩定軌道，否則很可能會左耳進、右耳出。另外，我們的句子也需要空間舒展、編隊。人與人之間，就跟國與國之間一樣，必須有合適的寬廣自然邊界，甚至要有一段相當大的中立地帶。我覺得隔著湖跟對岸的同伴談話，是一件特別奢侈的事。在我的屋子裡，我們彼此靠得太近，甚至無法聽到對方說話——說得再小聲，也都無法讓對方聽到，就像是連續丟兩塊石頭到平靜的湖水裡，彼此都會干擾到對方激起的漣漪。如果我們只是滔滔不絕地大聲交談，那就可以站得非常近，近到臉頰貼著下巴，感覺到彼此的氣息也沒關係；但是我們若是含蓄矜持、思慮週密的交談，就需要隔得更遠一點，讓所有動物的熱氣與濕氣有機會可以揮發。我們每一個人都有一些只可意會、不可言傳、超越語言的交流，若是想要擁有這種最親密的社交，那麼光是沉默還不夠，通常還要保持一定的肢體距離，甚至到了無論如何都可能聽不到對方聲音的地步。以這個標準來說，言談只是為了那些聽不見的人方便而已；有很多微妙的事情，如果要用吼的，就說不出來了。當我們開始以更崇高堂皇的語調說話時，就會漸漸地拉著椅子向後退，直到椅背碰到兩個相對的牆角——即便如此，通常還是沒有足夠的空間。

不過，我「最好的」房間——我的起居室——永遠都是為了同伴準備的，那裡的地毯很少曬到太陽，也就是我屋後的那片松林。在夏日，當尊貴的賓客來訪時，我就帶他們到那裡去，有位無價的僕人會掃好地，撣掉家具的灰塵，將一切佈置妥當。

如果只有一位客人，他有時會跟我一起吃一頓簡單的便餐，一邊攪著玉米粥，一邊看著麵包在灰燼裡發酵、熟成，不會打斷我們的談話。如果來了二十個人坐在我家，就完全不會提到午餐，彷彿大家都戒掉了吃飯的習慣，儘管可能有足夠兩個人吃的麵包；可是我們自然實施禁食，也從不覺得這樣有失待客之道，反而是最恰當，也最周到的作法。肉體生命的荒廢與敗壞經常需要修補，但此時卻似乎奇蹟似的延緩下來，反倒是生機勃勃的活力堅守陣地，毫不退縮。我這樣不只可以招待二十人，也可以招待上千人，如果有人來找我，發現我雖然在家，但是他們卻得餓著肚子失望回去，那麼他們至少可以相信我會寄予同情。要建立一個新的、更好的習俗來取代舊的陋習，其實就是這麼簡單，雖然很多管家都不相信；你不需要靠午餐來沽名釣譽。以我來說，讓我不敢上門造訪的，並不是什麼三頭六臂的冥府看門狗，而是人家拿了一道又一道的美食盛宴來款待我，我認為那是非常有禮貌又委婉的暗示，叫我以後別再來了。我想，我絕對不會再出席這樣的場合。我的小屋有一段史斯塞[139]的詩句做為題詞，是一位訪客刻在黃色

---

138 譯註：Tremont、Astor、Middlesex House 都是當時的豪華飯店，分別位在波士頓、紐約和康科德。

139 譯註：Edward Spenser，1552-1599，英國桂冠詩人，以創作向英女王伊莉莎白一世致敬的長篇史詩《仙后》（*The*

胡桃樹葉上做為名片的，我應該引以為傲：

「抵達彼處，小屋賓客盈門，
不為尋求款待，此處亦無款待，
歇息即為宴席，一切悉聽尊便，
最高貴的心靈自然有最大的滿足。」

溫斯洛[140]在成為樸里茅斯殖民區總督之前，曾經跟著同伴，徒步穿越森林，去禮貌性地拜會馬薩索[141]；等他們抵達他的住處時，已經又累又餓。國王熱情地接待他們，但是那一天卻完全沒有提到吃飯。當夜晚來臨，引用他們自己的話說：「他讓我們跟他自己和他太太躺在同一張床上，他們睡一邊，我們睡在另外一邊。那床只是架高的木板，離地約一呎，上面鋪著薄薄的褥子。他的兩名族長，因為沒有地方睡，也擠在我們旁邊和上面。於是我們睡了一覺起來，比旅途勞頓還要更疲憊。」隔天到了一點鐘，馬薩索「拿了兩條他自己射中的魚」，大約是淡水鯛魚的三倍大，「煮熟之後，至少有四十個人要分一杯羹，大部份的人也都吃到了。這是我們一天兩夜以來唯一的一餐，要不是我們其中有人買到了一隻鷓鴣，我們這趟旅程就真的是禁食了。」由於擔心會因為缺乏食物而頭暈，還有缺乏睡眠——因為那些「野蠻人」睡覺時唱著蠻族的歌（他們習慣唱歌哄自己入睡）——也想要在還有力氣上路的時候回家，於是他們就告辭了。以住宿來說，他們真的是睡得不好，不過他們眼中的不便，無疑是主人尊重貴客的表現；至於在吃的方面，我實在想不出印地安人還能怎麼樣更周延地招待賓客，他們自己都沒有東西吃了，而且也夠聰明，知道光是道歉並不足以代替食物來招待客人，於是只好勒緊腰帶，絕口不提吃飯一事。後來，溫斯洛又再次去拜訪他們，恰逢他們豐收的季節，所以在這方面就不虞匱乏了。

至於人呢，不管你走到哪裡，他們還是找得到你。我住在森林裡的這段時間，訪客比我生命中的其他任何時間都還要多。我是說，我確實有幾位訪客，也在比其他地方都要更好的環境下見過幾個人。不過，因為小事來找我的人少了，所以從這個角度來說，光是我跟鎮上的距離，就足以篩選我的同伴。我在孤獨的浩瀚汪洋中退隱得那麼遠，儘管有社交的河水注入其中，但是以我的需求來說，只有最精緻的沉澱才能在我身邊堆積下來；而且，還有證據向我這裡漂來，證明在大洋彼岸還有未經探索、尚未開墾的大陸。

今天早上，誰會到我的小屋來呢？正是一位真正的荷馬式人物，一位帕夫拉戈尼亞人[142]——他有個富有詩意的名字，而且人如其名，請恕我不能在此寫出他的名字——他是加

Faerie Queene）聞名。這段引文即出於此詩。

140 譯註：Edward Winslow，1595-1655，是搭乘五月花號到美洲大陸的第一批殖民之一，他寫的日記後來成為樸里茅斯殖民區最早的記錄。

141 譯註：Massasoit 是萬帕諾格印地安族（Wampanoags）的酋長，對當時殖民相當友善。

142 譯註：Paphlagonia 是小亞細亞黑海海濱的古地名，以崎嶇的高山和濃密的森林著稱。

拿大人，以伐木做柱子維生，一天可以鑿五十根柱子；他上一頓晚餐吃的是他的狗抓到的一隻土撥鼠。他也聽說過荷馬，還說「如果沒有書的話」，就「不知道下雨天能做什麼」，可是過了這麼多的雨季，他可能還沒有讀完一整本書。在他遙遠家鄉的教區，有位會唸希臘文的教士，教他讀了聖約裡寫的詩；如今，他手裡捧著那本書，卻需要我翻譯給他聽；正好是阿基里斯責備密友帕特羅克洛斯不該愁容滿面的段落——「帕特羅克洛斯，你為何哭得像個小女孩似的？」——

「還是你一個人聽到了來自菲西亞的消息？
他們說曼諾修斯，艾克特之子，仍在人世，
艾古斯之子，佩琉斯，則跟邁爾彌頓人生活在一起，
他們任何一人若是離開人世，我們才應該悲慟逾恆。」[143]

他說：「寫得真好。」他的胳膊下夾著一大捆白橡樹皮[144]，是這個星期天早上採來的，準

143 譯註：引文出自荷馬史詩《伊里亞德》。菲西亞（Phthia）是由佩琉斯（Peleus）——阿基里斯（Achilles）的父親——所統治的國度；曼諾修斯（Menoetius）是帕特羅克洛斯（Patroclus）的父親；艾克特（Actor）是底比斯的英雄；艾古斯是天神宙斯與艾吉娜的兒子，後來成為奧諾比亞國王，根據希臘神話，他的子民因為遭到瘟疫滅絕，於是懇求父親宙斯將螞蟻變成人，做為他的臣民，也就是邁爾彌頓人（Myrmidons），後來追隨阿基里斯去攻打特洛伊城。

144 譯註：白橡樹皮是一種強效的止血劑，可以外用，也可以內服。

備要送給一位病人。「我想，今天做這樣的事應該無傷大雅吧，」他說。他認為荷馬是一位偉大的作家，只不過書裡究竟寫了些什麼，他也搞不太清楚。這世界上，恐怕很難找到一位像他這樣單純又自然的人了；在他眼中，為這個世界添上一抹肅穆道德色彩的罪惡與疾病似乎都不存在。當時他約莫二十八歲，十二年前離開加拿大和他父親的家，到美國來工作賺錢，打算買一座農莊，或許在他的祖國吧。他是用最粗糙的模子鑄造出來的，體格健壯，但是動作卻是懶散中帶點優雅，粗壯的頸背被陽光曬得黝黑，一頭濃密的黑髮，一雙昏昏欲睡的藍色眼眸，偶爾也會散發出帶有表情的光芒；他頭戴一頂灰色的扁布帽，身穿一件骯髒的羊毛大衣，腳下蹬了一雙牛皮靴。他吃很多肉，通常都拎著一只裝了午餐的鐵桶，走到離我家幾哩外的地方工作——他一整個夏天都在伐木——桶子裡是冷肉，經常是冷的土撥鼠肉，還有用石壺裝的咖啡，用一根繩子吊在皮帶上，有時候會分我喝一點。他來得很早，經過我的豆田，不過卻沒有北方佬表現出來的那種急著要上工的焦慮。他不想傷害自己，即使掙的錢只夠付食宿費用，他也不在乎。如果他的狗在路上抓到了一隻土撥鼠，他經常會將午餐放在樹叢裡，走一哩半的路回家，將它剝了皮，然後放在住處的地窖，不過在此之前，他會先考慮半個鐘頭，要不要將它浸到湖裡，直到天黑再去拿回來，以策安全——他喜歡花很長的時間去思考這樣的主題。有時候，他在早上經過我家時會說：「那些鴿子好肥啊！要不是我每天忙著工作，就可以靠打獵吃到我所有想吃的肉——鴿子啦，土撥鼠啦，兔子啦，還有鷓鴣——喔，天哪，我可以在一天內，抓完我一整個星期要吃的肉！」

他是個技術純熟的伐木工人，也沉迷於這項工藝中某些花俏的技巧。他砍樹時幾乎是貼著地面砍的，這樣可以讓後來長出來的幼苗更強壯，也不會留下樹樁，連雪橇都可以滑過去。他不會保留一整棟樹來支撐砍下來的柴木堆，而是直接砍成細木樁或木條，細到你可以徒手將木條折斷。

我對他深感興趣，因為他是如此的安靜、孤獨，卻又如此的快樂；他的眼睛裡，有一口滿溢著好心情與滿足的井。他的喜悅是純粹而無雜質的。有時候，我看到他在林子裡伐木工作，他會笑著用加拿大式的法語跟我打招呼——雖然他的英文也講得很好——笑容裡洋溢著無可言喻的滿足；我若是走近，他就暫時放下手邊的工作，帶著掩不住的喜悅，躺在他砍倒的松樹樹幹旁，隨手剝下樹皮的內層，捲成一個球狀，塞進嘴裡嚼著，還一邊說說笑笑。他渾身精力充沛，碰到什麼啟發他思考或是逗他開心的事，就整個人笑倒在地上打滾，環顧四周的樹林，嘴裡嚷嚷著：「說真的，我在這裡砍樹就夠我開心的了，真的不需要再去找什麼其他的娛樂！」有時候他沒有工作，也會帶著一把小手槍，一整天在森林裡自得其樂，走著走著，每隔一段時間，就鳴槍向自己致敬。到了冬天，他會在林子裡生火，中午在火上用茶壺熱咖啡；他坐在原木上吃午餐時，有時候會有山雀飛來與他為伍，停在他的手臂上，啄食他捏在指間的馬鈴薯。他說他「喜歡身邊的這些小朋友。」

他的發展主要都在動物性的部份，體力、耐力和知足的個性，都跟松樹與岩石堪稱表親。我曾經問他，工作了一整天，晚上不會有時候覺得累嗎？他嚴肅而誠懇地看著我說：「天知道，我這輩子還沒覺得累過！」但是他身上知識性的部份和所謂的精神層面，則像嬰孩似的酣睡不醒。他所受的教育，只是天主教神父教導原住民的那種方式，簡單又無效；受教的學童也沒有學到有意識的程度，頂多只學會信任與尊敬，因此孩子並沒有因為教育而長大成人，始終都還只是個孩子。大自然在創造他的時候，賦予他強健的體魄和知足的天性，同時在各方面都賦予他尊敬與信賴，讓他活到七十歲也仍然是個孩子。他是如此的率真而不諳世故，所以根本沒有合適的方式可以介紹他，就如同你不會向鄰居介紹一隻土撥鼠，他們得跟你一樣，自己去認識他。他不會在其中扮演任何角色。別人付工資請他工作，讓他衣食無虞，但是他從不跟他們交換任何看法。他是如此的單純，如此自然的謙虛——如果從來不渴望謙虛的人也可以稱之為謙虛的話——因此在他身上，謙虛並不是明顯的特質，而他也從不認為自己謙虛。在他眼中，聰明人就跟半個神一樣；如果你跟他說，有個這樣的人要大駕光臨，他會表現出好像他認為此等盛事肯定與他無關的樣子，事情自然會辦得妥妥當當，還不如乾脆忘記他的存在。他從未聽過別人的讚美。他特別尊敬作家與傳教士，認為他們做的事情就是奇蹟。當我跟他說我也寫了不少時，他有好長一段時間都認為我說的只是寫字，因為他自己也寫得一手好字；有時候，我在公路旁的雪地上看到漂亮的字體寫著他家鄉教區的名字，還規規矩矩地加上了法文的重音符號，就知道他剛從這裡經過。我問過他，想不想將自己的想法寫出來，他說他曾經替不識字的人讀信、寫信，但是卻從來不曾寫下自己在想些什麼——不行，他寫不出來，不知道該先寫什麼，那會要了他的命！而且還得同時注意拼字呢！

我聽說有位著名的智者與改革家曾經問他，會不會希望這個世界有所改變，他並不知道這個問題已經問過很多人，所以只是驚訝地吃吃一笑，用他的加拿大口音答道：「不用了，我喜歡現在這樣，這樣就夠了。」哲學家若是與他相處，一定會受到很多啟發。對陌生人來說，他似乎不懂得人情世故，不過我卻在他身上看到一個我前所未見的人，我不知道他是跟莎士比亞一樣聰明，還是跟孩子一樣無知；不知道該認為他有纖細的詩人才氣，或者純粹只是愚蠢。有位鎮民跟我說，看到他戴著合身的小帽，從容優雅地走過村子，還一邊自得其樂地吹著口哨，讓人聯想起微服出巡的王子。

他只有兩本書，一本是曆書，一本是算術。算術這一門，他算是專家；而曆書對他來說，則像是某種百科全書，他認為裡面包含了所有人類知識的摘要。的確，在某種程度上，也確是如此。我喜歡跟他宣揚當代的種種改革，他總是以最單純、實際的角度來看這些他以前從未聽說過的事；他可以不需要工廠嗎？我問他；他穿自己家裡做的衣服，他說，那也挺好的。他可以不喝茶跟咖啡嗎？除了水之外，在這個鄉下地方還能喝什麼飲料？他曾經將鐵杉的葉子泡在水裡喝，還覺得天氣暖和的時候，比喝水要好。我問他可以不用錢嗎？他舉例跟我說明錢帶來的便利，闡述的方式充滿了哲理，還跟貨幣的起源——拉丁文「*pecunia*」[145]這個字的演變——不謀而合。他說，假設他有一頭牛，但是想去店裡買點針線，他覺得若是每次去買一點點東西，都得將這隻動物的一部份拿去抵押，不但不方便，而且也不太可能。他可以替許多習俗制度辯

145 譯註：在拉丁文中，「*pecunia*」這個字就是「錢」的意思，是從「*pecus*」（牛）這個字衍生出來的。

護，而且做得比任何哲學家都還要更好，因為他在描述這些事情何以盛行時，總是從他自己的經驗出發，而不是憑空揣測其他的理由。有一次，他聽說了柏拉圖對人的定義——沒有羽毛的雙足動物——然後有人拿了一隻拔了毛的雞，就說這是柏拉圖所說的人，可是他認為其中最重要的差別，就在於膝蓋彎錯了方向。有時候，他會大喊著：「我真是喜歡說話！天哪，我可以一整天都說個不停！」有一次，我有好幾個月沒見到他，再見面時就問他這個夏天有沒有什麼新的想法。「老天爺，」他說。「像我這樣每天得工作的人，如果沒有忘記舊的想法，就算是謝天謝地囉。假設跟你一起鋤地的人想要跟你比賽一下，唉呀，這時候你就得全心全意，滿腦子只想到雜草才行啊！」碰到這樣的情況，他有時候會先問我有沒有什麼進步。有一個冬日，我問他是不是一直都這樣，對自己感到心滿意足，想要在他身上找到什麼內在的東西來取代外在的牧師，某種更崇高的生活目的。「滿足啊！」他說。「有些人對這個滿足，有些人對那個滿足，或許他擁有了足夠的一切，就可以背靠著火爐，肚子抵著餐桌，坐上一整天也滿足的不得了啊，老天爺！」然而，不管我如何旁敲側擊，都無法探得他對任何事情有精神上的看法；他對事情能想到的最高層次，無非就只是簡單的便利性而已，就跟動物一樣，而老實說，大部份的人也都是如此。就算我建議他改進生活方式，他也都只是不帶任何遺憾地說，已經太遲了。然而，他對誠實這樣的德性，卻是深信不疑。

我在他身上仍然可以察覺到某些正面的原創性——儘管非常稀少——有時候，我會察覺到他自己在思考，想要表達自己的意見，因為這種現象很罕見，所以我在任何時候都願意走上十哩路去看個究竟，那等於是觀察到許多社會制度的初始草創。雖然他有所遲疑，或許也無法清楚地表達自己的意見，但是在背後確實有值得一提的思想。然而他的思考終究還是太原始，也太過深陷於他動物性的生活，因此就算他的想法比一般學究還要大有可為，卻鮮少發展成熟到可以發表的地步。他的例子讓人發現：即使在生活的最底層，也還是可能會有不世出的天才，他們可能永遠都謙卑且不識字，但是卻始終有自己的看法，也不會裝出什麼都懂的樣子；他們就跟華爾登湖一樣，儘管看起來漆黑又泥濘，其實是深不見底。

有些旅人會藉口要討杯水喝，特地繞路來看我和我的房子，我會指著湖跟他們說，我都喝湖裡的水，並且借他們一根長柄勺。雖然我住得遠，但是仍然不能避免一年一度的探訪，我想大約在四月一日前後吧，那時候每個人都踏青訪友，我也不能免俗地會有訪客臨門，其中不乏一些怪人。有些智能遲鈍的人從貧民救濟院和其他地方來看我，我則想盡辦法啟發他們的心智，讓他們對我傾誠相告，這時候，啟智就成了我們的話題，而且收獲頗豐。的確，我發現他們並不笨，有些人甚至比鎮上的貧民監管人員和市政委員還要聰明，因此我覺得扭轉形勢的時候應該到了。說到智力，我發現並沒有半智與全智的差別。特別是有一天，有個頭腦簡單卻不惹人厭的窮人來找我——我經常看到他跟其他人在田裡，或站或坐在穀物桶上，被人當做圍籬，防止牛群和他自己走失——說他也希望過著跟我一樣的生活；他用最簡單、真實的態度，可說是超越所謂的謙卑——或者毋寧說是比謙卑還要更低下——跟我說他「智能不足」。這就是他說的話，一字不漏。他生下來就是這個樣子，但是他想，上帝既然這樣造他，自然會關照他，就像對其他人一樣。「我一直都是這樣，」他說，「從小時候開始，從來就沒有腦子；我跟其他的孩子不一樣，我的腦子不好。我想，這也是上帝的旨意。」於是，他就成了證明自己所說無誤的證據。在我看來，他是一個玄之又玄的謎；我幾乎沒有見過像他這樣有發展潛力的人——他說的話是如此的簡單、誠懇又真實。的確很真實，他愈是謙卑，就愈顯得高尚。我一開始並沒有察覺，但這確實是聰明的做法。這位窮困弱智的貧民以真實和坦誠為基礎與我交談，於是我們的談話就比聖賢之間的交往還要更深一層。

我還有一些訪客，不是鎮上一般認定的貧民，但是他們應該算是；不管怎麼看，他們都是世界的貧民。這些訪客不是希望你招待他們，而是希望你像照顧病人一樣的照顧他們；他們真心希望別人幫助，但是前提是他們已經下定決心，絕對不要自助。我要求訪客至少不能真的餓著肚子上門，不管他們是不是有全世界最好的胃口，也不管是從哪裡得到的胃口；要人施捨的人，稱不上客人。有些人不知道什麼時間該告辭，但是我只要開始工作，應付他們的態度就會愈來愈疏遠。幾乎各種智力程度的人，都會在候鳥遷徙的季節來找我，有些人的聰明才智多到不知道怎麼用才好；還有逃跑的奴隸，仍不脫在殖民莊園的氣息，不時聽到外面的動靜，彷彿是寓言裡的狐狸，聽到獵犬嗅著他們的蹤跡，帶著求情的臉色看著我，好像在說：

「啊，基督徒，你會把我送回去嗎？」[146]

其中有個人就真的是逃跑的奴隸，我曾經幫助他往北極星的方向逃走。心裡只有一個念頭的人，就像是只養了一隻小雞或是一隻小鴨的母雞；腦子裡有上千個念頭的人，滿腦雜亂的思緒，就像一隻母雞要照顧上百隻小雞，全都追著一條小蟲，結果每天早上起來就走失二十隻小雞——最後搞得自己羽毛凌亂，灰頭土臉。想了太多卻沒有行動的人，就像是一隻有智力的蜈蚣，讓人看了毛骨悚然。有人建議我準備一本冊子讓訪客簽名，就像在白山山脈[147]那樣，但是我的記憶力太好了，不需要這樣做。

我也注意到訪客的一些怪癖。通常，女孩、男孩和年輕婦女似乎都喜歡到森林裡來，他們到這裡來觀湖、賞花，度過悠閒的時光；做生意的人，甚至農民，都只想到我的孤獨和工作，只想到我住的地方離這裡太遠，離那裡太遠；儘管他們口頭上說自己也喜歡偶爾在林間漫步，就好其實不然。忙著工作的人閒不下來，他們的時間都用來謀生或維持生計；牧師談到上帝，就好像那個主題是他的專利，根本聽不進各種其他的看法；醫生、律師，還有憂心忡忡的管家——總是趁我不在家時來窺探我的櫥櫃與床鋪，要不然那位某某太太怎麼知道我的床單沒有她的乾

146 譯註：出自美國數學家、廢奴運動領袖 Elizur Wright（1804-1885）的「The Fugitive Slave to the Christian」。

147 譯註：White Mountains 位在新罕布夏州，是避暑勝地。白山上的華盛頓峰（Mount Washington）是新英格蘭的最高峰，早在一八二四年就有訪客登記簿。

淨？——以及不再年輕的年輕人，斷言最安全的路就是從事某個行業，走大家走過的路，他們通常都說，像我這樣做是不太可能會有什麼好處的。唉呀，問題就出在這裡啊！年老體衰、怯懦不堅定的人，不管是什麼年紀、什麼性別，大多都只想到疾病，意外和死亡；對他們來說，生命充滿了危險——如果你什麼都不去想，會有什麼危險呢？——他們認為，謹慎的人會小心選擇最安全的位置，最好是碰到緊急情況，隨時可以找到B大夫的地方。對他們來說，村落就是名符其實的共同堡壘[148]，是共同防禦的軍團，所以你可以推測他們連去採漿果都要帶著醫藥箱。其實，所謂「閉門家中坐，禍從天上來」，人只要活著，就隨時會有死亡的風險，不過如果從一開始就已經半死不活了，那麼這樣的風險也隨之降低。最後，還有那些自詡為改革家的人，最惹人厭了，他們以為我永遠都在唱著：

這是我蓋的房子；
這是住在我蓋的房子裡的人；

殊不知後面還有第三句——

還有那些無聊的人，
來打擾住在我蓋的房子裡的那個人。

我不怕會抓雞的獵鷹，因為我沒有養雞，但是我卻怕抓人的獵鷹。

還好，讓人開心的訪客比抓人的獵鷹要多。來採莓果的孩子，星期天早上穿著乾淨襯衫來散步的鐵路工人，還有漁民、獵戶，詩人與哲學家，總之，這些都是真誠的朝聖者，為了追尋自由到森林裡來，真的將村落拋諸腦後，我也隨時準備歡迎他們：「歡迎你們，英國人！歡迎你們，英國人！」[149] 因為我也和這個民族打過交道。

148 譯註：梭羅刻意將社區（community）拆成「*com-munity*」，強調這個字衍生自拉丁文的「munio」，再加上字首的「*com*」，有共同的意思。

149 譯註：這是第一位與英國殖民者接觸的印地安原住民 Samoset 對英國人說的話。

豆田

我在田裡種了好幾排的豆子，加起來的長度應該已經有七哩吧；他們都迫不及待地等著我去鋤地鬆土，因為最早播種的一批豆子已經長得很高，而最後一批卻還沒下土。真的，要拖延還不容易呢。這小小的、英雄式的努力是如此的堅定與自尊自重，究竟有什麼意義，我也不知道，但是我卻愛上了我種的這一排排的豆子，儘管產量遠超過我的需求。那是我跟大地的聯繫，讓我擁有跟安泰俄斯[150]一樣的力量。我為什麼要種豆子？那只有天知道。一整個夏天，我都從事這項饒富趣味的勞動——讓地球表面這一方原本只生產委陵菜、黑莓果、聖約翰草之類的香甜野果與怡人野花的土地，可以生產這樣的豆科植物。我可以從豆子身上學到什麼？豆子又能從我身上學到什麼？我珍愛他們，為他們鋤地鬆土，早晚看顧他們，這是我白天的工作；他們寬大的葉片也蠻好看的。我的助手是灌溉著這片乾枯土壤的露珠和雨水，還有就是大部份都是

150 譯註：在希臘神話中，Antæus 是大地女神蓋婭與海神波塞冬之子，只要一接觸到土地，就會得到母親的幫助，重新獲得力量。

貧瘠不毛的土壤本身了；我的敵人則是蟲子、寒冷的天氣和大部份的土撥鼠；那些土撥鼠曾經將四分之一英畝的田啃得乾乾淨淨。但是我有什麼權利去趕走聖約翰草和其他生物，拆散他們古老的香草花園呢？然而，不久之後，剩下的豆子就會長大茁壯，不再懼怕他們，轉而應付新的敵人。

我記得很清楚，在我四歲時隨著家人從波士頓搬回這個我出生的小鎮，當時就曾經穿過這片森林和這塊田地來到湖畔；那是烙印在我記憶中最早的景象。今晚，我的笛聲拂過同樣的那片湖水，喚醒當年的回音。比我還要老的松樹依然屹立在此，或許有些已經倒下，而我也用他們的殘株生火煮了午餐，但是四周又長出新的樹苗，為新生兒的眼睛準備了另外一番風景。在這片草地上，幾乎從同一株常青的老根，冒出同樣的聖約翰草，就連我也終於為這塊兒時的美麗夢土換上新裝，而我在此生活及影響之及的結果之一，就是這些豆苗葉、玉米葉和馬鈴薯藤。

我在高地種兩英畝半，由於這塊土地才開墾了十五年，而且我也才刨出殘株，劈了兩、三捆柴，所以就不再施加糞肥；但是到了夏天，我在鋤地翻土時卻挖出了箭頭，看起來早在白人來此開墾之前，就有一個已經消失的國度住在這裡，還種過玉米和豆子，因此他們的莊稼在某種程度上已經耗盡了土壤的養分吧。

一大早，在土撥鼠和松鼠還沒有在路上跑或是太陽還沒有升到橡木樹叢上方之前，當所有的露珠都尚未消失時，我就已經開始剷平一排又一排高傲的雜草，將其埋進土裡——雖然農民都警告我不要這樣做，不過我還是勸你，如果可能的話，最好在晨露蒸發前做完所有工作。我在清晨都是打著赤腳，踩著沾滿露水的碎砂石地，像個雕塑藝術家一樣揮灑工作；稍晚之後，太陽就會讓我的腳底烤出水泡。我在陽光下鋤著豆田，在這片黃色的碎石高地上，沿著十五杆長的綠色田畦，慢慢地走來去去，一頭是我可以在樹蔭下略事休息的橡木樹叢，另一頭則是一片黑莓田，田裡的綠色果實在我下一次來工作時色澤就會變得更深一點。除去雜草，在豆莖上覆蓋新土，協助我所種的作物成長，讓黃土在豆苗與花朵間展現夏天的思想，而不是埋沒在苦艾草、茅草和稗草之間；讓大地長出豆子而不是青草——這就是我每天的工作。由於我沒有牛馬的幫助，也沒有雇用工人或童工，或是用什麼改良的農具，所以我的進展要緩慢的多，卻也因此跟我的豆子變得更親密一些。靠著雙手勞動，甚至瀕臨做苦工的邊緣，或許都還不是最糟糕的一種怠惰方式，反而有一種持久而不可磨滅的寓意；如果是學者來做，就會產生古典的作品。朝著西邊前進，經過林肯與韋蘭德[151]到不知道什麼地方的旅客看到我，會認為我是非常勤奮的農民（*agricola laboriosus*）；他們舒舒服服地坐著二輪輕型馬車，雙肘撐在膝上，韁繩鬆鬆地垂成花綵，而我則是定居在土壤中，辛苦工作的本地人。但是不久之後，我的農園就會遠離他們的視線，自然也就從他們的腦海中消失。在道路兩旁，有好長一段距離，就只有這麼一塊開闊的耕地，他們當然要善加利用，有時候，在田裡工作的人還會聽到旅客之間不應該讓他聽到的閒聊與品頭論足：「這麼晚才種豆子！這麼晚才種豌豆！」——因為當別人開始鋤草時，

151 譯註：Wayland 是康科德附近的市鎮。

我都還在繼續播種——牧師農民[152]也不曾質疑。「玉米啊，孩子，是做飼料的！玉米是做飼料的！」「他真的住在那兒嗎？」一位穿著灰色大衣、戴著黑色小帽的女士問道。一位面貌凶惡的農民拉住他溫馴的駑馬，特地停下來問你在做什麼，因為他在溝畦裡沒有看到糞肥，他還推薦可以用一點乾糞屑或任何廢棄物，或者是灰燼或灰泥都好。可是這裡有兩英畝半的溝畦，卻只有一把鋤頭當推車用，也只用兩隻手拖著——我對其他車輛和馬匹都有反感——乾糞屑都在很遠的地方呢。旅人乘著隆隆作響的馬車從我的田園旁邊經過，同時大聲地跟他們見過的其他田地作比較，因此我才知道自己在農業界所處的地位。我這塊田並沒有列入柯爾曼先生的報告之內。再說，大自然在未經人類開墾的荒郊野地上生產的作物，要由誰來估價呢？英國來的穀物乾草都經過仔細地秤重，計算水份濕度和矽酸鹽、碳酸鉀的濃度，但是在森林、草原和沼澤裡的山谷池畔生長的各種豐富的作物，卻乏人問津。因此，我這塊田可以說是介於荒郊野地與開墾地之間；正如同有些國家是文明國度，有些是半文明國度，還有一些則是未開化的野蠻國度，而我的田地正是半開化的土地，但是卻沒有不好的意思，因為我種的豆子可以快樂地回歸原始的荒野狀態，我的鋤頭也替他們彈奏牧牛歌。

就在附近，一棵白樺樹的最高枝頭，有一隻棕色的鶇鳥——有些人喜歡稱之為紅畫眉——唱了一整個早上的歌，顯然很喜歡有你為伴；就算你不在這裡，他也會飛到其他農民的田裡繼續歌唱。當你播種時，他高歌道，「種下去，種下去——埋起來，埋起來——拔出來，拔出來，拔出來。」可是那不是玉米，所以不必擔心像他這樣的敵人。或許你會懷疑，他只會連篇廢話，又扮演業餘的帕格尼尼[153]在一根或二十根絃上演奏，究竟與你耕種有什麼關係呢？可是你又喜歡他，更甚於濕土與灰泥；我完全相信那會是一種便宜的表土追肥[154]。

當我用鋤頭挖出更新的土壤時，驚擾了年代不詳的民族留下來的骨灰，他們在太古初始時期，也生活在同樣的天空下，留下一些戰爭與狩獵的小小工具，如今也重見天日；他們跟天然石頭——有些還帶著印地安人生火燒過或是陽光曝曬留下來的印記——跟最近在此耕種的農民留下來的陶器、玻璃碎片混在一起。當我的鋤頭撞到石頭發出噹的一聲，那音樂在森林間與蒼穹下迴盪，成了我在勞動時的最佳伴奏，也立刻生產出無可估量的作物。在那當下，我鋤的已經不再是豆子，而鋤豆子的人也不再是我；這讓我想起我認識的那些人——如果我還能想起什麼的話——還得特地到城裡去聽清唱劇，不由得同情他們，也感到一絲絲的驕傲。在陽光普照的午後（因為我有時候會工作一整天），夜鷹在頭頂盤旋，像是我眼中或是天空之眼中的一粒微塵，不時會咻地一聲俯衝而下，彷彿撕裂了天幕，碎成萬千破布，然而蒼穹仍是一件無縫的天衣斗篷，也還有無數的小精靈在空中翱翔，飛到山頂光禿禿的砂石地面產卵，在那裡，很少人會發現他們的蹤跡；他們的動作優雅纖細，就像湖面吹起的漣漪，也像被風吹起在空中翻飛的樹葉；他們都是大自然的親人。老鷹是波浪在空中的兄弟，他乘浪翱翔，俯瞰蒼穹，充氣的

152 譯註：即下文提到的 Henry Colman 牧師（1785-1849），曾經擔任麻州農業調查專員，在一八三八年至一八四一年間出版過四冊的年度農業調查報告。
153 譯註：Niccolò Paganini，1782-1840，義大利作曲家、小提琴家，以能夠在一根絃上演奏整段樂曲聞名。
154 譯註：指農作物生長中施加的肥料，不需要埋進土裡。

雙翅完美地呼應著海上羽翼未豐的浪尖。或者，我有時候會看到一對紅尾鵟鷹在高空盤旋，輪流騰飛俯衝，忽遠忽近，彷彿是我自己思緒的化身；或者，偶爾有野鴿子從這座林子飛到另外一座林子，宛如信鴿的疾速，也傳來振翅的顫動聲，引起我的注意；或者，在被我鋤頭翻起的腐爛樹根底下，冒出一隻行動遲緩、長相怪異、好像不屬於這個世界的蠑螈，彷彿是遠古埃及的尼羅河遺跡，卻又是我們當代的生物。當我倚著鋤頭歇息，從田裡聽到的聲音、看到的景象，全都是鄉村帶給我取之不盡、用之不竭的娛樂泉源。

遇到節慶的日子，鎮上會發射大砲，那砲聲像空氣槍似的在森林裡迴響，有些軍樂聲也會流竄到這麼遠的地方來。我遠在城鎮另外一邊的豆田裡，那大砲聲聽起來就像是真菌孢子爆裂的聲音。有時候，若是有我不知道的軍事集會，我就一整天隱隱然覺得在地平線的彼端有某種搔癢和疾病正在滋生，彷彿猩紅熱或口唇潰瘍即將大爆發，直到一陣比較怡人的疾風，匆匆掃過田野，吹到韋蘭德的路上，帶來消息，我才知道原來是「民兵團練」。在遠處聽來，那嗡嗡聲像是某人養的蜜蜂聚集，而鄰居則聽從維吉爾的建議，拿出家裡最響亮的器皿，敲出微弱的「叮叮咚咚」聲，努力地召喚蜜峰回到蜂窩。等到聲音漸息，那嗡嗡聲也隨之停止，連最怡人的風都不再訴說任何故事，我就知道最後一隻蜜蜂也安全地回到了米德薩克斯蜂窩。此刻，他們只專注釀蜜了。

知道麻薩諸塞州和我們祖國的自由受到如此周全的保護，讓我引以為傲；當我回過頭去，繼續鋤地時，心中充滿了難以言喻的信心，歡欣鼓舞地投入勞動，也泰然地信任未來的一切。

若是有好幾個樂團同時演奏，整個村落聽起來就像是一個巨大的風箱，所有的建築物也伴隨著嘈雜聲，此起彼落地膨脹收縮。不過，有時候確實也有真正高貴又激勵人心的旋律傳到林子裡來；號角吹響了榮耀，而我覺得好像我也可以一刀刺死墨西哥人，烹而食之，嚐其美味[155]——我們何必忍受甘於瑣碎呢？——於是轉頭去尋找土撥鼠或臭鼬來展現我的騎士精神。這些軍樂旋律聽起來像是來自遙遠的巴勒斯坦，讓我想起地平線上十字軍東征的壯盛軍容，有如榆樹枝頭輕微的起伏與震顫。那真是偉大的一天啊，雖然我從林中空地仰望天空，每天都只看到永遠一樣的蒼穹，也看不出有什麼不同。

我因為種豆而長時間與豆相處，是一個特別的經驗，從播種、鋤草、收穫、打穀、挑選到販售——最後一項最難——我還可以加上一個品嚐，因為我確實吃了；我決心要認識豆子[156]。在豆子生長期間，我從清晨五點就開始鋤草到中午，剩餘的時間通常都做其他的事。想想一個人可以跟各種雜草有親密而古怪的接觸——在這方面不無重覆，因為作苦工就少不了一直重覆做同樣的事——可以毫不留情地破壞他們纖柔的組織，用鋤頭做出惹人不快的區別：這一整排要連根剷平，那一排則要細心照料。這是羅馬苦艾草——這是藜草——這是酢漿草——這是茅草——這些都要去之而後快，要全部砍掉，連根拔起，曝曬在太陽下，別讓他們有一根纖維留在樹蔭裡，否則他們會翻身再起，沒兩天又長得跟韮葱一樣翠綠。這是一場長期抗戰，這一次，

155 譯註：梭羅隱居在華爾登湖畔時，正好爆發了美墨戰爭（1846-1848）。

156 譯註：新英格蘭地區有句俗語，以「不識豆」來形容一個人無知。

特洛伊人面對的不是鶴，而是雜草，還有陽光、雨水和露珠相助。這些豆子每天都看到我荷著鋤頭來拯救他們，剷除他們敵人的軍隊，讓雜草屍橫遍野，填滿溝壑。許多高大威猛、頭戴羽冠的海克特[157]，身材比簇擁著他的其他同志都要高出足足一呎，但是仍然倒在我的武器之下，馬革裹屍，灰飛煙滅！

在那些夏日，我有些同儕在波士頓或羅馬浸淫於美術，其他人則在印度冥想，還有其他人忙著在倫敦或紐約做生意，而我則跟其他新英格蘭的農民忙於農事。倒不是因為我喜歡吃豆子——因為以豆子來說，我本質上是畢達哥拉斯[158]的信徒，不論是拿豆子來煮粥，還是拿來投票——或是要用豆子來換米；我種豆子，或許只是因為總得有人在田裡工作，有朝一日才能成為寓言的素材，即使只是為了打比方或是做為一種表達方式。整體而言，這是一種難得的消遣，但是如果持續太久，就變成一種耗損。雖然我沒有替他們施肥，也不曾一次鋤完草，但是以我鋤草的方式來說，已經算是很好了，而最後也得到了回報；「的確，」誠如伊夫林所說，「沒有什麼堆肥或糞肥可以比得上不斷地用鏟子重覆翻土。」「土壤，」他還說，「特別是新鮮的土壤，有某種磁性，會吸引賦予它生命的鹽份、力量或美德（不管你用哪一個名稱），這也是我們持續不斷地勞動，翻攪泥土的原因，就是為了維特我們的生命；所有的糞肥和其他的調和穢物，都只不過是這種好處的替代品。」況且，這塊「疲憊、荒置，只能安享安息日的田地」，可能就是像肯能姆・迪格比爵士[159]所想的那樣，從空氣中吸取「生命的靈魂」。結果，我收穫了十二蒲式耳的豆子。

因為有人抱怨柯爾曼先生的報告主要都是記載紳士農民的昂貴實驗，所以我還是詳細列舉支出如下：

鋤頭一把	零點五四美元
犂地、耙地、挖溝	七點五美元（太貴了）
豆種子	三點一二五美元
馬鈴薯種子	一點三三美元
豌豆種子	零點四美元
蕪菁種子	零點零六美元
做圍籬防牛的白線	零點零二美元
雇馬和男孩三個鐘頭	一美元
載運作物的馬和車	零點七五美元
小計	十四點七二五美元

157 譯註：Hector 是希臘神話中的特洛伊王子，也是特洛伊戰爭中最勇猛的戰將。

158 譯註：Pythagoras 是古希臘哲學家、數學家，曾告誡學生不得吃豆子。

159 譯註：Sir Kenelm Digby，1603-1665，英國哲學家、自然學家。

我的收入（一家之主應該要有賣而非買的習慣[160]）如下：

出售九蒲式耳和十二夸特的豆子……………………十六點九四美元
出售五蒲式耳的大馬鈴薯……………………二點五美元
出售九蒲式耳的小馬鈴薯……………………二點二五美元
出售草料……………………一美元
出售莖梗……………………零點七五美元
小計……………………二十三點四四美元

合計利潤，如前所述，八點七一五美元。

這就是我種豆實驗的成果。我在六月一日種下了普通的白色小扁豆，每行三呎，間距十八吋，同時精心挑選新鮮、渾圓且沒有混摻雜質的種子。首先要注要蟲子，如果有缺苗的地方，也要及時補種；然後要注意土撥鼠，若是種在露天的田裡，他們所到之處，幾乎會啃光最早萌芽的嫩葉；同時，當幼嫩的捲鬚出現時，他們也會發現，然後像松鼠一樣坐得直直的，將嫩芽和新生的豆莢全部剪光。更重要的是，你若是想要避過霜害，收穫適合銷售的作物，就得儘早收割，如此才能避免遭受損失。

我也得到了這樣的經驗。我對自己說，以後的夏天，我再也不要如此辛苦地種豆了，而是種下如誠懇、真實、簡單、信仰、純真之類的種子——如果這樣的種子還沒有遺失的話——看看他們即使沒有辛勤地翻地與施肥，能不能在這樣的土壤中成長茁壯，維繫我的生命，因為這樣的作物肯定不會耗盡土壤的養分。唉呀，我是這樣對自己說的，但是一個夏天接著一個夏天過去了，讀者啊，我必須跟你們說：我種下去的這些種子——如果他們**真的**是這些美德的種子——都被蟲子啃光了，失去了生命力，所以也就沒有長大。通常，人只會像他們的父親一樣勇敢或怯懦；這一代的人每年都會重新種植玉米和豆子，跟幾百年前的印地安人完全一樣，而這些印地安人也是這樣教導第一批殖民，彷彿這是他們的宿命。那一天，我看到一位老先生拿著鋤頭挖坑，至少挖了七十次，還不是要給自己躺的呢，真是讓我大吃一驚！我們這些新英格蘭人為什麼不嘗試新的冒險，而不要將這麼多的心力放在穀物、馬鈴薯、青草作物和果園上呢？為什麼不種一些其他的作物呢？為什麼我們只關心留做種子的豆子，卻不關心下一代的人呢？如果我們見到一個人，並且確切地看到我剛剛提到的那些美德特質在他心中紮根萌芽——相較於其他作物，我們其實要更珍視這些特質，但是卻放任大部份在空中飄揚傳播——我們應該真心地感到欣慰與滿足。如果路上出現了某種難以捉摸、無法言喻的美德特質，比方說，真理或正義，那我們應該指示駐外大使蒐集起來送回國內，就像是那些種子一樣[161]，然後國會也要幫

160 譯註：原文是拉丁文：「patrem familias vendacem, non emacem esse oportet」，出自卡托的《論農業》。

161 譯註：從富蘭克林派駐英國、傑佛遜派駐法國以來，兩人都在國外蒐集稀少的種子送回美國；後來亞當斯總統在位期間，就指示所有駐外領事都將稀有植物送回國內。

忙將這些特質散佈到全國各地。我們不該用客套虛禮來回應真誠；如果有價值與友誼的種子存在，我們就不該欺騙、侮辱和背棄彼此。我們也不應該如此倉促地見面；我甚至沒有見過大部份的人，因為他們似乎都忙著種豆子，而沒有時間與我見面。我們不想跟這種永遠都埋頭苦幹的人打交道，他們只會在工作空檔靠在鋤頭或鏟子上休息，將其視為拐杖，而不是磨菇；我們願意交往的人，是可以站得筆挺，像是落地的飛燕，在地上行走：

「他談話時，雙翅時而舒展，
彷彿意欲要飛，卻又收攏起來。」[162]

這樣才會讓我們覺得好像在跟天使交談一樣。麵包未必總是能夠滋養我們，但卻總是對我們有好處，甚至在我們不知道身體有什麼病痛時，讓我們免於關節僵硬，讓我們心情愉悅、柔軟而有彈性，可以體認到人或大自然的慷慨，分享任何純粹的英雄式喜悅。

至少在古詩詞與神話中提到，農業曾經是一門神聖的藝術，但是我們卻漫不經心地倉促行事，缺乏尊重，唯一的目標就只是耕種大片農田，收穫大量作物。我們沒有節慶，沒有遊行，沒有儀式，就連牛展和所謂的感恩節——這原本是農民對其天職表現出一種神聖感或是追憶其神聖起源的時機——也不例外；他們務農的動機就只剩下報酬與饗宴。他們不祭祀瑟雷斯或大地的朱比特[163]，反而祭祀冥國的普魯托斯[164]。我們沒有人能夠擺脫貪婪、自私和奴性，將土地視為財產或是取得財產的主要手段，於是大地遭到破壞，農業的地位也跟著我們一起降低，農民只能過著最卑賤的生活。農民雖然了解大自然，卻只是掠奪大自然。卡托說過，農業所得的利潤是特別虔誠而公正的（*maximeque pius quastus*）；根據瓦羅[165]的說法，古羅馬人「用同樣的名字稱呼大地之母與瑟雷斯，認為在大地耕作的人都過著虔誠而有用的生活，他們才是撒圖恩王[166]遺留下來的子民。」

我們總是忘記太陽照射我們的耕地，同時也照在草原與森林，並沒有差別；他們同樣反射與吸取陽光，前者只不過是太陽每天行程中看到的一小部份榮景罷了。在他眼中，整個大地就是一片耕種的花園，因此我們要用相同的大度與雅量，來接受太陽的光與熱所帶來的恩惠。我重視豆子的種子和那一年的秋收，那又如何？我看了這麼久的寬闊田地，並沒有將我視為主要的耕作者，反而將我撇在一旁，更親近那些可以澆溉它、使它翠綠的影響因子。那豆子結出來的果實，不該由我來收成；他們不也是為了土撥鼠而生長嗎？麥穗（在拉丁文中寫成 *spica*，古

162 譯註：引文出自英格蘭詩人 Francis Quarles（1592–1644）的〈牧羊人的神喻〉（The Shepherd's Oracles）。

163 譯註：Ceres 是羅馬神話中的農業女神；Jove 是羅馬神話中的主神 Jupiter 的另外一個名稱，梭羅在此用「大地的朱比特」（Terrestrial Jove）稱呼，藉以跟「冥國的朱比特」（Infernal Jove）——即普魯托（Pluto）——有所區別。

164 譯註：Plutus 是希臘神話中的財富之神，不過梭羅在此用「冥國的普魯托斯」（infernal Plutus）一詞，可能暗喻羅馬神話中的冥界之王普魯托。

165 譯註：Marcus Terentius Varro，西元前 116-27 年，古羅馬學者、作家。此處引述他在《論農業》（*Rerum Rusticarum*）一書的內容。

166 譯註：Saturn 是希臘神話中農業之神。

拉丁文則是*speca*，源自*spe*一詞，是希望的意思）不應該只是農民的希望，他的種子或穀物（拉丁文中寫成*granum*，源自*gerrendo*一詞，是結果的意思）也不是他唯一結的果。如此說來，我們怎麼會歉收呢？即使是雜草豐收，他們的種子不也是鳥類的穀倉嗎？我怎麼會不歡欣慶祝呢？相對來說，田地的作物能不能填滿農民的穀倉，一點也不重要；真正的農民不會焦慮，正如松鼠不會操心今年的森林有沒有栗子，還是一樣完成每天的工作，不再要求獨占田裡所有的作物，不只是在心中奉獻出初熟的果實，連最後一顆果實，也一併奉獻出來。

村落

早上，鋤完地，或者讀書、寫作之後，我通常會在湖裡洗個澡，游過其中一個湖灣，是我例行的運動，同時也洗去身上勞動的塵土，撫平用功讀書時在眉宇間留下的最後一 皺紋；到了下午，就完全自由了。每隔一、兩天，我就踱步到村子裡，去聽聽那裡永不止息的流言蜚語，或許是口耳相傳，或許是報紙間抄來抄去，如果像同質療法[167]那樣只服用少許劑量，還真的是讓人耳目一新，效果可以媲美聽樹葉颯颯、蛙鳴嘓嘓呢。一如我走入森林去觀賞鳥類、松鼠，我也走進村子裡去看看男女老少；只不過我耳邊聽到的，不是松林間的風聲，而是轆轆車聲。從我家往一個方向望過去，在河邊草地上有個麝鼠的殖民地；往另外一個方向望過去，在榆樹與懸鈴木的樹叢底下，則是一個村落，裡面住著忙碌的村民，在我眼裡，他們是奇怪的生物，像草原土撥鼠一樣，成天都坐在自己的洞穴口，還不時跑到鄰居家裡去串門子。我常常到那邊

167 譯註：同質療法（homoeopathic therapy），又稱為順勢療法，是德國醫生 Christian Friedrich Samuel Hahnemann（1755-1843）發明的另類療法，就是利用會在健康人身上引起某些疾病的東西來治療這種疾病。

去觀察他們的生活習性。我覺得整個村落就像是一間巨大的新聞編輯室，為了維持營運，就效法以前在國家街[168]的瑞丁公司一樣，在編輯室的一側兼賣一些堅果、葡萄乾，或是鹽、米之類的雜貨。有些人對於前述商品的胃口極大——我是說新聞——他們的消化器官健全，可以永遠都紋風不動地坐在大街上，讓新聞像地中海終年不斷的季風一樣，從他們身邊吹過，在他們耳邊沸騰低語；或者像是吸入了乙醚，讓他們對痛苦麻木無感——否則聽到這些新聞會令人痛苦不堪——卻不妨礙他們的意識。我每次漫步經過村落時，都一定會看到這樣一排傑出人士，或是坐在梯子上曬太陽，身子向前傾，目光不時地往這裡飄過來，臉上露出飢渴的神情；或是雙手插在口袋裡，斜倚在穀倉牆壁，彷彿是支撐穀倉的女像柱。這些人通常都在戶外，會聽到風中的所有傳聞。他們是顆粒最粗糙的磨坊，所有的流言蜚語都先經過他們的第一道粗磨碾碎，然後才倒入室內比較精緻的研磨機具漏斗，磨成細粉。我觀察到，村子裡最不可或缺的是雜貨店、酒館、郵局和銀行；另外，他們還有一口鐘、一門大砲和一輛消防車，就像是機器裡不可或缺的一部份，而且還要放在最方便的地方。房屋則蓋在街道的兩側，櫛比鱗次，彼此相對，這樣的安排才能充分利用人類，每一個經過街道的人都會遭受夾道攻擊，而每位男女老幼都有機會可以出拳。當然，那些住在街口的，最容易看到人也最容易被人看到，可以發動第一拳，自然就要付出最高的房價；而住在邊緣地帶的人，因為房屋之間開始出現比較長的間距，旅客可以翻牆而過或是從後街小巷逃竄，所以他們繳的土地稅和窗戶稅也就比較少。街道四周掛滿

168 譯註：State Street 是波士頓的金融與商業中心。

了招牌，吸引旅客的注意，有些挑逗他的食慾，如飯館酒肆；有些挑逗他的物慾，如乾貨店、珠寶店；其他的則把腦筋動到頭髮、手腳和衣服上，如理髮師、鞋匠和裁縫。此外，這些店鋪還有一個更可怕的誘惑，就是讓你可以找到說話的伴。我大多能夠巧妙地逃過這些危險，方法之一就是大膽而毫不遲疑地往目標前進——我也建議那些遭受夾道攻擊的人應該這樣做——再不然，就是在腦子裡想著更高尚的事情，就像奧菲斯[169]一樣，「彈著七弦琴，高聲歌唱，讚美諸神，蓋過了海妖的聲音，逃離危難。」有時候，我會突然拔腿疾奔，沒有人知道我去了哪裡，因為我並不在乎體不體面，看到圍籬有缺口，就毫不猶豫地鑽了出去。我甚至習慣突然闖進別人的房子裡，接受熱情款待，聽到經過篩選的新聞摘要，知道什麼事情逐漸平息，戰爭與和平的前景，還有這個世界會不會分崩離析之後，就從後門溜走，再一次逃回森林。

有時候，我在鎮上待得比較晚，到了入夜才回家，那也是愉悅的經驗，尤其是在風雨交加的夜裡，從村子裡某個明亮的客廳或講堂啟航，肩膀上扛著一袋黑麥或玉米，航向我在森林裡溫暖的港灣；我將外在的一切捆綁好，跟著思緒這群快樂的水手躲進船艙內，只留我的外在軀殼負責掌舵——甚至在風平浪靜的航行時，連舵槳都綁起來呢。「當我航行時」，曾經在船艙爐火旁邊有過許多宜人的念頭。不論在什麼天候，雖然也遇過幾次暴風，但是我從未迷航或遭遇危難。森林裡，即使在普通的夜晚，也比大多數人想像的還要更暗，我經常得抬頭從步道上方的葉間空隙仰望夜空，才知道該怎麼走。森林裡沒有車道，我只能用腳摸索著自己踩出來的淡淡足跡；或是藉由我曾經用手摸過的幾棵樹木之間的相對關係，來探索位置，例如即使在最黑的夜裡，也要從林子裡兩棵相距不到十八吋的松樹之間穿過去。有時候，在如此漆黑悶熱的夜裡回家，我的眼睛看不到路，只能用腳感受走過的路徑，一路上心不在焉地做著夢，直到抬起手來拉開門閂，這才從夢中驚醒，卻完全不記得我走過的每一步路；我曾經想過，或許就算腦子放棄了，身體也會自己找到路回家，就像手不需要幫助就能找到嘴巴一樣。有好幾次，當訪客留到天黑，結果又碰到一個漆黑的夜晚時，我就得帶著他回到屋後的車道上，然後指出他應該走的方向，這時候，引導他沿著這條路走的並不是他的雙眼，而是雙腳。在一個異常漆黑的夜裡，我發現有兩個年輕人剛在湖裡釣完魚要回家，他們住在離森林約一哩遠的地方，對這裡堪稱是熟門熟路；過了一、兩天之後，其中一個人跟我說，他們迷了路，在林子裡繞了大半夜，雖然家就在附近，卻到了天亮才回到家，那個時候，因為下過好幾場大雨，樹葉也都很濕，所以他們倆全身都濕透了。我曾經聽說，當夜色漆黑，就像俗話說的，好像黑到可以用刀切開時，連在村子裡的街道上都會迷路呢。有些住在郊外的人，搭馬車到鎮上來購物，碰到這種情況都只能在鎮上過夜；有些去串門子的先生、小姐，只能用腳摸索著人行道前進，不知道要在哪裡轉彎，結果走岔了，多走了半哩路。不管什麼時候，在森林裡迷路都是一個令人驚喜、難忘又價值連城的經驗。通常在暴風雪的時候，即使是大白天，就算走到熟悉的路上，也常常會發現根本無法辨別哪一條路通往村落；就算曾經走過一千次，也認不出任何路標，看起來如此

169 譯註：Orpheus 是希臘神話中繆思女神（Muse）的兒子，擅長音樂，歌聲可以讓木石生悲、猛獸馴服。他曾經跟隨傑森（Jason）去尋找金羊毛，途中遭遇海妖賽倫（Siren），以琴聲蓋過海妖的聲音，逃過船難。

的陌生，就像是在西伯利亞的一條路。當然，到了晚上，就更令人茫然了。即使是最普通的散步，我們也始終都像舵手一樣——雖然是不自覺的——以某個知名的燈塔和地岬來校正方向，就算是脫離了平常的航道，我們也還是會在腦子裡記著在附近的某個岬角；一直到我們完全迷了路或是轉身回頭——因為在這個世界上，人只要閉上眼睛轉個身，就會迷路——這才體會出大自然的浩瀚與陌生。每一個人，只要從夢中醒來，不論是真的夢境或是白日夢，都必須再重看一次羅盤指針。換句話說，我們總是要等到迷失了路途，或是說失去了這個世界之後，才會開始找到自己，才會知道自己身在何處，體會到我們關係的廣濶無垠。

有一天下午，就在第一個夏天快要結束時，我去村子裡找鞋匠拿鞋，結果被抓進監獄裡，因為就像我在其他地方說過[170]，我沒有繳稅給這個政府，或者說，我不承認這個政府的權威，因為它在議會門口公然販賣男女幼童，就像在販賣牛隻一樣。我是為了其他的目的才搬到森林裡去住的，但是無論一個人住到哪裡，他們還是會追著你，用骯髒的體制抓住你；如果可以的話，還要強迫你加入他們險惡又窮極無聊的同儕社會，逼你成為其中的一份子。沒錯，也許我奮力抵抗，或多或少還會有一點效果，也許我可以「捉狂」的反抗這個社會，但是我寧可讓社會「捉狂」的反抗我，因為社會是險惡的一方。可是，我在第一天獲釋，拿回我補的鞋子，回到森林裡，還及時回到佳港山[171]上享用越橘莓做成的午餐。除了這些代表政府的人之外，沒有其他人來騷擾我；除了我存放文稿的書桌之外，我住的地方沒有鎖也沒有門，就連我的門窗也沒有釘子。不論日夜，我都不曾鎖門，雖然我曾經離開好幾天，還在隔年秋天到緬因州的森林裡去住了兩個星期；然而，我的房子卻比在周圍駐紮了一排士兵還要更受尊敬。在林子裡散步的人走累了，可以到我的火爐邊暖暖身子；識字的人可以隨手拿起我桌上的幾本書，享受閱讀的樂趣；好奇的人也可以打開我的櫥櫃，看看我午餐有什麼剩菜，晚餐可能會吃些什麼。儘管各個階層的人都往這個方向到湖邊來，卻沒有造成我任何嚴重的不便；除了一本荷馬的小書之外，我沒有遺失任何東西，而那本書或許是因為沒事去燙了金，才讓人誤以為可以賣錢，我相信到了這個時候，應該有我們陣營裡的士兵發現了吧。我深信，若是所有的人都過著跟我一樣簡樸的生活，竊盜搶劫都應該聞所未聞，這種事情都只會發生在有人過剩而其他人不足的社會。波普[172]翻譯的荷馬史詩很快就會風行草偃：

「Nec bella fuerunt,
Faginus astabat dum scyphus ante dapes.」[173]

「當人只求有木碗，
戰爭將不再發生。」

170 譯註：梭羅在〈反抗公民政府〉（Resistance to Civil Government, 1849）與〈公民不服從〉（Civil Disobedience, 1866）兩篇文章中，都提過他在一八四六年七月二十四日因為連續好幾年沒有繳稅而被逮捕一事。

171 譯註：Fair Haven Hill 位在華爾登湖西南方約半哩處。

172 譯註：Alexander Pope，1688-1744，英國詩人、翻譯家，曾經翻譯荷馬的史詩《伊利亞特》和《奧德賽》。

173 譯註：引文出自古羅馬詩人 Albius Tibullus（大約西元前 55-19 年）的《輓歌集》（Elegies）。

「子為政，焉用殺？子欲善，而民善矣！君子之德風；小人之德草；草上之風必偃。」[174]

174 譯註：語出論語顏淵第十二，意思是說：「治理政事，哪裡用得著殺戮的手段呢？只要想著行善，老百姓也會跟著行善。在位者的品德好比風，在下的人的品德好比草，風吹到草上，草就必定跟著倒。」

湖泊

有時候，當我涉入太多社交活動，聽了太多八卦閒聊，也訪遍了村子裡的朋友，我就會從平日居所，信步更往西走，深入這個鎮上更人煙罕至的地方，「來到新的林地、新的草地」；或是趁著夕陽西斜，到佳港山上做我的越橘莓與藍莓晚餐，還可以儲存一些，吃上好幾天。購買這些果實或是種植果實拿到市場去販售的人，嚐不到他們真正的風味；要真正品嚐到這些果實的美味，只有一個方法，可是很少人採用這種方法。你若是想要知道越橘莓的真正美味，就去問牧童哥或鷓鴣鳥；不曾親手採摘，卻妄稱自己已經嚐過越橘莓，那可是天大的錯誤。越橘莓從未真的去過波士頓，那裡的人不認識他們，因為他們生長在波士頓的三座小山上[175]。當你用車輛載運這些果實到市場的路上，磨掉了他們的花朵，也耗盡了他們有如神仙般的美味，於是他們就淪為與一般糧草無異的食品。只要永恆的正義仍然主宰這個世界，就沒有任何一顆純真的越橘莓能夠從這些鄉下的小山運送到那裡去。

175 譯註：波士頓是建立在三座小山，分別是柯伯山（Copps Hill）、堡壘山（Fort Hill）和燈塔山（Beacon Hill）。

鋤了一天的地之後，我偶爾會去找一位滿懷渴望的同伴，他從一早就到湖邊釣魚，就像一隻鴨子或是漂浮在水面的樹葉一樣安靜，一動也不動；他在思索過各種哲學問題之後，等到我抵達時，通常都已經獲得一個結論：他應該是屬於某個古老教派的寺院僧侶[176]。此人年紀稍長，是個釣魚高手，又精通各類木工，他欣然將我的房子視為漁夫的休息站，而我也同樣欣然地看他坐在我家門口整理釣魚線。偶爾，我們會同舟坐在湖上，他在船的這一頭，我在船的那一頭，彼此之間沒有什麼交談，因為他到了晚年漸漸重聽了，不過他有時會哼唱起一首讚美詩，正好契合我的哲學。於是，我們的交往成了一種不間斷的合音，遠比經由交談進行的交往還要更令人神往，也更值得珍藏。有時候，當我沒有什麼話好說——而且經常都是如此——我會舉起船槳，敲打船身，發出巨大的回聲，在環繞四周的林子裡迴盪擴大，就像動物園的管理員驚醒園內的猛獸一樣，引起林間谷地與山坡上每一隻動物的咆哮。

在溫暖的夜裡，我經常坐在船上吹笛，看著那些好似被我迷惑住的河鱸在船邊梭巡，看著月亮西移，遊過點綴著重重樹影的羅紋湖底。以前，我也不時會跟一位同伴，在漆黑的夏日夜晚到湖邊探險，就在湖畔生火，因為我們認為這樣會吸引魚群靠過來，而我們也真的用綁在線上的蟲子捉到了幾條大頭鯰魚；等到我們要離開時，還會將仍在燃燒的木條高高地扔到半空中，像是煙火一樣，然後聽著木條墜落湖裡，發出嘶的一聲，火光也隨之熄滅，於是我們又立刻陷入一片漆黑。就這樣一路吹著口哨，穿過黑森林，回到人類棲息地。可是如今，我已經以湖畔為家了。

有時候，我到村子裡，在朋友家的客廳待到他們家人都睡了，才回到森林，我會趁著午夜的月色，花幾個鐘頭，划船去湖上釣魚——也半是為了明天的午餐著想——聽著貓頭鷹與狐狸對我唱著小夜曲，也偶爾會聽到手邊不知名的鳥兒扯著嗓子，發出吱吱的叫聲。這些記憶對我來說，都是非常值得紀念，也彌足珍貴的。在離岸二、三十杆的地方，將錨落在四十呎深的湖底，有時候有上千尾的小鱸魚和銀光魚圍繞著我，尾鰭在灑滿月光的湖面撩起點點漣漪；我用一根長長的亞麻線，與四十呎深處的神秘夜行魚交流，有時候，我拖著六十呎長的釣魚線，在湖面上隨著溫柔的夜風漂流，不時地感覺到釣線的震顫，顯示在線的另一端有某種生物在潛行，隱隱然有種不確定感，又有一點莽撞，彷彿遲遲無法下定決心。最後，你終於慢慢地拉起釣線，雙手交替地拉上一尾大頭鯰魚，在半空中奮力扭動身子，還發出嘎吱的叫聲。那種感覺很奇妙，尤其是在漆黑的夜裡，當你思緒早已不知道飄到哪個星體，專注在廣大宇宙的主題，突然感覺到這輕微的扭動，打斷了你的夢境，也讓你跟大自然重新連結在一起；彷彿我下一次拋出釣線時，可以向上拋到空中，也可以向下拋進同樣濃密的水裡。如此一來，我就可以用一個釣鉤，釣到兩條魚。

176 譯註：梭羅在此處用了一個雙關語「Coenobites」指修道院的僧侶，但是發音卻類似「see no bites」，意指「你瞧，沒有餌了吧」。

華爾登湖的景色算是低調謙和，雖然非常美麗，但是稱不上壯觀宏偉，不常來或是不在住湖邊的人，就不容易領會到他的魅力；不過此湖卻是無比的深，湖水又無比的純淨，值得大書特書。這是一口清澈深綠的井，長度有半哩，圓周一又四分之三哩，面積約為六十一點五英畝，是一口藏在松樹與橡樹林間、常年不斷的泉水，除了雲雨和蒸發之外，看不到任何入水口或是出水口。湖邊周圍的地勢突然拔起，高度達四十到八十呎不等，不過在東南面與東面的地形，分別在四分之一哩和三分之一哩內，卻升高到一百和一百五十呎。這些全部都是林地。我們康科德鎮上的水，至少都有兩種顏色，一種是遠觀的顏色，另外一種則是從近處仔細觀察到的顏色。第一種顏色受天光影響較大，在夏日晴空下，從遠一點兒的地方看，尤其是在湖水攪動時，就呈現藍色；從更遠的距離看過去，全都是類似的顏色；如果是在暴風雨中，則有時候呈現暗沉的藍灰色。然而，據說大氣即便沒有明顯可見的變化，海水也可能今天是藍色，明天就變成綠色。我就曾經看過，當大地覆蓋著一片皚皚白雪時，我們河川裡的水和冰都幾乎像青草一樣的翠綠。有人認為，藍色「就是純水的顏色，不論是在固態或是液態」。但是如果從船上直接望進湖水深處，就可以看到他們呈現出非常不一樣的顏色。即使從同一個角度看過去，華爾登湖也可能時而湛藍，時而碧綠；因為湖水夾在天地之間，因此分享了二者的顏色。從山頂望過去，湖水反映出天空的顏色；但是走近到岸邊，走到可以看見湖底沙子的地方，卻是一種黃澄澄的色調，再遠一點則是淺綠，然後離岸愈遠顏色愈深，漸漸與湖水水體融合為一致的深綠色。在某些光線下，即使從山頂望下去，湖邊也是一種鮮豔的綠；有人說是因為湖水反映了周邊的青翠蒼鬱，但是即便是靠近鐵路沙岸的那一側，或是初春的樹葉還沒有長齊時，也是同樣的綠，所以那或許只是蔚藍的主色混了岸邊黃沙之後的結果吧。這就是湖水斑斕繽紛的色彩。也正是在湖邊這個地方，每當春天來臨時，太陽的熱氣從湖底反射上來，同時也透過泥土傳送出去，先是融化了這裡的冰，然後在仍舊結凍的湖心周圍形成狹窄的水道。跟我們其他地方的水域一樣，在天氣晴朗時，若是水波興起，湖面會以直角反射天空的藍，又或者因為融入了更多的光線，因此從遠處望去，湖水看起來似乎比天空本身的藍還要更深；在這個時候，我若泛舟於湖面上，以不同的視角觀察湖面反射的天光，可以察覺到一種無與倫比又難以形容的淡藍，像是浸了水或是顏色多變的絲綢，又像是刀光劍影，藍的比天空本身還要藍，這色澤與波浪另外一側的原始墨綠相互交替，不過相形之下，後者看起來就比較渾濁。就我記憶所及，那是一種玻璃的藍綠色，像是冬日，太陽下山前，西邊天空透過雲層看到的一抹天光。然而，你若是將湖水裝入玻璃杯，舉起來對著光線看，那水看起來就跟空氣一樣的無色透明。大家都知道，大片玻璃會帶有一點綠色的色調，據製作玻璃的工匠說，那是因為「量體」使然；如果是小片玻璃，就會變成無色的。華爾登的湖水要有多大的量體才能反射出一種綠色的色調呢？我就無法證明了。我們的河水，若是直接低頭往下望去，都是黑色或是非常深的褐色，而且也跟大部份的湖水一樣，會讓在水裡游泳的人軀體看起來染上一層黃色；但是華爾登湖的水卻有如水晶般純淨，在水裡游泳的人軀體看起來也像石膏雕像一般的雪白，只不過很不自然，因為四肢在水裡放大扭曲，形成一種詭異的效果，值得米開朗基羅好好研究一番。

湖水清澈透明到可以輕易地看到二十五或三十呎深的湖底，泛舟其上，可以看到水面下好幾呎深處的小鱸魚和銀光魚群，或許身長只有一吋，但是前者可以從他們身上的橫紋輕易地辨認出來；你一定會覺得他們是屬於苦修型的魚類，不然，在如此清澈的水裡要靠什麼維生。多年前，我曾經在冰上鑿了一個洞，想要抓梭魚，上岸時，隨手將斧頭往後一扔，丟在冰上，可是那斧頭彷彿有什麼鬼使神差，竟然滑行了四、五杆之後，直接落進其中一個洞裡，裡面的水深有二十五呎。因為好奇，於是我趴在冰上，往洞裡瞄去，只見那斧頭朝下，有點斜斜地插在湖底，斧柄朝上直立，隨著湖水的脈動微微搖晃；我如果不去打擾它的話，那斧頭很可能就這樣立在那裡，直到時間讓斧柄腐朽成灰。我用手邊的冰鑿，在斧頭的正上方鑿了一個洞，然後用刀子砍下附近最長的一根白樺樹枝，在樹枝末端綁上活結套索，小心翼翼地放進湖裡，套上斧柄把手，再用沿著樹枝的線，將斧頭從水裡拉起來。

沿著湖岸周圍，除了一、兩處短短的沙灘之外，都鋪著一條白色的光滑圓石，就好像是鋪著石頭的人行道；岸邊的地勢陡峭，在很多地方，只要縱身一躍，水深就足以沒頂；若非湖水清澈如許，很可能從此就深不見底，直到對岸水淺處，才能再次看到湖底。有些人以為華爾登湖是無底的。無論在任何地方，湖水都不會混濁，因此一般人若是不仔細看，可能會說湖裡根本連水草都沒有；即使用心觀察——除了最近才剛被湖水淹沒的草地之外，不過嚴格說起來，那裡並不屬於華爾登湖——也看不到一根菖蒲或蘆葦，甚至連百合也看不到，無論是白的或是黃的，頂多就只是一些心形的葉片和漂浮在水上的葉藻，或是一、兩片蓴菜；然而，可能連在湖裡游泳的人都察覺不到這些植物，因為他們跟周遭生活環境一樣的乾淨而明亮。圓石由湖岸延伸至湖水裡約一、兩杆的地方，然後湖底就是純淨的沙，只有最深處通常會有一些沉積物，這可能是不知連續幾個秋天飄過來，然後在湖裡腐爛的樹葉吧。即使在隆冬時節，從湖底拉起來的船錨上，都還會撈起鮮綠的水草呢。

我們這裡還有另外一座湖泊也是像這樣，就是白湖，位在西邊約兩哩半的九畝角[177]；除此之外，我就不知道還有第三座湖泊有如此清澈像井水一樣的特色——雖然我對方圓十餘哩內的湖泊大多瞭若指掌。或許有許多民族都相繼在此飲用過這裡的湖水，也曾經讚美過、探測過這座湖泊，但是這些民族陸續消失之後，這湖水依然碧綠清澄，一如往昔。這可不是間歇泉哪！或許，在亞當、夏娃遭到上帝驅逐出伊甸園的那個春天早晨，華爾登湖就已經存在；即使在那個時候，溫柔的春雨，伴隨著輕霧與南風，就已經在湖面上掀起漣漪，湖上的無數野鴨與飛雁都還不知道人類的墮落，因為如此純淨的湖水就已經讓他們心滿意足了。即使在那個時候，湖水就已經開始漲落，已經變得清澄，也已經染上現有的色澤，並且已經取得天國專利，全世界就只有獨一無二的華爾登湖，可以釀出來自仙界的瓊漿玉露。誰知道有多少無人記得的民族，以此為卡斯塔里亞泉[178]，孕育出他們的文學？又有多少女神曾經在黃金年代[179]住過這裡？這裡是最高級的寶石，鑲在康科德頭上那頂冠冕中央。

然而，第一批到這口井來的人或許留下了一些足跡。我就曾經發現，在環湖岸邊，茂密的森林才剛砍伐完，就看到陡峭山坡上露出有如架子般的狹窄步道，讓我大吃一驚。這步道隨地勢起起伏伏，時而靠近湖畔，時而遠離，年代或許跟住在此地的人類一樣久遠，是由原住民獵人一步一腳印踩踏出來的，而目前佔據這塊土地的人偶爾也會不經意地走過。若是冬天，站在湖心的冰上看這條步道會格外顯眼，尤其是在下過第一場細雪之後，看起來像是一條起伏不定的白線，不會被野草和樹枝遮蔽，許多地方即使站在四分之一哩外，也非常明顯，而在夏天，就算走得很近，也還是看不清楚；可以說，是雪花將步道印成了清晰的雪白高凸浮雕。但願有朝一日，當人們在此修建莊園的華麗庭院時，還能保留一些遺跡。

湖裡的水位時有漲落，不過是否有什麼規律或是在什麼時期漲落，卻沒有人知道；然而也跟平常一樣，總是有許多人假裝知道。通常，水位在冬天比較高，在夏天比較低，但是與一般氣候的乾濕又沒有太大關聯。我還記得從前的水位曾經一度比我住在湖畔時低了一、兩呎，也曾經高出至少五呎。從前有一條狹窄的沙洲延伸到湖中，沙洲末稍的湖水極深，離主要岸邊約有六杆；大約在一八二四年時，我還在沙洲上幫人家煮過一鍋濃湯呢，不過已經有二十五年不可能這樣做了。另外，我也曾經跟朋友說過，過了幾年之後，我常常在森林裡的一個小灣泛舟垂釣，離他們知道的唯一湖岸約有十五杆，後來湖水水位降低，那裡就變成了一片草地，他們

177 譯註：白湖（White Pond）大約在華爾登湖西南邊約一哩處；九畝角（Nine Acre Corner）是在薩德伯里路（Sudbury Road）上的小聚落，位在白湖與佳港湖（Fair Haven Pond）之間。

178 譯註：Castalian Fountain 是希臘神話中位在帕納索斯山（Mount Parnassus）上的泉水，是繆思女神的聖地，也是創作靈感的泉源。

179 譯註：古希臘與羅馬作家將宇宙史分為好幾個年代，而黃金年代（Golden Age）則是完美的時代。

聽了都不敢置信。可是這兩年來，湖水又持續上漲，如今，到了一九五二年的夏天，已經比我住在那裡的時候高出整整五呎，或者說是跟三十年前一樣高，於是又可以到那塊草地上去釣魚了。這使得水位高低最多可以相差到六、七呎；然而，環湖群山上流下來的水量卻無足輕重，所以水位上漲一定還是跟影響地下深泉的因素有關。同一年夏天，湖水的水位又已經開始下降了。值得注意的是，這種水位的波動，不管有沒有周期性，似乎都要好幾年才能完成。我曾經觀察到一次的水位上漲和兩次的部份下降，因此預期或許再過個十二年或十五年，湖水又會再次下降到我所知道的最低水位。在華爾登湖東邊約一哩的佛林特湖[180]偶爾會受到出水和進水的影響，而其他較小的間歇湖則與華爾登湖同步，與後者同時達到他們的最高水位；據我觀察，白湖也是同樣的情況。

華爾登湖這種長周期的水位漲落至少有一個用途。最高水位維持一年或更長的時間，雖然讓沿湖步行變得困難，卻可以淹死從上次高水位之後在岸邊冒出來的樹叢，如大王松、樺木、赤楊、白楊等等，等到水位再次下降時，留下一片毫無阻礙的湖岸。因此，跟許多受到每天潮汐漲落影響的湖泊和水域不同，這裡的岸邊在低水位時是最乾淨的。在我屋子旁邊的湖岸上，有一排約十五呎高的大王松因此死亡倒塌，像是遭到剷平似的，也阻止了他們的侵蝕；這些樹的大小也透露出上次水位升到這等高度是在多少年前的事。湖水藉由漲落，主張了他對湖岸的所有權，也藉此修整了湖岸，讓樹木無法因佔用而主張所有權。湖岸是華爾登湖的嘴唇，唇邊

180 譯註：Flint's Pond 位在華爾登湖東南方約一哩處。

不長鬍鬚，因為他不時會伸出舌頭來舔舐臉頰。當湖水處在高水位時，赤楊、楊柳和楓樹都會從水裡的枝幹上，向四面八方冒出大量的纖維化紅樹根，長約數呎，甚至可以長到離地面三、四呎高，藉以維繫他們的生命；我知道岸邊的高叢藍莓通常不會結果實，但是在這樣的環境下卻結實累累。

有些人對於湖濱石子路為何鋪設得如此工整感到不解，我的鄉親都聽說過一個傳說。年紀最長的人跟我說，這是他們年輕時聽長輩說的故事：古時代，印地安人在此地的一座山上舉辦狂歡儀式，那座山高聳入雲，直達天庭，就如同這座湖一樣深入地底，山有多高，湖就有多深；據說，他們做了太多褻瀆神明之事——其實印地安人並沒有犯過這樣的罪——當他們正沉溺於褻瀆之事時，突然地動山搖，整座山崩塌下沉變成湖泊，只有一名叫做華爾登的老婦人逃過一劫，因此這湖就以她的名字命名。據推測，當地動山搖時，山上的石頭從斜坡滾下來，就形成了現在的湖岸；不管怎麼說，可以確定的是：以前這裡沒有湖，現在有了。這個印地安人的寓言跟我先前提過的那個老殖民者的說法完全沒有衝突；他說：他記得很清楚，當他第一次帶著探測杖到這裡來時，看到草地冒出氤氳的蒸氣，而榛木做的探測杖卻一直朝下，因此他就決定在這裡鑿井。至於那些石頭，還是有很多人認為跟山脈的震動無關，不過根據我的觀察，環湖的山上到處都是這樣的圓石，多的不得了，因此當初在興建鐵路時，還不得不在最靠近湖畔的鐵軌兩旁用這些石頭堆砌起石牆，而且在湖岸地勢最陡峭的地方，石頭也最多，因此，很可惜，對我來說，這已經不再是個謎，因為我找到了鋪石頭的人。如果這座湖的名字不是出自某個英格蘭的地方——例如：薩夫恩．華爾登[181]——我想我們可以推測這湖可能會取名為「圍牆湖」[182]。

對我來說，這座湖就是一口現成的井。在那一年，有四個月的時間，湖水冰涼的如同他一年四季的純淨；我想，在那個時候，即使還稱不上是全鎮最好的水，也可以跟其他任何地方的水並駕齊驅。在冬天，所有露天的水都比有遮蔽的泉水或井水要冰冷。湖裡的水，從我在下午五點取出來，放在屋內，直到隔天中午，也就是一八四六年三月六日，當時室內溫度升到六十五度或七十度，部份是因為太陽照射屋頂的關係，但是湖水溫度只有四十二度，比從村子裡最涼的井裡剛剛打上來的水還要低一度。在同一天，沸騰泉[183]的溫度是四十五度，在所有試過的水之中，溫度是最高的；不過就我所知，如果不跟其他的淺水或停滯的地面水相混的話，在夏天，那已經是最冰涼的水了。此外，在夏天，華爾登湖因為湖水夠深，所以永遠都不會跟其他曝曬在陽光下的湖泊一樣變熱。在天氣最熱的時候，我通常會提一桶水，放在地窖裡，到了晚上變涼，而且到了隔天一整天，也仍然一樣的沁涼，不過我還是會到附近的一處泉水去打水。這裡的水即使放了一個星期，也跟剛打上來時一樣好，而且沒有幫浦的金屬味。夏天到湖畔來露營一星期的人，只要在營地的陰涼處，將水埋在幾呎深的地底，就不再需要冰塊這種奢

181 譯註：Saffron Walden 是位在英格蘭，離倫敦約四十哩的小鎮。
182 譯註：Walled-in Pond 的發音近似華爾登湖（Walden Pond）。
183 譯註：Boiling Spring 位在華爾登湖西方約半哩處，因泉水裡會冒出氣泡，而取名為沸騰泉，並非指泉水為溫泉。

侈品了。

曾經有人在華爾登湖裡釣到一條七磅重的梭魚，更別說還有另外一條用力扯斷釣線，拖走捲線軸的梭魚，漁夫說至少有八磅，因為他也沒有真的看到；還有鱸魚和大頭鯰魚，這兩種魚，有些重量都超過兩磅；另外還抓過銀光魚、白鰱魚或擬鯉（*Leuciscus pulchellus*），還有極少數的鯿鯉（*Pomotis obesus*）和兩條鰻魚，其中一條重達四磅——我之所以如此不厭其煩地細數他們的重量，因為那是魚類出名的唯一條件，而且我在這裡也只聽說過這兩條鰻魚——我還依稀記得一種約五吋長的小魚，魚身兩側是銀色，背脊呈綠色，外形有點像是雅羅魚；我在這裡提起這種魚，主要是讓事實證明傳言。不過這個湖的魚產並不是特別豐富。湖裡的梭魚雖不算多，卻已經是最值得誇口的了。有一次，我躺在結冰的湖面上，至少看到三種不一樣的梭魚：一種體型長而扁，呈鐵灰色，最像是在河裡撈到的魚；第二種呈亮金色，有綠色的反光，棲息在相當深的水域，是此處最常見的；最後一種則呈金色，外型與前一種相似，但是兩側魚身上有深褐色或黑色的斑點，中間也夾雜了一些淡紅色斑點，非常像是鱒魚。他的種名叫做 *reticulatus*，其實是名不符實，應該叫做 *guttatus* 才對[184]。這些魚的肉質都相當結實，實際重量比外形看起來還要重。銀光魚、大頭鯰魚和鱸魚——其實生長在這座湖裡的所有魚種——都比河裡和大部份其他湖泊裡的魚更乾淨、更漂亮，肉質也更結實，因為這裡的水質比其他地方更純淨，所以這

184 譯註：梭羅在此處是指梭魚的學名 *Esox reticulatus*（網狀梭魚），其種名有網狀的意思；而 *guttatus* 則是有斑點的意思。

裡的魚一看就知道跟其他地方的魚不一樣。或許很多魚類學家可以從中找到一些新品種。此外，湖裡還有乾淨的青蛙、烏龜和少許貝類；麝鼠和水貂也會在湖畔留下足跡，偶爾會有一隻雲遊的泥龜打湖裡經過。有時候，我一早推著船出湖，驚醒夜裡偷偷跑到船底睡覺的泥龜，打擾他的清夢。野鴨和野雁會在春秋兩季來訪，白腹燕（*Hirundo bicolor*）從湖面掠過，翠鳥[185]會在湖灣倏忽一閃而逝，斑鷸（*Totanus macularius*）則是一整個夏天沿著圓石湖岸搖搖晃晃地散步。有時候，我會驚擾到一隻在湖面白松樹枝上歇息的魚鷹，但是我想華爾登湖應該不像佳港灣一樣，受過海鷗振翅的干擾，最多只有一隻每年造訪一次的潛鳥。現在經常到湖裡來的主要動物就只有這些了。

在風平浪靜時，划船到東邊的沙岸附近或是湖的一些其他部份，坐在船上，可以看到水深八或十呎處，有一些直徑約六呎、高約一呎的圓形小丘，由不足雞蛋大小的圓石組成，四周則全是光禿禿的沙地。起初你會以為這可能是印地安人為了什麼目的在冰上堆成的，等到冰面消融，他們就沉入湖底；不過這些石堆實在太規則了，而且有些看起來很新，年代沒有那麼久遠。他們也類似在河裡看到的石堆，只是這裡沒有胭脂魚，也沒有七鰓鰻，所以我也不知道可能是哪一種魚堆成的。或許是大頭鯰魚的窩吧。這也讓湖底增添了一絲宜人的神秘感。

湖岸的形狀不規則，所以一點也不單調。我可以在腦海裡勾勒出湖的西邊有鋸齒狀的深水灣，北邊的地勢比較險峻，南邊是美麗的扇形地形，連綿的岬灣層層相連，顯示其中還有一些杳無人跡的地方。此湖深藏在沿著湖邊拔地而起的群山之間，從湖心中央眺望遠山的森林，是無人能出其右的美景，也是最好的背景；因為映照森林的湖水不但是最美的前景，而且蜿蜒的湖岸也是最自然、也最宜人的界線。這裡的湖邊沒有人工砍伐的痕跡，也沒有耕地毗鄰，因此沒有粗糙和殘缺不全的感覺。湖畔的樹有充分的空間可以伸展四肢，所以每一棵樹都朝著湖面伸出最生機蓬勃的枝椏；於是大自然就沿著湖岸織成一道自然的鑲邊，一眼望去，可以看到從岸邊低矮樹叢到最高枝的漸次變化。這裡看不到什麼人工斧鑿的痕跡，湖水依舊如幾千年前一樣拍打的湖岸。

湖泊是大地上景緻最美、表情也最豐富的容貌，堪稱是大地的眼眸，凝望著湖水的人，自然就可以測量出自己天性的深度。生長在湖岸水濱的樹，就是環繞著眼睛四周的修長睫毛；附近那些蒼鬱的土丘山崖，則是眼睛上的眉毛。

在一個寧靜的九月午後，站在華爾登湖東邊平坦的沙灘上，當時的薄霧讓對岸的線條看起來有點朦朧，我突然明白「如鏡的湖面」這句話是怎麼來的了。當你彎下腰，從兩腿之間倒望出去時，那湖面就像是一條最精緻的薄紗橫掛在山谷間，映照著遠處的松林隱隱含光，將大氣層層分隔，讓你幾乎覺得可以腳不沾水地從薄紗底下直接走到對岸的山邊，而從湖面上飛掠的燕子也可以棲息在水上。的確，他們有時候會受騙，衝過了頭，等到發現不對，這才恍然大悟。當你向西方眺望時，就不得不舉起雙手來遮住湖面上反射的陽光，還有真正的太陽，因為二者都同樣明亮刺眼；如果你在兩種強光夾擊之下仔細觀察湖面，那還真的是名符其實的湖面如鏡

185 譯註：翠鳥（Kingfisher）又稱魚狗，擁有高超的捕魚技術。

呢——除了在整個湖上滑行的水馬，隔著相等的間距掠過水面，動作在陽光下形成你能想像到的最細微的粼粼波光，或者是偶有一根鴨絨落到水面，或是如我所說的，低飛的燕子觸及水面。也可能是遠處一尾游魚躍出水面，在空中畫出一道三、四呎長的弧線，躍出水面時激起一道白光，落水時又是另外一道白光；有時候可以看到一整道銀色的弧線；又或者是湖面上四處飄落的薊花冠毛，讓魚群逐而啄之，又在水面上激起點點漣漪。就像是熔化的玻璃冷卻後尚未完全凝固，裡面有一些純淨又美麗的微塵，形成玻璃中不完美的缺陷。你也常常會看到在水面上有一片更平靜、更黝黑的水域，彷彿用一張隱形的蜘蛛網或是水中精靈的柵欄，跟其他水域分開來。從山頂往下看，幾乎到處都可以看到魚兒躍出水面覓食，因為在平靜的湖面上，只要有一隻銀光魚或梭魚捕食水面的昆蟲，就會驚擾到整座湖泊的寧靜。想來真是奇妙啊，這麼一件簡單的事實竟也會引起如此軒然大波——這樁魚吃蟲的命案就此真相大白——即使我站在遠方，也能清楚地看到漣漪向外擴張，直到直徑有六杆那麼大。你甚至可以從四分之一哩外看到水甲蟲（*Gyrinus*）在平靜的湖面上不停地向前邁進，他們輕巧地在水面上划動，畫出兩條分叉的水紋，但是水馬在湖面上的滑行卻不留痕跡。當湖水起了相當大的波瀾，湖面上就看不到水馬和水甲蟲，不過顯然在風平浪靜時，他們就會離開自己的安樂窩，從岸邊冒險滑向湖面，一小步、一小步地向前滑，直到滑過整個湖面。在秋高氣爽的晴天裡，當芸芸眾生皆享受溫暖陽光的恩惠時，坐在像這樣一個高地的樹樁上，俯瞰整座湖泊，觀察水面上不斷湧現的波紋漣漪，真是賞心悅目的樂事一樁；若不是這些小小的波動，根本看不到天空與綠樹倒影中的湖面。如此廣濶的水面卻沒有任何騷動，即使有什麼驚擾，也會很快恢復平靜，就像有人拿著水瓶到湖邊舀水，當顫動的水波盪漾到岸邊時，湖面又重歸靜寂。無論是魚躍出水，或是蟲子掉落湖面，都一定會激起一圈又一圈的漣漪水波，形成優美的線條；就如同泉源不斷地注入活水，激盪起湖泊的生命脈動，是他呼吸時胸膛的起伏。那是歡樂的悸動，還是痛苦的顫抖，都再也分不清楚了。這湖的現象是何等的平和啊！人類的辛勤勞作又如同在春天一樣再次發光。當然，每一片樹葉，每一根枝椏，每一塊石頭，每一張蛛網，此刻都在午後的陽光下熠熠生輝，就跟他們佈滿了春日晨露的時候一樣。船槳或是昆蟲的每一個動作，都會激起一道亮光；當船槳落下時，那回聲是多麼柔美啊！

在九月或十月，像這樣的日子裡，華爾登湖是完美的森林之鏡，鑲在湖畔的石頭，在我眼中，就如同稀有的寶石一樣珍貴；或許，再也沒有什麼比一座躺臥在大地上的湖泊更美麗、更純淨、同時又更浩瀚的了。那是天上之水！不需要圍籬。各個民族來來去去，都無法玷污他的純潔。他是石頭打不破的鏡子，鏡面的水銀永遠不會耗損，大自然也會不斷地修復鏡面上的鍍金，暴雨、灰塵都無法讓鏡面暗沉，明鏡始終如新——所有的污穢不潔沉入湖裡，都會被太陽那朦朧的掃帚刷洗乾淨——這是陽光拭塵布——任何吹到湖面上的氣息，都不會滯留，反而是湖將自己的氣息吹入空中，化成雲朵，飄浮在湖上的高空中，然後又映照到湖面，重返湖的懷抱。

一方湖水洩漏了空中精靈的行蹤。湖水不斷從空中接收新的生命與動態，在本質上就是天地之間的媒介。在陸地上，只有青草樹木會如波浪起伏，但是湖水本身卻會因風起波。我可以從一抹光線或是光點，察覺到微風吹掠湖面。俯看湖面是多麼的奇妙啊！或許有朝一日，我們也可以因此俯看天空的表面，看到仍然幽微的精靈從上面飛掠。

到了十月末，當寒霜降臨，水馬和水甲蟲才終於不見蹤跡；然後，到了十一月，在風平浪靜的日子裡，通常就完全沒有任何東西在湖面掀起微波漣漪。在一個十一月的午後，連緜數日的暴雨終於平息，天空依然是烏雲密佈，空氣中也依然瀰漫著霧氣，我卻看到華爾登湖出奇的平靜，光滑到幾乎看不到湖面；雖然湖水很快就反射出十月的明亮色調，但是十一月的肅穆色彩卻仍然籠罩著湖畔的山丘。雖然我泛舟渡湖時已經盡量放慢速度，但是小船泛起的層層漣漪卻仍然一圈又一圈地向外擴張，幾乎直到目光所及的盡頭，讓湖面的倒影也漾起波紋。可是當我望向湖面，卻看到遠方微光閃爍，到處可見，彷彿水馬逃過了寒霜又在此聚集，又或者是平靜的湖面洩漏了湖底湧泉的秘密。我慢慢地划到了其中一個發出亮光的地點，赫然驚覺四周環繞著大量身長約五吋的小鱸魚，在碧綠的水裡散發出深古銅色；他們在水裡游來游去，卻一直浮上水面，引起點點漣漪，有時還留下從嘴裡吐出來的氣泡。如此清澈透明又看似無底的湖水，映照著天空中的雲彩，泛舟其上，好似搭著氣球飄浮在半空中，而魚群的游動也讓我覺得好像是一群鳥兒在我下方左右飛行或盤旋，而他們的鰭則像帆一樣，幫助他們馭風而行。在湖裡，像這樣的魚群很多，顯然是想趁著冬天拉上冰簾，遮住他們廣濶的天空之前，好好利用這短暫的時光，不過如此一來，有時候卻讓湖面看起來好像有微風吹過，或是有幾滴雨珠灑落。當我在無意中靠近，驚動了他們，他們就突然甩尾，激起浪花水波，彷彿有人拿著灌木樹枝拍打水面，然後沉入湖底深處尋求庇護。終於起風了，霧氣漸濃，湖水的波動也漸大，這些鱸魚跳得比先前更高，一時有數百個黑點浮出水面約三吋高。有一年，甚至已經到了十二月五日，我看到湖面上的點點漣漪，以為有大雨將至，空氣中也充滿了霧氣，於是我趕快坐回划槳的位置，奮力朝著住處划去；大雨看似就要降臨，雖然臉頰上還感覺不到雨滴，但是我想終究免不了淋得一身濕。就在這個時候，湖面突然平靜，原來那是鱸魚造成的漣漪，而我划槳的聲音讓他們受驚，紛紛潛入水中走避，我隱約看到魚群消失，所以那天下午，我到頭來還是沒有淋濕。

有位老先生在將近六十年前常到華爾登湖來，當時的湖因為森林環繞顯得幽暗；他跟我說，在那個時候，有時會看到湖上的野鴨和其他水禽，還有許多老鷹在附近翱翔，顯得生氣蓬勃。他到這裡來釣魚，用的是一艘在岸邊找到的老獨木舟；獨木舟用兩根白松原木鑿空後拼湊起來，船頭船尾都削成方形。船身非常笨重，但是經久耐用，用了很多年之後，才吸飽了水，後來或許沉入湖底了吧。他也不知道那艘獨木舟的主人是誰，就算是屬於這座湖泊的。他曾經用山胡桃木的樹皮搓成繩索，綁住他的船錨。有一位在獨立戰爭之前曾經住過湖邊的老陶匠跟他說過，湖底有一只鐵箱子，他曾經親眼目睹。有時候，那個箱子會漂到岸邊，不過你若是朝著箱子走過去，它又會沉回水底，消失無蹤。聽說了那艘獨木舟的故事，我覺得很欣慰，因為它取代了另外一艘使用相同質材但是建造得比較精美的印地安獨木舟；或許那艘獨木舟曾經是岸邊的一棵樹，後來不知道什麼原因，倒落到水裡，漂流了一個世代，堪稱是湖上最合適的交通工具了。

我還記得當我第一次望向湖底深處時，還可以隱約看到湖底有許多巨大的樹幹，可能是被風吹倒，或是伐木後留在冰上，沒有運走——當時的原木價格便宜——但是現在大部份都不見了。

我第一次在華爾登湖上泛舟時，湖畔還完全被茂密高聳的松樹與橡樹團團圍住，在某些岬灣，還有葡萄藤攀爬在緊臨水岸的樹上，形成樹蔭拱門，讓船隻從底下划過。湖岸邊的山勢陡峭，山上的林木參天，所以你若是從西邊往下看，整座湖看起來像是有森林景觀的圓形劇場。我年輕時，曾經在湖面上泛舟，任憑西風吹拂，隨風飄盪好幾個鐘頭；在一個夏日午後，我先將船划到湖心，然後就躺在船上做白日夢，直到小船碰觸到沙岸才驚醒，這才起身看看命運將我帶到何方；在那個時代，懶散放空乃是最美好也最有創造力的產業。有好些個早上，我都會如此偷閒，寧願以這種方式度過一天中最有價值的時光；因為我很富有——並非金錢上的富裕，而是擁有許多陽光明媚的時間與夏日時光——所以可以盡情揮霍；我一點也不後悔沒有浪費更多的時間在工廠或是教職。然而，在我離開了湖岸之後，伐木工人變本加厲地濫砍林木，因此現在已經有好多年都無法徜徉在林間小徑了，連偶爾從林間眺望湖水的景致也不復存在。如果我的繆思女神從此沉默，那也是情有可原。你想，當鳥兒的樹叢遭到砍伐殆盡，還能期待他們引吭高歌嗎？

如今，湖底樹幹、老獨木舟，還有湖邊幽暗的森林，都已經消失了；那些根本不知道此湖何在的村民，不再來到湖裡沐浴飲水，反而想著用水管引水，將湖水引到村子裡洗碗！且不說這湖水至少應該跟恆河一樣神聖，竟然想打開水龍頭或拔掉栓塞就取得華爾登湖！那魔鬼般的鐵馬[186]，刺耳的嘶鳴已經響徹了全鎮，鐵蹄也玷污了沸騰泉，更啃食了華爾登湖畔所有的森林，簡直是特洛伊的木馬，在腹中藏了上千人，由唯利是圖的希臘人引進城內！鄉下的戰士何在？誰又是摩爾廳的摩爾勇士[187]，可以在深坎[188]迎戰敵人，用復仇的長矛刺進那得意忘形的害蟲肋骨？

然而，在我知道的所有特質當中，華爾登湖或許是最好的，也最能保存他的純潔。許多人曾經被比喻成華爾登湖，但是絕少有人配得上這樣的榮譽。雖然伐木工人先是砍光了這一邊，然後又砍光了那一邊；接著，愛爾蘭人又在湖邊蓋了豬圈，讓鐵軌繞著湖邊走；甚至還有賣冰的人曾經到這裡來鑿冰販售——但是湖本身卻從來不曾改變，湖水也依然是我年輕時看到的湖水，所有的改變都在我身上。經過了這麼多的漣漪水波，湖面卻沒有一條永久的皺紋，始終是青春永駐；我現在仍然會看到燕子伸喙啄水，顯然是從湖面叼起一隻昆蟲，一切都一如往昔。今晚，我又突然想起華爾登湖，彷彿我這二十多年來，並沒有幾乎天天都看到他——怎麼會呢？華爾登湖猶在，仍然是我多年前發現的那座林間湖泊；那裡的森林在去年冬天遭到砍伐但是到了春天又在岸邊長出一座新的森林，也跟以往一樣的茂密蒼鬱；同樣的思緒也跟當時一樣湧上湖面；對湖本身及其創造者來說，也還是同樣洋溢著喜悅與快樂，啊，對我來說，也可以是這

186 譯註：此處的 iron horse 指的是蒸氣火車，不但要用水帶動引擎，也要砍伐林地，修築鐵路。

187 譯註：Moore of Moore Hall 是英國民謠〈溫特利之龍〉（The Dragon of Wantley）裡的屠龍英雄。

188 譯註：Deep Cut 是在華爾登湖西南方的一個地點，為了要鋪設鐵軌而遭到剷平。

樣啊！這一定是勇者的創作，沒有絲毫的欺瞞狡詐！他用雙手圍起了這一泓湖水，再用思想讓水變得更深沉，也更清澄，最後在遺囑中留給了康科德。我看著他的臉，依然是同樣的倒影，讓我幾乎要問：華爾登湖，是你嗎？

我不敢奢望，
為他點綴一行詩；
我不曾更接近上帝與天堂，
除了住在華爾登湖時。
我是他的石岸，
是從他身邊掠過的微風；
在我的手心，
捧起他的水與他的沙，
而他最深邃的去處，
就高掛在我的思想中。

火車不曾停下來好好看他，但是我卻幻想著司機、司爐和司閘，還有拿著月票搭車、經常會看到他的乘客，都是懂得欣賞這湖光山色的人。司機在白天至少看過一次他的寧靜與純潔，到了夜晚也不會忘記，或者說他的天性不會忘記；儘管只看了一次，卻有助於滌淨國家街與引擎的煤灰。還有人提議稱之為「上帝的水滴」。

我曾經說過，在華爾登湖看不到任何入水口或是出水口，但是他一邊與地勢較高的佛林特湖有著遙遠而間接的關係，另外一邊又與地勢較低的康科德河有明顯而直接的相連。他與佛林特湖之間，隔著一連串由高處綿延下來的小湖，與康科德河之間也連著一連串類似的小湖，這些湖泊曾經在某個地質時期氾濫成災，現在只要稍微疏浚一下——但願這種事情不會發生——湖水又可以往那邊流去。這湖水像林間隱士一樣，長年過著簡樸矜持的生活，才能孕育出如此美妙的純淨，若是與相對混濁的佛林特湖混在一起，或是任由湖水流到大海，浪費了天生的甜美，誰不會感到遺憾呢？

林肯的佛林特湖，又名砂湖，位在華爾登湖東方約一哩的地方，是我們這裡最大的湖泊與內海。佛林特湖比華爾登湖要大的多，據說佔地一百九十七英畝，魚產也更豐富，不過卻比華爾登湖要淺，湖水也不是特別純淨。穿越森林往那邊走，是我常做的休閒活動；就算只是為了感受那清風自在拂面，看著湖波盪漾，想像著水手的生活，也都值得了。在秋天，起風的日子裡，我會去撿拾栗子，因為栗子被風吹落到水裡，又被湖水沖刷到我的腳邊。有一天，我沿著蘆葦叢生的湖岸緩步而行，覺得有水花吹到我的臉上，眼前赫然出現一艘破船的殘骸，兩側的船舷已失，只勉強看到平坦的船底板擱淺在燈芯草叢裡；然而，船身結構線條仍然清晰可辨，就像一大片睡蓮葉，葉片雖然腐爛，葉脈猶存。這艘破船就跟你想像中在海邊看到的殘骸一樣令人印象深刻，也同樣發人深省；不過此時，卻淪為滋養植物的土壤，與湖岸合為一體，難以分辨，任由燈芯草和菖蒲從船身中竄起叢生。我以前很欣賞此湖北岸沙質湖底的波紋，因為水壓的關係，讓涉水而過的人踩起來覺得沙質很硬、很結實；這裡生長的燈芯草呈單行排列，一排接著一排，整整齊齊，與沙地的紋路相互呼應，隨波盪漾，彷彿是波浪栽種的。我也曾經在這裡發現數量相當多的怪異球狀物，直徑從半吋到四吋不等，都呈完美的球體，顯然是細莖或草根形成的，或許是穀精草吧；這些草球在淺水灘的沙地滾來滾去，有時候會沖上岸來，有些是堅實的草，也有一些裡面摻雜著細沙。起初你會以為是波浪運行造成的，就跟圓石一樣，但是最小的球大約只有半吋長，都是由同樣粗糙的材料，而且只經過一季就形成了。我認為，對於已經變得堅硬的材質來說，波浪的影響主要是磨損，而不是建設。這些草球乾燥後，可以永久保存他們的形狀。

佛林特湖！我們的命名方式真是貧乏啊！那個不潔又愚蠢的農夫，只是因為他的農田與這片天上之水毗鄰，還無情地剷平湖畔的土地，有什麼權利以自己的名字替這座湖命名呢？他不過是個小氣鬼，寧可要表面可以映照倒影的一美元，甚至更光亮的一美分，讓他可以看到自己那張恬不知恥的臉孔；他還認為住在湖上的野鴨是僭越入侵；他的十指因為長年習慣貪婪地抓著東西，變成像鷹爪般的彎曲堅硬，有如鳥身女妖——在我看來，這湖不應該取這個名字。我到湖邊既不是去看他，也不是去打聽他，因為他從來不正眼看著湖，也不曾在湖裡沐浴；他既不愛湖，也不護湖，對湖不曾有過一句好話，更不曾感謝創造湖的神。倒不如用在湖裡悠游的魚來替命名吧，或是常來造訪的野禽或野獸，或是生長在湖濱的野花，或是某個人生足跡曾經與這座湖交織在一起的野人或野孩子，就是萬萬不可用那個除了一張權狀之外別無其他權利的人來命名，更何況，連那張權狀也是那些與他同為一丘之貉的鄰居或議員發給他的；他心裡只想到金錢的價值，他的存在或許只會給湖岸帶來災難；他榨乾了湖邊土地的資源，甚至還奢望榨乾湖裡的資源，他唯一的遺憾就是這湖裡長的不是英格蘭乾草，也不是一片蔓越莓田——真的，在他的眼中，這座湖沒有任何價值，除非抽乾湖水，挖出湖底的淤泥出售。這湖水無法推動他的磨坊，所以對他來說，欣賞湖畔風光並不是什麼特權。我瞧不起他的勞動，也瞧不起他的田，因為在他的田裡，什麼東西都待價而沽；如果風景或神能夠賣出好價錢的話，他也會將他們送到市場上出售；在他眼中，去市場就是去拜神，因為市場就是他的神；在他的田裡，沒有什麼是不用錢的，他的農地不長糧食，他的草原不開花，他的樹不結果實，長出來的全都是錢；他愛的不是果實之美，他的果實也只有在變成金錢之後才算成熟。還是讓我擁有可以享受真正財富的貧窮吧！受我尊重、讓我感興趣的農民，都與他們貧窮的程度成正比——貧窮的農民！農田的典範！房舍像是矗立在糞肥堆上的菌菇，人的房間與馬廄、牛棚、豬舍毗鄰，不管乾不乾淨，全都一間接著一間地連在一起！人與牲畜全都擠在一起！像是一鍋臭油，聞起來有糞肥加上酸乳的氣味！在高度開墾與文明開化的狀態下，將人心、大腦化為堆肥！就如同是在教堂的墓園裡種馬鈴薯！這才是農田的典範！

不行，不行！就算真的要用人的名字來替最美麗的地貌風景命名，也只能選擇最高貴、最有價值的人；讓我們的湖擁有真的名字吧，至少也要像伊卡里亞海[189]一樣，在那裡，「海岸猶有」一位「勇者冒險的餘音迴盪」。

規模較小的野雁湖（Goose Pond）就在我去佛林特湖的路上；在西方約一哩的佳港湖（Fair Haven）算是康科德河擴張出來的水域，據說有七十英畝；從佳港湖再過去約一哩半則是白湖，面積約四十英畝。這裡就是我的湖鄉[190]。這些湖泊，再加上康科德河，就是我的特權；日復一日，夜復一夜，年復一年，他們將我帶去的穀子磨成細粉。

因為華爾登湖遭到伐木工人、鐵路還有我自己的褻瀆，所以在眾多湖泊之中，最有魅力——或許不是最美麗——堪稱是林中瑰寶的湖，就是白湖了；又是一個貧瘠又平凡無奇的名字，無論是因為湖水出奇的純淨或是因為湖中沙子的顏色。然而，不論是在水質、沙色或是其他各方面，白湖都稱得上是比華爾登湖小一號的雙胞胎弟弟；這兩座湖相似到會讓人認為他們在地底下一定是相連相通的。白湖跟華爾登湖一樣，都有圓石鋪成的湖岸，湖水也有相同的色調；他也跟華爾登湖一樣，在溽暑的三伏天，從森林裡往下眺望湖岸的岬灣，岬灣的水不深，但是湖底的倒影卻替湖水染了色，呈現一種迷濛的藍綠色或淡藍色。多年前，我曾經推著獨輪車到那裡採集沙子製作砂紙，此後也持續來訪。有位常到這裡來的人提議應該稱之為「碧湖」；或許也可以稱為「黃松湖」，原因如下。大約在十五年前，你還可以看到在離岸好幾杆的深水區，有一棵大王松的樹頂從水面上冒出來，並不是什麼特別的品種，不過在這一帶都稱之為黃松；甚至有人認為，在這座湖沉下去之前，這裡原本是一片森林，而這棵樹就生長在森林裡。我在麻州歷史學會選集（Collections of the Massachusetts Historical Society）中，看到一篇很多年前，早在一七九二年由康科德鎮民撰寫的〈康科德鎮地形誌〉（Topographical Description of the Town of Concord），作者在談到華爾登湖和白湖時提到：「在後者的湖心，當水位非常低時，可以看到一棵樹，彷彿就生長在它現在矗立的那個地方，不過樹根卻紮根在水面下五十呎的地裡；樹頂已經斷裂，從斷枝處測量，直徑有十四吋。」一八四九年春天，我在蘇德伯里跟一位住得最靠近白湖的人聊天，他跟我說，是他在十或十五年前，才將這棟樹從湖裡拉出來的。就他記憶所及，這棵樹在離岸約十二或十五杆的地方，水深約四、五十呎；那時候是冬天，他在上午先鑿開了結冰的湖面，決心要在下午，在鄰居的協助下，將那棵黃松拉出來。他在冰上鋸開了一條通往湖岸的通道，打算用牛沿著通道將樹木從冰上拖起來；但是工作才進行了沒多久，他就驚覺那棵樹是倒著長的，樹枝的殘株向下，末梢緊緊地抓在湖底的沙子裡。樹幹粗的那一端直

189 譯註：Icarian Sea 是愛琴海的一部份，以希臘神話中的伊卡魯斯（Icarus）命名。相傳，伊卡魯斯用他父親代達魯斯（Daedalus）以蠟做成的雙翼逃離克里特島，但是因為太靠近太陽，導致蠟翼融化而墜海死亡。

190 譯註：暗指英格蘭西北部的湖區（Lake District），因浪漫派詩人渥茲華斯（William Wordsworth）的作品而聞名。

徑約有一呎，他原本預期可以鋸下好些木料，結果發現樹幹已經腐朽，若真要說有什麼用途，大概只能當柴火燒了。那時候，他的木柴棚裡還剩下一些，樹幹上留著斧頭砍過和啄木鳥啄過的痕跡。他認為，那原本應該是在岸上的一棵枯樹，後來被吹進了湖裡，雖然樹頂的部份吸飽了水，但是樹幹還是乾的，所以比較輕，才會漂流到湖心，然後頭下腳上地沒入水底。當時，他已經八旬的老父親也不記得那棵樹是什麼時候出現的。直到現在，還是可以看到一些相當大的樹木躺在湖底，而且因為湖面波動的關係，看起來像是巨大的水蛇在蠕動。

此湖很少受到船隻的干擾，因為湖裡沒有什麼魚會吸引漁民前來捕撈。除了需要長在淤泥裡的睡蓮或是常見的菖蒲之外，純淨的水裡就只有稀疏的變色鳶尾花從湖畔的石頭湖底長出來。每年六月會有蜂鳥飛來，藍色的葉片與花朵，尤其是映在水中的倒影，與碧綠的湖水相映成趣，顯得格外和諧。

白湖與華爾登湖都是大地表面的水晶，是「光之湖」。如果這兩座湖泊永遠凝固，而且小到可以握在手心，或許早就被奴隸帶走，像是寶石一樣，鑲在他們帝王的頭上；可是因為他們是液態，而且又那麼廣濶，所以才能世世代代地保存下來，結果我們卻棄之如敝屣，反而去追逐「光之山」鑽石[191]。他們純淨無瑕，一點淤泥都沒有，是無價之寶。不知道比我們的生命美麗多少！也不知道比我們的人格透徹多少！我們從未聽聞他們做過什麼卑劣之事，比起在農夫家門前有群鴨戲水的池塘，不知道漂亮多少！有乾淨的野鴨到這裡來。生活在大自然的人類不懂得欣賞他的美，但是鳥類卻以他們的羽毛和歌聲，與大自然的花朵融為一體，可是，有哪個少男少女能夠和大自然野性豐饒的美相得益彰呢？大自然在遠離人類城鎮之處，獨自枯榮。還奢談什麼天堂，你們把人間都玷污了。

191 譯註：Kohinoor 是在印度發現的一顆重達一百八十六克拉的鑽石；一八五〇年，東印度公司將其獻給維多利亞女王，現為英國女王皇冠的一部份。

貝克農莊

有時候，我漫步松林間，那松林聳立宛如廟宇，又如海上整裝待發的艦隊；枝葉隨風搖曳，有如波濤起伏，同時閃爍著彷彿漣漪的光點，如此的輕柔、翠綠又蔭涼，連德魯伊教徒[192]都忍不住要捨棄橡樹，敬拜他們。有時候，我走到佛林特湖後方的圓柏林裡，那裡的樹木披掛著灰白色的藍莓果，愈長愈高，適合在英靈殿[193]前矗立守靈，還有爬藤的杜松子以果實結成花圈，鋪滿了大地。有時候，我會走到沼澤，那裡的地衣苔蘚結成花綵，從黑雲杉樹枝上垂掛下來，地面上還佈滿了傘狀毒蕈，像是沼澤眾神的圓桌；還有更多美麗的蕈菇，點綴著樹幹殘株，像蝴蝶或貝殼，是植物界的玉黍螺；在沼澤杜鵑與山茱萸生長的地方，冒出紅色的冬青莓果，像是精靈的眼睛，而爬藤白英在攀爬舒展時，連最堅硬的樹木都會被他們刻劃出凹槽，甚至擠碎；野冬青果則是美的讓人看了流連忘返，更別說還有其他無名的野生禁果令人眼花撩亂，垂涎欲

192 譯註：Druids是基督徒傳至英國之前的古老塞爾特族宗教，以崇拜橡樹聞名。

193 譯註：Valhalla是北歐神話中眾神之王奧丁（Odin）的殿堂，也是英雄與戰士死後靈魂永生受到款待的地方。

滴，不過這些果實只應天上有，不是凡人可以隨意品嚐的。我最常去拜訪的，不是什麼學者，而是某些特別的樹木，是這一帶很少見的品種，生長在遠方的草原，或是樹林或沼澤深處，又或者是在山巔，例如：山樺木，我們有些俊秀的標本，樹幹直徑可達兩呎；還有它的表親黃樺木，穿著寬鬆的金黃色背心，像前者一樣散發出香氣；另外就是山毛櫸，樹幹長得勻稱筆直，又畫上了美麗的地衣苔蘚，每個細微處都完美無瑕，除了零星的幾株之外，我只知道在鎮上還有一小叢塊頭相當大的山毛櫸樹林，據某些人說，是以前鴿子播的種，因為這附近以前有人用山毛櫸的堅果為餌，誘捕鴿子。當你劈開這些樹木時，看到銀色的木頭紋理閃閃發亮，就覺得一切辛勞都是值得的。此外，還有椴樹、角樹和學名叫做 *Celtis occidentalis* 的假榆樹——我們這裡只有一棵算是長得好的；還可以看到長得較高、像是桅杆的松樹，或是木瓦樹，或是比平常更完美的鐵杉，像寶塔一樣矗立在樹林裡。我還可以指出其他更多的樹木，都是我不論冬夏都會去朝拜的神殿。

有一次，我正巧站在彩虹的拱橋下，大氣的最底層看起來全都是彩虹，讓附近的青草和綠葉都沾染上絢麗的色彩，讓我看得目眩神馳，好像是透過彩色水晶看著這個世界。那是充滿彩虹之光的湖泊，我在湖中，有那麼一刻，彷彿也變成了海豚[194]。如果彩虹持久一些，可能也會渲染到我的工作與生活。當我走在鐵路堤道上時，總是對我影子周圍的光圈感到詫異，也會飄飄然地幻想自己是神的選民。有位來看我的人說，走在他前面的愛爾蘭人，有些人的影子就沒有光圈，還說只有本地人才會如此的高貴。本韋努托．切里尼[195]在他的回憶錄中跟我們說：他被囚禁在聖安傑羅城堡[196]時，做過一個可怕的夢，或者說是看到了幻影，此後每天早晚，不論他在義大利或是法國，他頭部的影子附近都會出現燦爛的光芒，尤其在露濕青草的時候格外明顯。我所說的，大概也是同樣的現象吧，特別是在清晨看得更清楚，但是在其他時候，甚至在月光下，也是清晰可見。雖然這是一個持續的現象，不過卻少有人注意到，遇到像切里尼這樣想像力豐富的人，很可能就成了助長迷信的基礎。而且他說，他只有跟極少數人說過此事，不過能夠意識到自己受到關注與尊重，不就已經很突出了嗎？

有一天下午，我穿過森林，去佳港湖釣魚，補充我素食飲食的不足，途中經過與貝克農莊毗鄰的宜悅草地[197]；有位詩人曾經寫詩歌詠這個隱密的地方，一開始是這樣說的——

「你的入口是宜悅草地，

這裡有長滿青苔的果樹，將你的一部份

194 譯註：據說海豚在垂死時，身上會出現美麗的色彩，不過，這其實不是指鯨目的海洋哺乳類動物，而是指俗稱鬼頭刀的鯕鰍（dolphin fish，學名為 *Coryphaena hippurus*）。

195 譯註：Benvenuto Cellini，1500-1571，義大利藝術家、金匠，以其自傳聞名。

196 譯註：The castle of St. Angelo 是位在羅馬台伯河畔的一座城堡，靠近教廷梵蒂岡。切里尼曾經因為被控偷了教宗冠冕上的寶石而遭到監禁於此。

197 譯註：Pleasant Meadow 在華爾登湖南方，佳港灣的海岸邊。

讓給了氣色紅潤的小溪，
麝鼠一溜煙地跑過，
水銀般滑溜的鱒魚，
自在樂悠游。」198

我在搬到華爾登湖之前，曾經考慮過要住到那裡去。我「釣」過蘋果，躍過溪流，嚇跑了麝鼠與鱒魚。有很多個漫長的午後，日子長到好像時間用不完似的，那一天正是這樣的日子，彷彿會發生很多事情，覺得應該要將大部份時間用於我的自然生活——儘管我出發時下午已經過了一半。走到半路，突然下起傾盆大雨，逼得我在一棵松樹下，藉著頭頂層層疊疊的樹枝和一條手帕擋雨，一躲就是半個鐘頭；最後，我終於站到水深及腰的湖裡，揮竿越過一大片梭魚草，結果突然驚覺頭上一片烏雲罩頂，雷聲也開始轟隆作響，聲聲逼近，就算我要裝做沒聽見都不可能。雷神一定很得意，我心想，可以用分叉的閃電嚇跑一位手無寸鐵的可憐漁夫。於是我匆匆忙忙地跑到附近的一間小屋避雨，這屋子離任何道路都有半哩遠，不過卻離湖邊很近，也已經很久都沒有人住了——

「此處為詩人所築，
在那久遠的年代，

因為你看，這不起眼的小屋，

正駛向毀滅的道路。」

繆思女神如是說，不過我卻發現那裡現在住著一位約翰．菲爾德，一個愛爾蘭人，跟他的太太和幾個小孩。大男孩長著一張大餅臉，已經會幫父親工作，才剛剛跟著父親從泥塘跑回來避雨；還有一個尖頭嬰兒，像西碧兒[199]似的長著滿臉皺紋，正坐在父親的腿上，彷彿身處王公貴族的宮殿，其實是在家中，又濕又餓又好奇地看著陌生人，那是嬰兒獨有的特權，不知道自己是貴族血脈的最後香火，是世界的指望，而不是約翰．菲爾德家中那個面黃肌瘦、可憐兮兮的小傢伙。我們就這樣一起坐在屋頂下漏水最少的地方，屋外則是雨勢滂沱、雷電交加。早在將這一家子運到美國來的那艘船蓋好之前，我就已經在這間屋子裡坐過好多次了。這個約翰．菲爾德顯然是個老實勤奮但是卻胸無大志的人；而他太太也是一位勇敢的女性，在那個高高的爐台前煮了一餐又一餐，圓臉上永遠都沾滿了油垢，身上也幾乎衣不蔽體，卻仍然一心想著總有一天能夠改善自己的生活。她成天抹布不離手，但是家裡卻看不出任何效果。同樣也是跑進來躲雨的雞，在房間裡昂首闊步，彷彿是家中的一份子，我覺得他們太像人了，似乎不適合烤

198 譯註：本章引用的詩句都出自 Ellery Channing 的《伐木工人與其他詩篇》（*Woodman and Other Poems*, 1849）詩集中的〈貝克農莊〉（Baker Farm）。

199 譯註：Sibyl 是希臘神話中的一個預言家，據說活到很老。

來吃。他們站在那裡，直視我的眼睛，還特地跑來啄我的鞋子。這時，屋主開始跟我說起他的故事，說他如何辛苦地為附近一名農夫「挖泥塘」，用一把鏟子或泥鋤翻遍整個草原，代價是一英畝十美元以及為期一年在這塊土地上施肥耕作的權利；他那個大餅臉的兒子一直興高采烈地跟在父親身邊工作，一點也不知道父親談了一筆多麼糟糕的交易。我試著用自身經驗來幫助他，跟他說我們是近鄰，我也跟他一樣要靠自己謀生，所以才會像個遊手好閒的人一樣，到這裡來釣魚；我說，我住的房子整齊、明亮又乾淨，但是花費卻還不到這間像是廢墟的破屋子一年所需的租金，如果他願意的話，他可以在一、兩個月內就蓋好一座屬於自己皇宮；我還說，我不喝茶、不喝咖啡，也不吃奶油、牛乳和新鮮肉品，所以就不需要為了買這些東西去工作；而且呢，因為我不拼命工作，也就不必拼命吃喝，因此在食物上的花費就微不足道；但是因為他喝茶又喝咖啡，要吃奶油、喝牛乳、吃牛肉，所以他就得拼命工作掙錢來支應這些花費，而在拼命工作之後，又得要拼命吃喝，才能補回耗損的體力——到頭來，收支只能勉強打平，甚至還入不敷出，然後又因為他對現狀不滿，於是浪費了一生在工作上。然而，他還是認為到美國來是得大於失，因為在這裡，每天都可以喝到茶和咖啡，也可以吃到肉。可是，真正的美國應該是一個讓你可以自由追求生活模式的國度，在這裡你不需要這些東西也可以過得很好；應該是一個不會強迫你去支持奴隸、戰爭和其他不必要支出的國度——這些支出都是因為吃了這些東西而直接或間接導致的結果。我刻意跟他說了這些話，將他視為哲學家或是想要成為哲學家的人；如果人類開始彌補他們所造成的傷害，導致所有的草原都維持在原始的野生狀態，那我應該非常樂見這樣的結果。人不需要研讀歷史，也應該知道什麼東西對他的文化最好。可是呢，唉！愛爾蘭人的文化竟然是需要用道德泥鋤這等工具去挖掘的事業。我跟他說，因為他這麼辛苦地挖泥塘，所以需要穿厚靴子和結實耐用的衣服，而且還會很快就弄髒或是穿破，反觀我只需要輕鞋薄衣，花費不到他的一半，可是他還可能認為我穿得像個紳士一樣呢（儘管根本就不是那麼一回事）。如果我願意的話，只需要花一、兩個鐘頭的時間，就當是休閒活動一樣，不費吹灰之力，就可以抓到夠我吃兩天的魚或是賺到足以供我一週花費的錢。如果他跟家人的生活可以簡單一點，那麼他們可以一起去採越橘莓，悠閒地度過夏天。聽到這裡，約翰嘆了一口氣，他太太則雙手叉腰凝視著我，兩人顯然都在思索他們是否有足夠的錢去過這樣的生活，家計是否可以撐得過去。對他們來說，這就如同僅靠猜測行舟，不知道該如何靠港，因此我想，他們最後可能還是以自己的方式，勇敢地面對生活，全力以赴吧——他們沒有這樣的技術，不懂得利用細楔子來劈開巨大的木材，不知巧取，只會豪奪，就像是握住滿是荊刺的薊，只落得滿手鮮血淋漓。他們艱苦奮戰，卻處於完全不利的地位；唉呀，約翰．菲爾德，不懂得計算過日子，是注定要失敗的啊！

「你釣過魚嗎？」我問道。「有啊，我休息的時候偶爾會去釣魚，抓到好些很好的黃鱸魚。」「你用什麼做餌？」「我用魚蟲抓銀光魚，然後用銀光魚做餌去釣鱸魚。」「你該去工作了，約翰，」他太太說著，臉上閃爍著希望之光。可是約翰有些遲疑。

此時，風雨已經停了，東方樹林上空出現一道彩虹，預示著晴朗的黃昏，於是我起身告辭。

走出門外，我又跟他們要了一碗水喝，希望有機會看看他們的井底，完成我對此地的勘查；可是啊，唉呀，那口井很淺，井裡又有流沙，井外的繩索斷裂，舀水的木桶也壞到無法修復。在這個時候，他們總算選了一個合適的容器，裝了一碗看似蒸餾過的水，幾經波折延宕，這才終於送到口渴之人的唇邊——還來不及放涼，也來不及沉澱雜質。我心想，就是這樣一碗像稀粥的水在維持著這裡的生命；於是我巧妙地搖搖碗，摒除雜質，然後閉上眼睛，為了這真誠好客而乾杯。遇到這種牽涉禮貌的問題，我是不會太挑剔的。

風停雨歇之後，我離開那個愛爾蘭人的家，再次轉向，往湖邊疾行，想要去抓梭魚，如此涉水走過幽靜的草原，走過泥淖和沼澤，走過荒涼原始的地方，卻突然想到：對我這樣一個念過書、還上過學院的人來說，這種匆促的腳步似乎顯得太過瑣碎而微不足道；但是當我肩上披著彩虹，朝著滿天紅霞的西邊跑下山坡時，耳邊依稀聽到微弱的叮咚聲響從滌淨的空氣中傳來，彷彿是我的守護神不知道在哪裡對我說——去吧，每天都要去遙遠廣濶的地方捕魚打獵——更遙遠、更廣濶的地方——在許多的溪畔爐邊休息，毋需驚懼不安。要記得你在年輕時的造物主，在黎明前放下所有的憂慮，起身去冒險；到了中午就已經來到其他的湖邊，夜晚時分來臨，也可以四處為家。沒有比這裡更寬廣的田野，也沒有其他更值得一玩的遊戲。依照你的天性狂放撒野吧，就像這些蘆葦與灌木，永遠都不會變成英國乾草。讓雷鳴咆哮吧，就算會摧毀農夫的作物，那又如何？那並不是它給你的任務。當別人跑到車內或棚子底下避雨時，何不就躲在雲下？不要讓謀生成為你的志業，只要把它當成娛樂就好。好好地享受這片大地，卻不必據為己有。人類就是因為缺乏冒險精神與信念，才會變成今天這個樣子，只會做買賣，像農奴一樣浪擲生命！

哦，貝克農莊啊！

「景色中最豐富的風光，
是一點點無邪的陽光。」

「無人在此奔放陶醉，
在你用柵欄圍起來的草原。」

「你從不與人爭辯，
也從不為疑惑所困，
現在的你一如初見時的溫馴，
仍舊一身樸素的土布軋別丁。」

「愛者來，恨者亦來，
聖靈的子民，

國家的蓋伊・佛克斯[200]，
將陰謀高懸在
最強硬的樹椽上！」

到了夜晚，人總是溫馴地從鄰近的田裡或街上回家，因為近在咫尺，所以家裡的回音依然在耳邊繚繞，正是因為生命一再吸著自己吐出來的氣息，導致他們的生命枯萎憔悴；無論是清晨或夜晚，他們的身影所及之處，只比自己的腳步稍遠一點。我們應該每天都遠遊，到遠方冒險、經歷危難、挖掘新發現，然後才帶著新的經驗與性格回家。

我還沒走到湖邊，約翰・菲爾德就回心轉意，在新的衝動之下，決定日落之前不再去「挖泥塘」。可是他這個可憐人卻只釣到兩條魚，而我卻收獲了一長串；他說這是他的運氣，可是當我們在船上互換位置之後，運氣也跟著互換。可憐的約翰・菲爾德！——我相信他不曾讀過這篇文章，除非他願意改善生活——想在這個原始的新國度，用某種從舊國度衍生出來的方法過活——用銀光魚釣黃鱸魚！我必須承認，有時候，那是還不錯的魚餌。他的眼界就只有這樣，他是窮人，天生就貧窮，還繼承了愛爾蘭的貧窮或貧困的生活，繼承了亞當他老祖母那種陷入泥淖的生活，因此他跟他的後世子孫都無法在這個世界上飛黃騰達——除非他們那雙長了蹼、在泥塘中涉水的腳跟能夠生出翅膀。

200 譯註：Guy Fawkes（1570-1606），英國天主教會成員，一六〇五年，密謀以火藥炸掉上議院失敗而遭到處決。

更高法則

我拖著漁竿，帶著釣來的那一串魚，穿過森林回家的途中，天色已經相當昏暗，突然瞥見一隻土撥鼠一溜煙地穿越我眼前的小徑，一股莫名而令人顫慄的野性喜悅油然而生，好想一把抓住它，生吞活剝地吃下肚；倒不是我當時飢腸轆轆，而是渴望它所代表的那種野性與自由。然而，當我住在湖畔的那段日子裡，確實有一、兩次，像是餓個半死的獵犬，帶著某種怪異的自我放縱，在森林裡尋找可以吃的鹿肉或什麼的，不管吃了什麼，都不覺得自己野蠻。連最野性的景象都莫名地覺得熟悉起來。我發現自己——到現在還是如此——跟大多數人一樣，都有一種本能，想要追求更高等或是所謂的精神生活；但是同時又有另外一種本能，一種追求原始階級的野蠻本能。我對二者都同樣的尊重。我愛野性生活，不亞於愛良善生活；像是釣魚中所包含的野性與冒險，就讓我情有獨鍾。有時候，我會想看看原始階級對生活的影響，想要過著更像是動物的生活。我對大自然的親近熟悉，或許要歸因於從很年輕時就開始釣魚打獵吧。這些活動讓我們走進大自然的景色之中，並且讓我們一直留在其中，否則以那個年紀來說，應該沒有機會認識大自然。漁夫、獵人、伐木工人和其他人在田野森林之中度過他們的一生，從某個特別的角度來說，本身也成為大自然的一部份；他們在工作的餘暇，也比哲學家甚或詩人更有閒情逸致去觀察大自然，因為後者是帶著期望去看大自然的。大自然從來不害怕向他們展現自我。旅人走到草原就自然成為獵人，走到密蘇里河與哥倫比亞河的源頭就自然成為捕獸者，走到聖瑪麗大瀑布[201]就自然成為漁夫。旅人若只是走馬看花，就只能學到二手的片面知識，不能算是權威；唯有實際經歷或是憑本能過生活的人所寫下來的科學報告，才最讓我們感興趣，因為那才是真正的**人性**，或者說人類經驗的記錄。

有人說北方佬沒有太多的公定假期，又不像在英格蘭的老老少少有那麼多的遊戲可玩，所以就沒有什麼娛樂，其實大錯特錯，因為我們這裡有更原始又孤獨的釣魚狩獵和其他類似的餘興活動，都還沒有被遊戲取代。在我那個年代，幾乎每一個英格蘭的男孩在十到十四歲之間，都曾經扛著槍去捕獵野禽，而且他們漁獵的場所還不像英格蘭的貴族那樣僅限於保留地，而是比野蠻人狩獵還要更無邊無際的大自然；難怪他們不常在公有地玩耍。不過這種情況已經悄悄地在改變，不是因為人性增加，而是因為獵物減少，或許獵人都成了那些遭到捕獵的動物最好的朋友，連人道協會也不例外。

此外，當我住在湖邊時，也希望吃點魚，增加飲食的變化。事實上，我跟最初的漁夫一樣，都是出於同樣的需求才去捕魚。不管我編造出什麼人道理由來反對捕魚，都顯得虛偽做作，而且也只是出自哲學思考，並非感情。我這裡說的只是釣魚，因為我老早就對捕獵野禽有不同的看法，也在搬到森林來之前就把槍給賣了；這不是因為我比別人不人道，而是因為我不覺得釣魚會傷害到我的感情。我不同情魚，就如同我不同情蟲子，這是一種習慣；至於捕獵野禽，在我還擁有獵槍的最後那幾年，總是以自己在研究鳥類學為藉口，而且只找新的或是稀有的鳥類品種。但是我必須承認，現在的我認為還有更好的方法去研究鳥類，那需要更密切地觀察鳥類的習性，即使只是為了這個理由，我也願意放下獵槍。然而，儘管有人從人道的立場反對打獵，我還是懷疑是否有其他同樣有價值的休閒活動可以取而代之；我有一些朋友會憂心忡忡地跑來問我，該不該讓他們的兒子去打獵，我總是回答說應該——因為我永遠都記得那是我所受過的教育中最美好的一部份——應該叫他們去打獵，雖然起初只是當作休閒活動，但是如果可能的話，或許最後會成為真正的獵人，如此一來，他們就會發現，不論在這裡或是任何一座荒野森林裡，都再也找不到更大的獵物或是更好的遊戲——成為獵「人」的獵戶或捕「人」的漁夫[202]。到目前為止，我跟喬叟筆下的修女有一致的看法，她

「根本不管聖典怎麼說，

說獵人不是聖潔之人。」[203]

201 譯註：The Falls of St. Mary 位在美加邊界的蘇必略湖與休倫湖之間，形成兩國的自然邊界。
202 譯註：聖經〈馬可福音〉記載，耶穌對漁夫西蒙及其兄弟安德烈說：「來跟從我，我要叫你們得人如得魚。」
203 譯註：引文出自喬叟（Geoffrey Chaucer）的《坎特伯里故事集》（*Canterbury Tales*），不過原文說的是僧侶，而不是修女。

無論是個人的生命歷史或是人類種族的歷史，都會有一段時間，認為獵人是阿爾岡昆人[204]口中所說的「最好的人」。我們不得不同情那些從來不曾開過槍的男孩，他們不會因此更慈悲人道，但是他的教育卻遭到無情的忽視。對那些下定決心去追求打獵的男孩，這就是我的回答，因為我相信他們很快就會脫離那個人生階段。在脫離輕狂年少的階段之後，沒有任何一個人還會無端地去謀殺任何生物，因為那些生物就跟他一樣擁有生存的權利。野兔在極端的情況下，也會像孩子一樣哭泣。我跟你們說吧，為人母者，我的憐憫心是博愛的，未必有人與動物的區分。

年輕男性最常以這種方式認識森林，也是他們最原始本性的一部份。他們去到森林，先是打獵、釣魚，到最後，如果他們有慧根的話，就會在心裡植下更美好的生命種子，找出正確的目標，可能成為詩人或自然學家，就會永遠放下獵槍與釣竿。在這個層面，大部份的人都依然——或許也永遠都會——停留在年少輕狂的階段；在某些國家，也常會見到打獵的牧師，像這樣的牧師或許會成為很好的牧羊犬，卻無法成為好牧羊人[205]。想一想，除了伐木、鑿冰或其他類似的工作之外，就我所知，唯一能夠讓我同鎮鄉親，無論是父親或是孩子，在華爾登湖停留上大半天的活動，就只有釣魚這一項了，這還真是讓我感到意外呢。通常，除非他們能釣到一長串魚，否則就不會認為自己走運或是覺得花這些時間很值得，但是他們卻沒想到有機會看到這座湖就是最大的收獲；他們可能要來上一千次，那些釣魚激起的污泥才會沉澱到湖底，他們的目的也才會變得清澈，不過這種淨化的過程無疑是一直持續進行的。州長和他的議會成員可能都不太記得華爾登湖了，他們小時候都去那裡釣過魚，但是現在年紀大了，身份也太尊貴，所以不能去釣魚了，於是也就永遠都不認識這座湖——儘管如此，他們還是冀望最後能夠上天堂。就算立法機關曾經想起這座湖，主要也是為了立法限制能夠在湖裡使用魚鉤的數量，但是他們對於能夠釣起這一片湖光山色的鉤中之鉤，也就是以立法機關為餌的釣鉤，可就一無所知了。由此可見，即使最原始的人也會經歷獵人的發展階段。

這幾年來，我不斷發現每次去釣魚之後，都會減少一點對自己的尊重，而且屢試不爽。我跟許多鄉親一樣，釣魚技術純熟，也都擁有不時就會復甦的釣魚本能，可是每當我釣完魚，就會覺得如果沒有釣魚或許會更好一點。我想我並沒有弄錯。那是一種隱約的暗示，就如同黎明的第一道曙光。毫無疑問的，我確實有這種屬於比較低階創造力的本能，然而一年一年地過去了，我也愈來愈不像漁夫，雖然也沒有因此變得更慈悲，甚或更有智慧；到現在，我就完全不是漁夫了。但是我知道，如果我再次回到荒野生活，這樣的本能會再次被激發，而熱切地想要去釣魚、打獵。此外，這種肉食的飲食習慣，本身就有一種不乾淨的本質；我也開始看出家事和因此衍生的辛苦工作是從何而來的，每天要保持整齊體面的外表，保持家裡的乾淨清潔，沒有異味，得要花多少精神。我自己身兼屠夫、洗碗工和廚子，同時也是那個享受佳肴的紳士，

204 譯註：Algonquins 是居住在加拿大的一支北美印地安人。
205 譯註：在聖經《約翰福音》第十章中，耶穌自比為好牧羊人。

因此我可以根據這種異常完整的經驗來說幾句話。我反對吃肉最實際的理由就是不乾淨；更何況，我抓了魚之後，要洗、要煮，最後吃掉，但是基本上還是不能餵飽我的肚子，所以那是無意義且沒有必要的，成本遠高於效益。一點點麵包和一些馬鈴薯也有同樣的功效，但是卻少了許多麻煩與不潔。我跟許多同儕一樣，已經有很多年都沒有吃肉，沒有喝茶或咖啡等等，倒不是因為我發現這會有什麼不良影響，而是因為不符合我的想像。因此，對肉食的厭惡不是經驗使然，而是一種本能。從許多方面來說，粗茶淡飯的清苦生活顯得更美麗，雖然我沒有真的身體力行，但是卻可以滿足我的想像。我相信，任何人若是曾經熱衷於保存自己最佳狀態中較高或詩性的機能，都會特別想要戒絕肉食，甚至戒絕任何過多的食物。昆蟲學家說——這是我在柯比與史班斯[206]的書裡看到的——有一個重要的事實，就是「有些處於最完美狀態的昆蟲，雖然有進食器官，卻沒有使用」；他們堅持奉行「一個基本原則，就是在這種狀態下，幾乎所有的昆蟲吃得都比他們在幼蟲階段要少。貪吃的毛毛蟲蛻化成蝴蝶之後」……「還有狼吞虎嚥的幼蛆變成蒼蠅之後」，就只要吃一、兩滴蜂蜜或其他甘甜的汁液就飽了。蝴蝶翼下的腹部仍然是幼蟲的形態，正是這一小口珍饈，引來了他們食蟲的天敵。那些大口吃肉的人，就處於幼蟲的狀態；若是整個民族也都處於這樣的狀態，就會缺乏天馬行空的想像力，看他們腆著肚皮的樣子就可以看得出來！

要烹調出這樣一份簡單、乾淨又不會與想像力抵觸的餐食，並不是一件容易的事；但是我認為，在我們餵飽身體的時候，也要同時餵養我們的心靈；二者應該在同一張餐桌上平起平坐。

或許這是可以做到的。若是我們有節有度地吃水果，就不必為自己的食欲感到慚愧，也不至於打斷我們更有價值的追求；不過，若是在飯菜中加入過多的佐料，就可能對你有害。在生活中費心烹調豐盛的食物並不值得；大部份的人若是被人看到自己正在親手準備這樣一頓豐盛的餐飲，不論是葷食或素食，也都會像是每天由他人為其準備餐食一樣，感到羞愧。除非我們改掉這種錦衣玉食的習慣，否則就不配稱為文明人；即使是上流社會的紳仕淑女，也稱不上是真的男人和女人。這當然就指出我們應有的改變。若要苦苦追問想像力何以不能跟肉類與脂肪和平相處，恐怕是徒勞無功，因為我已經知道他們互不相容，這樣就夠了。說肉食者鄙，不就已經是一種指責了嗎？沒錯，人類大半都可以靠著獵殺其他動物維生，事實也確實如此，但是那終究是一種可悲的生活方式——任何一個設陷阱捕捉野兔或是宰殺羔羊的人都知道——如果有人願意教導大家只吃比較純淨、比較有益健康的食物，就會被奉為整個種族的恩人。不論我自己的生活方式為何，但是全體人類在逐漸進化的過程中，終究會脫離肉食的習慣，就如同野蠻部落在接觸到比較開化的文明之後，就會停止吃人一樣，這是人類命運的一部份，我對此深信不疑。

如果人類聆聽他天賦中最微弱卻始終不輟的呼聲——這呼聲當然是真的——他看到的不是這個聲音會引領他走到什麼極端甚至瘋狂的境地，反而是通往他應該走的道路，而且他會愈來

206 譯註：William Kirby（1759-1850）和 William Spence（1783-1860）合著的《昆蟲學導論》（*An Introduction to Entomology*）。

愈堅決，也愈來愈虔誠。一個心智健康的人覺得應該要反對的理由，儘管是最薄弱，但是只要夠堅定，最後終將戰勝全體人類的論辯與習慣。除非曾經誤入歧途，否則人是不會聽從自己的天賦。雖然結果可能導致身體虛弱，但是或許沒有人說這個結果讓人感到懊悔，因為這樣的生活符合更高的法則。如果你用愉悅的心去迎接每一個日夜，如果你的生活散發出如鮮花香草般的芬芳，如果生命變得更有彈性、更星光燦爛、也更不朽——那麼你就成功了。大自然的一切都在為你慶賀，你也隨時隨地都有祝福自己的理由。最大的收獲與價值往往都最不容易領悟，很容易讓人懷疑他們是否存在，因此很快就遺忘了；其實他們才是最高的現實。或許最振聾發聵也最真實的事實，從未在人與人之間交流傳遞。我在日常生活中的真實收獲，也跟清晨或黃昏的色調一樣，難以捉摸又無從形容；那是我捕捉到的星塵微粒，是我握在掌心的一片彩虹。

然而，就我個人的生活來說，我從未過分挑剔；有時候，在必要時，連一隻炸田鼠，也讓我吃得津津有味。我也很高興自己只喝水，喝了這麼長的時間，理由跟我喜歡自然的天空更勝於鴉片煙鬼的天堂一樣。我很樂於永保清醒，但是酣醉卻有無窮的等級。我相信智者只適合喝水，畢竟酒不是那麼高貴的飲品；試想，一杯熱咖啡會如何擊碎整個早晨的希望，一杯茶又會如何破壞夜晚的美夢啊！唉呀，當我受到他們的引誘時，是何等的墮落啊！連音樂都可能讓人陶然欲醉！這些看似微不足道的原因曾經摧毀過希臘、羅馬，如今也會摧毀英格蘭和美國。在所有醉人的元素裡，誰會不喜歡醉在自己呼吸的空氣中？我反對長時間做粗工重活的原因之中，最嚴重的一個就是那會迫使我暴飲暴食；不過老實說，我發現自己現在對這方面已經沒有那麼挑剔，比較少將宗教帶上餐桌，飯前也不再禱告，倒不是因為我比以前有智慧，而是——我必須承認——因為不論何等遺憾，隨著年歲增長，我也愈來愈駑鈍、愈來愈冷漠了。或許只有在年輕時才會關心這些問題吧，就像大部份的年輕人仍舊相信詩一樣。我的實踐「不在任何地方」，但是我的看法卻在這裡。然而，我不敢奢望自己可以像《吠陀經》裡說的那些享有特別恩典的人一樣，說「真誠信仰那無所不在、至高無上真神的人，可以吃世間萬物」，也就是說，不必去問吃什麼東西，是誰替他們準備的；但是要注意的是，即使是這些人——正如印度教的評論家所說的——《吠陀經》裡也說這樣的恩典只局限在「危難時刻」。

有時候，我們會從食物中獲得難以言喻的滿足，無關食慾，純粹就只是想吃而已；像這樣的經驗，誰不曾沒有過？粗俗的味覺讓我產生心靈的洞察，或是經由味蕾而爆發靈感，或是吃了山坡上的莓果滋養了我的天分，想到這些，都讓我感到激動振奮。「心不在焉，」曾子說，「視而不見，聽而不聞，食而不知其味。」[207] 能夠分辨出食物真正滋味的人，絕對不會貪食；至於食不知味的人，就正好相反。清教徒若是胃口粗俗，就算只吃黑麥麵包皮，也跟市議員吃甲魚沒有什麼兩樣；因為玷污人的並不是他送進嘴裡的食物，而是吃東西的胃口。那既不是質，也不是量，而是人類對口腹之欲的執著；如果我們吃進肚子裡的食物，不是為了維持我們的身體機能，也不是為了啟發我們的精神生活，那就只是餵養了佔據我們身體的迴蟲而已。獵人吃了泥龜、麝鼠和其他這類的野味，跟淑女吃牛蹄做的果凍或是遠洋來的沙丁魚，其實二者並沒

207 譯註：語出《大學》。

有兩樣；只不過獵人去湖泊磨坊裡找，淑女去醃菜鍋裡尋。奇怪的是，他們——還有你我——怎麼能過這種像牲畜般的污穢生活呢？鎮日吃喝。

我們整體生命崇尚道德的程度高的驚人，善與惡的爭戰也從未有一刻休兵。善是唯一永遠都不會失敗的投資。豎琴那震顫的樂聲傳遍世界，但是唯有對善的堅持，才讓我們感動。豎琴是宇宙保險公司的巡迴營業員，喋喋不休地向我們推銷公司的法則，而我們必須支付的代價就是一點小小的善行。雖然年輕人終究會變得冷漠，但是宇宙的法則卻不會，也永遠跟那些最敏銳的人站在一起。仔細聆聽微風帶來的責備吧，因為確實就在其中，那些聽不到的人真是太不幸了！我們只要觸摸琴絃或移動琴柱，就會感受到美妙的道德寓意帶給我們的震撼。許多討人厭的噪音遠傳千里，還被視為音樂，那真是我們卑賤生活中引以為傲的甜蜜諷刺啊！

我們都意識到自己心裡住著一隻禽獸，只要我們較高等的天性睡著了，就會伺機而動。那是卑劣的肉體感官，或許無法完全排除，就像佔據我們身體的迴蟲一樣——即便你是健康地活著。也許我們可以遠離這隻禽獸，卻無法改變他的天性，恐怕他本身也是身強體健，所以我們或許可以活得很好，卻不能保持純淨。那天，我撿到一個野豬的下頦骨，白色的利齒獠牙都還完整無缺，顯示這隻動物擁有異於精神層面的健康與活力，以節制和純淨以外的方式活著。「人之所以異於禽獸者，」孟子說，「幾希。庶民去之，君子存之。」[208] 如果我們能夠保持純淨，誰知道生命會變成什麼樣子？如果我知道有智者可以教我如何保有純淨，我會立刻上門求教。「《吠陀經》宣示，能夠控制我們的情慾，控制身體的外在感官，乃是心靈近神的必要途徑。」

然而，精神可以暫時滲透並控制身體的每一個部份與機能，將形式上粗鄙的感官情慾轉化成純淨與虔誠奉獻。如果我們放縱生殖的精力，就會放蕩形骸，讓我們變得不潔；反之，我們若是加以克制，則會讓我們充滿活力與啟發。貞節是人的花朵，而所謂天賦、英雄和神聖之類的東西，只不過是開花之後結出來的各種果實而已。當純淨的水渠一開放，人類就立刻奔流向上帝。我們的純淨與不潔輪流啟發我們或是讓我們沉淪，能夠確保內心獸性日漸衰亡的人，就會受到庇佑，從而建立自己的神性，但是也許找不到這樣的人，而我們每一個人都會因為與低下、野蠻的天性為伍而感到羞愧，恐怕人類最多就只是像農牧之神或森林之神這樣的神或者半人半神，是神性與獸性結合的結果，是貪圖口腹之欲的生物，而在某種程度上，我們的生命本身就是一種恥辱：——

「這人是何等快樂！在適當的地方，
安頓好內心的獸性，清除心裡的雜樹林！

＊　＊　＊

利用他的馬、牛、狼與每一隻野獸，
不用像驢一樣為其他動物做苦工！
否則人不只是一群豬，

208 譯註：語出《孟子》離婁下。

而且也是惡魔，低著頭
向前猛衝，更加魯莽狂妄！」209

感官淫慾以各種不同的形式出現，其實歸根究底就只有一個；所有的純潔也只有一個。不論一個人是大吃大喝、男女姘居或是起居淫蕩，其實都是同一種慾望，我們只要看到一個人做了其中一件事，自然就會知道他是怎麼樣放蕩淫慾的人。不潔污穢不能與純真潔淨平起平坐。爬蟲類動物若是在巢穴的一端遭到攻擊，就會從另外一端現身。如果你要保持貞潔，就得有所節制。貞潔究竟是什麼？一個人怎麼知道自己是否貞潔？他當然不知道，因為我們雖然聽說過這樣的美德，卻從來不知道究竟是什麼。我們只會道聽途說。要辛勤努力才會有智慧與貞潔，偷懶怠惰就會導致無知與淫慾。以學生來說，心靈上怠惰的習慣就是一種淫慾；不潔之人也是懶惰之人，這是舉世皆然的——他們只會閒坐爐邊等著吃飯，日上三竿猶未起床，即使不勞動疲憊也躺著休息。如果你想避開不潔和所有的罪惡，那就認真工作吧！哪怕是清掃馬廄。天性很難克制，但是一定要克制。如果你不比異教徒純潔，如果你不能比他們更克制自己的欲望，如果你不能比他們更虔誠敬神，那麼就算你是基督徒又有什麼用呢？我知道有很多被視為異教的宗教組織，他們的戒律會讓讀者自嘆不如，甚至激勵他們更努力向上——雖然只是履行儀式而已。

我不願意去談這些事情，倒不是因為話題的關係——我從來不在意我的文字有多麼猥褻——而是因為只要一談，就洩漏了我本身的不潔。我們暢所欲言地談論某一種形式的淫慾，卻對另外一種形式三緘其口；我們已經墮落到無法單純地談論人性基本機能的地步。古時候，在某些國家，會以崇敬的態度面對每一種身體機能，甚至立法規範。對印度教教規的立法者來說，沒有什麼事情是微不足道的，不管對現代人的品味來說，是多麼的失禮；他們不憚其煩地教人如何飲食、同居、排泄、便溺等等，提高卑賤之事的地位，而非以此乃瑣事為藉口，就避而不談。

每一個人都是寺廟的建築師，以自己的軀體為廟，奉獻給他崇拜之神，用的是自己的風格，即使他想鑿大理石雕像來取代，也做不到。我們也都是雕塑家與畫家，用的素材就是我們自己的血肉骨骼；任何尊貴的德性都會立刻顯現在他的面容儀表，反之，任何卑賤肉慾也都會讓他貌若禽獸。

一個九月的黃昏，農夫約翰在一天辛苦勞動之後，坐在家門口，腦子裡或多或少還在想著他的工作。他沐浴淨身之後，坐下來，休養自己的知性精神。那一天相當涼，有些鄰居擔心會降霜。他才搭上自己的思想列車沒多久，就聽到有人在吹笛，樂聲與他的心境一致。雖然他還在想著工作，但是思想的重擔——儘管仍然在他的腦子裡奔馳，而他也不由自主地繼續籌劃工作——卻不太會影響到他，就跟皮膚上不斷掉落的皮屑沒有兩樣。然而，從他工作領域之外傳來的笛聲，卻是聲聲入耳，似乎喚醒了他體內某些沉睡的機能；樂聲輕柔地吹走了街道、村落

209 譯註：引文出自英國詩人John Donne（1573-1631）的〈致愛德華．赫伯爵士〉（To Sire Edward Herbert）。

和他所處的現狀，有個聲音在對他說——你可以過著更榮耀的生活，為什麼要留在這裡，過著如此卑微而辛苦的日子？在其他的田裡，星光同樣閃耀。——但是要如何脫離現狀，搬遷到那裡去呢？他能想要的方法，就是開始過著簡樸嚴格的新生活，讓他的心回到體內，再來尋求救贖，然後用日益增長的敬意來對待自己。

野生的鄰居

有時候，我的一位漁友會從鎮上的另外一邊穿過村落到家裡來找我，於是我們的社交活動就是一起捕捉午餐，然後一起吃掉[210]。

隱士。不知道這個世界此刻在做什麼。這三個鐘頭來，我連香蕨上的蝗蟲聲音都沒聽到，鴿子也都在他們的巢裡睡著了——沒聽到他們不安的振翅聲。這是從樹林後方傳來，呼喚農夫回去吃午飯的號角聲嗎？農民回家去吃煮熟的鹹牛肉，喝蘋果酒，配玉米餅。人為什麼要擔心那麼多呢？不吃不喝的人也就不必工作。我在想，不知道他們的收成有多少？誰要住在那個被狗吠吵得無法思考的地方？噢，還要打掃房子呢！把那魔鬼的門把擦得晶亮，還要在大白天裡刷洗浴缸！還是不要有房子比較好！嗯，不如住在樹洞裡好了！在那裡，白天會有誰來串門子？晚上又有誰會來晚宴？只有啄木鳥來敲門。啊，他們總是成群結隊，而且那裡的太陽太烈；對我來說，他們也太世故了。我有從泉裡打來的水，架上有黑麥做的麵包——你聽！我還聽到樹

210 譯註：梭羅的漁友就是詩人 Ellery Channing，也是接下來對話中的詩人原型。

葉颯颯作響呢！是村子裡哪隻沒吃飽的獵犬耐不住本性，跑到林子裡來追捕獵物了嗎？還是據說在這座林子裡走失的那隻豬？我曾經在雨後看過他的足跡呢。他腳步甚快，讓我的漆樹與野薔薇都為之震顫——欸，詩人先生，是你嗎？你還喜歡今天這個世界嗎？

詩人。你看那些高掛在天空的雲！這是我今天看到最精彩的一幕，在古老的畫裡看不到，在國外異鄉也看不到——除了當我們在西班牙外海時，那是真正的地中海的天空。因為我必須討生活，而且今天又還沒吃東西，所以我想，不如去釣魚吧。那才是詩人真正的行業，也是我唯一學會的手藝。走吧，一起去吧。

隱士。我無法拒絕。我的黑麥麵包快要吃完了。我非常樂意與你同行，但是要再等一下，因為我正在認真地沉思冥想，就快要結束了，我想應該很快就會結束。所以，暫時先別打擾我。但是你可以先去挖一些釣餌，免得耽擱太久。這一帶的土壤從來都沒有施過糞肥，所以很少看到蚯蚓，這個種族近乎絕跡了。當一個人的肚子不是很餓的時候，挖釣餌幾乎稱得上是跟釣魚一樣有趣的遊戲；今天我就讓你一個人去吧。我建議你到遠處長了地豆的地方下鏟，就是聖約翰草隨風搖曳的地方，我想，只要你像是除草那樣挖起草根，我可以跟你保證，每鏟三次土，就會抓到一隻蚯蚓；或者，如果你願意走遠一點，那也不失為一個好方法，因為我發現好的釣餌會跟距離的平方呈正比，走得愈遠，挖得愈多。

隱士獨白。我想想看，剛剛想到哪裡？我想，我差不多是想到這裡：這世界以這樣的角度閒散地存在。我該上天堂，還是去釣魚呢？如果我匆匆忙忙地結束這次的冥想，下一次還會有這等甜美的機會嗎？我剛剛幾乎就要與萬物的本質融為一體，是我生命中從未有過的體悟，我擔心這樣思想可能再也不會回來。如果有用的話，我願意吹口哨將他們喚回來。當思緒不請自來時，我們還說：先讓我想一想，這樣做明智嗎？我的思緒未曾留下足跡，因此再也找不到思路了。我剛剛想的是什麼呢？那天的霧色凝重，我還是試試孔夫子說的那三句話吧，或許能夠找回剛剛的思想狀態；我也不知道那狀態會是垃圾場，抑或是初萌芽的狂喜。要記得：這樣的機會只有一次。

詩人。現在可以了嗎，隱士？還是太早？我抓到了十三條完整的蚯蚓，還有一些殘缺不全或是體型太小的，連魚鈎都幾乎鈎不住，但是可以用來釣較小的魚苗。村子裡的蚯蚓實在太大了，連銀光魚都飽餐一頓了，可能還沒碰到魚鈎呢。

隱士。好吧，那麼，咱們走吧。我們去康科德河好嗎？如果水位不高的話，那裡還挺好玩的。

為什麼只有我們眼前所見的這些事物構成一個世界呢？為什麼人只能與這些種類的動物為鄰呢？彷彿只有老鼠能夠填補這個空隙似的！我猜，皮爾培[211]利用動物堪稱用到極致了吧，因為他們都是馱貨物的動物，所以從某個角度來說，也承擔了我們部份的思想。

常在我家裡作祟的老鼠可不是普通那種據說從國外引進的老鼠，而是本地的野生品種，在

211 譯註：Pilpay 又名 Bidpai，據信是梵文寓言《益世嘉言集》（*Hitopadesa*）的作者。

村子裡看不到的。我曾經送過一隻給某位傑出的自然學者，他也深感興趣。我在蓋房子的時候，就有一隻在屋子底下築窩；在我還沒有鋪設第二層地板，甚至還沒掃掉木屑之前，他就固定會在午餐時間跑出來，到我的腳邊撿拾食物的碎屑。他可能從未見過人類，很快就變得熟門熟路，甚至爬上我的鞋子和衣服。有時，他也會一時興起，從房間的牆壁往上爬，像松鼠一樣，連動作都很像。後來，有一天，我手肘倚在工作枱時，他爬上我的衣服，沿袖而下，在盛著我午餐的紙邊不停地打轉；我將食物拉近我身邊，跟他玩起躲貓貓，最後，我終於用大姆指和食指捏起一小塊起司，放在桌上不動，他就過來，坐在我的手上，開始啃了起來；食畢，又像蒼蠅一樣，清理自己的臉和爪子，然後走開。

不久，有隻燕雀到我小屋裡築巢，也有一隻知更鳥在屋外的松樹上尋求庇護。六月，有隻鷓鴣鳥（*Tetrao umbellus*）——這種鳥是出了名的害羞——帶著她的孩子，從屋後的森林走到屋子前面，正好經過我的窗前，只聽到她像母雞似的，一直咯咯地叫喚著子女，這樣行為也證明了她是森林裡的母雞。你只要一靠近，在母親的一聲令下，孩子們立刻一哄而散，像是一陣旋風掃落葉，而他們還真的很像枯枝黃葉，有許多行人根本就不知道有這麼一群鄰居，一不小心就會一腳踩進一窩幼雛，這時候就聽到母鳥颼地一聲飛起來，焦慮地叫喚著，或是看到她用力拍動翅膀，分散他的注意力；有時候，親鳥會羽翼不整地在你面前打轉翻滾，讓你一時無法察覺他們是什麼生物，而幼鳥則蹲在地上文風不動，常常將頭埋在樹葉底下，一心只注意母親在遠處下達的指令，即使你走近，他們也不會跑，以免洩漏了行蹤。你甚至可能已經踩到了他們，但是低頭看了一分鐘，仍然沒有發現他們。有那麼一次，我攤開手掌，將幼雛放在掌心，他們還是一樣聽從母親和本能的指揮，蹲在我手上，不驚不懼，也不顫抖。這樣的本能真是太完美了！有一次，我將幼雛放回樹葉上，其中一隻不小心從葉片上掉了下來，但是十分鐘後，又看到他回到原來的位置，跟其他雛鳥團聚。鷓鴣幼鳥不像大多數鳥類的幼雛那樣稚嫩，羽翼也頗豐，甚至比小雞還要早熟；他們睜著穩重安詳的大眼睛，出奇成熟卻又帶點天真的神情，格外令人難忘，彷彿從中反射出所有的知性。他們代表的不僅是嬰兒般的純潔，同時也是經驗洗練出來的智慧。這樣的眼眸不是跟著鳥兒生下來的，而是與眼中映照出來的天空同樣久遠。像這樣的寶石，在林子裡找不到另外一顆。行人不常注意到這麼清澈透明的水井，無知又莽撞的獵人反倒在這個時候射殺親鳥，讓無辜幼雛淪為覓食鳥獸的獵物，或是隨著神似他們的樹葉一起逐漸腐爛。據說，鷓鴣鳥若是由母雞孵化，只要受到一點驚嚇，就會四散奔逃，然後走失，因為他們從未聽過母親召集他們的呼喚。這些就是我養的母雞與小雞了。

這麼多的野生動物在森林裡自由而秘密地生活著，卻又在城鎮附近覓食，只有獵人注意到他們，還真是神奇啊。你看水獺在這裡生活是多麼的偏僻幽靜！他們可以長到四呎長，幾乎像個小男孩一樣大，或許還沒有人曾經瞥見過他們的身影。以前，我曾經在蓋房子那個地方後面的森林裡看過浣熊，或許現在也還能聽到他們在夜裡的低鳴。通常，在耕作之後，到了中午時分，我會在樹蔭下休息一、兩個鐘頭，吃午餐，在泉水邊看點書——那個泉水從離我田地約半哩處的布里斯特山下湧出來，是一個沼澤與一條溪流的源頭。要走到這裡，必須先經過一連串下坡的低谷草地，草地上長滿大王松幼樹，然後再走進沼澤邊一處較大的森林。到了那裡，在一棵枝椏蔓生的白松樹下，一個非常隱密又有樹蔭的地方，有一片乾淨結實的草皮可以坐。我挖掘那裡的泉水，自己造了一口井，井水清澈，略呈灰色，即使放水桶下去打水，也不會攪渾井水；在仲夏時分，當華爾登湖水最熱的時候，我幾乎每天都去那裡打水。在那裡，山鷸也會帶著孩子到泥沼裡抓蟲子，母鳥沿著井邊，在幼鳥頭上約一呎的半空中飛行，幼鳥則成群結隊地在底下跑；但是她只要一看到我，就會拋下幼鳥在我的身邊打轉，愈飛愈近，直到約四、五呎，還假裝折翼或斷腿，企圖吸引我的注意，讓她的孩子得以逃跑，此時，孩子們也在她的指揮之下邁開步伐，一邊發出尖細的啁啾聲，一邊排成一列，穿過沼澤。有時候，我只聽到幼鳥的啁啾聲，卻沒有看到母鳥的身影。另外，還有斑鳩會來，或是棲坐泉邊，或是在我頭頂上方的白松軟枝之間飛來飛去；或者還有紅松鼠，攀著最近的那根樹枝跑下來，跟人特別親近，也特別好奇。你在森林裡一些誘人的地方坐著不動，只要時間夠長，就會看到林子裡的居民一個個輪流現身。

我也曾經目睹性質沒有那麼和平的事件發生。有一天，我到戶外的木柴堆——或者毋寧說是樹樁堆——看到兩隻大螞蟻激烈互鬥；一隻是紅的，另外一隻黑的，體型要大的多，幾乎有半吋長。他們一旦開始交戰，就怎麼樣都不會放手，彼此爭鬥、糾纏，並且在木片上不停地翻滾。再看遠一點，赫然驚覺木片上到處都是這樣的戰士，這可不是雙人決鬥，而是大規模的戰爭，兩個螞蟻種族之間的戰爭；紅螞蟻總是跟黑螞蟻交鬥，經常是兩隻紅的對付一隻黑的。在我那個木柴堆上，滿坑滿谷都是這群邁爾彌頓軍團[212]，而地面上則早已屍橫遍野，有紅的也有黑的。那是我唯一親眼目睹過的戰役，也是我唯一在戰火還在猛烈燃燒時就親自履踏的戰場，一場相互殘殺的戰爭，一邊是紅色的共和派，另外一邊則是黑色的保皇黨。他們在各方殊死決戰，人類士兵絕對不曾如此堅決地戰鬥，但是我卻聽不到任何金鳴交戰之聲。在木片之間，那個陽光普照的小小山谷，我看到兩隻螞蟻彼此緊緊地纏鬥在一起，此刻才是正午時分，他們就已經準備鏖戰到日薄西山，或是到耗盡生命為止。身形較小的紅軍戰士像鉗子似的緊緊地咬住對手的腦門，無論在戰場上如何的翻滾，都始終緊咬著他一根觸鬚的根部，另外一根觸鬚則早就已經咬斷了；至於比較強壯的黑螞蟻則是左右開弓，猛攻對手，待我走近觀瞧，才發現對手的肢體早已殘缺不全了。他們鬥起來，比鬥牛犬還要更固執，沒有絲毫撤退的意思，顯然他們在戰場上的口號就是：「不戰勝，毋寧死！」就在這個時候，一隻紅螞蟻單槍匹馬地從山谷的邊坡走來，一副士氣昂揚的模樣，要不是已經解決掉對手，就是還沒有出征；或許是後者吧，因為他的肢體仍然完整，想來他母親訓誡過他，如果不能帶著盾牌回來，就躺在上面被人抬回來。[213]或者他自己就是阿基里斯，先是一個人在旁邊生悶氣，如今衝出來搶救他的帕特羅克洛

212 譯註：Myrmidons，請參見譯註143。
213 譯註：斯巴達人以驍勇善戰聞名，據古希臘作家普魯塔克（Plutarch）的「斯巴達婦女語錄」（Sayings of Spartan Women）第十六章的記載：斯巴達婦女在送兒子上戰場前，會將盾牌交給兒子，並且訓誡他們：「帶著盾牌回家，不然就躺在上面。」

斯或是為其復仇。[214]他從遠處看到這場勢力懸殊的戰事——因為黑螞蟻的體型幾乎是紅螞蟻的兩倍——於是他快步走近，直到逼近交戰雙方約半吋遠的地方才止步，站在一旁戒護；然後，待時機成熟，立刻撲向黑蟻戰士，對著他右前腿的根部展開攻勢，根本不顧對手反擊自己身上的哪個部位；於是，三隻螞蟻緊密交纏在一起搏命，彷彿發明出某種新型的引力，讓其他的鎖和水泥膠材都相形失色。到了這個時候，就算我發現他們各自都有樂隊站在突起的木片上，為他們吹奏自己的國歌，激勵落後的戰士，同時也為垂死的戰士加油打氣，我也不會太訝異。就連我自己也看得血脈賁張，彷彿他們是人類似的；其實，你愈是深入去想，愈覺得二者之間的差別不太。的確，在美國的戰爭史上，或者說，至少在康科德的戰爭史上，都沒有哪一場有案可查的戰役，無論以參戰人數或是以表現出來的愛國情操與英雄主義來說，可以跟我眼下的這場戰役相提並論。以參戰人數和死傷之慘烈來說，這可比奧斯特立茲或德勒斯登之役[215]。康科德戰役！愛國派[216]這邊有兩人捐軀，路德·布蘭查德[217]受傷了！為什麼這裡的每一隻螞蟻都是巴崔克呢[218]？——「開槍！看在上帝的份上，開槍啊！」——數以千計的士兵與戴維斯和霍斯莫[219]殊途同歸。這裡可沒有傭兵，我毫不懷疑他們也是為了原則而戰，就跟我們的先祖一樣，不只是為了逃避三便士的茶葉稅而已；這場戰役的結果，對相關人等來說，至少都跟碉堡山之役[220]一樣重要而值得永誌不忘。

我將剛剛特別描述了有三隻螞蟻在上面鏖戰的木片撿了起來，帶回家裡，放在窗台上的一個玻璃杯底下，以便觀察後續發展。我拿著放大鏡觀察最早提到的那隻紅螞蟻，發現他雖然已經咬斷了敵人僅存的那根觸鬚，同時還死命地咬著對手前腳附近的身軀不放，但是他自己也已經被開腸剖肚，露出胸膛內的重要器官任憑黑蟻戰士啃囓，而黑蟻的胸前護甲顯然太厚，不是他的利齒可以刺穿的；受難者的眼睛閃爍著深紅色的光芒，宛如紅玉寶石，充滿了只有戰爭才能夠激發出來的殘暴與兇狠。他們在玻璃杯下又多纏鬥了半個鐘頭，等我再去看時，那黑武士已經讓兩名對手身首異處，還活著的兩顆頭懸在他的兩側，像是兩個陰森森的戰利品，掛在馬鞍前橋上，顯然還是一樣緊咬著他不放；而黑武士自己也是氣若遊絲地苦苦掙扎，想要甩掉那兩顆頭——他損失了兩條觸鬚，僅存的一條腿也只剩半截，不知道還有多少傷口——又過了半個鐘頭，他終於成功了。我拿起玻璃杯，看到他跛著腳爬過窗台；至於他最後是否活下來，在

214 譯註：帕特羅克洛斯是阿基里斯的密友，原本阿基里斯拒絕加入阿格曼儂（Agamemnon）攻打特洛伊城的戰爭，後來因為帕特羅克洛斯參戰，被赫克特所殺，於是阿基里斯也加入戰爭，為友復仇。

215 譯註：Austerlitz 與 Dresden 都是拿破崙戰爭中著名的戰役，分別發生於一八〇五年十二月二日與一八一三年八月二十六至二十七日，總共損失了八千餘名將士。

216 譯註：在美國獨立戰爭爆發之前，北美的殖民者立場分歧，支持獨立的被稱為愛國派（Patriots），而支持效忠英王的則被稱為效忠派（Royalists）。

217 譯註：Luther Blanchard 是出身麻州艾克頓鎮的橫笛手，一七七五年四月十九日在康科德鎮，當英軍發動第一次攻擊時，他可能是第一個在戰場上受傷的美國人。

218 譯註：在美國獨立戰爭中，John Buttrick 少校率領五百民兵在康科德戰場參戰，當時愛國派受命不得開槍，但是在英軍開始射擊之後，Buttrick 也大喊：「Fire! For God's sake, men, fire!」因此打響了獨立戰爭的第一槍.

219 譯註：Isaac Davis 和 David Hosmer 是在康科德戰役中唯一陣亡兩個美國人。

220 譯註：Battle of Bunker Hill，又稱為 Battle of Breed's Hill，是美國獨立戰爭中在一七七五年六月十七日發生的戰役，但是地點是麻薩諸塞州查爾斯鎮的的布里德山，而不是附近的碉堡山。

傷兵院內度過餘生，那我就不知道了，但是我認為他的勤勉奮戰以後大概再也派不上用場。我始終都不知道最後誰打贏了這場戰役，也不知道戰爭的源由，但是那一整天，我都覺得好像在自家門口目睹了一場人類的鬥爭、兇殘與屠殺，讓我心情為之激動而痛苦。

柯比與史班斯告訴我們，螞蟻大戰受人稱道由來已久，戰役的日期都有記載，不過據說，在近代作家之中，好像只有胡伯[221]曾經親眼目睹。「恩尼亞．席維歐[222]，」他們說，「非常詳盡地記錄了一棵梨樹上大小兩個種族的螞蟻之間的頑強奮戰之後」，又補充說道「『此戰役發生在恩仁四世[223]任內，在場觀戰的還有知名律師尼可拉斯．皮斯托瑞恩西斯，他同時也萬分忠誠地記錄了完整的戰役史。』烏勞斯．馬格努斯[224]也記錄了另外一場大小兩種螞蟻之間的類似戰役，這場戰役由小蟻族獲勝，據說他們還會替自己這一方的陣亡戰士埋葬屍體，讓體型較大的敵人屍首淪為鳥類的獵物。這場戰役發生在暴君克利斯帝恩二世[225]遭到驅離瑞典之前。」我目睹的戰役則發生在波爾克總統[226]任內，在韋伯[227]的「逃亡奴隸法」通過的五年之前。

許多村子裡的狗行動遲緩，只能在儲藏食物的地窖裡追泥龜，或是在主人不知道的情況下，到森林裡來活動一下笨重的四肢，嗅嗅老狐狸的巢穴或是土撥鼠的窩，不過也是徒勞無功；也許是哪隻瘦小而靈活的野狗領著他們入林，在森林裡穿梭，但是仍然可能引起林中居民的自然恐懼——此刻，他落後嚮導一大截，對著一隻爬到樹上觀望的小松鼠狂吠，叫起來像是扮成狗的牛似的；然後，他又慢慢地跑開，笨重的身軀壓彎了樹叢，想像自己在追逐哪隻走失的跳鼠家族成員。有一次，我還很意外地看到一隻貓沿著圓石湖岸走，因為他們很少離家這麼遠；

她也被我嚇了一跳，不過這隻溫馴的家貓雖然成天都躺在地毯上，到了林子裡，顯然也怡然自得，而且從她神秘鬼祟的行為看來，證明她比森林裡常見的居民還要更像是土生土長的林間動物。有一次，我去林子裡撿野莓時，看到一隻野貓帶著小貓，幼貓雖小，但是野性不減，全都跟著他們的母親一樣拱起了背，對著我呲牙裂嘴。在我搬到森林裡來的前幾年，我在林肯鎮最靠近華爾登湖的農莊裡，也就是吉利安·貝克先生的農莊，看過一種所謂的「長了翅膀的」貓；一八四二年六月，我去看她的時候，她正好到森林裡去打獵，這是她的習慣（我不確定此貓是公的還是母的，所以就採用比較常用的代名詞），但是她的女主人跟我說，她大概是一年多前在四月的時候，來到這附近，後來才住進他們家裡；她的毛色呈深棕灰色，喉頭有一處白點，腳也是白的，長了一根毛茸茸的大尾巴，像是狐狸似的；到了冬天，身體兩側的皮毛增厚，向外攤平，形成約十或十二吋長、兩吋半寬的帶子，下巴處則像是皮手筒，上面的毛鬆鬆的，下面則像是毛氈；等到春天來了，這些增生的皮毛就會脫落。他們還送我一雙她的「翅膀」，我

221 譯註：Pierre Huber，1777-1840，瑞士昆蟲學家。
222 譯註：Aeneas Silvius，1405-1464，是教宗庇護二世（Pope Pius II）的本名，他同時也詩人與歷史學家。
223 譯註：Pope Eugene IV 在 1431-1447 年間擔任羅馬教廷的教宗。
224 譯註：Olaus Magnus，1490-1588，瑞典歷史學家、天主教傳教士。
225 譯註：Christiern the Second，1481-1559，丹麥、挪威和瑞典國王，在一五三二年遭到罷黜，並終身監禁。
226 譯註：James K. Polk，1795-1849，於 1845-1849 年擔任美國總統。
227 譯註：指 Daniel Webster，1782-1852，麻薩諸塞州的參議員，一八五〇年通過的「逃亡奴隸法」（Fugitive-Slave Bill）並非由他領軍起草，但是他卻協助此草案在國會通過。

也保留至今，毛上並沒有一層薄膜。有人認為她可能有飛鼠或其他野生動物的血統，那也不無可能，因為根據自然學家的說法，貂與家貓交配可以產生非常多的混種。如果我要養貓的話，這種貓最適合我不過了。詩人的貓為什麼不能跟馬一樣長出一對翅膀呢[228]？

一如往常，潛鳥（*Colymbus glacialis*）總在秋天到湖裡換毛、沐浴，也總是在我起床之前，就讓林子裡充斥著他野性的笑聲。一聽到潛鳥來了的傳聞，全水車壩的獵人都提高警覺，或是搭乘雙輪馬車、或是步行，三三兩兩地扛著獵槍、子彈和望遠鏡，來到湖邊；他們窸窸窣窣地穿過森林，像是秋天的落葉，每一隻潛鳥都至少有十位獵人在盯著。有些駐守在湖的這一邊，有些在那一邊，因為可憐鳥兒不可能無所不在；如果他從這邊潛入湖水，勢必得從那一邊鑽出水面。所幸，仁慈的十月秋風吹起，吹得落葉颯颯作響，也吹縐了湖面，掩護了潛鳥的行蹤，儘管他的敵人拿起望遠鏡掃過湖面，槍聲在整座森林裡迴盪，卻聽不到、也看不到任何一隻潛鳥。水波既興，憤然衝擊，與水禽站在同一陣線，我們的獵人只好撤退，回到鎮上和店裡，繼續做完他們未完成的工作。但是，他們還是比較常得手。我清晨拎著水桶去打水的時候，經常看到這種威嚴堂皇的鳥從我的岬灣游出來，離我只有幾杆；如果我奮力划船超過他，想看看他靈活的動作，他就會潛入水裡，完全消失，讓我再也找不到，有時候，要到當天稍晚的午後才會再見到他。但是在水面上，他就不是我的對手了。他常常在下雨時就飛走。

在一個非常平靜的十月午後，我沿著湖的北岸划船，因為像這樣的日子裡，他們特別喜歡浮游於水上，正如沼澤乳草喜歡潛在水下；我在湖上到處看，都沒有看到任何潛鳥，說時遲那時快，一隻潛鳥突然在我面前幾杆的地方從岸邊游向湖心，他那野性的笑聲洩漏了他的行蹤。我用單槳划船追著他，他潛入水裡，但是等他再次浮出水面，我卻比剛才更接近。他再次下潛，可是我錯估了他前進的方向，於是等到他再度浮起來時，我們就已經相距五十杆了；是我拉開了我們之間的距離，這一次，他有比剛才更好的理由可以仰天長笑了。他在水中的身手敏捷，我無論如何都無法拉近到六杆以內；每當他浮出水面，總是左右擺頭，冷靜地考察水陸地形，顯然在選擇正確的方向，讓他浮出來的時候能夠擁有最寬廣的水域，又跟小船距離最遠。驚人的是，他斷事果決，而且立刻付諸行動，很快就誘導我進入最寬闊的水域，再也無法將他趕回岸邊。他在腦子裡運籌維幄的時候，我也忙著在我的腦子推測他的想法；這是一盤美麗的棋局，就在如鏡的湖面上進行，人類與潛鳥的對弈。突然間，對手的棋子下到了棋盤底下，而問題是你必須將棋子下到最接近他會重現的地方；有時候，他會出其不意地在我的另外一邊現身，顯然是從船底下鑽過去的。他一口氣能憋得好長，又不知疲憊為何物，經常游到最遠處，才浮上來換口氣，又立即潛入水中，任誰也猜不到在平靜湖面下的湖水深處，他是在哪裡像條魚似的快速前進，而且他有時間、又有這樣的能力可以游到最深的湖底。據說在紐約，曾經有人用釣鱒魚的魚鈎，在湖面下八十呎深處釣到潛鳥——不過華爾登湖還要更深就是了。當魚群看到這隻來自另外一個世界的笨拙訪客，快速地從他們之中游過，你能想像他們會有多驚訝！然而，他在水底一如在水面上，完全能夠掌握自己的方向，而且還游得更快。有一、兩次，我看到他

228 譯註：指 Pegasus，希臘神話中長了翅膀的飛馬，也是繆思女神的座騎，經常被比喻成文人的靈感泉源。

游近水面，在湖面上漾起朵朵漣漪，而他只是探頭出來勘查一下，又立刻潛入水裡。我發現與其估算他會在哪裡現身，還不如放下船槳，等著他重出水面，因為不只一次，當我朝著一邊的水面極目翹望，他卻在我身後一陣怪笑，讓我大吃一驚。可是，說也奇怪，他如此狡猾地來無影去無蹤，但是最後出現時為什麼總是要大笑洩漏自己的行跡呢？他胸前的白色羽毛，不就已經足以洩露他的行蹤了嗎？我想，他還真是一隻傻鳥啊。他出現時，我通常都會聽到水花聲，所以也能偵測到他的方位。如此過了一個鐘頭之後，他似乎還是一樣的精力充沛，也跟第一次下水時一樣開心，甚至還游得更遠。看到他浮出水面時，胸前的羽毛一絲不亂，依然安詳優雅地向前游動，只有長了蹼的雙腳在水底划動，真是讓人吃驚啊！他通常的聲音就是如惡魔般的怪笑，還有一點像是水鳥的聲音；可是偶爾，當他極成功地擺脫了我，游到很遠的地方才出水時，會發出拉長的陰森嚎叫，或許根本就不像鳥鳴，還更像狼嚎，就好像野獸將嘴貼著地面故意發出來的嚎叫聲。這就是潛鳥的叫聲——也許是這附近最野性的聲音，回音在森林裡傳得既遠又廣。我後來認定，他的笑聲是在嘲笑我白費功夫，同時炫耀自己的本事。雖然此時天空已有浮雲遮蔽，但是湖水依然平靜無波，雖然聽不到他的聲音，卻還是可以看到他在哪裡破水而出。他胸前的白色羽毛、靜止的空氣和無波的湖面，全都對他不利，讓他無從遁形。最後，他在五十杆外的水面現身，發出一聲拉長的嚎叫聲，彷彿召喚潛鳥之神來助他一臂之力，果不其然，從東邊刮來一陣風，吹縐了湖面，天空也下起濛濛細雨；我深受感動，彷彿潛鳥的祈禱獲得神明的回應，他的神在對我發怒，於是我就讓他在遠方洶湧的湖面上消失了。

在秋日裡，我常常花好幾個鐘頭，看著野鴨靈敏地在湖裡游來游去，始終都在湖心，遠離獵人；如果他們是在路易斯安那的河口，就不太需要練習這種技巧。有時候，當他們被逼到不得已的時候，會飛得相當高，繞著湖打轉，像是天空中的黑點；從那樣的高度，他們可以輕易地看到其他的湖泊與河流。每當我以為他們已經飛到其他地方，他們又會從四分之一哩的高空斜飛而下，輕巧地落在湖面遠處沒有人的地方；但是他們飛到華爾登湖的湖心，除了安全之外，還有什麼其他理由，我就不得而知了，除非他們跟我有同樣的理由，深愛著這片湖水。

屋內取暖

十月，我到河岸的草地去採葡萄，滿載而歸，大串大串的葡萄讓人珍愛，倒不是因為其為食物，而是因為他們的美麗芬芳。我也喜歡小紅莓，雖然我不採擷，但是他們像上了蠟的寶石，是如茵綠草上的墜飾，一顆顆紅色的珍珠，可惜農民都用醜惡的耙子去採收，讓光滑的草地糾結成一團，又漫不經心地只以蒲式耳與金錢來衡量他們的價值，再將從草地掠奪來的戰利品販賣到波士頓和紐約；他們注定要擠成果醬，滿足那些自然愛好者的味蕾。屠夫也是這樣任由野牛的舌頭耙過草原的綠地，毫不憐惜那些遭到撕裂和低垂的植物。小檗的果實色彩豔麗明亮，我也同樣只把他們當做眼睛的食物；不過我倒是採了一些業主和旅人都很少注意到的野生蘋果，回家以文火燉煮來吃。當栗子成熟時，我貯存了大約半個蒲式耳準備過冬；在那個季節，漫遊在林肯鎮當時仍無邊無際的栗木林中——如今他們都成了鐵軌下的枕木，從此高枕長眠不醒——真是令人興奮啊！我在肩上揹著袋子，手裡拿著木棍，用手剝開栗子殼外的芒刺，因為我總是等不及霜降[229]；樹葉窸窸窣窣作響，紅松鼠與松鴉高聲叱喝，有時候我還會偷他們吃了一半的堅果，因為他們選的栗子裡一定有最好的果實。偶爾，我還會爬到樹上去搖樹。我房子後面也有栗子樹，其中一棵大的，幾乎遮蔽了整個房子，在開花的時候，就是一把特大的花束，香氣傳遍整個鄰里，不過松鼠和松鴉幾乎吃光了所有的果實，尤其是松鴉，總是一大早就成群結隊地飛來，在栗子落地之前，就撿走了芒刺裡的堅果。我把這些樹讓給他們，自己走遠一點，到滿滿都是栗子的森林裡去。這些栗子在某種程度上是很好的麵包替代品；或許還能找到更多其他的替代品吧。有一天，我在挖魚餌的時候，發現了成串的地豆（*Apios tuberosa*），那是原住民的馬鈴薯，也是一種很棒的果實，讓我開始懷疑，我是不是真的像我以前說過的那樣，在小時候曾經挖來吃過，只是沒有想到而已。以前我就常常看過他縐兮兮、毛茸茸的紅色小花，靠著其他植物的莖桿支撐著，只是不知道就是同樣的東西。農耕幾乎讓他滅絕了。地豆吃起來甜甜的，口感很像是經過霜凍的馬鈴薯，而且我發現用煮的比用烤的好吃。他的塊莖似乎是大自然給人類的含糊承諾，答應會撫育自己的孩子，並且在未來的某個時期，用這種植物簡單地餵養他們。在這個牛肥馬壯、穀浪翻騰的年代，這種謙卑的根莖——曾經是某個印地安部落的圖騰——早就被人遺忘了，只知道會開花的蔓藤；可是，讓野生的大自然再一次統治這裡看看，那些柔弱精選的英國穀物恐怕會在萬千敵人面前消失，但是不用人類操心，烏鴉可能會將最後一顆玉米種子啣回印地安之神在西南方的廣大玉米田裡，據說，最早就是他們將種子啣到那裡去的；可是，現在幾乎已經絕跡的地豆，卻可能會熬過霜寒與蠻荒，再次茁壯復甦，證明自己才是土生土生的品種，回復當年做為獵人部落主食的重要性與尊嚴。這一定是某個印地安族的瑟雷斯與米娜瓦[230]發明、並賜給人類的禮物；當詩歌開始統治此地時，他的枝葉與成串的豆子可能成為我們的藝術品。

九月一日，我就已經看到湖對岸有兩、三棵楓樹轉紅，就在水邊岬角，三棵白楊木的白色枝椏分叉交錯之下。啊！他們的顏色蘊涵了多少故事啊！如此周復一周，每一棵樹的個性逐漸顯現出來，映照著如鏡湖面裡的倒影，顧影自憐。每天早上，這大自然畫廊的經理就會換上一些新畫，取代牆上的舊畫，也換上更出色、絢麗、和諧的色彩。

十月，上千隻大黃蜂飛到我的小木屋過冬，他們在窗內和頭頂的牆上築巢，有時候會嚇得訪客不敢進門。每天清晨，當黃蜂被凍僵時，我會將他們掃出去，但是不會特地趕走他們，甚至還會因為他們認為我的房子適合居住，而感到沾沾自喜呢。雖然他們與我同榻共枕，但是並不會造成嚴重的干擾，而且會逐漸躲進連我自己都不知道的縫隙，躲避嚴冬與難以言喻的寒冷。

我也跟黃蜂一樣，在十一月終於躲去避冬之前，經常到華爾登湖的東北邊取暖；在那裡，從大王松林與石岸邊反射的陽光，讓這個角落成了湖的暖爐邊。如果可能的話，利用太陽取暖會比人工生火更令人愉悅，也更有益健康；因此，我利用夏日的餘燼取暖，就如同是獵人生火後離開留下的火堆。

229 譯註：栗子殼上的芒刺會在降過霜之後自動裂開。

230 譯註：Ceres 和 Minerva 分別是羅馬神話中的農業之神與智慧之神。

當我準備要砌煙囪時，還特地研究了砌石技術，因為我用的二手磚必須先用泥刀刮乾淨，所以我對磚塊與泥刀的特質有了過人的了解。磚塊上的灰泥已經有五十年的歷史，據說還會益發牢固；不過，這是人類喜歡一再重覆的傳聞，也不管是真是假；像這樣的傳聞本身就會隨時年歲增加而益發牢固，黏得更緊，這些自以為聰明的智慧需要用刮刀用力敲打好幾次，才能徹底刮除。美索不達米亞的許多村落，都是用巴比倫古城留下來的優質二手磚砌成的，那些磚塊上的灰泥年代更久遠，或許也黏得更牢固。但是無論如何，這把鋼製泥刀的堅韌都讓我大開眼界，不管再怎麼用力地敲打多少次，都不會有絲毫的耗損。因為我的磚塊以前曾經砌過煙囪，儘管上面看不到尼布甲尼撒[231]的名字，我還是儘量撿出原來砌壁爐用的磚塊，省事又避免浪費；在壁爐的磚塊之間，我則塞滿了從湖邊撿回來的石頭，也用同一個地方挖來的白砂做成灰泥。我砌壁爐花費了最多的時間，因為這是屋子裡最重要的一個地方。沒錯，我真的是慢工出細活，有時候一早起床開始在地上砌磚，到了晚上，也只砌了幾吋高，正好夠我當枕頭睡覺，可是就我記憶所及，我並不是因此睡落了枕而頭頸酸痛——那是更早以前就有的老毛病。大約在那個時候，有位詩人來與我同住了兩個星期，所以我只好睡在地板上。他自己帶了一把刀來——雖然我已經有兩把了——我們常常把刀插到土裡去磨。他跟我分擔了煮飯的工作。看到自己的作品逐漸成形，結實方正，我也很開心；心想，雖然工作進度緩慢，那也是為了要經久耐用。從某個角度來說，煙囪是個獨立的結構，蓋在地上，穿過屋子，直達天庭；有時候，就算屋子燒毀了，煙囪依然傲世獨立，其重要性與獨立性可見一斑。那是接近夏末的事，現在已然十一月了。

北風已經開始吹冷了湖水，不過得要好幾個星期持續地颳風，才能完全結冰，因為湖水太深了。我在替房屋糊上灰泥之前，就已經開始在晚上生火，這時煙囪排煙的效果特別好，因為牆板上有無數的縫隙。然而，我在那個寒冷通風的房子裡度過好些愉快的夜晚，四周圍繞著滿是節瘤的棕色粗糙牆板，頭頂上則是還有樹皮的椽木；房子塗上灰泥之後，就再也沒有這麼賞心悅目，不過卻舒適的多，這一點，我必須承認。人住的房間不就應該要夠高，在頭頂上留一點朦朧的空間，讓閃爍的光影在屋椽上嬉戲嗎？這些光影形態，比浮雕壁畫或是其他最昂的貴家具更適合奇思幻想，也更能激發人的想像力。我可以說，當我開始利用這間房子來取暖、尋求庇護時，才算是第一次真的住進來。我有幾個老舊的柴薪架，可以架高木柴，跟壁爐的地面保持距離，這樣可以讓我看到煙囪後方的煤灰；那是我自己搭建的煙囪，所以我撥起火來比平常更理直氣壯，也更心滿意足。我的居處很小，小到不會有回音，但是它只有一個房間，又遠離鄰居，所以感覺上好像大了一些。一間屋子裡該有的一切，都集中在一個房間；它是廚房，

231 譯註：Nebuchadnezzar，約西元前634-562，古巴比倫國王，在任內以建造空中花園聞名。據說他的子民擅長以陽光曬製泥磚，而在巴比倫廢墟的磚塊上都可以看到有他名字的戳印。

也是臥室、客廳兼起居室；不論是父母或小孩，主人或奴僕，住在一間屋子可以得到的滿足，我全都擁有了。卡托說，一家之主（*patremfamilias*）在其鄉村別墅一定要有「cellam oleariam, vinariam, dolia multa, uti lubeat caritatem expectare, et rei, et virtuti, et gloria erit」，也就是說，要有「存油儲酒的地窖，要存很多桶，以備日子艱難時可以活得開心；這有益於他的利益、美德與榮耀。」我的地窖裡有一小桶的馬鈴薯和大約兩夸脫的豆子，裡面還帶有象鼻蟲；另外在架上有一點米、一罐糖漿，黑麥粉與玉米粉則各有一配克[232]。

有時候，我會夢想著一間更大、人口更多的房子，矗立在黃金年代，以更堅固耐用的材料建成，卻沒有薑餅圖飾[233]，也還是只有一個房間，一間寬敞、簡樸、實在又原始的大廳，只有光禿禿的椽木與桁條，支撐著一個人頭頂上那片低矮的天堂——適合遮雨擋雪；當你跨過門檻，敬拜過更古老朝代中俯臥的撒圖恩[234]，王柱與后柱[235]自然站出來接受你的致敬；那是一間如洞穴般的房子，你必須高高擎起木柱上的火炬，才能看到屋頂；有些人可能選擇住在壁爐邊，有些人則在窗台壁龕，有些人在長椅上，有些在大廳的這一邊，有些則在另一邊，還有一些人——如果他們喜歡的話——還可以高高地住在椽木上，與蜘蛛為伍；像這樣的房子，你只要打開大門就可以走進去，不需要什麼繁文縟節；疲憊的旅人可以在這裡洗漱飲食，交談休息，不需要再繼續跋涉；這是在暴風雪夜裡，你會希望抵達的一個避風港，擁有房子所需的一切，卻不需要清掃；在那裡，你一眼就可以看盡屋子裡所有的寶藏，人會用到的一切事物都掛在木釘上；那是廚房、食物櫃、客廳、臥室、儲藏室，還兼閣樓；在這裡，你可以看到像是木桶和梯子這樣的必需品，也可以看到像是櫥櫃這樣便利的東西；你可以聽到鍋子在沸騰，可以向煮熟晚餐的爐火與烘焙麵包的爐子致敬；必要的家具與用品就是屋內最主要的裝飾；在那裡，洗好的衣服不必晾到屋外，爐火永遠不會熄滅，女主人也不會感到不便，只不過偶爾會請你挪個位置，不要擋到通往地窖的地板門，因為廚子要下去拿東西，而你也可以趁機偷瞄一眼，不必跺腳就知道腳下的地板是實心或空心的。這屋子的內部空曠，像個鳥巢一樣，你可以從前門進、後門出，都不會看到住在裡面的人；在這間屋子裡做客，就是享有整間屋子的自由，而不是小心翼翼地被排除在八分之七的空間之外，只關在一個特定的小房間裡，然後叫你把這裡當成自己的家——也就是說，獨居監禁。這年頭，主人不讓你接近他的壁爐，反而叫工匠在走廊上的其他地方，另外替你搭建一個，而所謂的待客之道，就是與人保持最大距離的藝術。至於烹飪，也隱藏著許多秘密，彷彿他在密謀要毒死你似的。我知道自己曾經去過很多人的房產，可能也曾經遭到主人依法驅離，但是我卻不記得去過很多人的家。我可以穿著舊衣服走進我剛剛描述的那個屋子，拜訪在裡面過著簡單生活的國王與王后，如果我能討他們歡心的話；但是我若是不小心誤闖進現代宮殿，那麼我唯一想學會的技巧，就是倒退著走出來。

232 譯註：Peck 是英美用來秤乾穀物重量的單位，一配克約等於九公升。

233 譯註：指洛可可風格的漩渦形裝飾，在十九世紀中葉，也就是梭羅那個年代，十分流行。

234 譯註：在羅馬神話中，Saturn 罷黜了他的父親烏拉努斯（Uranus）之後，成為宇宙的主宰，但是後來又被自己的兒子朱比特推翻，於是逃到了羅馬，教導當地人民耕種，開始了羅馬的黃金年代，也被奉為農業之神。

235 譯註：王柱（king post）與后柱（queen post）都是山牆建築結構的一部份，王柱是指三角桁架中從底部支撐到頂點的垂直支柱；而后柱則是沒有支撐到頂點的垂直支柱。

我們在客廳裡使用的語言，似乎已經失去了意義，完全淪為客套空談；我們過的生活與其符號相隔遙遠，各種隱喻和轉義也不得不變得牽強附會，像是用滑行轉盤和升降機送到你面前的菜餚；換言之，就是客廳與廚房、工作室隔得太遠。通常，甚至連晚餐都只是進食的比喻。彷彿只有住得離大自然與真理夠近的野蠻民族，才能向他們借來轉義和比喻。那些住在西北領地[236]和曼島[237]上的學者，又怎麼能夠體會廚房裡的議論呢？

然而，在我的訪客之中，也只有一、兩個敢留下來跟我一起吃碗玉米糊，其他的人看到玉米糊危機逼近，就立刻打退堂鼓，彷彿玉米糊會震垮整間房子似的；然而，我煮過那麼多次的玉米糊，房子仍舊屹立不搖。

我一直等到天氣變冷，才替房子塗上灰泥。為此，我還划船到湖的對岸去拿了一些更白也更乾淨的沙子；這種交通工具總是誘使我在必要時去到更遠的地方。這時候，房子的每一邊都已經從頭到腳釘上了木瓦，而且在釘木瓦時，我總是一鎚就將釘子敲到底，讓我非常得意，因此我立下了雄心壯志，要俐落又迅速地將灰泥從盆子裡塗抹到牆壁上。我想起一個故事，有個自大的傢伙每天穿得光鮮亮麗，在村子裡閒晃，指點工人該怎麼做事；有一天，他心血來潮，突然決定以行動取代言語，於是捲起袖子，拿起灰泥匠的盆子，在抹刀上裝滿了灰泥而且沒有出岔子，他得意洋洋地看著頭頂上的木板，舉起抹刀就大膽地往上塗，結果整坨灰泥都掉在他的衣服前襟，而且還是有褶邊裝飾的華麗衣服，讓他徹底地灰頭土臉，狼狽不堪。灰泥可以有效地擋住寒風，完工後看起來也比較美觀，讓我對灰泥的經濟與便利刮目相看，我也因此知道灰泥匠可能會遭遇的各種傷害。最讓我訝異的是那些磚塊是多麼的飢渴，在我還來不及抹平灰泥之前，就吸乾了其中的水分；還有就是我需要多少桶水才能完成一個新壁爐的洗禮。我在前一個冬天為了做實驗，就已經燒了一些*Unio fluviatilis*[238]的殼，做成少量的石灰，都是我們這邊河裡生長的，所以我很清楚材料的來源；當然，如果我願意費事的話，在方圓一、兩哩內也能找到好的石灰岩，自己來燒石灰。

在此同時，湖裡樹蔭最多、水也最淺的岬灣已經開始結冰，比整個湖面結冰要早了幾天，甚至幾個星期。第一塊冰特別有意思，也很完美，質地堅硬，色澤暗沉且透明，堪稱是觀察淺灘湖底的最好機會，因為你可以整個人趴在只有一吋厚的冰上，就像是水面上的水馬一樣，悠哉地研究只有兩、三吋深的湖底，彷彿是鑲著玻璃的一幅畫，而且此時的湖水總是平靜無波。湖底的沙上有很多溝槽，是某種水底生物爬行過去，又沿原路回來所留下的痕跡；至於殘骸，湖底散落著白石英細砂組成的石蠶殼，或許就是這種生物留下的溝槽吧，因為在溝槽裡也可以看到一些石蠶殼，可是溝槽既寬且深，又好像不會是他們的傑作。然而，湖冰本身就是最有趣

236 譯註：North West Territory 是指現今俄亥俄、印地安那、密西根、威斯康辛和明尼蘇達等州，是一七八三年才取得的土地，在梭羅時代被視為偏避的西部邊界。

237 譯註：Isle of Man 是愛爾蘭海上的島嶼，屬於英國領土。

238 譯註：常見的淡水貝類。

的觀察目標了，不過你得善用最早的機會來研究他們。如果是在剛結凍的當天一大早就來研究的話，你會看到大部份的氣泡，乍看之下以為是在冰層裡面，其實是緊貼在冰層下方表面，而且還有更多的氣泡從湖底浮上來；這時候的冰層算是相當堅硬，顏色偏暗，也就是說，你可以透過冰層看到湖水。這些氣泡的直徑從八十分之一吋到八分之一吋不等，晶瑩透明，非常美麗，透過冰層，你甚至可以看到自己的臉孔映照在氣泡上。每一平方吋的面積裡，可能有三、四十個氣泡；這時候的冰裡已經有一些約半吋長的長形垂直氣泡，呈尖錐狀，頂端朝上；如果冰層才剛結凍不久，那麼更常見到小小的球形氣泡直接疊在一起，像是一串珠子。但是冰層裡的氣泡不像冰層底下的氣泡那麼多、也沒有那麼醒目。有時候，我會扔石頭去測試冰層夠不夠硬，那些敲破冰層的石頭就會帶著空氣沉下去，在水裡形成非常顯著的巨大氣泡。有一次，我丟了石頭之後，相隔四十八小時，又回到同一個地點，發現那些大氣泡仍然很完整，儘管我從冰層邊緣的接縫可以清楚地看到冰層又增厚了一吋。但是過去這兩天非常暖和，像是小陽春，所以現在的冰不透明，呈現湖水的深綠色，湖底也是不透明的灰白色；冰層雖然是兩倍厚，但是卻未必比較堅實，因為這種暖和天氣讓氣泡擴張，凝聚在一起，變得沒有那麼規則；他們不再是一個接著一個地串在一起，反而更像是從袋子倒出來的銀幣胡亂堆疊，或者像是堆疊的薄片，各自佔據一個小縫隙。這時候，冰的美感不復存在，要研究湖底也為時已晚。我很好奇，想要知道大氣泡是在新冰層裡的什麼地方，於是敲下一塊含有中等大小氣泡的冰層，翻過來看；新冰在氣泡的周圍和底下形成，所以氣泡是夾在上下兩個冰層之間，幾乎整個都在下層冰裡，但是也很靠近上層冰，有點扁平，或者說有點像是小扁豆，邊緣是圓的，直徑約四吋，深度約四分之一吋；我同時還意外地發現，氣泡正下方的冰融解得非常規律，形狀像是一個倒扣的碟子，在水和氣泡之間留下薄薄的間隔，厚度幾乎不到八分之一吋；在很多地方，這個間隔裡的小氣泡都朝下爆裂，或許在那些直徑足足有一呎的最大氣泡底下根本就沒有水。我猜，我第一次看到貼在冰層底下的那些無數個細微氣泡，可能也同樣結成冰了，而每一個氣泡也都在不同的程度上扮演放大鏡的角色，聚集光線生熱，融化了底下的冰；這些氣泡就是小小空氣槍，讓冰塊爆裂，發出啵啵聲響。

終於，就在我才剛塗好灰泥時，冬天的腳步真的來了！冷風開始繞著房屋咆哮，彷彿先前沒有獲得允許可以這樣做似的。夜復一夜，即使在白雪覆蓋了大地之後，還是有成群的野雁在夜色中，拍著沉重的雙翼飛到湖邊，發出鏗鏘的鳴聲，還有振翅的呼嘯，有些落在華爾登湖上，有些低飛掠過森林，往佳港湖飛去，目標都是墨西哥。有好幾次，當我在晚上十點或十一點左右從村子裡回來，會在住處後方窪地旁的林子裡，聽到一群野雁，或是野鴨，踩在枯葉上的聲音，想必是去那裡覓食，偶爾還聽到帶隊的野雁或野鴨低聲輕鳴，催促隊員快快離去。一八四五年，華爾登湖在十二月二十二日夜裡首度完全冰封，佛林特湖和其他較淺的湖泊與河流，都在十天或更早之前冰封；一八四六年，是十六日；一八四九年，則大約是三十一日；

一九五〇年，大約是十二月二十七日；一九五二年，是一月五日；一九五三年，也是十二月三十一日。從十二月二十五日起，大地就已經是一片銀色世界，驀然間，我周圍盡是冬日雪景；於是，我更窩居到我的殼裡，盡力保全屋子裡和我胸膛內的熊熊火焰。我現在的戶外工作就是到森林裡撿拾枯木，用手抱回來或是扛在肩膀上帶回來，有時候雙臂各挾著一根枯死松樹，拖回我的小屋。曾經茂密蓊鬱的森林圍籬，現在夠我拖的了；過去他們服侍邊界之神，如今我則將他們祭獻給火神。一個人必須到雪地裡去獵取——不，你大可以說是竊取——燃料來烹煮午餐，是多麼有趣的一件事啊！他的麵包與肉嚐起來會更甜美。我們大部份鄉鎮附近的森林裡，都有各種柴薪與廢木料，足以供應許多人家生火，但是現在卻沒有人利用，反而有些人認為他們妨礙了新生樹林的生長。另外，在湖裡還有一些漂流木。在夏天的時候，我曾經發現一個用大王松樹幹紮成的木筏，樹幹上還連著樹皮，是愛爾蘭人在興建鐵路時拼裝而成的；我將其中一部份拖到岸邊。在水裡浸泡了兩年，又在高地上躺了六個月之後，雖然還沒有完全乾燥，卻是上好的木材。有一個冬日，我在湖面上以圓木滑冰自娛；我將十五呎長的圓木，一頭扛在肩膀，一頭放在冰上，就這樣一根根地滑過湖面，滑了將近半哩遠；又或者用樺木枝條將幾根圓木綁在一起，然後用一端有鈎子而且更長的樺樹或赤楊木，鈎住圓木，拖著橫越湖面。雖然圓木飽含水分，幾乎像鉛一樣重，但是用來生火不但燒得更久，而且火焰也非常熱；不，我認為他們正是因為浸了水，所以才更好燒，彷彿木材裡的松脂被水封住，就像在燈裡面，可以燃燒得更久。

吉爾平[239]在描述英格蘭森林邊界居民時說道：「擅自闖入者侵佔森林，在邊界蓋起了房舍與圍籬」，這樣的行為「以舊的森林法來說，是很大的妨害，會以侵佔土地的罪名受到嚴重的懲罰，藉以 *ad terrorem ferarum—ad nocumentum foresta* 等等」，也就是說，嚇阻打獵和損害森林的行為。但是比起獵人和伐木者，我更關心的是野味與山林的保存，彷彿我就是護林總督本人，即使只有部份的森林焚毀，即使是我自己不小心燒掉的，我也會悲慟逾恆，傷痛的比森林業主更久，也更難以撫平；不僅如此，就算是業主自己砍伐森林，我也會感到悲傷。我希望我們的農夫在砍伐森林時，會跟羅馬人為聖林（*lucum conlucare*）疏林以便讓陽光透進來時一樣，懷抱著敬畏之心；換言之，就是相信森林對某位神祇來說是神聖不可侵犯的。羅馬人在砍樹前會先奉獻贖罪，然後祝禱，敬告這片聖林所屬的神明，請賜福予我、我的家人和子孫等等。

即使在這個年代和這個新國度，我們仍然十分重視木頭的價值，這個價值比黃金更恆久，也更普遍；即使我們有了這麼多新的發現與發明，任何人從一堆柴火旁邊走過，依然不可能視而不見。木頭對我們來說，就如同對我們撒克遜和諾曼的祖先一樣的珍貴；先人用木頭做弓，我們則用來做槍托。三十多年前，米蕭[240]就曾經說過，在紐約和費城，做為燃料的木材價格，「幾乎等同——有時候還會超過——在巴黎最好的木材，儘管這個大都會每年需要三十萬捆以上的

239 譯註：William Gilpin（1724-1804），英格蘭作家、景觀藝術家；這段引文出自他的《森林景觀雜記》（*Remarks on Forest Scenery*）一書。

240 譯註：François André Michaux，1770-1855，法國自然學家，著有《北美林木誌》（*The North American Sylva*）。

柴火，而且方圓三百哩內的土地都已經開墾砍伐殆盡了。」在本鎮，木柴的價格也是穩定上漲，唯一的疑問是：今年要比去年漲多少？技工與商人親自到森林裡來，不為別的，就是為了參與木材拍賣，甚至還願意付高價購買伐木後撿拾落木的特權呢。人類到森林找尋燃料與藝術創造的材料，已經有很多年的歷史。不論是新英格人與新荷蘭人，巴黎人與塞爾特人，農民與羅賓漢，古德·布雷克與海莉·吉爾[241]，還有世界上絕大部份地區的王公貴族與平民百姓，學者與蠻族，都同樣需要森林裡的幾根木柴來取暖烹食。我也不例外。

每一個人都會用充滿感情的目光看著自己的柴火堆。我喜歡將木柴堆放在窗前，劈得愈多，愈能勾起我愉悅工作的回憶。我有一把沒有人要的舊斧頭，在冬天，我會不時地拿起這把斧頭，在屋子向陽的那一面，劈著我從豆田挖掘出來的樹根樁。我在犁田時，替我趕牲畜的人就跟我說過，這些樹根可以讓我暖和兩次，一次是劈木柴，另外一次則是燒木柴，因此沒有其他的燃料可以比得上。至於那把斧頭，別人勸我去找村子裡的鐵匠「磨鍊」一下，可是我磨得比他好，而且還從林子裡找到一根山胡桃木柄裝上去，這樣就行了。斧頭雖鈍，至少修好了。

幾塊富含松脂的松木，就是巨大的寶藏。想到大地腹中還蘊藏著多少這種火焰的糧食，還真是有趣啊！前幾年，我經常去勘查一些光禿禿的山坡，從原本是大王松林的土裡，挖出飽含松脂的松木樹根。那些樹根幾乎堅不可摧。至少三、四十年的樹根，木芯仍然完好無缺，儘管外面的邊材已經成了腐土，厚厚的樹皮在離木芯約四、五吋遠的地方形成圓圈，與地面相齊。你可以用斧頭和鏟子去探勘這座礦場，沿著黃澄澄如牛油的豐富蘊藏，一路往地底深處挖掘，就像是挖到金礦似的。可是我通常都用森林裡的枯葉點燃火堆，也總是在大雪來臨之前先收集好，存放在棚子裡；伐木工人在林子裡紮營時，會將青綠色的山胡桃木劈成細條來生火，我偶爾也會劈一些。當村民在地平線的彼端生起火時，我也以煙囪裡冉冉昇起的輕煙，告知華爾登谷裡的各種野生居民說，我還醒著呢——

長了翅膀的輕煙，你是伊卡魯斯的鳥兒，
在向上飛翔時，融化了你的翼尖，
你是唱不出歌的雲雀，黎明的使者，
在築巢的小村落上空盤旋；
又或者，你是消失的夢，
午夜幽靈的朦朧身影，撩起衣裙；
在夜裡，如薄紗籠罩群星；在日間，
遮蔽了太陽，讓白晝無光；
去吧，我的焚香，從這爐火緩緩上昇，
祈求神明寬恕我這通明的火焰。

241 譯註：〈Goody Blake and Harry Gill〉是英國詩人渥茲華斯的詩作，在詩中提到古德．布雷克拒絕給海莉．吉爾柴火，還詛咒她永遠都無法取暖。

剛剛砍伐下來的青翠硬木——雖然我很少用——比其他木材更符合我的需求。有時候在冬日午後，我會留下旺盛的火焰，出門到林子裡散步；過了三、四個鐘頭，等我回來時，爐火還依然熊熊燃燒著。我人雖然不在，家裡卻沒有空著，彷彿留了一個興高采烈的管家。我跟火一起住在這間屋子裡，通常這位管家還算可靠，不過有一天，當我在劈柴時，突然心血來潮，從窗戶往屋子裡瞧了一眼，看看房子有沒有著火；就我記憶所及，我只有這麼一次對此事特別焦慮。結果，我一瞧，就看到火花燒到了床鋪，我立刻進去滅火，但是卻已經燒掉了一個巴掌大的地方。我的房子位在陽光普照又可以遮風的地方，再加上屋頂低垂，所以在任何一個冬日的白天，幾乎可以任由壁爐火熄滅。

鼴鼠在我地窖裡築窩，啃掉了三分之一的馬鈴薯，還利用塗灰泥時留下來的毛髮與牛皮紙做成溫暖舒適的床鋪；即使最野生的動物也跟人類一樣喜歡溫暖與舒適，也正因為他們如此小心翼翼地保全自己，才能安度冬季。有些朋友說得好像我是故意到森林裡來挨凍的。動物只需要做一張床，就可以在隱蔽的地方以自己的體溫取暖；但是人類發明了火，還用寬敞的房間裝進一些空氣，將房間弄暖之後當成床鋪，這樣就不用磨擦自己的身體取暖，還可以不用穿厚重的衣服在裡面走來走去，即使在冬天也能保有某種夏日，然後再開窗戶讓更多的光線進來，甚至點燈延長白晝。於是，他超越了本能，向前多跨了一、兩步，節省一點時間，留著純粹的藝術。然而，當我長時間曝露在最嚴酷的寒風中，整個身體就開始進入冬眠狀態，等我走進屋子裡那舒適宜人的環境，身體機能就立刻恢復正常，也延長了我的壽命。但是在這方面，那些住在華屋豪宅裡的人就沒有什麼值得誇耀的，我們也不必費心去猜測人類種族最後會如何滅絕；只要來自北方的強風再鋒利一點，就足以切斷我們的生命之線。我們一直記著寒冷的星期五[242]與大風雪[243]，但是只要有一個更冷一點的星期五，或是更大一點的風雪，就足以讓人類在地球上的生存告終。

隔年冬天，我為了省錢，換了一個小爐子煮飯，因為森林不是我的；可是這個小爐子的火不像開敞的壁爐那麼旺，於是整體而言，烹飪這件事，就不再像以前那麼詩情畫意了，就只是一個化學過程。在慣用小爐小灶的這個年代，我們很快就會忘記以前像印地安人一樣，在灰燼裡烤馬鈴薯。爐灶不僅占空間，也讓屋子裡有味道，而且還把火苗遮了起來，讓我覺得好像少了個伴。你在火苗裡總是可以看到一張臉；工人在夜裡看著火，淨化了他的思緒，清除了在白天累積的渣滓與塵土。但是我再也無法坐在火堆前，望著火苗，於是詩人中肯而貼切的詩句又再次浮上我的腦海，產生新的力量——

「明亮的火焰，永遠不要拒絕我，

242 譯註：一八一〇年一月十九日，新英格蘭地區突然遭遇寒流，氣溫在一夜之間降到華氏零度（約攝氏零下十八度）以下。

243 譯註：指一七一七年二月十七日的大風雪；也有一說是指該年十二月十日的大風雪。

親愛的生命之影，親密的同情，
除了我的希望，還有什麼會如此明亮的上昇？
除了我的命運，又有什麼會在夜裡如此下沉？

你為何遭到放逐出我的爐火與廳堂？
你是如此受到歡迎與喜愛啊！
你的存在是否太流於空想，
才因此不見容於我們生活中如此平凡沉悶的光？
你閃爍的明光是否與我們意氣相投的靈魂
竊竊私語？大膽的秘密無法公開？
好吧，我們安全無礙，因為現在
我們坐在爐邊，既無暗影掠過，
也沒有哀愁喜樂，就只有火，
溫暖我們的手腳——別無他求；
在你緊密實用的火堆旁，
人們可以自由坐臥，
不必擔心幽靈從陰暗的過去走出來，

只有無與倫比的木柴火光，伴我們絮語清談。」

——胡珀夫人[244]

[244] 譯註：Ellen Sturgis Hooper，1812-1848，美國詩人。

昔日居民與冬季訪客

當屋外狂風暴雪紛飛，甚至連貓頭鷹都因此噤聲之際，我平安地度過一些愉悅的暴風雪，也在壁爐邊享受一些歡樂的冬夜。有好幾個星期，我去散步時都不見人煙，只有一些人偶爾到林子裡來伐木，再用雪橇將木頭運回村落。然而，惡劣天氣反倒促使我在森林裡積雪最深的地方開闢出一條步道，因為強風將橡樹葉片吹落到我曾經踩過的路徑，樹葉留在地上，吸收了太陽的光線，融化了積雪，不但為我闢出一條乾的道路，到了夜晚，黑色的線條還成了我的嚮導。為了尋找人類同伴，我只好召喚出過去住在森林裡的居民。在許多鎮民同胞的記憶中，我這間屋子附近的道路曾經充滿了居民談笑閒聊的聲音，相鄰的森林裡也到處可見他們的庭院與住所，儘管當時的森林比現在還要更濃密，也更隱蔽。就我記憶所及，在某些地方，道路兩側的松樹林立，枝葉還會刮傷驛馬車的兩側車身，那些不得不孤身徒步走這條路去林肯鎮的婦孺，往往走得膽顫心驚，甚至有一大段路是拔腿狂奔。雖然只是一條不起眼的小徑，通往附近的村落，多半也只有伐木工人會走，但是當時路上多變的景致卻比現在更讓往來的旅人感到興味盎然，

留給他們的回憶也流連更久。從村子裡到森林這一路上，如今牢固開闊的田野，當時可是一片楓林沼澤，必須在泥濘的地面鋪上原木才能行走；殘存的原木無疑還躺在現在這條塵土飛揚的道路底下，成了路基，從史崔頓家的農莊（即現在的貧民救濟院），一路延伸至布里斯特山。

在我豆田的東邊，隔著道路，曾經住著卡托．英格拉罕，他是鄧肯．英格拉罕老爺的奴隸；英格萊姆先生是康科德鎮的紳士，不但替奴隸蓋了房子，還准許他住在華爾登湖——不是尤地加的卡托[245]，而是康科德的卡托。有人說他是從幾內亞來的黑人。還有一些人仍然記得他在胡桃樹林之間的小田地，他讓胡桃木自由生長，以備年老時的所需，但是最後卻讓一位年紀比較輕、膚色也比較白的投機商人拿走了。不過現在，他也住到一間同樣狹長的房子裡了[246]。卡托那個半湮沒的地窖只剩下一個窟窿，一直保存下來，只不過因為周圍松木環繞，一般行旅不會注意，所以知道的人很少；如今那裡長滿了光滑漆樹（*Rhus glabra*），還有最早期品種的金桿菊（*Solidago stricta*），也長得很茂密。

就在我田地的角落、更靠近鎮上的地方，齊爾法的小屋子就在這裡。她是一位有色人種婦女，在屋子裡替鎮民紡織麻布，因為嗓門特大、聲音尖銳，刺耳的歌聲讓華爾騰森林裡為之震動，格外引人矚目。後來，在一八一二年的戰爭中，她的住處被英格蘭士兵放了一把火給燒了——他們是假釋的囚犯——當時她不在家，但是她的貓、狗和母雞，全都被燒死。她的生活

245 譯註：指 Marcus Porcius Cato Uticensis，西元前 95-46，羅馬時代的政治家，在北非的尤地加（Utica）過世。

246 譯註：梭羅在此處暗指墳墓。

過得很艱苦，甚至有點不太人道。有位以前常到森林裡來的人還記得，有一天中午，當他從她的小屋旁經過時，聽到她站在沸騰的水壺邊對著自己叨叨絮絮地唸道——「你們全都是骨頭！都是骨頭！」我在那裡的橡木叢裡還看過磚塊。

沿著這條路往下走，在右手邊的布里斯特山上，住著布里斯特·費里曼，是個「巧手黑奴」，過去曾經是鄉紳康明斯蓄養的奴隸；布里斯特當年栽種、照料的蘋果樹，迄今仍然持續生長，已經成了老欉，不過他們的果實在我吃來還是野性十足，帶有蘋果酒味。不久之前，我在林肯鎮的墓園裡看到他的墓誌銘，位置有點偏僻，附近是個無名塚，埋著某位在康科德撤退時倒下的英格蘭士兵；在墓碑上，他的名字被拼成「西比歐·布里斯特」——於是他也成了「非洲的西比歐」[247]——還說他是「有色人種」，彷彿他的皮膚褪過色似的。墓碑上用顯著的字體告訴我，強調他是什麼時候死的，其實那也只不過是間接地跟我說，他曾經活過而已。他那殷勤好客的妻子芬達也與他一起長眠於此，她替人算命，不過很討人喜歡，個子高大、體型渾圓、皮膚黝黑，比任何黑夜之子都還要更黑，如此黝黑的黑球，在康科德鎮堪稱前無古人，後無來者了。

從山坡往下走，在左手邊，森林的舊路旁，是史崔頓家族老家的遺址；他們家的果園曾經占據了整座布里斯特山的山坡，但是老早就被大王松給趕盡殺絕，只剩下幾根殘株，那些古老的樹根又滋養了更多野生的村樹。

就在森林的邊緣，在路的另外一邊更靠近鎮上的地方，是布里德的家；此地以魔鬼的惡作劇聞名，這個魔鬼在古老的神話中姑隱其名，不過在我們新英格蘭人的生活中卻扮演突出且令人震驚的角色，也跟任何一位神話中的人物一樣，有朝一日，值得為他立碑作傳；這個魔鬼最初假扮成朋友或是雇工出現，後來就打家劫舍，謀殺掉全家人——他正是新英格蘭的蘭姆酒。但是歷史還不必訴說此地發生的悲劇，讓時間或多或少緩和一下悲劇色彩，增添一絲蔚藍的色調吧。根據此地最含糊曖昧的傳說，這裡曾經有一間酒館，還有一口井，用來調製過往旅客的飲料，也讓他們馬匹解渴；人們來到這裡，彼此致意，聽些新聞也傳些新聞，然後各自上路，分道揚鑣。

不過在短短十幾年前，布里德的小屋都還存在，雖然已經很久就沒有人住了。那間屋子跟我的差不多一樣大，後來被幾個淘氣的孩子放火燒了；如果我沒有記錯的話，應該就選舉那天的夜裡。那時候，我還住在村落的邊緣，正潛心苦讀達文南特的《龔德伯》[248]；那年冬天，我一直都提不起勁兒來工作——關於這一點，我想順便說一下，因為我始終都不知道這是家族遺傳的怪癖（我有個舅舅連在刮鬍子的時候都會打瞌睡，所以到了星期天，必須在地窖裡拔除馬鈴薯長出來的芽，才能勉強在安息日保持清醒），抑或是因為我想一字不漏地讀完查爾默斯[249]

247 譯註：Scipio of Africa，不過梭羅在此也影射羅馬將領 Scipio Africanus Publius Cornelius，西元前 237-183，又稱為西比歐長老（Scipio the Elder），他在擊敗了迦太基將領漢尼拔（Hannibal）之後，獲得「Africanus」（非洲的）榮譽稱號。

248 譯註：William D'Avenant，1606-1668，英國劇作家、詩人，一六三八年被封為桂冠詩人。他創作的浪漫敘事長詩《龔德伯》（*Gondibert*）一直都沒有完成。

249 譯註：Alexander Chalmers，1759-1834，蘇格蘭作家，曾經編輯長達二十一冊的《英詩全集》（*The Works of the English Poets from Chaucer to Cowper*），於一八一〇年出版。

的英詩全集所導致的後果，這本書算是征服了我的內衛[250]。當時，我才剛埋首於書中，就聽到救火鐘聲響起，消防車在一群雜亂無章的大男人和小男孩帶領之下，十萬火急地往這裡開來，我也躋身最前面的人群之中，因為我跳過了小溪。我們以為是在森林南邊更遠的地方——我們這些人都曾經衝到火場救火——穀倉、商店、住家，或者全都在一起。「是貝克的穀倉，」有人喊道。「是科德曼家，」另外一個人證實。然後，新的火花從森林裡沖到半空中，彷彿屋頂塌陷了，於是我們全都大喊著：「康科德來救火囉！」馬車火速疾馳而過，車上滿載著人，幾乎就要壓垮馬車，其中或許也有保險公司的代理人，不論多遠，他們都一定要去；消防車的鐘聲則在後面一陣又一陣地響起，比較緩慢也比較穩重；至於殿後的，後來有人耳語說，是放了火又去通報火警的人。於是，我們就像一群真正的理想主義者，不停地向前跑，不去理會感官給我們的證據，直到轉了一個彎，聽到　哩啪啦的爆裂聲，真正感覺到從牆壁散發出來的熱氣，這才驚覺：天啊！我們到了！如此接近火場，反倒冷卻了我們的熱情。起初，我們想將一整湖的水都澆上去，但是後來決定就讓他燒吧，因為房子已經燒得差不多了，而且也沒有什麼價值。所以我們就站在消防車旁，你推我擠，透過話筒表示感慨，或是低聲細語地拿來跟這個世界上曾經發生過的大火相比，包括巴斯康的店鋪；我們在私底下說，如果當時我們及時帶著「洗澡盆」[251]去，旁邊又有滿滿的湖水，說不定可以將毀天滅地的大火變成大洪水。最後，我們什麼事也沒做，就撤退了——各自回去睡覺，或是回去繼續看《龔德伯》。講到《龔德伯》，我對序文中有一段話，講到機智是靈魂的火藥，頗不以為然——「大部份的人都不懂機智，正如印地安人不懂火藥」。

隔天晚上，差不多在同樣的時間，我剛巧從那邊穿越田野，在同一個地點，聽到低聲哀鳴；我在夜色中走近，發現是我認識的人，也是這一家人當中唯一的倖存者，繼承了這個家族的善與惡，也只有他還關心這場火災。他俯臥在地上，看著地窖內仍然在悶燒的餘燼殘灰，像平常一樣，低聲地自言自語。他整天都在遠處的草原工作，但是只要一有空閒，就會利用機會回來看看祖輩的家，也是他度過青春歲月的地方。他一直趴在地上，輪流從各個方向、各個角度凝望著地窖，彷彿他記得在石頭縫裡還藏著什麼寶藏，然而事實上，裡面除了一堆磚瓦和灰燼之外，什麼都沒有。房子已經沒了，他只能看到殘存的廢墟。我只是剛好在場，卻意味著同情與憐憫，也帶給他一絲慰藉；他就著僅有的光線，指給我看那口被遮蓋起來的井在什麼地方；謝天謝地，還好那口井不會被燒掉。他沿著井壁，在黑暗中摸索了很久，才找到打水的吊桿，是他父親砍了木材安裝上去的；另外也摸到在另外一端用來綁重物的鐵鉤或U形釘——現在他能摸到的也只有這些東西了——讓我相信這不是普通的「圍籬欄杆」。當時我也摸了一下，直到今天，幾乎每次去散步時都會特別注意到這根桿子，因為它吊掛著一個家族的歷史。

另外，在左邊，就在可以看見水井和井壁旁紫丁香花叢的地方，如今是一片空曠的田野，

250 譯註：Nervii是北歐一支古老的塞爾特-日耳曼民族部落，在西元前57年被凱撒擊敗；但是此處也是nerve（神經）的諧音。

251 譯註：此處的tub是指十九世紀許多美國小鎮使用的手拖式消防車。

過去則是納丁和勒葛洛斯的房子。不過，我們還是回到林肯鎮吧。

比這些屋子都還要更深入林子裡，在最靠近湖畔的路上，是陶匠魏曼住的地方；他在這裡為鎮民製作陶器，後世子孫也繼承家業。但是他們在物質生活上都不富裕，生前因為特許才勉強擁有這塊土地，還常有稅務官來收稅，不過也都是徒勞無功，只能在形式上「帶走一小塊木材」[252]；根據我看過的記載，他根本沒有別的東西好拿。仲夏日的某一天，我正在鋤地，有一個人載著一車的陶器要去市場，就在我的田邊停下馬匹，問起小魏曼的事。很久以前，他曾經跟小魏曼買過一個拉坯轉輪，因此想知道他後來去了哪裡。我曾經在聖經上讀過陶匠的陶土與轉輪，但是卻從未想過我們使用的陶器並不是從那個年代絲毫無損地流傳下來，或是像葫蘆一樣，從什麼地方的樹上長出來的，所以聽說在我們這附近有人從事這種捏土塑形的藝術，心裡還挺高興的。

在我之前，最後一個住在森林裡的人是個愛爾蘭人，叫做修．考伊爾（不知道我的拼法夠不夠拐彎抹角[253]），他占了魏曼的租屋；大家都叫他考伊爾上校，據說他曾經在滑鐵盧[254]打過仗。如果他還在世的話，我會要叫他再打一次仗給我看；不過他在這裡從事的行業是挖溝修渠。拿破崙去了聖赫勒拿島，考伊爾卻來到華爾登森林。關於他的事情，我只知道是個悲劇。他為人彬彬有禮，像個見過世面的人；他會講的斯文話，比你一輩子聽過的還要多。他有瞻妄發抖的毛病，所以大熱天裡也穿著大衣，臉色也始終發紅；在我搬到森林裡來沒多久，他就死在布里斯特山腳下的路邊，所以在我的記憶中，並不覺得有這麼一位鄰居。他的戰友認為他的房子是「晦氣城堡」，所以都退避三舍，但是在那棟房子拆掉之前，我倒是去看過一次。他們將他的舊衣服全都堆到木板床上，那些衣服都穿得縐巴巴的捲了起來，彷彿衣如其名；他的破煙斗擱在爐邊，而不是破碗放在泉水邊[255]。不過後者不會是他死亡的象徵，因為他曾經對我坦承，他雖然聽說過布里斯特泉，卻從未親眼看過。地板上散落著骯髒的紙牌，方塊、黑桃與紅心國王，全都躺在地上。一隻沒有被管理員抓走的黑雞，像夜一樣黑，也像夜一樣的靜，甚至連叫都不叫一聲，就只是靜靜地等著狐狸，然後回到隔壁房間的窩。在屋後，勉強看得出有座庭院的輪廓，雖然有人種植，卻因為可怕的發抖症狀，所以從來不曾鋤過地，儘管現在正是收成的時節。園子裡長滿了豬草與鬼針草，後者的果實還沾得我滿身都是。屋子後面有一張剛剝下來的土撥鼠皮，是他最後一場滑鐵盧的戰利品，不過他再也不需要保暖的皮帽和手套了。

如今，只剩下地面上的一個坑洞，標示著住家的位置，此外就是埋在土裡的地窖石塊，以及在那邊陽光普照的草地上生長的草莓、覆盆子、茅莓、榛果樹叢和漆樹；一些大王松和長滿節瘤的橡樹霸占了原本是煙囪的角落，或許飄著甜美香氣的黑樺木迎風搖曳的地方，正是原來門檻石的所在。有時候，凹陷的水井依然清晰可見，那裡原本有泉水汨汨湧出，如今卻已枯竭，

252 譯註：指扣押一些不值錢的東西。

253 譯註：Hugh Quoil 的姓氏讀音類似 coil，是彎曲或捲成圈狀的意思。

254 譯註：Waterloo 是比利時的一個小村莊，一八一五年六月十八日，拿破崙在此遭到英國威靈頓公爵擊敗；戰敗後，拿破崙流亡到南大西洋上的聖赫勒拿島（St. Helena）。

255 譯註：語出聖經傳道書第十二章第六節：「銀鏈折斷，金罐破裂，瓶子在泉旁損壞，水輪在井口破爛，塵土仍歸於地，靈仍歸於賜靈的神。」

成了無淚的草地；或者仍然保留深井，只不過最後一個人離開的時候，以平坦的石板蓋住，埋在土裡，留待日後才被人發現。遮蓋水井！那會是多麼傷心的一件事啊！想必蓋井時也會淚如泉湧吧。那些地窖留下來的坑洞，看似遭到遺棄的狐狸穴；古老的坑洞是過去人類繁忙生活留下來的唯一遺跡，在那裡，人們曾經以某種方式或語言，輪流討論過「命運、自由意志和絕對預知」[256]。但是我從他們的結論卻只能得知：「卡托與布里斯特都一樣拔羊毛」[257]，這個結論的教育意義，跟許多更著名的哲學門派歷史也相去不遠。

在大門、門楣石和門檻都消失了一個世代之後，紫丁香依然生氣蓬勃地生長著，每年春天綻放著芳香四溢的花朵，吸引沉思中的路過旅人隨手摘一枝。曾經是孩童親手栽種在門前的庭院裡，並且親手澆灌照料，如今卻退居牆邊隱密的角落，將原來的土地讓給了新生的樹林；是家族世系中的最後一支，也是整個家族中唯一的倖存者。那些黑人孩童可能從來不曾想過：他們在房前陰暗處栽種並且每天澆水的柔弱枝條，雖然只有兩個芽眼，竟然紮根如此之深，活得比他們更久，也活得比在身後為其遮蔭的房屋本身和大人的花園與果園更久，在他們長大成人並且辭世的半個世紀之後，依然對著孑然一身的流浪者隱約地訴說自己的身世——也依然芳香美麗，一如他們盛開的第一個春季。我也特別注意到他們的淡紫色澤，還是那麼溫柔、恬靜又快活。

這個小村落原本可以蓬勃發展，但是為什麼最後沒落了，反而是康科德鎮堅守住地盤呢？難道它缺乏自然條件的優勢——像是沒有水權？怎麼會呢？啊，那深邃的華爾登湖與沁涼的布里斯特泉——這些有益健康的清泉皆可無限暢飲，可惜人們除了拿來沖淡杯中物之外，都不知道可以多加利用。這是一個普遍嗜酒的種族。難道編籃子、紮馬廄掃帚、製作席子、烘烤玉米、紡織麻布和製陶等事業，都無法在此地發展，讓荒野像玫瑰一樣盛開，讓無數的後代子孫可以世世代代繼承他們祖先的土地嗎？貧瘠的土地至少可以阻止低地的水土流失。唉呀！人類居民的記憶對此地美麗風土的貢獻何其少啊！或許，大自然可以再試一次，就以我為第一個居民，讓我去年春天搭建的屋子成為村子裡最古老的房舍。

我不知道在我建屋的地點，過去是否有任何人蓋過房子。千萬不要讓我在更古老的城市之上搭建一座新城啊！因為那些古城的建材都已成了廢墟，花園也變成墳地；那裡的土壤蒼白且受到詛咒，在這樣的情況無可避免地要發生之前，地球本身將會先毀滅。我用這樣的回憶，讓森林裡再次住滿了人，也哄著自己入睡。

在這個季節，很少有人來訪。在積雪最深的時候，曾經有一個星期甚或兩個星期，都沒有人會冒險走到我家附近，可是我在家裡卻過得像草原田鼠一樣的舒適；或者像是牛群和雞鴨，

256 譯註：出自英國詩人John Milton的史詩《失樂園》。

257 譯註：Pull wool，指拔除羊皮上的毛，比喻無足輕重的工作。不過亦有學者認為這句話的意思可能指涉「pull the wool over one's eye」，即欺騙某人的意思。

據說他們可以長時間埋在雪堆裡，即使沒有食物也能存活；又或者像是本州薩頓鎮一位早期移民的家人，一七一七年刮起大風雪的期間，他不在家，可是他的小屋卻完全遭到積雪掩埋，後來是一位印地安人看到雪地上有個洞，從洞口看到從他們家煙囪飄出來的煙，這才救出他們一家人。可是沒有哪位友善的印地安人會關心我，其實也不需要，因為屋主就在家中坐。大風雪！聽起來多開心哪！這時候，農夫無法駕著馬車到森林和沼澤，於是不得不砍掉門前遮蔭的樹木；當積雪變硬，他們到沼澤去砍樹，等到隔年春天雪融了，這才發現他們砍的地方離地面還有十呎高呢！

在積雪最深的時候，我平常從公路走回家的那條約有半哩長的小徑，就像是一條迂迴曲折的虛線，點與點之間的距離很寬。在天氣緩和的那一個星期，我會以數目完全一樣的步伐，長度也完全一樣的步幅，刻意地像圓規一樣的精準，踩著我自己在積雪上踏出來的足跡，出去又回來——冬天就是會讓我們如此的局限與僵化——不過那些腳印經常映照著天空的蔚藍。然而，無論是什麼樣的天氣，都無法阻止我去散步，或者說阻止我出門，因為我經常拖著沉重的步伐，在最深的積雪中跋涉八或十哩路，去踐行我跟一棵山毛櫸或黃樺樹，或是松林間一位老朋友的約定；冰雪壓得他們枝椏低垂，樹梢變得鋒利無比，也就讓松樹搖身一變成了冷杉；當積雪將近兩呎深時，涉雪走到最高的山頂，每跨出一步，都要抖落一頭的雪片；有時候，所有的獵人都回家避冬，我還是會手腳並用，掙扎地爬過去。某天午後，我專注地盯著一隻橫斑貓頭鷹（*Strix nebulosa*）自娛；他棲息在一棵白松樹的低矮枯枝上，緊挨著樹幹，那時候還是大白天，我跟他的距離不過一杆之遙。我走近時，他可以聽到我腳踩在雪地發出的聲響，但是卻看不到我；當我發出最大的聲響時，他會探出頭，豎起頸項上的羽毛，睜大了眼睛張望，但是眼簾很快地垂下來，又打起瞌睡。在看了他半個鐘頭之後，我也受到感染，開始昏昏欲睡，因為他一直那樣半張著眼睛坐著，像隻貓一樣，是長了翅膀的貓兄弟。他的眼簾只開了一條細縫，跟我保持有點連又不完全相連的關係，像是半島與大陸之間的關係；他就用那半睜半閉的眼睛，從夢土向外瞭望，努力地想要辨識我這個擋住他視線的模糊物體或黑點。後來，不知是因為更大的聲響或是我又再靠近了一點，他開始在棲枝上有點懶散又不安地蠕動，彷彿對清夢遭人干擾感到不耐煩。當他終於舒展雙翼——雙翼展開之後還出乎意料的寬——振翅穿過松林時，我聽不到任何的聲音。他就這樣在松枝之間穿梭，不是靠視力引導，反而是靠對環境的纖細認知，靠敏銳的翼尖在他的暗夜微光中摸索前進，最後找到了另外一個枝頭棲息，讓他可以平靜地等候他的天明破曉。

我沿著為了興建鐵路而修築的長堤道穿越草原，曾經多次遭遇刺骨狂風侵襲，因為唯有在這裡，它才能如此肆無忌憚；當霜寒刺痛我一邊的臉頰時，儘管我是異教徒，也還是會轉到另外一邊任由狂風刺臉。就算從布里斯特山走馬車道，也好不到哪裡去。因為就算廣袤開濶的原野上所有的積雪都吹到華爾登路兩側的牆垣之間，就算只要半個鐘頭的風雪就足以消滅前一位旅人的足跡，我還是要進城，就跟友善的印地安人一樣；等我回來時，又有新的積雪堆起來，我得蹣跚地從中間踉蹌穿過，這時，西北風則忙著在道路的急轉彎處降下銀粉般的白雪，讓我看不見兔子的足跡，甚至連鹿鼠最細微、最小字印刷的腳印都看不到。然而，即使在隆冬之際，我還是可以找到一些溫暖濕潤的沼澤，在那裡，綠草與臭菘可保持長年青翠，有些耐寒的鳥類偶爾也會在此等候春天回來。

有時候，儘管下著大雨，當我在傍晚散步回來時，會看到伐木工人從我家離開時留下的深深足印，並且在壁爐火堆裡發現他留下來的一堆木屑，還有滿屋子的煙斗氣息。或者，在一個星期天的午後，如果我剛巧在家，也會聽到精明的農民踩在雪地裡的腳步聲；他從遠處穿越森林，到我家裡來「閒嗑牙」。他是少數在「自家田裡工作」的人[258]；他身上穿的是農夫的罩袍，而不是教授的長袍，隨時都可以從教會或政府引用道德教訓，就像是從他的農場拉出滿車的糞肥一樣容易。我們談到了簡單樸素的時光，那時候的人坐在熊熊烈火旁邊，天氣雖然寒冷卻讓人神清氣爽，可以保持清楚的頭腦；如果沒有其他的甜點，我們就拿堅果來鍛鍊牙齒，聰明的松鼠老早就拋棄了這些堅果，因為殼最厚的堅果，裡面往往都是空的。

會踩著最深的積雪和頂著最淒苦的暴風雨，從大老遠的地方跑到我家的人，就只有詩人[259]了。惡劣的天候可能會嚇跑農夫、獵人、軍人、記者，甚至哲學家，但是什麼都嚇不倒詩人，因為激勵他的是純粹的愛。誰能預料到他何時來，又何時去呢？他的志業隨時都會召喚他，就連醫生睡著的時候也是一樣。我們總是讓小屋子充滿熱鬧的歡笑，讓清醒的低語在屋內迴盪，彌補了華爾登谷地長久以來的沉寂；相形之下，連百老滙都顯得安靜而荒涼。在適當的停頓時，偶爾會爆出笑聲，也許是為了剛剛說的笑話，或是為了即將說出口的笑話。我們就著一盤稀粥，創造出許多「嶄新的」生活理論；稀粥既適合宴客，又適合哲學所需的清晰頭腦。

我不該忘記，去年冬天住在湖畔時，還有一位備受歡迎的訪客[260]，他曾經在夜色中，冒著風雪，穿越村落前來，直到他從樹叢間看到我屋內的燈火，於是與我共享了一些漫長的冬夜。他堪稱是最後的哲學家——康乃狄克州將他奉獻給全世界——他先是兜售康州的商品，後來正如他所說的，開始兜售他的頭腦。他仍然在兜售這些，讚揚上帝，貶抑凡人，只在大腦裡開花結果，就像堅果裡的果仁。我認為他一定是當代最有信仰的一個人，他的言語和態度總是讓人覺得比世人所熟悉的一切要更好；隨著時光流轉，他也會是最後一個失望的人。當下，他並沒有什麼轟轟烈烈的志業；儘管相較之下，他現在並不受重視，但是他的日子終將到來，大多數人心存質疑的法則終將生效，屆時一家之主與一國之君都要求教於他：

「對寧靜視而不見之人是何等盲目啊！」[261]

258 譯註：愛默生（Ralph Waldo Emerson）在〈美國學者〉（The American Scholar）一文中，將人分為農場上的人（「Man on the farm」）與一般農夫（the farmer）區分開來；前者是理想中的個人，而後者則是庸庸碌碌的芸芸眾生。

259 譯註：指梭羅的詩人好友 Ellery Channing。

260 譯註：指 Amos Bronson Alcott，1799-1888，超越主義者與教育家，出生於康乃狄克州，曾經在南方兜售北方的商品，但是並沒有很成功。

261 譯註：出自英格蘭詩人 Thomas Storer（1571–1604）的《*The Life and Death of Thomas Wolsey*, Cardinal》（1599）。

他是人類真正的朋友，是人類進步的唯一朋友。他是個修墓老朽[262]，或者毋寧說是不朽，以孜孜不倦的耐性與信心，讓銘刻在人類身體上的形象更加明顯，那原本是神的形象，卻受到人類的污損，成了傾倒的石碑。他以殷勤的智慧擁抱孩童、乞丐、瘋子與學者，傾聽並接納所有人的想法，通常還會為其增添廣度與優雅。我認為他應該在世界的通衢大道上開一家旅店，店內滙聚各國的哲學家，店外的招牌則寫著：「只招待人，不招待畜牲。有閒暇又有平靜心靈的人請進，有心追尋正道的人也請進。」或許，在我認識的人當中，他的神智最清明，怪癖也最少；過去如此，未來亦然。昔日，我們曾經從容漫步，談天說地，真的將世事拋諸腦後，因為他不屬於這個世界上的任何建制，是個完全自由之人，一個真正的 *ingenuus*[263]。不論我們轉向何方，天地似乎都合而為一，因為他讓風景增色。他是個身著藍袍之人，頭頂上最合適的屋頂，就是藍天蒼穹，映照他的寧靜致遠。我想像不到他會有死亡的一天，因為大自然捨不得他。

我們各自將思想的木瓦烤乾，然後坐下來削木試刀，同時欣賞南瓜松的黃色紋理。我們如此溫柔又崇敬的涉水而過，如此平順地拉網，因此思想的魚不致於在溪裡受驚，也不必害怕岸上的釣客，可以堂而皇之地來來去去，像是飄過西方天際的浮雲，又像是在那裡成形而消散的一群珍珠貝。我們在那裡工作，修改神話，在各處訂正寓言使其臻於完美，並且搭建空中城堡——因為世俗的土地無法提供值得搭建的地基。偉大的觀察家！偉大的預言家！與他一夕談，正是新英格蘭的天方夜譚！啊，我們之間的對談，隱士與哲學家，還有我先前提及的老殖民者——我們三人之間的談話將我的小屋撐大，幾乎就要撐破；我不敢說屋內每一立方吋的氣壓有多少磅重，但是確實撐裂了木板隙縫，所以事後得用沉悶填補，以免繼續滲漏——但是這種填補的麻絮，我已經撿的夠多了。

還有另外一個人[264]，我在他村子裡的家中，跟他一起度過了許多「紮實的冬季」，永誌難忘；他也不時會過來探望我，但是除此之外，我就沒有再結交什麼朋友了。

當然，就如同在任何其他地方，我有時候也會期盼那永遠都不會來的「訪客」。《毗濕奴往世書》[265]說：「屋主必須在黃昏時站在庭院等候尊客駕臨，至少要站到替一頭母牛擠乳的時間，甚或更久，如果他願意的話。」我經常履行這種殷勤待客的責任，有時候，等候的時間甚至足以替一整群的母牛擠乳，但是卻從來不曾見到此人從鎮上走來。

262 譯註：Old Mortality 是蘇格蘭作家 Sir Walter Scott（1771-1832）所寫的同名小說中的主角，他走遍全蘇格蘭，專門修理和清洗破損傾倒的墓碑。
263 譯註：拉丁文，指出身自由或貴族階級，因此生性坦然誠實。
264 譯註：指 Ralph Waldo Emerson，1803-1882，超越主義的領導人物，也是梭羅的密友
265 譯註：The Vishnu Purana 是以梵語寫成的古印度經典。

冬天的動物

當湖泊完全冰封，不但多了新的捷徑，可以通往很多地點，同時也提供了新的角度，可以從湖面上欣賞湖畔熟悉的景致。我在穿越冰封後滿是積雪的佛林特湖時，雖然平日經常在湖上划船或是滑冰，但是當時卻覺得湖面出乎意料的寬，變得好陌生，也讓我聯想起巴芬灣[266]。我周邊的林肯山在雪封平原的盡頭拔地而起，但是我卻不記得以前就在那裡；在無法確定有多遠的地方，漁夫帶著他們的狼犬在冰面上緩緩前行，讓人誤以為是捕獵海豹的獵人或是愛斯基摩人，或者是從濃霧中逼近，像是什麼神奇的生物，而我卻不知道他們是巨人或侏儒。我晚上要去林肯鎮講課時，就會走這條路，從我的小屋到演講廳，途中不會經過任何道路或房舍。我在路上會經過野雁湖，那裡是麝鼠聚居之處，他們將小屋高高的蓋在冰上，不過我走過時沒有看到任何一隻跑出來。華爾登湖跟其他湖泊一樣，都不太會積雪，或者只有淺淺的積雪或零星的雪堆，因此當平地其他地方積雪將近兩呎深，村民活動只能局限於街道的時候，那裡就成了我

266 譯註：Baffin Bay 是北大西洋的一部份，位在格陵蘭與加拿大之間。

自由走動的庭院。那裡遠離村落的街道，只有在隔了很長的一段時間之後，才偶爾會聽到雪橇的鈴鐺聲響，我在湖面上滑行溜冰，彷彿置身巨大的鹿苑，地面積雪都被踩得平整結實，頭頂上則是橡樹枝椏，還有莊嚴的松樹被積雪壓得低頭彎腰，樹梢也垂掛著冰柱。

至於冬夜裡的聲音——在白天也經常可以聽到——我聽到的是從無限遠方傳來貓頭鷹淒涼而優美的叫聲，只要撥動適當的琴弦，就會產生這有如凍土的聲音，是華爾登湖的「本地語言」（*lingua vernacula*）；聽到後來，我也變得耳熟能詳，只不過從來沒見過發出聲音的那隻鳥兒。在冬夜裡，我只要一開門，就幾乎一定會聽到：呼，呼，呼，呼兒，呼，聲音嘹亮，而且前三個音節的重音聽起來像是在跟人問好，或者有時候就只有呼，呼兩聲。在初冬的一個夜晚，湖水尚未冰封之前，大約九點鐘，一聲宏亮的雁鳴讓我嚇了一跳；走到門口，聽到他們振翅低飛，掠過我的屋頂，宛若森林裡的暴風雨。他們飛越華爾登湖，朝著佳港湖前進，似乎受到我的燈光驚嚇，不敢在此落腳休息，因此指揮官逕自以規律的節奏鳴叫領航。驀地裡，就在我的左近，傳來一聲最粗嘎、也最巨大的聲響，森林裡的居民無人能出其右，想必是大角鴞無誤；他每隔一定的時間，就出聲與雁鳴應答，彷彿鐵了心要揪出這位從哈德遜灣[267]來的入侵者，以音域更廣、音量更大的本土語言，好好羞辱這個外來客，將他呼出康科德界域。在這個屬於我的神聖夜色中，你來「驚動城堡」[268]，意欲何為？你以為我在這個時候會打瞌睡？你以為我的肺活量與嗓門沒有你大？布—呼，布—呼，布—呼！這是我聽過最令人毛骨悚然的噪音。但是如果你有一雙敏銳明辨的耳朵，就可以聽出其中蘊含著這些平原從未見過或聽過的和諧元素。

我也聽過湖裡冰塊的吶喊。華爾登湖是我在康科德鎮那一帶最好的床伴，但是他彷彿在夜裡睡不安穩，在床上翻來覆去，像是胃脹氣或是做了惡夢似的；又或者，大地因霜寒凍裂，彷彿有人率領千軍萬馬衝到我的門前，吵得我睡不著覺，隔天早上起來，就看到地上一條四分之一哩長、三分之一吋寬的裂縫。

有時候，在月夜裡，我會聽到狐狸從凍結成冰的雪地上跑過，搜尋鷓鴣鳥或其他野味，發出刺耳凶惡的吠聲，像是森林裡的野狗，彷彿焦慮地做著苦工，又或者想表達某種訴求，奮力求取光明，想像徹底變成狗，自由地在街上奔走；因為我們若是考量到時代的進化，鳥獸不也可能會有文化演變，就跟人類一樣？在我看來，他們就像是尚未完全發展的人類，仍然挖洞穴居，仍然時時提高警覺，等著變形。有時候，有隻狐狸受到我的燈光吸引，會跑到我的窗前，用狐狸語　了兩聲，然後轉頭就跑。

黎明，通常都是紅松鼠（*Sciurus Hudsonius*）將我喚醒，他們從我的屋頂跑過去，還在房子的四面牆壁爬上爬下，好像就是專為這個目的才從森林裡跑出來的。那年冬天，我將半蒲式耳沒有熟的甜玉米穗倒在門口的雪地上，興味盎然地看著因此上鉤的各種動物。在黃昏和夜裡，兔子固定都會出現，盡情地享用一餐美食佳餚；紅松鼠則是一整天來來去去，他們的動作成了我極大的消遣。起先，會有一隻小心翼翼地穿過橡木叢走近，然後在凍結的雪地上跑跑停停，

267 譯註：Hudson Bay 是加拿大中北部的一個內陸海灣。

268 譯註：典故出自西元前三九〇年，當高盧人攻打羅馬時，在朱諾神殿裡的雁群驚動城堡示警。

像是被風吹起來的落葉，一會兒停下來，一會兒又以令人難以置信的速度，拔「腿」狂奔，好像是為了什麼賭注而跑，看似速度驚人，實則浪費精力；這會兒，他朝我這裡又多走了幾步，但是每一次都走不到半杆的距離；接著，他突然停頓下來，露出滑稽的表情，無緣無故地翻了個筋斗，彷彿全宇宙的人都在盯著他看——因為松鼠的所有動作，即使在森林裡最偏僻隱密的地方，都好像是做給觀眾看的，就好像是在台上表演的舞孃——他的種種延宕與謹慎，浪費了許多時間，甚至讓他慢慢走完全程都還綽綽有餘——不過話說回來，我從未見過松鼠慢慢走——突然間，在你還來不及說完傑克．羅賓遜[269]，他又已經一溜煙地跑上大王松的樹梢，上緊發條，責怪所有想像中的觀眾，像是在獨白，同時也像是對著全宇宙在說話，至於是為了什麼原因，我永遠都猜不透，或者我想，連他自己也不知道。好不容易，他終於走到玉米旁邊，挑了一根適合的穗，然後又用同樣不確定的三角路線，蹦蹦跳跳地爬到我窗前柴堆最上方的一根木柴上，隔著窗戶盯著我看，一坐就是幾個鐘頭，其間，不時地啃起新的玉米穗，起初是狼吞虎嚥地啃著，將啃掉一半的玉米穗軸丟得滿地都是，到後來，終於變得比較秀氣，開始把玩他的食物，只淺嚐玉米粒的芯；至於玉米穗，原本擱在木柴上，用一支爪子保持平衡，這時候不小心讓它掉到地上，他用一種不確定的滑稽表情看著玉米穗，彷彿懷疑它活了起來，同時心裡也拿不定主意，不知道是該去撿起來，還是拿一根新的，甚至乾脆走掉算了；他一會兒想著玉米，一會

269 譯註：傳說中 Jack Robinson 是一個沒有定性的人，到處跑來跑去，有時候去拜訪鄰居，但是名字還沒說完，人又跑掉了。

兒聆聽風聲裡的動靜。所以這個放肆的小傢伙一早上就浪費了許多玉米穗；直到最後，他終於抓起一根比較長也比較飽滿的玉米穗，幾乎比他自己還要大，然後很有技巧地叼在嘴裡保持平衡，這才回頭往森林裡跑，像是老虎叼著水牛一樣，還是按照蜿蜒曲折的路線，也還是一樣頻繁地走走停停；一路上，玉米穗刮著地面，彷彿對他來說太重了，拖不動似的，還一直掉下來，掉下來的角度總在水平與垂直之間的對角線，不過他下定決心，無論如何都要拖回去——真是個古怪無常的傢伙——就這樣，他終於將玉米穗拖回住處，或許還扛到距離在四、五十杆外的一棵松樹樹頂上；然後，我可能會在森林裡到處都看到吃剩的玉米穗軸。

　　終於，藍鵲來了，我很早就聽見他們吱吱喳喳的聲音——當他們還在八分之一哩外，戒慎恐懼地靠近時。他們偷偷摸摸地飛掠林間，愈走愈近，撿拾松鼠掉落的果仁，然後棲坐在大王松的樹枝上，匆匆忙忙地嚥下果仁，但是果仁太大顆，哽在他們的喉嚨，噎著了；費了好大的功夫，這才將果仁嘔出來，又花了一個鐘頭的時間，用鳥喙反覆敲擊果仁。他們是明目張膽地偷竊，因此我不太尊敬他們；不過松鼠就不一樣了，他們雖然起初羞怯，但是後來卻理直氣壯地吃了起來，彷彿那些東西本來就是他們的。

　　同時一起來的，還有成群的山雀，他們撿拾松鼠掉落的碎屑，然後飛到最近的樹枝，用鳥爪抓著碎屑，再用小小的鳥喙啄著，彷彿那是樹皮上的昆蟲，直到碎屑變得更小，可以從他們細瘦的喉嚨嚥下去。有那麼一小群山雀，每天都到我的柴堆來覓食，或是到門口找尋碎屑；他們會發出輕快而含糊的聲音，像是草地上冰柱互撞的叮咚聲，或者是快活的得兒—得兒—得兒——，或是在如春天的日子裡，從柴堆旁邊發出夏天般尖銳的菲——比——聲——不過這比較罕見就是了。到後來，他們跟我混熟了，有一次，我抱著一堆柴薪，甚至有一隻飛過來停在我懷裡的柴薪上，毫無懼色地啄著木柴。我在村子裡的一個花園鋤地時，曾經有一隻麻雀停在我的肩膀上，那個情況讓我感到比贏得任何肩章都還要更傑出、更光榮。那些松鼠後來也跟我熟了，偶爾還會爬上我的鞋子——如果那是最短捷徑的話。

當積雪尚未完全覆蓋地面，或是冬天接近尾聲，向南山坡和我的柴堆附近的積雪開始融化時，早晚都會有鷓鴣鳥從林子裡出來覓食。你在林子裡，不管往哪個方向走，都會聽到鷓鴣鳥振翅驚起的颼颼聲，抖落頭頂乾葉枯枝上的雪花，在陽光中灑落，宛如金色塵埃；因為這種勇敢的鳥，是不怕冬天的，身上也常常堆滿了積雪，據說他們「有時候會拍著翅膀，鑽進柔軟的雪堆，在裡面一藏就是一、兩天」。有時候，我在空曠的地方也會驚嚇到他們，因為在日落時分，他們會從林子裡飛出來，替野生蘋果樹「拔芽」[270]；他們每天傍晚都固定會飛到特定的蘋果樹，所以狡猾的獵人就埋伏在那裡守株待兔，連森林旁邊遠方的果園也受害不淺。但是無論如何，鷓鴣鳥能吃飽，我還是很高興，因為他們是大自然的鳥，吃的也是大自然的蓓蕾與飲水。

在天色黯淡的冬日清晨，或是短暫的冬日午後，我有時候會聽到一群獵犬穿過森林，發出狩獵時的狺狺吠聲，無法抗拒追逐獵物的天性，間歇還傳來打獵的號角聲，證明獵人也尾隨其後。一時間，聲音響徹整座森林，卻不見狐狸逃到湖邊開濶的平地，獵狗也沒有追著他們的艾

270 譯註：指採摘蘋果樹的蓓蕾進食。

克泰恩[271]不放。或許到了傍晚，我看到獵人的雪橇後面拖著一條毛茸茸的狐狸尾巴，尋路回到客棧，那就是他們的戰利品了。他們跟我說，如果那隻狐狸留在凍土裡，可能還安全無虞，又或者他若是筆直地跑，那些獵犬也追不上；可是呢，當他將獵犬遠遠地拋在身後時，卻停下來休息，聆聽風聲，直到追兵趕上才又開始跑，而且又繞個大圈子，跑回自己的老巢，結果獵人就在那裡等著他。然而，有時候，狐狸會爬上好幾杆高的牆頭，然後跳到牆的另外一側，跑得老遠，而且他顯然知道水能湮滅他的氣味。有個獵人跟我說，他曾經看到一隻被獵犬追著跑的狐狸，衝進華爾登湖裡，當時湖面冰上有幾個淺水坑，那隻狐狸在冰上跑了一小段，又折返回到原來的岸上。不久，獵犬尾隨而至，但是卻在這裡失去的氣味的行蹤。有時候，一群自行出來打獵的獵犬從我家門口經過，繞著我家打轉，又吼又吠，完全無視我的存在，彷彿感染了什麼瘋病，所以沒有任何事情可以打斷他們的追逐；他們就這樣瘋狂打轉，直到發現了某隻狐狸最近留下來的蹤跡，因為精明的獵犬會為此放棄所有一切。有一天，有個人從雷克辛頓[272]到我的小屋來打聽他的獵犬，說它的體型很大，留下來的足印也大，還說它獨自出來狩獵，已經有一個星期了。但是呢，不管我跟他怎麼說，恐怕他都聽不懂，因為每次當我想回答他的問題時，他就打斷我的話，問道：「你在這裡做什麼？」他丟了一隻狗，卻找到一個人。

有個說話枯燥乏味的老獵人，每年都會在湖水最溫暖的時候，到華爾登湖來洗澡，這時候就會順道來看我。他曾經跟我說過，很多年前的某一天下午，他帶著獵槍來巡視華爾登湖；當他走到威蘭路時，聽到獵犬的吠聲逼近，不久，就看到一隻狐狸翻牆跳到路面，然後穿越馬路，又跳過對面的那堵牆離開，動作敏捷，像思緒一樣快，連他即時發射的子彈也追不上。在它後面隔了一小段路，則是一隻老獵犬帶著三隻幼犬全力追逐，沒看到狗主人，是他們自己出來狩獵的，不久又消失在森林裡。那天午後稍晚，他在華爾登湖南邊的濃密森林裡小歇，又聽到從佳港方向的遠方，傳來獵犬的聲音，還在追那隻狐狸；隨著他們的腳步逼近，狩獵的吠聲也愈來愈近，響徹整座森林，一會兒在威爾草地[273]，一會兒在貝克農莊。他佇立良久，聽著他們的音樂，在獵人的耳中聽來是如此的甜美啊；驀地裡，那隻狐狸現身了，輕鬆地奔馳過莊嚴的林道，富有同情心的樹葉以颯颯聲響掩護他的腳步，他迅速沉著地貼著地面行走，將追逐的獵犬遠遠地拋在後面；然後他跳上林中的一塊岩石，挺直了身子坐著，背對獵人，聆聽風聲。有那麼一瞬間，突如其來的憐憫心讓獵人抬不起手臂；但是那樣的情緒極其短暫，獵人的動作就像一個念頭接著一個念頭那麼迅速，平舉起獵槍，然後，砰！——狐狸從岩石上滾落地面，死了。獵人仍留在原地不動，聽著獵犬的聲音。他們還是追上來了，此時，他們如惡魔般的吠聲響遍了附近的森林及其林道。終於，老獵犬出現了，口鼻貼著地面猛嗅，突然間像是中了邪似的對著空氣狂吠，接著直接衝到岩石旁邊，但是一看到死掉的狐狸，就立刻停止一切的狩獵行動，彷彿驚呆了，就只是默默地繞著狐狸打轉；她的幼犬也一隻一隻地走來，他們跟母親一樣，看

---

271 譯註：Actaeon 是希臘神話中一名身手矯健的獵人，因為在森林裡偷窺狩獵女神阿緹密絲（Artemis，即羅馬神話中的 Diana）在湖邊洗澡，因此被化為一隻雄鹿，後來被自己的獵犬咬死。

272 譯註：Lexington 是康科德地區的一個鄉鎮。

273 譯註：Well-Meadow，在佳港灣岸邊的草地，在華爾登湖南方約一哩的地方。

到眼前的謎，頓時冷靜下來，默不作聲。獵人這才走出來，站在他們之間，於是謎題解開了。他們靜靜地等著獵人替狐狸剝皮，然後又追著狐狸尾巴跑了一陣子，終於轉身離開，再次消失在森林裡。當天晚上，一位住在威士頓[274]的鄉紳到康科德獵人的小屋打聽他的獵犬，說他們從威士頓森林獨自出去狩獵已經有一個星期；康科德獵人將自己知道的事情全都據實以告，並且要將狐狸皮送給他，不過另外那個人卻婉拒了，逕自離開。那天晚上，他並沒有找到獵犬，不過第二天，卻聽說他們度了河，在一個農莊過夜，而且在那裡飽餐一頓之後，一早就離開了。

告訴我這個故事的獵人還記得一位山姆．納丁，他以前在佳港山壁上獵熊，然後拿著熊皮到康科德的村子裡換蘭姆酒；他還跟獵人說，他曾經在那裡看過麋鹿。納丁養了一隻很出名的狐狸獵犬，名字叫做柏古因——不過他都唸成「布金」——跟我說這件事的獵人以前跟他借過那隻狗。本鎮有一位老商家，以前曾經從軍，官拜上尉，還當過鎮上的書記和民意代表；我在他店的帳冊裡看到以下這個項目：一七四二—三年一月十八日，「約翰．梅爾文賣了一隻灰狐狸，零鎊兩先令三便士」；現在這裡看不到這種東西了。在他的分類帳簿中又記載著：一七四三年二月七日，海茲齊亞．史崔頓賣了一張貓皮，「零鎊一先令四點五便士」；這裡說的貓當然是山貓，因為史崔頓在舊法蘭西戰爭中當過軍曹，不可能獵殺普通的野味去販售。他們也收購鹿皮，每天都有人買。有人還保留了一支鹿角，屬於這附近最後一隻遭到獵殺的鹿；另外一個人則跟我說了那次打獵的詳細情況，因為他叔父也參與其事。我們這裡原本有很多獵人，也狩獵得不亦樂乎。我還很清楚地記得一位枯瘦的寧羅[275]，如果我沒有記錯的話，他可以隨手在路邊撿起一片樹葉，就吹出比任何狩獵號角還要更狂野、更優美的旋律。

到了午夜，如果有月色的話，我有時會在路上看到獵犬在森林裡潛行覓食，他們看到我，會躲到一邊，好像是害怕似的，默默地藏身在樹叢中，直到我走過去。

松鼠和野鼠爭食我儲存的堅果。我房子四周有好些大王松環繞，樹幹直徑從一吋到四吋不等，在前一年冬天都遭到老鼠啃噬——那年冬天對他們來說，就像挪威的冬天一樣漫長難挨，因為積雪深厚又久久不融，他們只好在平常的飲食中加入大量的松樹皮。這些樹的樹皮雖然都被啃掉了一圈，但是都還活得好好的，而且到了仲夏時，顯然還生氣蓬勃，有好幾棵樹甚至還長高了一呎；可是又過了一個冬天之後，卻毫無例外的全死光了。一隻老鼠環繞樹幹啃樹皮，而不是上下啃噬，竟然就可以吃掉一整棵樹當午餐，這實在太驚人了！不過，或許有必要如此才能疏林，否則這些樹長得太茂密了。

野兔（*Lepus Americanus*）跟人很親近。有一隻野兔在我家裡做窩，一住就是整個冬天，跟我之間只隔著一層地板；每天早上，我只要一有動靜，她就匆匆離開，讓我嚇了一跳——碰！碰！碰的，在匆忙間，拿頭去撞地板的木頭。以前，他們總是在日薄西山時到門前啃食我丟棄的馬鈴薯皮，身上的毛色與大地如此相似，如果靜止不動，根本就難以辨識。有時候，在暮色中，有隻野兔動也不動地坐在我的窗前，但是我忽兒看見，忽兒又看不見。我如果在晚上開門，

274 譯註：Weston，位在康科德東南方的一個村落。

275 譯註：Nimrod 是舊約聖經中一位英勇的獵人，典故出自〈創世紀〉第十章第九節。

他們就尖叫一聲，然後蹦蹦跳跳地四處逃竄。從近處看，他們只會勾起我的憐憫之情。有一天晚上，就有一隻坐在門邊，離我只有兩步，起初嚇得全身發抖，但是又不願意離開；可憐的小東西！一身嶙峋瘦骨，蓬亂的耳朵與尖鼻子，毛髮稀疏的尾巴和瘦弱的爪子；彷彿大自然再也容不下血統更高貴的種族，就只剩下這可憐兮兮的小東西。他的一雙大眼睛看起來年輕而不健康，幾乎是水腫；我向前跨了一步，瞧！他縱身一躍，從凍得堅硬的雪地跳開，身手靈活而有彈性，優雅地拉長了身軀和四肢，頓時讓森林隔在我與他之間——野性而自由的生命，再次展現大自然的活力與尊嚴。他的柔弱並非沒有來由，畢竟那是他的天性。（有人認為 Lepus 源自於 levipes，就是腳步輕盈的意思。）

沒有兔子與鷓鴣，成什麼鄉野呢？他們是最簡單、也最本土的動物，不論對古人或今人來說，都是古老而可敬的家族；與大自然同色同性，也是樹葉與大地最親近的盟友——他們彼此的顏色也相近，只不過一個有翅，一個善跑。你看到野兔竄逃或是鷓鴣鵲起時，並不會覺得看到野生動物，反而覺得是大自然的一部份，就如同聽到樹葉颯颯一樣。不管發生什麼革命，鷓鴣與兔子也一定會生生不息，就像土壤裡真正的原住民。就算森林遭到砍伐殆盡，新萌發出來的嫩芽與樹叢還是會提供他們隱蔽之處，而他們的數量也會變得比以前更多。如果連一隻野兔都養不起，那就一定是貧瘠的鄉野。在我們的森林裡，這兩種都為數眾多；雖然有牧童設置了樹枝圍籬和馬鬃陷阱捕兔捉鳥，但是每一個沼澤都可以看到鷓鴣與野兔悠然漫步。

冬日湖畔

度過了一個寧靜的冬夜之後，我醒過來，依稀覺得好像有什麼問題縈繞在我心頭，我在睡夢中努力想要回答卻徒勞無功，像是什麼——如何——何時——在哪裡之類的問題。可是天才剛亮，大自然裡的所有生物也剛甦醒，她那平靜而滿足的臉龐在大窗戶外看著我，她的唇邊沒有任何問題。醒過來看到大自然與天光，就覺得所有的問題都迎刃而解。大地的積雪仍深，間或點綴著幾株幼松，我房屋所在的那個山坡似乎在說：向前走吧！大自然沒有提出任何疑問，也不曾答覆人類提出的任何問題；她老早就下定了決心。「噢，王子啊，我們的眼睛以仰慕之情凝望宇宙，並將美妙而變化多端的景觀傳達到我的靈魂。夜幕無疑掩蔽了萬物的一部份光輝，但是白晝來臨，向我們揭示這偉大的作品，甚至從大地延伸至廣袤的蒼穹。」[276]

然後，我開始早上的工作。我先拿著斧頭和木桶去找水——如果我不是在做夢的話。經過

276 譯註：原文出自《摩訶婆羅多》（*Mahabharata*），是古印度兩大著名的梵文史詩之一，與另一經典《羅摩衍那》（*Rāmāya a*）齊名。

寒冷的雪夜之後，需要動用探測杖才能找到水。每年冬天，原來風輕輕一吹就水波蕩漾，同時還映照每一道光影的湖面就變得堅硬無比，冰層厚達一呎或一呎半，可以支撐最沉重的牛馬車隊，尤其當積雪也差不多同樣深的時候，更是讓人分不清究竟哪裡是湖，哪裡是地。華爾登湖就像湖邊山上的土撥鼠一樣，到了冬天就閉上眼睛，休眠三個月，甚至更久。我站在雪封的大地上，就如同站在山上的草地，先在一呎深的積雪中闢出一條路，然後鑿開一呎深的冰層，在腳底下開了一扇窗，跪來下飲水，並且往下看著魚群的起居室，寧靜而充滿了柔和的光線，從地上這扇窗照射進去的光線，照著湖底的沙，跟夏天一樣潔白明亮；湖裡終年平靜無波，一如琥珀色的薄暮天空，與水中居民冷靜平和的天性不謀而合。天在我們的腳下，一如在我們的頭上。

一大早，當大地萬物還結著晶瑩的霜，就已經有人帶著漁具和簡單的午餐，穿越雪封的大地，放長細線，準備釣梭魚和鱸魚；這些野人跟一般鎮民不同，他們遵循自己的本能，過著不一樣的生活，信服不同的權威，來來去去，將不同地方的城鎮縫在一起，否則就四分五裂了。他們坐在岸邊的乾橡樹葉上，穿著厚重的羊毛衣，吃著他們的午餐；他們對自然界的知識淵博，不下於一般市民對人為知識一樣的熟稔。他們從來不求教於書本，做的事情比他們知道的或是可以說得出來的要多出許多；他們平常做的事情，據說還不為人所知呢。這裡就有這麼一個人，他用長大的鱸魚為餌，捕釣梭魚。你往他的桶子裡看，會驚嘆桶裡的魚跟夏天湖裡一樣多，彷彿他將夏天鎖在家裡，或是知道夏天躲到哪裡似的。請問：他在隆冬是如何抓到這些魚呢？噢，自從大地冰封之後，他就從腐爛的木頭裡挖出蟲子為餌，所以能夠抓到這些魚。他在自然界的生活本身，就比任何自然學者能夠挖掘到的還要更深；他自己就是自然學者研究的對象。後者用小刀輕輕地挖出苔蘚與樹皮找尋昆蟲，而前者則用斧頭砍木柴，一斧頭直劈向木芯，苔蘚與樹皮都四散飛竄。他以剝樹皮為生，像這樣的人，有權利來釣魚，我也喜歡看到大自然體現在他身上。鱸魚吃小蟲，梭魚吃鱸魚，漁夫再吃梭魚；如此一來，生命的鎖鏈就完整無缺了。

當我在霧色中沿著湖邊散步時，偶爾會看到一些比較粗獷的漁夫使用原始的方式釣魚，覺得很有趣。或許他會用赤楊樹枝架在冰封湖面的小洞口上，每個冰洞之間的距離約四、五杆，跟湖岸的距離則都是一樣；然後，他將釣線綁在木棍上，以免被拖進水裡，再將釣線鬆鬆地掛在離冰面一呎以上的赤楊樹枝，上面綁了一片乾的橡樹葉，一看到葉子被拉下去，就知道有魚上鈎了。你若是繞著湖畔走上半哩路，每隔一段固定的距離，就會在濃霧中隱約看到這些赤楊樹枝。

啊，華爾登湖的梭魚啊！當我看到他們躺在冰上或是漁夫在冰面鑿洞注水做出來的淺井裡，總是為他們不凡的美麗感到讚嘆不已！他們像是寓言故事中才會出現的魚，在街上看不到，甚至在森林裡也看不到，在我們康科德鎮的日常生活中，對梭魚就如同對阿拉伯一樣的陌生。他們擁有一種令人炫目的絕倫之美，跟形容枯槁的鱈魚和黑線鱈相比，有天壤之別——儘管魚販常常拿著號角，在大街小巷吹噓後者的名聲。他們不像松樹那麼綠，不像岩石那麼灰，也不像天空那麼藍；但是在我眼中——如果可以這樣說的話——他們有一種更稀罕的顏色，像花朵和寶石，彷彿是珍珠，是華爾登湖水裡幻化成動物的晶核或水晶。當然，他們都是徹頭徹尾的華爾登子民，本身就是動物王國裡的小華爾登，也是華爾登教派的信徒[277]。他們會被抓到這裡來，真是讓人意外——畢竟這金黃翠綠的美麗魚兒悠遊在如此深邃廣濶的泉水裡，又遠在華爾登路底下，與轆轆的驛馬車隊和鈴聲叮噹的雪橇相去甚遠。我從未見過這種魚在市場上販售，否則一定會成為眾人矚目的焦點。他們的身子扭動了幾下，很快就放棄掙扎，一縷水底幽靈就像天不假年的凡人，化為輕煙，魂歸天國。

我渴望探究長久以來就沒有人知道的華爾登湖底，所以在一八四六年初，冰封未解之前，就小心翼翼地帶著羅盤、鐵鍊和測深索去測量探勘。關於華爾登湖的湖底——或者毋寧說是華爾登湖的深不見底——有許多傳聞，不過那些當然都是沒有根據的。人們不願意花點功夫去測量湖有多深，卻相信湖是沒有底的，而且還信了這麼久，真是了不起啊！我有一次在這附近散步，就經過了兩個這種無底湖。很多人甚至相信華爾登湖底一直穿透到地球的另外一邊呢。有些人趴在冰面上，透過水汪汪的介質往下看，或許也透過他們水汪汪的眼睛看著湖底，因為擔心胸口受寒，於是倉促地下定論說：他們看到了好幾個大洞，大到「可以將一整車的乾草都倒進去」——如果有人可以把車子趕到那裡去的話——還說那無疑就是冥河的源頭與地獄最底層的入口。有其他村子裡的人帶了五十六磅重的砝碼和整車直徑一吋的繩子，卻仍然沒有測到湖底，因為他們將砝碼晾在路邊，只用繩子垂下去，當然徒勞無功；令人驚訝的程度還真是深不可測啊！但是，我可以向讀者保證，華爾登湖確實有相當合乎常理的堅實湖底，湖的深度雖然不尋常，不過也絕非不合常理。我只用一條釣鱈魚的線和一顆大約一磅半重的石頭，就輕而易舉地測量出來；我可以精確地判斷石頭在何時離開湖底，因為石頭沉在湖底時沒有水的浮力，必須用更大的力氣才能拉得上來，一旦離開湖底，就有水流到石頭底下，有了浮力，拉起來自然輕鬆的多。我測得的最大深度正好是一百零二呎，再加上後來上漲了五呎的湖水，總共是一百零七呎。以這麼小的湖面來說，這樣的深度相當可觀，而且不管你如何想像，一吋都無法少。要是所有的湖泊都很淺，那會怎麼樣？會反映出人心的淺薄嗎？我感激造物者將華爾登湖做得既深且純，正好象徵人性；當人相信還有無限時，自然就會認為有些湖是無底的。

有位工廠老闆聽說我測到的深度，認為那不可能是真的，因為根據他對水壩的了解，這麼陡峭的坡度是無法堆積泥沙的。然而，即使是最深的湖，若是跟他們的面積相比，也不如一般人認為的那麼深，就算將水抽乾，也不會出現什麼可觀的山谷。他們不像群山環繞而成的杯子；以華爾登為例，雖然就面積而言，算是不尋常的深，可是若在湖心切出一個縱切面，看起來也不會比一個淺碟子還要更深。大部份的湖泊，若是將水抽乾，也只不過是留下一片草地，跟我們平常所見的坑洞相去不遠。威廉·吉爾賓[278]以描繪地貌風景而受人景仰，而且他的描寫通常

277 譯註：Waldenses是西元十二世紀由法國商人Peter Waldo在十二世紀創立的教派，但是被當時的羅馬教廷視為異端。

278 譯註：William Gilpin，1724-1804，英國藝術家，同時也是聖公會教士，學校校長和作家，以創作風景畫聞名。

都正確無誤；他站在蘇格蘭的法恩灣[279]頭，形容這是「一個鹹水灣，有六、七十噚[280]深，四哩寬」，長約六十哩，四周山巒環抱；他還說：「如果我們可以在大洪水爆發或是大自然創造出這裡的任何震動之後，在海水灌進來之前，看到這裡的話，那會是多麼驚人的峽谷啊！

「群山隆起，高聳陡削，
低谷凹陷，既廣且深，
好一張水的大床——」[281]

但是，我們若是拿法恩灣最短的直徑為比例，再用這樣的比例對照在華爾登湖，那麼原先在縱切面所看到的淺碟子，就還要更淺上四倍。法恩灣所謂抽乾後會更加驚人的峽谷，也不過如此而已。無疑有許多遍地都是蔓生玉米田的微笑山谷，都是占據了這些在洪水撤退之後的「驚人峽谷」，不過這需要地質學家的洞察與遠見，才能說服那些從來沒想過這一點的居民，讓他們相信這個事實。通常，只要眼光夠敏銳，就能在低矮的山巒裡看出早期湖泊留下來的湖岸，毋需後來隆起的平地遮掩他們的歷史；但是在路上工作的人都知道，雨後的水塘才是發現路上坑洞的最好方法。也就是說，只要發揮一點想像力，就可以潛得比大自然更深，飛得比大自然更高。因此，海洋再怎麼深，若是與其寬廣相比，就沒有那麼深了。

我是在冰面上測量湖深，因此遠比測量不會結冰的港灣，更能精確地測出底部的形狀，結果，華爾登湖底規律的程度，出乎我的意料之外。在湖水最深處，有好幾英畝的平地，幾乎比任何受到日曬、風吹、農耕的地面還要更平坦。在一個地方，隨便畫一條直線，連續三十杆的距離內，深度變化不會超過一呎；一般而言，在靠近湖心的地方，不管往哪個方向延伸一百呎，我都可以計算出深度變化，不會超過三或四吋。常有人說，即使是像這樣平靜沙湖，也會有又深又危險的坑洞，不過在這樣的情況下，水的作用就是填平所有不平坦的地方。湖底的形狀是如此的規律，又跟湖岸與周圍山勢如此的協調一致，因此在測量水深時，就可以推測出在遙遠的湖對岸有個突出的地岬，而且只要觀察對岸，就可以知道地岬突出的方向。岬角成了沙洲，平地成了淺灘，山溝與峽谷則成了深水與水道。

當我以十杆對一吋的比例繪製華爾登湖的地圖時，將測量到的一百多筆數據一一記錄下來，結果就發現了這個驚人的巧合。我發現標示最深湖水的數字，顯然都在地圖的中央，於是我用尺在湖最長的地方畫一條橫線，又在最寬的地方畫一條縱線，結果意外地發現最長的橫線與最長的縱線交叉的地方，正好就是湖水最深處——儘管湖底中央近乎平坦，湖的輪廓又呈不規則狀，而最長與最寬的縱橫線也都將小灣計算在內；於是我自言自語道：誰知道呢？或許這意味著即使最深的海洋，也跟湖泊和水塘一樣？這樣的規則莫非也適用於山的高度，因為山正是谷

279 譯註：Loch Fyne，位在蘇格蘭高地的最西南端，是蘇格蘭最深的海灣。

280 譯註：噚（fathom）為英制測水深的單位，一噚為六呎。

281 譯註：引文出自 William Gilpin 的《對大不列顛部份地區的觀察》（*Observations on Several Parts of Great Britain*）；他在書中引用的詩句出自密爾頓的《失樂園》。

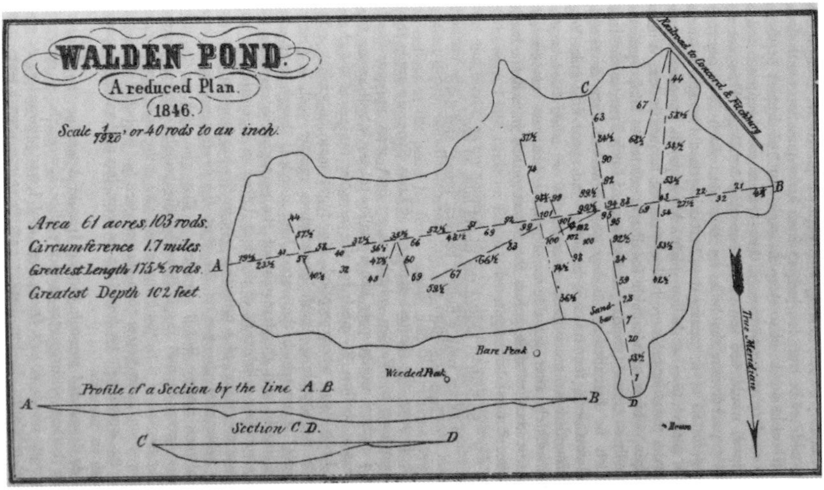

梭羅手繪華爾登湖地圖（繪於 1846 年）

的相反？我們知道山的最高峰並不在最山體狹窄的地方。

華爾登湖有五個小灣，我測量過其中三個，也發現這三個小灣都有沙洲橫亙在灣口，灣內的湖水也比較深，因此這些小灣像是湖水向內陸的延伸——不只是水平，更是垂直的延伸——形成盆地或是獨立的湖泊，而兩邊岬角的方向則指明了沙洲的走向。海岸的每一個港灣也都有沙洲橫亙在入口處。如果灣口的寬度大於港灣的長度，則沙洲的水深也會大於灣內盆地的水深，二者的比例相當；因此，只要得知港灣的長度與寬度，還有岸邊地形特性，那麼你就有足夠的資料可以推算出一個公式，而且適用於所有港灣。

根據這個經驗，我想要試試看是否能夠光憑著觀察湖面輪廓與岸邊的地形特色，就可以精確地推測出湖泊的最深處，看看誤差有多少，於是我畫了一張白湖的平面圖；白湖的面積有四十一英畝，而且跟華爾登湖一樣，湖中沒有島，也沒有明顯的進出水口。由於湖泊最寬處的那條直線與最窄處的直線十分接近——因為隔著湖水相對的兩個地岬突出，彼此靠近，成了最窄處；而相對的兩個小灣則向後退縮，成了最寬處——於是我大膽地在距離最窄直線不遠的地方畫了一個黑點，不過仍然落在湖泊最長的那條直線上，標示為湖泊的最深處。結果證實，湖水最深的地方離這個黑點不到一百呎，比我原本預測的那個方向還要再遠一點，而且水深也只比我預測的黑點多一呎，也就是說，只有六十呎。當然，如果湖底有水流經過，或是湖中有島的話，這個問題就會複雜的多了。

如果我們知道大自然的所有法則，那麼應該只需要知道一個事實，或是一個真實現象的描述，就可以推斷出關於那一點的所有特定結果。如今，我們只知道少數幾個法則，推斷的結論自然無效；不過那當然不是因為大自然造成的混淆或不規則，而是因為我們對計算方式的基本元素無知。我們對自然法則與和諧的概念，通常只局限於我們觀察得到的事例，然而，有為數更多，而且看似彼此矛盾卻實際上又同時存在的法則，都是我們尚未察覺到的，這些法則所形成的大自然和諧往往更驚人、也更奧妙。在我們眼中看到的特定法則，就如同路人眼中看到的山巒輪廓，每走一步，就覺得有些不同，於是橫看成峰側成嶺，山巒的輪廓就有了無窮的變化——儘管山的外形永遠都只有一種。就算劈了山、鑽了孔，還是無法一窺山的全貌。

我在華爾登湖觀察到的現象，也適用於人的倫理道德。這是均衡規律的法則。兩條縱橫線的規則不僅指引我們找到天體中心的太陽與人心，同時也在整體人類的特定日常行為與生活港灣內的波濤起伏之中，畫出最長與最寬的兩條直線，而兩線交叉的地方，正是他性格的最高點或最深處。或許，我們只需要知道一個人的岸邊地形與鄰近的鄉野或環境，就可以推斷出此人的深度和隱藏的湖底。如果他身旁群山環繞，岸邊地形有如阿基里斯[282]故鄉山勢般的岬角崢嶸，群峰倒影映照在他的胸懷，那麼自然可以推斷此人也有相對應的深度；如果岸邊低矮平坦，則證明此人在這方面也是同樣的淺薄。以人體來說，寬濶突出的額頭，代表此人的思想也有相對應的深度。在我們的每一個小灣入口，也都橫亙著沙洲，或是某種特定的斜坡；這些小灣都是我們短期停留的港灣，或是滯留其中，或是半受陸地圍困。這些斜坡通常都不是突如其來的，他們的形狀、大小與方向，都受到岸邊的地岬影響，而地岬則是古代地勢升高的軸線。沙洲會因為暴風、潮汐與水流，或是因為水中的沉澱物堆積而逐漸增高，最後浮出水面；起初只是岸邊的一個斜坡，像港灣一樣收容一個思想，後來才變成一個獨立的湖泊，完全與海洋隔絕，於是留在其中的思想確保了自己的地位，或許湖泊也從鹹水變成淡水，甚至變成了甜海、死海或沼澤。當每個人呱呱墜地時，難道我們不能說這也是一個沙洲在什麼地方浮出水面嗎？沒錯，我們確實是很蹩腳的領航員，所以我們的思想絕大多數時間都漂流在無港的海岸，只能在詩文港灣的外海徘徊，或是駛向公共港灣的入口，開進科學的乾船塢，只是為了適應這個世界重新改裝，並沒有自然的水流共同作用，賦予個人特色。

除了雨雪和水分蒸發之外，我並沒有發現華爾登湖有任何的出入水口；不過，或許只要有一根溫度計和一條線，就能夠找到這樣的地方，因為水流進湖泊的地方也許在夏天最涼，在冬天最暖。一八四六、四七年間，當鑿冰工人在此工作時，有一天，送到岸邊的冰塊被堆放冰塊的人退貨，因為冰塊不夠厚，無法跟其他冰塊並排堆放在一起；鑿冰工人這才發現：覆蓋在某個較小湖面上的冰塊，比其他地方的冰塊要薄了兩、三吋，因此他們認為那裡就是入水口。他們也帶我去看另外一個地方，說那裡有一個「過濾孔」，華爾登湖的水就是從那個孔洩出去，流經一座山的底下，再到附近的草地；他們還讓我站到一塊浮冰上，推我出去看。那是在水下十呎的一個小洞穴，不過我想我可以保證：除非他們能夠找到更大的漏水孔，否則華爾登湖還不需要焊接補洞。有人建議，如果真有像這樣的「過濾孔」，或許可以在洞口灑一些有顏色的

282 譯註：據說，希臘英雄 Achilles 出生在希臘東北部的山區色薩列（Thessaly）。

粉末或鋸木屑，然後再到草地的泉水口放置一個過濾器，如果能夠接到一些跟著水流過去的顆粒，就可以證明這個過濾孔與草地是相連的。

我在測量水深時，只要一陣微風吹來，十六吋厚的冰也會像水一樣隨風波動起伏。大家都知道，在冰上不能使用水平儀。儘管湖面上的冰看似與湖岸緊密相連，但是在離岸一杆的冰面上放置刻度尺，對準放在陸地上的水平儀，觀測到的最大波動卻有四分之三吋；如果到了湖心，說不定波動的幅度更大。如果我們的儀器夠精密的話，或許還可以探測到地殼的起伏呢，誰說不行？將水平儀的兩隻腳放在岸上，第三隻腳則放在冰上，再將瞄準器對準後者，那麼冰面上小到不能再小的波動，也會在隔湖對岸的一棵樹上造成幾呎的差距。我開始鑿冰測量水深時，發現在厚厚的積雪底下，冰上還有三或四吋的水，是積雪導致冰面下沉；但是在冰面上鑿了洞之後，積水立刻就從洞口流下去，形成深層水流，繼續流上兩天，消融四面八方的冰，導致湖面變得乾燥——即使不是主要原因，也是重要的推手——因為水流下去之後，冰層就往上浮了起來。這就有點像是在船底鑿洞，讓船內積水流出去一樣。當這樣的洞再次結冰，然後又下了一場雨，再經過一次冰凍之後，就在整個湖面形成新的光滑冰層，裡面有綽約黑影形成美麗的斑駁紋路，形狀有點像是蜘蛛網，你大可以稱之為冰上的玫瑰花窗，正是水從四面八方往中心洞口流去時，在冰上留下來的渠道所形成的。另外，冰面上有時候會有淺淺的水灘，我會看到兩個自己的影子，一個映照在冰上，另外一個在樹上或山坡上，兩個人影相疊，一個站在另外一個的頭上。

時序還在冰天凍地的一月，冰雪依然厚實，精打細算的酒店老闆就已經從村子裡來，到湖邊取冰，為夏日的飲料預做準備；現在才一月，甚至還穿著厚重的大衣與手套，也還有很多事情尚未準備就緒，就已經預想到七月的熱浪與乾渴，這樣的小聰明固然可悲，卻也讓人大開眼界！或許是因為他沒有囤積什麼俗世的寶物[283]，不足以冷卻他在來世的夏日飲吧。他在結凍的湖上又切又鋸，掀了魚群住家的屋頂，將魚群求生的必要元素與空氣用車子載走，還用鐵鍊與棍子牢牢綁住，像是捆在一起的木柴，穿過對他們有利的寒冷空氣，送進冰冷的地窖中，等待夏天的到來。當車子拉過街道時，遠遠望去，像是載著一塊凝固的藍天。鑿冰工人是一群快活的人，喜歡說笑打鬧；我從他們身邊經過時，他們總是邀請我站在鋸坑裡，跟他們一起拉鋸切冰。

一八四六、四七年的冬天，有一天早上，大約一百名出身極北樂土的人[284]蜂擁而至，來到我們湖邊，載了好幾車看起來醜陋不雅的工具，有雪橇、犁頭、播種的手推車、劊草刀、鏟子、鋸子、耙子等等，每個人都還配備著一根長柄雙叉棍，是《新英格農民》和《耕種人》[285]連提都沒有提過的工具。我不知道他們是來播種冬季裸麥，或是最近才從冰島引進的其他穀物；我沒看到他們載來糞肥，所以我想他們應該是跟我一樣，認為這裡的土壤夠深，又休耕得夠久，

283 譯註：典故出自聖經〈馬太福音〉第六章。
284 譯註：在希臘神話中，Hyperborean 是住在希臘極北之地的民族。在此亦指北方極寒之地。
285 譯註：*New England Farmer* 與 *Boston Cultivator* 都是當時發行的農業期刊。

因此只要利用土地本身的養分就可以了。他們說，這幕後有位紳士農夫，想要加倍賺錢——據我所知，他的財富已經有五十萬了——為了讓每一美元都可以再多賺一美元，他在隆冬中，脫掉了華爾登湖唯一的外套，啊，根本就是剝了一層皮！他們立刻開始工作，以令人讚嘆的秩序，犁、耙、滾、翻，彷彿下定決心要將此地建設為模範農場似的；但是當我仔細觀瞧，想要看看他們在溝畦裡撒的是什麼種子時，我身旁的一群人突然猛地一拉，開始將處女地的泥土本身整個挖起來，挖到地上只剩下砂子——或者說只剩下水，因為那是潮濕鬆軟的泥土——的確，把整個**堅實大地**都挖走了，用雪橇載走；我這才恍然大悟，他們一定是來挖沼澤裡的泥煤。他們從極地的某個地點，搭乘高聲尖叫的蒸氣火車，每天來來去去，在我看來，像是一群北極的雪鳥；不過，華爾登這位印地安女子有時候也會復仇。有一次，一名落隊的雇工，一不小心，從地面上的坑洞跌進地獄深淵，原本英勇無比的人，頓時變成九分之一人[286]，幾乎喪失體內的動物熱度；後來到我的小屋子裡來尋求庇護，高興的不得了，也承認爐子確實有其優點；或者有時候，凍土讓犁頭刀缺了一角，或是犁頭卡在溝畦裡，不得不砍掉。

直白地說，這一百個愛爾蘭人，在北方佬的監督之下，每天從劍橋到這裡來挖冰塊。他們切割冰塊的方法眾所皆知，毋需我再贅言；這些冰塊先用雪橇車運上岸，然後立刻拉到一個冰塊平台上，再用馬匹拉著的鐵抓鉤和滑輪車組吊掛起來堆放，像許多桶的麵粉一樣穩妥地疊在一起，一塊接著一塊，一排連著一排，彷彿形成堅固的地基，可以建造一個高聳入雲的方尖碑。他們跟我說，如果工作順利的話，一天可以挖到一千噸的冰塊，那是大約一英畝的產量。雪橇在冰上沿著相同的軌道來來回回，留下了深深的車轍與坑洞，就像是硬土路面一樣，而馬匹也總是在挖空冰塊做成的桶子裡吃燕麥。他們就這樣露天堆放冰塊，每一堆有三十五呎高，六或七杆見方，然後在外層縫隙塞乾草，阻絕空氣；因為寒風雖然空前的冷，但是只要找到縫隙吹進去，就會在冰塊融出大洞，只留下單薄的支柱，導致支撐力不足，最後就會整個倒塌。乍看之下，冰塊堆像是一座巨大的藍色城堡或是英靈殿[287]，但是當他們開始在縫隙中塞進粗糙的乾草之後，就覆蓋了一層白霜與冰柱，看似長滿青苔、年高德劭又受人尊重的廢墟，一座用天青色大理石鑄造的城堡，也是冬天這位我們在曆書上看到的老人居住的地方——他的簡陋小屋，彷彿打算跟我們一起夏眠似的。據他們估計，只有不到百分之二十五的冰塊能夠運到目的地，有百分之二、三的冰會浪費在車上。然而，在這些冰塊之中，還是有很大一部份的命運與原來的設定不同，不知道是因為沒有如預期那樣好好保存，或是冰塊裡空氣含量異乎尋常，又或者因為其他原因，總之，最後就是沒能運到市場。在一八四六、四七年挖出來，估計有一萬噸的這堆冰塊，最後終於蓋上了乾草與木板；雖然到了那年七月開箱時，有一部份已經融化，但是其他的部份終究還是重見天日，安然度過那年夏天與下一個冬天，直到一八四八年九月都還沒完全融化。因此，華爾登湖還是回收了很大一部份。

華爾登湖的冰，一如其湖水，近看時帶一點綠，遠看又是美麗的藍，與一般河流裡純白色

286 譯註：請參見前註39。
287 譯註：請參見前註。

的冰，或是四分之一哩外某些湖泊裡只有綠色的冰，截然不同。有時候，一大塊冰從鑿冰人的雪橇滑落到街上，在路邊躺了一個星期，像是一塊巨大的翡翠，吸引每一位路人的眼光。我也發現，在華爾登湖的某個部份，還沒有結冰時的水是綠色的，但是一旦結冰，即便從同一個角度望過去，通常也會變成藍色；所以，在冬天時，湖畔的坑洞有時候會積滿綠色的水，就像是湖本身的水一樣，但是隔天結凍之後，又變成藍色。或許湖水與湖冰的藍色，是水裡的光線與空氣形成的，所以最透明的水和冰，也是最藍的。冰是很有趣的主題，很適合沉思。他們跟我說，在清新湖（Fresh Pond）那裡的冰窖裡存有五年前的冰，還是完好如初。為什麼一桶水很快就腐敗，而冷凍的水卻能永保甘甜呢？大家常說，這就是感情與理智的差別。

就這樣，連著十六天，我從窗戶看著這一百人像忙碌的農夫一樣，帶著馬匹車隊，顯然還有全套的農用工具，勤奮地工作，正如我們在曆書首頁看到的圖畫一樣；可是我每次向外張望，都會聯想起雲雀與農夫的寓言故事，或是播種人這一類的寓言。如今，他們全走了，或許再過三十幾天，我從同一扇窗望出去，又能看到一整片清純如海洋鮮綠的華爾登湖水，映照著雲彩與樹木，孤獨地散發蒸氣升空，沒有任何蛛絲馬跡可以看得出來曾經有人站在那裡。或許，我會聽到孤獨的潛鳥沒入水中、梳理羽毛時的笑聲；或許，我會看到乘著一葉扁舟的漁夫，孤身一人，望著自己映在水波裡的倒影——誰能料到，就在不久之前，還有一百個人安穩地在湖上工作呢！

這樣看來，在查爾斯頓和紐奧良，在馬德拉斯、孟買與加爾各答，那些汗流浹背的居民，也與我共飲一湖水。早上起床，我在《薄伽梵歌》了不起的宇宙哲學中沐浴我的理性與心智；自從這本經典成書以來，不知經過多少天上歲月[288]，相形之下，我們的現代世界及其文學顯得渺小而微不足道；我懷疑這樣的哲學指的並非一種先前存在的狀態，因為它的崇高莊嚴遠超過我們的認知。我放下手邊的書，走到我的井邊飲水，看哪，我在那裡遇見了婆羅門的奴僕，梵天、毗濕奴與帝釋天[289]的僧侶，他仍然安坐在恆河邊的寺廟裡，閱讀《吠陀經》，或是坐在樹下，啃麵包皮，就著水罐喝水。我遇見他的奴僕到這裡來替主人打水，而我們的水桶在同一個井裡碰在一起。於是，純淨的華爾登湖水與恆河的聖水混合交融，然後順風漂流到傳說中的亞特蘭提斯[290]與赫斯珀里德斯[291]諸島，追隨漢諾[292]的航海日誌前行，漂過了特納島與提陀島[293]，漂過了波斯灣口，融入印度洋的熱帶狂風，最後在亞歷山大大帝只聽說過名字的港口上岸[294]。

288 譯註：Year of Gods 是印度教的時間周期，每一年相當於人間的三百六十年。
289 譯註：Brahma、Vishnu 和 Indra 是印度教裡的三個主要的神祇。
290 譯註：Atlantis 是傳說中在直布羅陀海峽口，沉入大西洋底的島嶼。
291 譯註：Hesperides 是希臘神話位在世界最西端盡頭的島嶼，是一個極樂天堂。
292 譯註：Hanno，詳見前註19。
293 譯註：Ternate 和 Tidore 是在菲律賓南方，位在馬六甲海的島嶼。
294 譯註：Alexander the Great，西元前 356-323 年，是古希臘馬其頓王國的國王，曾經將帝國勢力延伸至印度西北方，也傳入了希臘文化；他在那裡聽說了印度東部恆河的傳說，但是自己始終未能親臨。

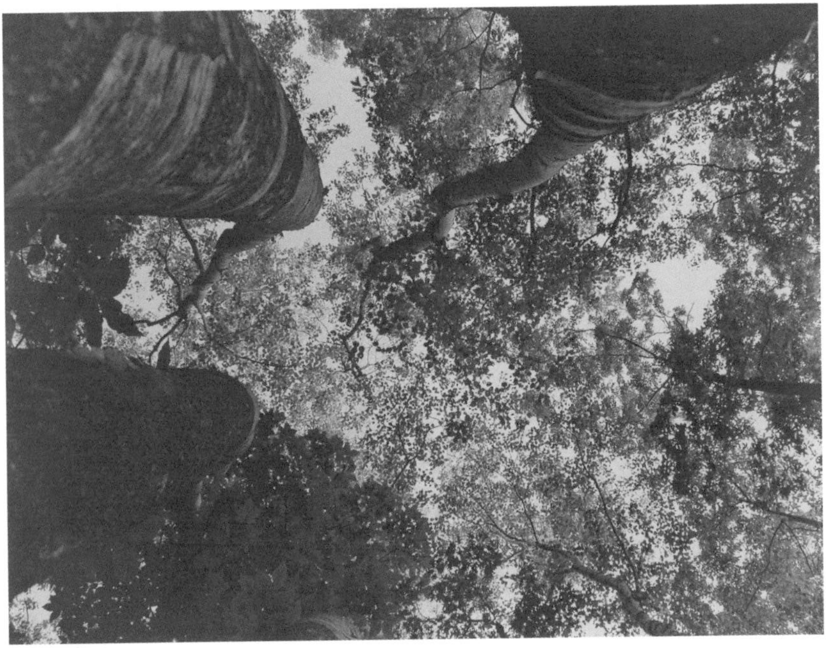

春天

鑿冰工人在湖上切開的大塊缺口，往往會導致湖泊提前解凍破冰；因為即使在寒冷的天氣裡，被風吹動的湖水還是會消融破口附近的冰層。可是那一年的華爾登湖卻沒有受到這樣的影響，因為她很快就披上了一層厚厚的新衣，取代舊衣。華爾登湖解凍的時間，永遠都不像附近的其他湖泊那麼早，一方面是因為湖水夠深，另一方面也是因為湖裡沒有暗流經過，會融化或是消蝕冰層。據我所知，華爾登湖從來不曾在冬季解凍破冰，除了在一八五二—五三年的冬季之外，那一年的冬天，對所有的湖泊來說，都是極為嚴酷的考驗。華爾登湖通常在四月一日解凍，比佛林特湖與佳港湖要晚個七到十天；而且總是從北岸一些水淺的地方開始融冰，正是最早開始結冰的地方。華爾登湖的水比這附近的任何水域都更能精確地指出季節的絕對變化，因為這座湖最不受短暫氣溫變化的影響。若是連續幾個酷寒的三月天，就非常可能會讓其他湖泊暫緩融冰的腳步，然而華爾登湖的水溫卻依然持續上昇，幾乎不曾中斷。一八四七年三月六日，我將溫度計插入華爾登湖中央，水溫是華氏三十二度，也就是冰點；靠近岸邊的水溫則是三十三度。同一天，在佛林特湖中央，水溫是三十二點五度；但是在離岸十餘杆較淺的水域，在一呎厚的冰層下，水溫則是三十六度。佛林特湖在深水區與淺水區的水溫有三點五度的差別，再加上此湖大部份區域都是相對較淺的水域，說明了它的解凍破冰為什麼會比華爾登湖早。在這個時候，最淺區域的冰層比湖心中央要薄了好幾吋；而在仲冬時節，湖心反倒是最溫暖的部份，冰層也最薄。同樣的，凡是曾經在夏天到湖邊涉水的人都知道，靠近湖岸，水深只三、四吋的地方，湖水比離岸稍遠一點的地方要溫暖；而在水較深的地方，湖面的水也比靠近湖底的水要溫暖。在春天，太陽不只是透過空氣與泥土的溫度上升來展現影響力，同時陽光也會穿透一呎甚至更厚的冰層，從淺水處的湖底反射回來，讓湖水變暖，從冰層的底部融冰；在此同時，陽光更是直接照射在冰上融冰，使冰塊變得凹凸不平，也導致冰塊中的氣泡向上下擴張，讓冰塊完全變成蜂窩狀，最後在突如其來的一場春雨中，消失無蹤。冰塊跟木頭一樣，都有紋路；當一塊冰開始消融，或者說開始「蜂巢化」，也就是開始變成蜂巢狀時，不管是處於什麼樣的位置，有氣泡的巢室始終與水平面成直角。如果湖底有石頭或木頭突起靠近水面，那麼覆蓋在那個水域的冰層就會薄的多，而且通常也會被這種反射熱融化。我曾經聽說過，有人在劍橋利用一個木造淺水池做實驗，讓池裡的水結冰，雖然池底也有冷空氣流通，所以池上、池下都冷，但是從池底反射的陽光不但足以抵消這個優勢，還綽綽有餘。當溫暖的雨水在冬季融化了華爾登湖的雪冰，在湖心留下了堅硬的深色或透明冰層時，在湖邊會有一圈大約一杆或更寬的白色冰層，雖然比較厚，但是卻很脆弱，就是這種反射熱造成的結果。還有，正如我所說的，冰塊裡的氣泡也像是燃燒的玻璃一樣，會從冰層底下融冰。

一年四季的變化現象，每天都具體而微地在湖上發生。一般而言，每天早上，較淺的水域回溫速度比深水區快，不過水溫終究還是沒有深水區那麼暖，而且每天晚上冷卻的速度也比較快，一直到天明日出為止。一天就是一年的縮影。夜晚是冬天，清晨與黃昏分別是春秋，正午則是夏天。冰塊破裂的轟隆聲響，意味著氣溫的變化。一八五〇年二月二十四日，經過一夜寒凍之後，是個宜人的早晨，我到佛林特湖去待了一整天，意外地發現當我用斧頭敲打結冰的湖面時，發出有如銅鑼的聲響，在周遭幾杆之地迴盪，又或者說，彷彿敲打在緊繃的鼓皮。在日出的一個鐘頭之後，這湖感受到陽光斜映在四周山坡上反射回來的威力，開始發出轟然巨響，聲音綿延擴散，像是剛剛睡醒之人，伸著懶腰，打著哈欠，聲音逐漸加大，可以維持三、四個鐘頭不墜；到了中午，湖泊午休小憩，直到向晚時分，當太陽威力減弱，才又再次發出巨響。天氣正常的時候，湖泊會極規律地發射傍晚禮砲。可是在日正當中時，湖泊中破裂聲四起，空氣又比較缺乏彈性，所以湖泊就完全失去共鳴，這時候，就算敲打冰面，也不致於驚嚇到魚群和麝鼠。漁夫說，「湖泊的雷鳴」把魚都給嚇跑了，根本不會上鉤。此湖也不是每天晚上都有雷鳴，我也說不準什麼時候會聽到；不過儘管我感受不到氣候的變化，湖泊卻可以。誰能料想得到，一個這麼大、這麼冷，皮又這麼厚的玩意兒，竟然會如此的敏感？然而，它有自己的規則，在應該打雷的時候，就一定發出雷鳴表示遵從，就如同蓓蕾在春天盛開一樣。有生命的大地全身都覆蓋著細小的乳突；最大的湖泊對於大氣的變化也像溫度計裡的水銀小球一樣敏感。

吸引我住到森林裡來的一個原因，就是有機會可以悠哉地看著春天的腳步接近。湖上的冰終於開始呈現蜂巢狀，走到冰上時，腳跟都可以放進去。霧氣、雨水和更溫暖的陽光，都逐漸融化積雪；我可以感覺到白天變長，也發現即使不再往柴堆上添加木柴，也能度過這個冬天，因為我不再需要生起大火堆。我密切關注著春天的第一個訊號，或許是偶然聽到一隻鳥兒飛來的啁啾聲或是花栗鼠的吱吱叫聲，因為他的存糧幾乎快要耗盡，又或許是看到土撥鼠從他們過冬的巢穴探頭出來冒險。三月十三日，我聽到藍知更鳥、北美歌雀與紅翅黑鸝的鳴叫，當時湖上的冰還有將近一呎厚。隨著天氣漸暖，湖冰並不會明顯地被湖水消融，也不會像在河流裡的冰那樣碎裂或漂流；儘管岸邊已經有半杆寬的結冰已經完全融化，但是湖心的冰卻只是變成蜂巢狀，裡面還充滿湖水，在冰層還有六吋厚的時候，你還可以把整隻腳伸進蜂巢裡；然而，或許還不到隔天晚上，在一場溫暖的雨後又來了一陣霧，那些冰就完全消失了，隨著霧氣一起神隱。有一年，我在湖冰完全消失的僅僅五天前，都還可以從湖中央走過去呢。一八四五年，華爾登湖在四月一日完全融冰；一八四六年，三月二十五日；一八四七年，四月八日；一八五一年，三月二十八日；一八五二年，四月十八日；一八五三年，三月二十三日；一八五四年，則大約是四月七日。

對我們這些住在氣候如此極端地區的人來說，凡是跟河流、湖泊破冰以及天氣穩定相關的每一件事，我們都深感關切。當天氣漸漸變暖，住在河邊的人就會在夜晚聽到冰塊破裂，發出像砲彈一樣的巨大聲響，彷彿徹頭徹尾地斬斷了冰腳鐐，幾天之內，就看到冰塊完全消失。於是，鱷魚也震天動地的從泥濘裡走出來。有位曾經密切觀察過大自然的老人家，對其中自然運作似乎瞭若指掌，彷彿大自然是在他孩提時代建造，而他也協助替她裝上龍骨似的——如今他已經長大成人，但是就算活到麥修撒拉[295]的歲數，他對大自然的學識也不會再增加多少了——然而，聽到他對大自然的任何運作還會感到驚奇，就讓我大感意外，因為我以為他們之間已經沒有任何秘密。這位老人家跟我說，在某一個春日，他拿著槍、划著船，想要去獵野鴨；當時草原尚有未融的冰，但是河裡已經完全沒有了。他住在蘇德伯里，於是從住處沿河而下，一路順暢無阻地划到了佳港湖，卻沒有想到湖上大部份的水域仍然覆蓋著像北極一樣的冰原。那一天的氣候暖和，看到還有這麼一大片的結冰未融，也讓他嚇了一跳。他沒看到野鴨，於是將小船停靠在北岸，停泊在湖中一個小島的背陽面，然後藏身在南岸的草叢裡等著他們。沿岸約三、四杆距離的湖冰已經融化，是一片平靜溫暖的水域，水底泥濘，正是野鴨喜歡的地方，所以他覺得應該不久就會有鴨子過來。他在那裡躺了大約一個鐘頭，突然聽到似乎非常遙遠的低鳴，但是又特別的雄偉動人，是他前所未聞的聲音；那聲音逐漸膨脹、擴大，彷彿漸次增強到最後會有個包含全宇宙、令人難忘的結尾，像是沉鬱的奔流怒吼，乍聽之下，讓他覺得好像是一大群鳥禽要飛到此地來的樣子，因此他緊握獵槍，倏地起身，情緒激昂，但是結果卻出乎他的意料之外，因為他看到湖裡的冰在他躺在那裡的時候，竟然全體都動了起來，漂向岸邊，而他聽

295 譯註：Methuselah 是聖經中的人物，根據〈創世紀〉記載，他活了九百六十九歲。

到的聲音正是冰塊邊緣摩擦到湖岸所致——先是小口小口地咬，一點一點地碎掉，到最後就完全隆起，讓冰塊殘骸堆積到島嶼岸邊，一直堆到相當的高度，這才靜止下來。

終於，太陽直射下來，暖風吹來了霧氣和雨水，融化了湖岸的殘雪；趕走迷霧的陽光對著黃褐與雪白相間的大地微笑，地面上的霧氣如薰香嬝嬝升空，行人小心翼翼地穿過迷霧，從此島到彼島，耳邊聽到數以千計的溪流發出潺潺樂聲，心裡感到雀躍不已；這些溪流的血管裡還流著冬天的血，正要載走冬天呢。

最讓我感到欣喜的現象，莫過於看到泥沙與黏土解凍後，從鐵路路基兩側的邊坡深溝流下來，形成各種圖案；我若是要進村子，就一定會經過這條鐵路，但是如此大規模的現象倒是並不常見，雖說自從修築了鐵路之後，在路基兩側邊坡上曝露在外的合適材料，數目一定是呈倍數增加。這些圖案的材料是各種粗細不同、顏色各異的泥沙，通常也夾雜了一些黏土。當春天開始降霜，或是冬天裡融雪的日子，泥沙就像火山熔岩一樣沿著邊坡流下來，有時候還會從以前沒看過有沙的雪堆裡迸發、溢流出來，形成無數條小小溪流，彼此交織重疊在一起，展現出一種混合的產物，一半遵循溪流的規則，一半則是植物。在流動時，它的形狀像是多汁的樹葉或蔓藤，形成一堆又一堆的爛泥漿，散開來有一呎多深，低頭望去，像是某種地衣苔蘚的菌體，呈鋸齒狀、葉片狀或疊鱗狀，不一而足；或者也會讓你聯想起珊瑚或豹爪或鳥足，想起人的大腦或肺臟或腸子，甚至各種排洩物。那真的是稀奇古怪的植物，我們在青銅器上都曾經看過模仿他們形狀與顏色的裝飾，是一種建築上的葉形裝飾，比葉板裝飾、菊苣裝飾、長春藤裝飾、蔓藤裝飾或任何植物葉片裝飾都還要更古老、更典型，或許在某些情況下，注定會成為後世地質學家的謎題。這樣的邊坡深溝讓我永生難忘，就像是將鐘乳石攤在陽光下的洞穴一樣。泥沙呈現各種深淺不一的色彩，有不同的鐵質顏色、棕色、灰色、淺黃、淡紅，顯得格外豐富又悅目。當流動的物質流到路基坡底的排水溝時，就會散開攤平成了河灘，各條溪流也失去半圓筒狀的形式，漸漸變得比較寬、比較平。它們因為比較潮濕，所以滙聚在一起，直到最後形成平坦的沙子，仍然呈現多樣繽紛的美麗色澤，從其中還是可以看出原來植物形態的痕跡；直到最後，泥沙流入水裡，變成了沙洲，就像在河口形成的那些沙洲一樣，這才完全喪失植物形態，沉入河底，變成波浪起伏的沙地。

整個鐵路路基邊坡的高度從二十呎到四十呎不等，有時候，一大片邊坡的單側或是兩側，都覆蓋著這種葉片圖案——或者說泥沙裂紋——長度綿延四分之一哩；在春季，這是一天下來的產物。這種泥沙葉片圖案之所以引人注目，是因為它來得很突然。當我看到一側的邊坡毫無動靜——因為太陽先只在一側發揮威力——而另外一側卻在短短一個鐘頭之內，就形成豐富的葉片圖案，我總是心頭為之一動，彷彿從某種特別的意義上來說，我就站在創造了這個世界與我的那位藝術家的實驗室裡，看到他仍在創作，就在這個邊坡上，以過人的精力，在四周揮灑他最新的設計。我覺得自己更接近地球的生命中樞，因為這溢流泥沙形成的葉狀物質，就跟動物的身軀一樣生機勃勃；因此，你在這些泥沙裡，就看到植物葉片的雛型。難怪地球會以葉片的形式向外展現自我，因為這也是它內在辛勤運作的意念。物質的原子早就學會了這個規律，也據以孕育出大地萬物。高懸枝頭的葉子，在此看到的是它的原型。**從內在來說**，不管在地球上或是動物體內，都是一片潮濕的厚葉片（*lobe*），這個字最適合用來形容肝臟、肺臟和脂肪的葉片（*leaves*）——希臘文的 λείβω，就是拉丁文的 labor，是勞動的意思，衍生出來的 *lapsus* 也有向下流或向下滑的涵義，如 lapsing（下沉）即源自於此；希臘文的 λοβο ，就是拉丁文的 *globus*，英文的 lobe（葉片）和 globe（地球）均源自於此；還有像 lap（衣服或馬鞍的垂吊部份）、flap（寬而扁平的垂懸物）和許多其他字也是——**從外在而言**，則是一片乾枯的薄**葉片**（*leaf*），甚至連 *f* 和 *v* 的發音都是壓扁而乾枯的 *b*。「lobe」的子音是 lb，發音是一團柔軟的 *b*（指單葉片，若是雙葉片則是 B），緊隨其後的則是流動的 *l*，推著它往前走。至於「globe」這個字，它的子音是 *glb*，加上了喉音的 *g*，增添了喉部功能的意義。鳥類的羽毛和翅膀是更乾，也更薄的葉片；同樣的道理，你也可以從泥土裡笨拙的蟲蛹，看到羽化後振翅飛翔的蝴蝶。這個地球不斷地超越、轉化自我，在自己的軌道上，長出了羽翼。就連冰，也是從精緻如水晶般的葉片開始，彷彿是水生植物的蕨葉在水汪汪的鏡面上印出模子，然後水才流入這些模具凝結成冰。一整棵樹其實也是一片葉子；河流則是較大片的葉子，葉片裡的汁液流進大地的泥土裡，鄉鎮城市則是藏在葉片與莖幹交界處的蟲卵。

太陽一下山，泥沙就停止流動；但是到了早上，泥沙流又再次重新啟動，分岔出一條又一條的支流，與其他支流滙聚成無數的泥沙流。或許你可以從這裡看到血管是如何形成的。如果你仔細觀察，就會發現融化的一整團泥沙前端形成一個水滴狀的小點，像是手指的指尖，推著軟化的泥沙前進，盲目地摸索，慢慢地向下流，直到太陽升得更高，泥沙也累積了更多的熱能與水分，終於，其中流質最多的部份就會努力遵循水往低處流的規律——這個規律，連泥沙流中最遲緩的部份都不得不遵行——最後與後者分道揚鑣，自己形成一條蜿蜒的水道或血管，變成一條銀色的小溪，像閃電一樣閃閃發亮，從一段泥沙枝葉，變成另外一段，但是卻一再地遭到沙土吞噬。泥沙在流動時會快速而完美的自我重組，利用本身提供的最好物質，在水道形成尖銳的邊緣，真是太美妙了！這正是河川的起源。河流中沉澱的矽質，或許就是骨骼系統；而較細的土壤與有機物質，就成了肌肉纖維與細胞組織。說不定，人類也只不過就是一團融化的黏土呢？人類的指尖不過就是凝結的水滴；手指與腳趾則是軀體內融化的物質向外延伸所形成的。如果活在更宜人的天堂，誰知道人體會向外延伸流動成什麼樣子呢？人類的手掌不也就是一片伸展開來的棕櫚葉嗎？還有自己的葉尖與葉脈？如果想得更天馬行空一點，不也可以將耳朵視為頭顱兩側的地衣苔蘚（*umbilicaria*）嗎？耳垂就是葉尖或水滴。嘴唇（拉丁文是 *labium*，是不是源自於 *labor*？）則是垂掛在如洞穴般的嘴巴兩側之垂懸物；鼻子是突出的水滴或鐘乳石凝結而成；下巴是從臉部流下來滙聚而成的更大水滴；臉頰是從額頭向下滑到臉部山谷的斜坡，由兩兩相對的顴骨支撐，向外突出。植物葉片的每一個圓形葉尖，無論大小，也都是厚重而緩緩流動的水滴；葉片邊緣突出的葉尖，就是它的手指；有多少分岔的葉尖，就表示有多少想要流動的方向，如果有更多的熱能或是其他更適宜的影響力，葉子就可能流得更遠。

如此說來，這一片山坡就足以說明大自然所有運作的原則。創造這個地球的造物者，也只不過取得一片葉子的專利權而已。有哪位尚皮里歐[296]能夠為我們解譯這個象形文字，讓我們終於可以翻開新「葉」呢？對我來說，這個現象比豐碩肥沃的葡萄園還要更令人振奮。誠然，泥沙在本質上確實有點像是排洩物，一堆肝、肺、腸，似乎沒完沒了，彷彿整個地球由內向外翻了過來，露出肚子裡的五臟六腑；不過，這至少表示大自然並不是沒肝沒肺，終究還是孕育人類的母親。這是從土地冒出來的霜，這就是春天，預告著綠意盎然、百花盛開的春天，就如同先有神話，才有一般的詩歌。就我所知，沒有什麼比這個更能袪瘀通氣，滌淨冬天的穢氣與消化不良了。這讓我相信，大地是一個還在襁褓中的嬰兒，仍然向四面八方舒展他稚嫩的小手。這是從最禿的額頭上生長出來的簇新捲髮，沒有什麼是無機的。這一堆堆葉狀的泥沙，躺在鐵路的路基旁，像是火爐的爐渣，顯示地球內部的「爐火正旺」。地球不只是一段死亡的歷史，不只是如同一層又一層的書頁，只有地質學家與考古學家在翻閱，而是活生生的詩篇，像是樹木的葉子，有了葉子就會開花結果——地球不是化石，而是活生生的世界；跟地球雄偉的生命中樞相比，所有動植物的生命，就像是寄生蟲一樣。地球的劇烈震動，足以將我們蛻下來的殼，從墳墓裡震出來。你可以融掉所有的金屬，盡你所能的鑄成最美麗的模具，但是這些模具也比不上這個融化掉的泥土所形成的圖案，更令我感到振奮。不只是泥沙本身，還有泥沙上的典章，都像是陶匠手中的黏土一樣，柔軟可塑。

過不了多久，不只在鐵路路基，甚至在每一座土坡，每一片平原，每一個洞窟，都有這樣的霜從大地冒出來，像是冬眠後甦醒的四腳獸從巢穴中走出來，跟著音樂走向海洋，或是遷徙到雲端更宜人的居處。融化有一種溫柔的力道，比雷神的鐵鎚還要更有力；前者融冰，後者則將冰塊擊成碎片。

當地面有一部份的積雪消融，幾天溫暖的陽光曬乾了地表，就有一些嫩芽從土裡冒出來，象徵新生的一年開始；拿這些嫩草與那些熬過嚴冬、已然枯萎的植物相比，後者有一種莊嚴之美，這樣的比較是一件賞心樂事——長生草、金桿菊、針刺草和優雅的野草，往往比夏日還要更耀眼，也更有韻味，彷彿他們的美是到了這個時候才完全成熟；還有棉花草、貓尾草、毛蕊花、聖約翰草、繡線菊、草原甜草與其他莖桿強健的植物，像是還沒有用完的穀倉，為早春的鳥兒提供糧食——這些野草至少也為寡居的大自然披上一件體面的喪服。其中最吸引我的，則是羊毛草像是捆紮起來的拱形頂部，將夏天帶進我們冬天的記憶，也是藝術喜歡摹仿的一種形狀；在植物界中，它與人類心中既定類型的關係，就如同天文學一樣。這是一種比希臘、埃及還要更古老的風格。冬天有許多現象都有一種難以言喻的溫柔與脆弱精緻，我們常常聽到人家將冬天形容為粗暴殘忍的暴君，可是他卻用情人的溫柔，妝點夏天的秀髮。

春天來臨之際，紅松鼠跑到我的屋子底下，一次來兩隻，當我坐著讀書或寫作時，就正我

296 譯註：Jean-François Champollion，1790-1832，法國歷史學家、語言學家，是第一位破解埃及象形文字結構，並且翻譯羅塞塔碑的學者，也因此成為古埃及學的創始人。

的腳底下，不停地發出最古怪的唧唧喳喳聲，像是聲音在跳芭蕾舞的迴旋，又像是在哪裡聽過的咯咯聲；如果我用力跺腳，他們只是叫得更大聲，彷彿這場瘋狂的惡作劇已經超過所有恐懼與尊重的極限，向人類挑釁，看誰敢阻止他們。喔，你不敢——唧唧——喳喳。他們對我的抗議完全充耳不聞，或是沒有察覺得這種抗議的力量，於是不可自拔地發出連珠炮似的長串謾罵。

春天的第一隻麻雀！新的一年帶著比往年更有青春活力的希望開始了！從部份積雪已退，土壤依然濕潤的田野裡，隱約傳來銀鈴般的鳥囀，是藍知更鳥、北美歌雀與紅翅黑鸝的歌聲，彷彿是冬天最後一片雪花掉落的鈴鐺叮咚！在這樣的時刻，那些歷史、年表、傳統和一切形諸文字的啟示，又算得了什麼呢？溪流對著春天高唱歡樂讚美詩歌。沼澤鷹在草原上低空飛行，已經在搜尋第一隻從冬眠中甦醒，還渾身泥濘的生命。在樹蔭下的每一個山谷，都可以聽到融雪滴水的聲音，湖裡的冰也迅速消失；山坡上的草像春天的火焰一樣，熊熊燃燒——「*et primitus oritur herba imbribus primoribus evocata*」（第一場春雨帶來一片新綠）[297]——好像大地派了內在的熱去迎接回歸的太陽，那火焰的顏色不是黃的，而是綠的——象徵永遠的青春；那青草葉片像是長長的綠緞帶，從草地湧出，流向夏天；的確，這草葉曾經受到冰霜所阻，但是不久又繼續向上生長，以底下的新生命，托舉起去年枯黃的草尖。這青草穩定地成長，就如同從地底汨汨流出的涓滴細流，幾乎可以說是與溪流一模一樣，因為每年六月，正是他們生長的季節，適逢溪流乾涸，草葉就成了他們的渠道；年復一年，牛羊都暢飲著終年常青的綠流，割草

297 譯註：引文出自瓦羅的《論農業》，請參見前註。

工人也即時割草供應冬日所需。因此，就算人類的生命死在草根土裡，仍然會從新生的綠葉中得到永生。

華爾登湖在迅速地融化。在北側與西側，有一條兩杆寬的運河；在東側則又更寬了些。一大片冰從湖的主體裂開，我聽到一隻北美歌雀在岸上樹叢裡唱著——噢哩，噢哩，噢哩——唧噗、唧噗、唧噗、嘰、喳——嘰喂、喂、喂——他也在幫著破冰呢！冰的邊緣是多麼美麗的巨大曲線啊！與湖岸曲線若合符節，但是又規則多了！因為最近一次短暫的酷寒，讓冰層變得異常堅硬，冰面覆蓋著水紋或波紋，像是宮殿的地板。但是向東吹去的風掠過它半透明的表面卻徒勞無功，一直吹到冰層後方的水面，這才吹起漣漪。看著這條湖水緞帶在陽光下熠熠生輝，真是無比壯觀，沒有冰封的湖面充滿了青春歡樂，彷彿訴說著湖中魚群與岸上沙石的喜悅——像是擬鯉（*leuciscus*）的鱗片閃爍著一條銀色的光澤，彷彿就是一條活生生的魚。這就是春天與冬天的對比。華爾登湖死過，現在又復活了。可是正如我前文所說的，這一年的春天，湖上破冰的腳步比較穩定。

從冬天的暴風雨轉為寧靜溫和的氣候，從黑暗而遲緩的時辰轉為明亮活潑，萬物都在宣告這個值得紀念的轉機，不過到最後，卻似乎是轉瞬之間的事。驀然間，光線滙聚在我的屋內，雖然黃昏已近在眼前，冬天的雲依然低垂，屋簷還滴著雨雪，但是我望向窗外，看哪！昨天湖上還有黯淡寒冷的冰，今天就已經是一片清澄平靜的湖水，就像是夏日黃昏一樣充滿了希望，懷中映照著夏日黃昏的天空，雖然抬頭還看不到這樣的天光，想必是它從遠方地平線的彼端得到什麼消息吧。我聽到遠方有隻知更鳥在唱歌，我想，這可能是好幾千年來第一次聽到這樣的聲音，就算再過好幾千年，也都讓我難以忘懷——仍是和以前一樣甜美、嘹亮的歌聲。哦，黃昏的知更鳥！在新英格蘭的某個夏日即將結束之際！但願我能找到他曾經棲息的那根樹枝！我說的就是**他**！我說的就是**那根樹枝**！至少不是什麼畫眉鳥（*Turdus migratorius*）。我屋子周圍已經萎靡許久的大王松與灌木橡樹，突然間又找回許多原本的個性，看起來更鮮亮、更翠綠，也更挺拔、更有生氣，彷彿經過一場雨徹底洗滌過，恢復了元氣。我知道再也不會下雨了。你只要看看樹林裡的任何一根小樹枝，對，只要看看自己的木柴堆，就可以知道冬天過去了沒有。當天色漸暗，一群野雁低飛掠過樹林時放聲大叫，讓我嚇了一跳，像是從南方湖泊來的疲憊旅人，姍姍來遲，終於忍不住大聲抱怨起來，也彼此安慰。我站在門口，可以聽見他們振翅拍打的聲音；他們朝著我的屋子飛來，突然看到屋內的燈光，原本喧囂的喋喋不休，頓時安靜下來，轉個圈子，在湖上落腳。於是我返回屋內，關上房門，度過了我在森林裡的第一個春天夜晚。

隔天早晨，我站在門口，透過薄霧看著野雁在五十杆外的湖中悠遊，如此的龐然、喧鬧，讓華爾登湖顯得像是供他們嬉戲的人工湖。但是當我走到湖岸，他們卻在指揮官的一聲令下，鼓動巨大的翅膀，立刻起飛，在空中編排成隊，總共二十九隻，在我頭頂盤旋一周之後，直奔加拿大而去，還不時聽到領隊每隔一段時間就固定叫喚一聲，相信他們到了比較混濁的湖泊，就可以飽餐一頓了。另外有一小群野鴨，也同時飛了起來，跟隨他們比較吵鬧的表親，往北方飛去。

一整個星期，我都在霧氣濃重的早晨，聽到一隻孤雁盤旋摸索的鏗鏘聲響；它在尋找同伴，卻也在森林裡製造巨大的聲音，彷彿林子裡住滿了人，遠超過森林可以容納的數量。到了四月，又可以看見鴿子三五成群地快速飛來，到了一定的時候，也可以聽見紫燕在我開墾的空地上啁啾，雖然以前這鎮上似乎沒有那麼多的紫燕，多到可以讓我分享，我幻想著他們是古老的特殊族類，早在白人到來之前，就已經住在這裡的空樹幹中。不管走到哪裡，烏龜與青蛙似乎永遠都是這個季節的先驅與報信使者；鳥兒歌唱飛翔，美麗的羽毛一閃即逝；植物抽芽開花，微風輕吹，矯正了地球兩極的輕微擺動，保持了大自然的平衡。

在我們眼裡，季節轉換的時候，似乎都是每一個季節裡最好的時光，因此春天來臨就像是宇宙從渾沌之中初創，體現了黃金年代[298]——

「Eurus ad Auroram, Nabathæaque regna recessit,
Persidaque, et radiis juga subdita matutinis.」

「東風退到奧羅拉與納巴辛王國[299]，
波斯人和沐浴在晨光中的山脈。

＊　＊　＊

人類誕生了。究竟是萬物的造物者，
一個更好世界的起源，以神聖的種子造了他；

抑或是地球最近才剛與高空穹蒼分割，
從系出同源的天國留下了一些種子。」[300]

一場溫柔的春雨，讓青草增添了深淺層次不同的綠；我們的前途也因為湧入更好的思想而一片光明。我們若是始終活在當下，善用發生在我們身上的任何事情，像小草一樣，領受最小的一滴露水落在他們身上的影響，不要浪費時間去彌補那些已經疏忽掉的機會，還聲稱那是我們的責任，那麼我們就會感到幸福。春天都已經來了，我們卻還流連在冬天。在一個宜人的春日清晨，人類所有的罪惡都會受到寬恕；像這樣的日子，應該與罪惡休兵。有這樣的烈日當空燃燒，連最邪惡的罪人都會幡然悔悟。透過自己失而復得的純真，我們可以分辨出鄰居的純真。昨天你看到這位鄰居，可能還認為他是小偷、酒鬼或是沉溺於情慾，對他只有憐憫與鄙視，並且對這個世界感到絕望；但是在這春天的第一個早晨，陽光如此的明亮和煦，彷彿讓整個世界重生，這時你看到他正安安靜靜地工作，看到他筋疲力竭、縱情聲色的血管因為充滿了歡樂而擴張，祝福這新的一天到來，帶著有如嬰兒般的純潔，感受春天的影響，於是你就忘了他所有

298 譯註：根據希臘神話，宇宙（Cosmo）是從無形的渾沌（Chaos）中創造出來的，隨後就是純潔、和平、幸福的黃金年代（Golden Age）。

299 譯註：納巴辛王國（Nabathæan Kingdom）位在利亞與阿拉伯之間，在西元前312-105年間為獨立王國，後為羅馬人併吞。

300 譯註：兩段引文皆出自羅馬詩人奧維德（Ovid，原名為Publius Ovidius Naso）的《變形記》（*Metamorphoses*）。

的過錯；在他身上，不但有一種善意的氛圍，甚至還有一種神聖的味道，摸索著要如何表達出來，或許有點盲目，或許最後也徒勞無功，就像是一種新生的本能，短短一個鐘頭內，向南的山坡就不再有低俗的笑話迴盪。你看到一些純潔美麗的嫩芽準備竄出多節瘤的粗糙表面，迎接另一年的新生命，就像年輕的植物一樣細嫩、新鮮。就連他也要享受主的喜悅。為什麼獄卒不打開監獄大門？為什麼法官不駁回手邊的案件？為什麼傳教士不解散他的會眾？那是因為他們不遵守上帝給他們的暗示，不接受他大方給予所有人的寬恕。

「每天清晨，在寧靜慈善的氣息中，回歸善心，影響所及，就會愛美德、恨惡行，於是人與本性就更接近一點，像是森林裡遭到砍伐的嫩芽。同樣的，人在一天之中所做的惡行，會讓才剛萌芽的善果無法發展，甚至予以摧毀。

一旦善果的發展多次遭到扼殺，夜裡的慈善氣息就不足以保存善果；一旦夜裡的氣息不足以保存善果，人的本性就變得與禽獸無異，於是大家就認為這個人本來就沒有內在的理性。難道這真的是他的本性嗎？」[301]

「黃金年代初創，世上沒有仇恨，
沒有法律，卻自然遵守誠信與公正。
沒有懲罰與恐懼，也沒有威脅字眼高鑄於黃銅之上；
訴願群眾不必害怕法官言詞，

但是也不必擔心遭到報復。
山上還沒有松樹遭到砍伐，
沿著波浪順流而下，見到異國土壤，
而人也只見過自己的海岸。

＊　＊　＊

彼處是永遠的
春天，吹著溫暖和煦的西風，
撫慰沒有種子的花朵。」[302]

四月二十九日，我在靠近九畝角橋[303]的河岸邊釣魚，站在哆嗦的青草與柳樹根上，正是麝鼠出沒之處，突然聽到一聲奇特的嘎嘎聲，有點像是孩子們拿在手上把玩敲擊的棍子，抬頭一看，卻看到一隻小巧優雅的鷹，像是夜鷹，時而像水波漣漪一樣飛騰竄起，時而向下俯衝一、

301 譯註：引文出自《孟子告子篇》，但是梭羅引用的英文翻譯與中文原文有些出入。中文原文為：「雖存乎人者，豈無仁義之心哉？其所以放其良心者，亦猶斧斤之於木也，旦旦而伐之，可以為美乎？其日夜之所息，平旦之氣，其好惡與人相近也者幾希，則其旦晝之所為，有梏亡之矣。梏之反覆，則其夜氣不足以存；夜氣不足以存，則其違禽獸不遠矣。人見其禽獸也，而以為未嘗有才焉者，是豈人之情也哉？」

302 譯註：引文出自奧維德的《變形記》。

303 譯註：Nine-Acre-Corner bridge，位在康科德鎮的西南方。

兩杆，周而復始，展現它雙翼的內側，宛如絲綢緞帶在陽光下熠熠生輝，又彷彿是貝殼裡珍珠般的內壁。這景象像我想起馴鷹術，以及這門技藝中的高貴氣質與詩意。我想，這種老鷹應該叫做灰背隼吧；但是我並不在意它叫什麼名字，那是我見過最空靈飄逸的鷹揚飛翔了。它不像蝴蝶那樣振翅，也不像大型老鷹那樣翱翔，而是帶著傲氣與自信在空中遨遊；一邊向上竄升，一邊發出奇特的嘎嘎聲，不斷地重覆著無拘無束的美麗俯衝，然後又騰空而起，像風箏一樣反覆翻騰，彷彿從未在大地落腳似的。它好像在宇宙中沒有同伴——獨自　翔——也不需要同伴，只要有清晨與穹蒼陪它遨遊就夠了。其實它並不孤單，反倒是讓底下的大地顯得孤單；孵育它的母親在哪裡？它的親人呢？它的父親又在天空的什麼地方？它住在天空，與地球的關係似乎僅限於曾經有一顆卵在某個岩縫或峭壁上孵化出來——或者它本來的家就在雲端的某個角落，用彩虹的鑲邊與日落的暮色編織而成，再以仲夏日由大地升起的霧靄襯裡？如今，它的鳥巢就在如峭壁高聳的雲端。

除此之外，我還釣到了一群罕見的魚，魚身呈現金黃、銀白和亮銅色，看起來像是一串珠寶。啊，我曾經多次在第一個春日早晨穿越草地，從一個土丘跳到另外一個土丘，從一個柳樹根跳到另外一個柳樹根，萬物沐浴在如此純淨明亮的天光，彷彿連死去的人都會被喚醒——如果他們真的如某些人設想的那樣，只是在墳墓中沉睡而已。這就是生命的不朽！不需要更多、更有力的證明。天地萬物都應該生活在這樣的天光裡。噢，死神啊，你的毒針何在？噢，墳墓啊，你的勝利又何在？[304]

若是少了周圍這些未經開發的森林與草地，我們的村莊生活會是何等的沉悶啊！我們需要荒野的滋補——偶爾涉水走過鷺鷥與秧雞藏身的沼澤，聽聽田鷸的叫聲，聞一聞沙沙作響的莎草，只有一些更野生、更孤獨的鳥禽會在這裡作巢，水貂則是肚皮貼近地面爬行。在我們認真探索並學習一切的同時，也要求一切都保持神祕與原始，要求大地與海洋永保蠻荒，不受我們的開發與探測，因為它們是無從探測的。我們對於大自然，永遠都嫌不夠；我們必須看到那永無止境的生機、廣袤巨大的身影、船隻殘骸擱淺的海岸、森林裡有生氣蓬勃也有枯萎的樹、雷電交加的雲、連下三個星期導致洪水爆發的大雨，才會感到神清氣爽。我們必須目睹自己的極限被突破，看到生物在我們從未涉足的地方自由自在地放牧。當我們看到禿鷹啄食讓我們感到噁心與不悅的腐肉，並從這樣的餐食中獲得健康與力量，自然會感到歡欣鼓舞。在通往我家的小徑路邊有個坑洞，裡面有一隻死馬，有時讓我不得不繞道而行，尤其是在空氣凝重的夜晚；不過這反而讓我確信大自然有強大的胃口以及神聖不可侵犯的健康，讓我感到心安，也是我得到的補償。我喜歡看到大自然如此的生氣蓬勃，有無數的生命可以為了彼此犧牲，願意互為獵物；柔軟的有機體可以如此平靜地被壓成像肉泥般的生命——被蒼鷺狼吞虎嚥的蝌蚪，在路上遭到輾斃的烏龜與蟾蜍；有時候是如此的腥風血雨！這樣的意外是如此容易發生，我們必須學會不要太在意。在睿智的人看來，這只是表現出宇宙的純真；毒藥終究未必有毒，受傷也不是永遠都會致命。同情與憐憫是非常不牢靠的立場，總是轉瞬即逝，這樣的訴求無法成為常規。

304 譯註：語出聖經〈哥多林前書〉第十五章第五十五節。

五月初，橡樹、山胡桃、楓樹和其他樹木從湖邊的松樹林中冒出芽來，像陽光一樣為地貌增添一絲光亮，尤其是在陰天，彷彿太陽穿透迷霧，隱約照射在山坡上的各個地方。到了五月三日或四日，我在湖裡看到潛鳥；在五月的第一個星期，聽到北美夜鷹、棕色鶇鳥、斑鶇、山鷸、紅眼鳥和其他鳥類的歌聲。更早之前，我就聽到畫眉的聲音；燕雀也早就再次現身，在我門窗前探頭探腦，看看我的屋子有沒有適合築巢的洞穴。她在探勘屋子時，拍著翅膀發出嗡嗡聲響，鳥爪緊緊抓著，彷彿抓著空氣保持平衡。大王松有如硫磺般的花粉很快就鋪滿了湖面以及沿岸的石頭與腐木，隨便一撿，就可以採集到一整桶。我們聽說這叫做「硫磺雨」。即使在迦梨陀娑的劇作《沙恭達羅》[305]中，我們也讀到「蓮花的金黃沙塵染黃了小溪」。於是，當人信步走過的青草愈來愈高，時令就慢慢走進夏天。

我在森林裡第一年的生活也就結束了；第二年的生活跟第一年相去不遠。最後，我在一八四七年九月六日離開了華爾登湖。

305 譯註：Calidas，又稱為 Kalidasa，是西元五世紀的梵文詩人與劇作家；《沙恭達羅》（*Sacontala*）是他的主要劇作之一。

結語

醫生明智地建議病人換個地方養病，呼吸新鮮空氣，看看不同的風景。謝天謝地，世界並不僅局限在這裡。七葉樹不長在新英格蘭，這裡也很少聽到反舌鳥的叫聲；野雁比我們更周遊四海，他們在加拿大吃早餐，到俄亥俄州吃午餐，到了晚上，又到南方的河口港灣梳理羽毛，準備過夜。就連野牛，也在某種程度上會跟隨季節的腳步，原本只在科羅拉多州吃草，直到黃石河畔的草長得更青翠、更甜美，就會遷徙過去。然而，我們卻認為，一旦拆掉了農莊的木頭圍籬，砌上石牆，就對我們的生活設下了界限，我們的命運也就此底定。如果你獲選擔任市鎮公職，當然今年夏天就不能去火地島；然而，你卻可以去地獄，體驗煉獄之火。這個宇宙比我們視線看得到的範圍還要更廣濶。

我們應該更常去我們這艘船的船尾，像個好奇的旅客一樣，望向船尾欄杆以外的地方，而不要效法愚蠢的水手，把人生的旅程拿來搓麻繩。地球的另一邊，不過也就是與我們相對應的人家；我們的旅途不過就是繞著大圓航線繞一圈，而醫生的處方也只能治治皮膚病罷了。有人匆匆忙忙地趕到南非去追逐長頸鹿，但是這不該是他的追求。請問，一個人捕獵長頸鹿能維持多久時間呢？去捕田鷸和丘鷸，也可能是少見的狩獵活動；但是我相信人若能捕獲真正的自己，那才是更高貴的狩獵——

「將你的目光轉向內在，你會發現
心靈有一千個地區
尚未被人發現。去遊覽這些地方，
做個自我小宇宙的專家。」[306]

非洲——或者說西部——代表什麼呢？我們自己的內心，在地圖上，不也是一片空白嗎？雖然等到發現之後，可能會證明內在跟海岸一樣的黑。我們可會在這個大陸上發現尼羅河、尼日河、密西西比河或是西北水道[307]的源頭？這些會是人類最關切的問題嗎？佛蘭克林[308]豈是唯一走失，而他太太急著想要找的人？難道格林奈爾先生[309]知道自己身在何方嗎？在你自己的溪流與大海中，最好還是做個蒙哥．派克[310]、路易斯與克拉克[311]、佛洛比夏[312]比較好吧。去探索自己內心最高的緯度——必要時，帶上一船的罐頭肉，免得自己餓肚子，然後將空罐頭疊得像天一樣高，做為一種象徵[313]。發明罐頭肉只是為了保存肉類嗎？其實不然。效法哥倫布，去發掘你內心的新大陸吧；去開發新的航道，不是為了貨物交易，而是為了思想交流。每一個人都是一片領土的主人，相形之下，俄國沙皇的俗世領土不過是蕞爾小國，像是留在冰上的小冰丘。然而，有些人卻有強烈的愛國心，他們缺乏自重，為了小的犧牲大的；他們鍾愛可以為他們砌墳墓的泥土，但是對可以賦予黏土生命的靈魂，卻不理不睬。愛國主義像是腦袋裡的蛆。所謂的「南海探險遠征軍」[314]又有什麼意義呢？搞了這麼大的陣仗，花了這麼多錢，結果只是間接證明了一個事實：在道德與精神世界，還有那麼多連他自己都尚未發現的大陸與海洋，每一個人在其中都是一條地峽或海灣，不過駕著政府的船隻，帶著五百名人手與童工來協助一個人，航行數千哩，穿越酷寒、暴風與食人族，還是要比獨自一人探索生命的大西洋與太平洋裡私人

306 譯註：出自英國詩人 William Habbington（1605-1664）的詩作〈To My Honoured Friend Sir Ed. P. Knight〉。

307 譯註：North-West Passage 位在北美洲的北極地區，是一條連通太平洋與大西洋的航道。

308 譯註：指 Sir John Franklin，1786-1847，英國探險家，1847 年在尋找西北水道的航行中失蹤，但是他的遺骸卻一直到 1859 年才被人尋獲。

309 譯註：Henry Grinnell，1799-1874，美國紐約商人，曾經在 1850 年和 1853 年兩度出資贊助搜尋 John Franklin 遺骸的航行。

310 譯註：Mungo Park，1771-1806，蘇格蘭探險家，曾經在非洲溯源，找到尼日河的源頭。

311 譯註：Meriwether Lewis（1774-1809）與 William Clarke（1770-1838），美國探險家，曾經率領探險隊找到通往太平洋的陸地路線。

312 譯註：Martin Frobisher，1535-1594，英國航海家、探險家，曾經三度探險，想要找到西北水道。

313 譯註：美國探險家 Elisha Kent Kane（1822-1857）找到 John Franklin 的冬季營地時，發現裡面有六百多個用來保存醃肉的空罐頭。

314 譯註：美國海軍上尉 Charles Wilkes（1798-1877）在 1838-1842 年間率領「南海探險遠征軍」（South-Sea Exploring Expedition），去探索南太平洋與南極海域。

海域，要容易的多——

「Erret, et extremos alter scrutetur Iberos.
Plus habet hic vitæ, plus habet ille viæ.」

「讓他們去漂流和探勘異國的澳大利亞人，
我心中有更多的神，而他們卻只看到路。」[315]

繞了大半個地球去桑吉巴[316]數貓，那也太不值得了。但是在你還沒找到更值得做的事情之前，姑且先這樣做也無妨，或許你會找到「席姆斯的地心洞」[317]，並且終於從這個洞走進地球內部。英格蘭與法蘭西、西班牙與葡萄牙、黃金海岸與奴隸海岸[318]，都是這片私人海域的前沿，從這裡啟航無疑會直達印度，但是沒有船隻冒險出海，航行到看不到陸地的地方。即使你已學會了世界各種語言，熟悉各國的風俗習慣；即使你走得比所有的旅人更遠，適應了各種氣候與風土，甚至讓斯芬克斯一頭撞死在石頭上[319]，你還是得遵循古老哲學家的箴言，好好的「探索自己」[320]。這裡需要用到眼睛與勇氣，只有敗戰將軍與逃兵才會上戰場，只有懦夫才會逃跑去從軍；現在就展開這段向最遠西部出發的旅程吧，這段旅程不會停在密西西比河或太平洋，也不會去到遙遠古老的中國或日本，而是一往直前，像是通往這個地球的一條切線，無論冬夏，也不分晝夜，日昇日落，直到地球隕落為止。

據說，米拉波伯爵[321]曾經在公路上攔路搶劫，藉以「確認個人需要多大的決心才能與最神聖的社會法律正式對立」；他聲稱，「士兵在部隊中打仗所需要的勇氣，還不到徒步打劫的一半」——「榮譽和宗教都無法攔阻思慮周密又堅定不移的決心」。世人會說，這就是男子氣概；但是這種作法就算還稱不上是情急拼命，至少也是無濟於事。一個心智比較正常的人，只要服從更神聖的法則，就足以經常發現自己與所謂「最神聖的社會法律」處於「正式對立」面，並且可以藉此測試自己的決心，根本不需要刻意去攔路打劫。一個人不需要以這種對立的態度去

---

315 譯註：引文出自羅馬詩人 Claudian（370-404）的〈維洛納的老人〉（*De Sene Veronensi*），不過梭羅在他的譯文中將原本的 Iberians（指住在現今西班牙與葡萄牙一帶的人）改成了澳大利亞人，代表遙遠的地方，讓讀者感覺比較親近。

316 譯註：Zanzibar 是位在非洲東岸的小島。梭羅是在 Charles Pickering（1805-1878）寫的《人類種族》（*The Races of Man*）讀到桑吉巴島。

317 譯註：John Cleves Symmes，1779-1829，美國陸軍軍官、商人與講師，曾經提出「地球空洞論」，認為地球是中空的，而且裡面可以住人。他從 1811 年起一直到他過世，都在籌措資金，想要組成探險隊去地底探險，證明他的理論。

318 譯註：Gold Coast 和 Slave Coast 都是指非洲西部幾內亞灣的北岸，在十六到十八世紀之間，是黃金和奴隸的主要來源地。

319 譯註：在希臘神話中，Sphinx 是一隻長了翅膀的怪物，有婦人的頭與胸，卻有獅子的身體和爪子，任何人若是猜不出她的謎題，就會被她吃掉；後來伊底帕斯（Oedipus）解開了這個謎題，她就一頭撞在石頭上，自盡而亡。

320 譯註：許多希臘哲學家都說過這句名言「Gnothi se auton」（即 know yourself，了解自己），包括蘇格拉底（西元前 469-399）。

321 譯註：Honoré Riqueti, Comte de Mirabeau，1749-1791，法國大革命時期重要的政治家、作家、演說家。

面對社會，而是藉由服從生命的法則，保持原來應有的態度，就不會與公正的政府產生對立——如果真能碰到這種政府的話。

我離開森林，跟我走入森林一樣，都有很好的理由。或許，是我認為我還有好幾種生活要過，因此無法在這個生活上花費更多的時間。令人訝異的是，我們竟然會這麼容易而且是不知不覺地陷入固定的生活模式，讓自己走一條熟悉習慣的路。我在林子裡生活還不到一個星期，我的雙腳就已經走出一條從屋子到湖邊的小徑；雖然現在已經有五、六年不曾再走過這條路，但是小徑依然清晰。當然，我也擔心別人可能會習慣走這條路，因此有助於保持小徑暢通。大地的表面柔軟，很容易印上人類的腳步；心路歷程的路徑也是一樣。如此說來，這世界上的道路一定被人踩得破損不堪，積滿塵土，而同樣的，傳統與服從也在我們的心路上留下深深的車轍！我不想只留在船艙走道裡，寧可走到桅杆前，留在世界的甲板上，因為在那裡，我才能最清楚地看到一輪明月高懸山巔。現在，我更不想走到甲板底下了。

我從實驗中至少學會：如果一個人朝著自己夢想的方向自信地邁開大步前進，努力過著他想像的生活，那麼他就會在尋常的時光中，獲得意想不到的成功；他會拋棄一些事情，跨越看不見的界線；在他內心與身邊，會開始建立一些嶄新的、更具有普遍性、也更開放的法則；又或者是擴充一些舊的法則，以一種更開放的角度，對他更有利的方式來詮釋；於是他就能夠以生命中最高的秩序來過日子。他的生活愈簡單，宇宙的法則就會以同等的比例減少其複雜性，於是孤獨不再是孤獨，貧窮不再是貧窮，而脆弱也不再是脆弱。如果你在空中搭建城堡，那麼你的工作成果就不會消失，因為城堡本來就應該在那裡。現在，讓我們開始打地基吧。

英格蘭和美國都要求你說話要讓他們聽得懂，這也太荒謬了。人跟蕈菇都不是這樣長大的。彷彿這有多重要似的；彷彿少了他們，這世界上就沒有什麼東西可以理解你；彷彿大自然只支援一種理解體系，聽得懂走獸就聽不懂飛禽，聽得懂地上爬的、就聽不懂天上飛的，好像牛隻能夠理解的吆喝呼叱，就是最好的英語；彷彿只有愚蠢才是最安全。其實我還更擔心自己的表達不夠「過—份」，惟恐我的語言無法超越日常生活經驗的狹隘侷限，不足以闡明我深信不移的真理。所謂的「過—份」，其實取決於你侷限的範圍。遷徙到另外一個緯度去尋求新鮮牧草的水牛，就不如在擠牛乳時踢翻水桶、躍過牛舍欄杆去追逐小牛的同類過份。有時候，我還希望自己說話過份一點呢，就像一個人在覺醒時刻對著其他也在覺醒時刻的人說話那樣，因為我深信在為闡明真理打基礎時，再怎麼樣誇大的表達都不算過份。聽過一段音樂的人，難道就會擔心自己從此說話過份了嗎？考量到未來及各種可能，我們的生活在表面上應該過得隨性一點，不要太僵化，從側面看過去的輪廓也有一點模糊朦朧，就像我們的影子面對太陽時冒出不易被察覺到的汗珠。我們語言中變化莫測的真理，不斷暴露出尚未說出口的陳述之不足；這些真理一說出口，就立刻被迻譯詮釋，只有字面上的形式像紀念碑一樣留下來。表達我們信仰與虔誠的文字是不受限定的，然而對崇高的天性來說，卻是像乳香一樣雋永馨香。

我們為什麼要向下看齊，總是屈就於最魯鈍的知覺，還奉為常識呢？最常之識就是讓人的知覺沉睡，還用鼾聲大作來表達。有時候，我們會將難得聰明一次的人跟愚笨的人混為一談，因為他們的聰明只有三分之一值得評價。有些人難得起個大早，就挑朝霞的毛病。「他們聲稱，」我曾經聽說，「卡比爾[322]的詩有四重意義：幻境、精神、理智與《吠陀經》的通俗教義。」然而，在世界的這個地方，如果一個人寫出來的文字有不只一種的解讀方式，就會受到指責。英格蘭致力於治療馬鈴薯的腐爛病，為什麼不花一點功夫治療大腦的腐爛病呢？後者的病情蔓延得更廣，而且更可能會要人命。

我想我自己也尚未達到那種朦朧隱晦的境界，不過在我寫的這本書裡，若是找不出比華爾登湖冰裡更多致命缺陷的話，我就可以感到自豪了。南方的顧客拒絕了藍色的華爾登湖冰——其實那是純淨的證明，卻被視為泥濘——反而喜歡吃起來有野草味的白色劍橋冰塊。人們喜愛的純潔就像包圍地球的迷霧，而不像地球之外的蔚藍蒼穹。

有些人一天到晚在我們耳邊嘮叨著說，我們美國人——還有一般的現代人——跟古人甚至伊莉莎白時代的人相比，就像是知性的侏儒。可是光這樣說有什麼用呢？一條活著的狗也比一頭死獅子要好吧。難道一個人只因為屬於矮人一族，無法成為最大的侏儒，就該去上吊自殺了嗎？且讓我們努力做好自己天賦該做的事，不要去管別人的閒事吧。

我們為什麼要如此迫不及待地追求成功？而且是在如此迫不及待的事業之中？一個人若是跟不上同伴的步伐，或許是因為他聽到不一樣的鼓聲。就讓他跟著耳朵裡聽到的音樂前進吧，不管那是什麼樣的節奏，又或者是多麼的遙遠。他是不是像蘋果樹或橡樹那麼快成熟，並不重要。難道他可以把春天變成夏天嗎？如果造就我們的時機尚未成熟，有其他的現實可以取代嗎？

我們不要擱淺在虛幻的現實裡，何不努力在我們的頭頂搭建一片藍色玻璃天空？不過等完工之後，我們一定會抬頭凝望真正的飄緲蒼穹，彷彿那片玻璃並不存在似的。

在庫魯城[323]裡有位藝術家，天性追求完美；有一天，他想要製作一根木杖。但是考慮到不完美的作品往往是因為時間的因素，而完美的作品總是不將時間列為考量，於是他對自己說，他要做一根在各方面都臻至完美的木杖，就算這輩子什麼其他事情都不做，也在所不惜。他立刻啟程到森林裡尋找木材，下定決心絕對不用不適當的材料來製作木杖，所以他不斷地尋找，不斷地丟棄一根又一根不合用的木材，他的朋友慢慢地離開他，因為他們在工作中漸漸老去、死亡，但是他卻一點也沒有變老。他的專注與決心，還有崇高虔誠的信仰，讓他在不知不覺中永保青春。他不跟時間妥協，所以時間無法阻攔他，只能遠遠地站在一旁嘆氣，因為時間征服不了他。等他終於找到在各方面都合適的木材，庫魯城已經變成了一座古城廢墟，他只好坐在傾圮的石堆中削木材；等他將木材削出了適當的形狀，坎達哈王朝[324]就已經滅亡了，他用削尖的木材，在沙地寫下這個種族最後一個人的名字，然後又繼續工作；等到他將木杖擦亮磨光，劫數[325]就已經不再是極星了；當他在杖身與杖頭裝飾上寶石之前，梵天已經多次睡了又醒，醒

322 譯註：Kabir 是十五世紀的印度神秘主義詩人，一生熱愛和平，並致力於印度教與伊斯蘭教的融合。這段引文出自法國學者 Garcin de Tassy（1794-1878）的《*History of Hindu Literature*》（1839）。

323 譯註：隱射印度教經典《薄伽梵歌》裡提到的庫魯王國（Kooroo），不過一般公認這個寓言是梭羅自己編造的。

324 譯註：Candahars，隱射坎達哈城（Kandhar），在 1748-1773 年間，曾經是阿富汗的首都。

325 譯註：Kalpa，又譯為劫波或劫簸，也簡稱為劫，是印度教與佛教宇宙觀中計算時間的單位，一個劫數就是世界由生至滅的時間，大約是人間的 43.2 億年，又稱為一個梵天（Brahma）。

了又睡[326]。可是我為什麼要說這個故事呢？因為當他終於完成了最後一道工序，這根木杖突然在藝術家的眼前膨脹，成了梵天所有的造物中，最美麗的作品，讓他看得目瞪口呆。他在製作木杖時，也創造了一個新的體系，一個比例完美、恰到好處的全新世界；在這個世界裡，雖然舊的城市與朝代消失，但是更美好也更光輝的城市與朝代又起而代之。如今，他低頭看著腳邊那堆依然新鮮的木屑碎片，對他和他的作品來說，先前流逝的光陰不過只是幻影，真正流逝的時間，只有梵天腦中的一個火花墜落，點燃凡人腦中火種所需的時間。材料是純潔的，他的藝術就會純潔；這樣做出來的結果，怎麼會不美妙呢？

不管我們賦予事物什麼門面，最終對我們有益的，還是只有真理；只有真理才能持久。我們大部份的人都不在自己應屬的位置，而是在虛妄的位置。因為我們天性脆弱，因此設想出一種情況，讓自己陷入這樣的情況，於是就同時身處兩種情況之中，要從中脫身，更是難上加難。在腦筋清醒時，我們只需注意事實，也就是真實的情況。說你必需要說的話，而不是別人認為你應該說的話。任何真相都比偽裝要好。補鍋匠湯姆．海德站在絞刑台上時，被問到還有什麼話要說。「告訴裁縫師，」他說，「在縫第一針之前，記得在他們的線上打個結。」他的諄諄禱告總是被人遺忘。

無論你的生活是多麼的卑微，面對它，好好的活著，不要迴避，也不要惡言相向。生活還沒有你那麼壞呢。當生活看似最貧窮時，其實你最富有。吹毛求疵的人，即使到了天國，還是

326 譯註：梵天的晝夜同長，均為 43.2 億年，所以一個梵天的晝夜就是 86.4 億年。

會挑毛病。無論生活多困苦，都要熱愛你的生活。就算生活在窮苦人家，也還是可能會有歡喜、激動和光輝的時刻。夕陽餘暉映照在濟貧院的窗上，也跟映照在富豪宅邸一樣明亮燦爛，門前的積雪也同樣會在早春融化。君不見：心靈寧靜的人，即使住在那裡，也像是住在宮殿裡一樣心滿意足，也同樣擁有愉悅的思緒。在我看來，鎮上的窮人常常都活得比任何人更獨立，或許光是他們可以問心無愧地接受濟助，就已經夠偉大了吧。大部份的人認為自己不屑靠著城鎮的救濟過活，就是高人一等；但是實際上，他們以不誠實的手段維持生活，非但不是高人一等，甚至還要更不堪聞問。培育貧窮，就如同那是花園裡的香草，像是聖賢草[327]。不必費心去找新事物，不論是新衣服或是新朋友；翻翻舊的吧，回到他們身邊。事物不會改變，會改變的是我們自己。賣掉你的衣服，但是要保留你的思想。上帝會照顧你，讓你不需要社會。如果我像一隻蜘蛛一樣，終日坐困閣樓，但是只要我還保有我的思想，這個世界對我來說，就還是一樣大。哲人曾說：「三軍可奪帥也，匹夫不可奪志也。」[328]不要急著追求成長，讓自己屈從於各種影響，反而成了玩物；這些都是無謂的浪費。卑賤就如同黑暗一樣，會透露出天國之光；貧窮卑賤的陰影圍繞著我們，但是「看哪！造物在我們的眼前展開。」[329]我們要經常提醒自己，即使擁有了克羅伊蘇[330]的財富，仍然要維持相同的目標和基本上相同的手段。此外，如果你受限於貧窮，比方說，如果你買不起書本和報紙，你也只不過是受限於最有意義也最重要的經驗之中，不得不跟那些能夠產生最多糖份、最多澱粉的物質打交道。愈是刻骨，就愈甜美。你也因此免於浪費時光在瑣碎的事物上。一個人能在高處保持寬宏大度，就不會在低處有所損失。過多的財富只會買來多餘的東西；心靈之所需，不必花錢去買。

我住在一道鉛牆的角落，牆內的成份之中，注入一點鑄造銅鐘金屬的合金；我經常在午休時，聽到牆外傳來雜亂的叮噹聲響，是與我同一時代的人製造出來的喧鬧聲。我的鄰居跟我說起他們跟一些著名紳士淑女之間的奇遇，談起在餐桌上見過什麼名人顯要，可是我對這些事情，跟對《每日時報》的內容一樣，都是興趣缺缺。他們的興趣與談話內容，都圍繞著時裝和禮儀打轉；但是不管你怎麼樣費心打扮，鵝終究還是鵝。他們跟我說起加利福尼亞與德克薩斯，說起英格蘭與印度群島，說起喬治亞或麻薩諸塞的某某先生，全都是過眼雲煙，轉瞬即逝的現象——直到我幾乎要跟馬木路克老爺[331]一樣，從他們的庭院裡跳牆，逃之夭夭為止。我寧願欣喜地來到自己的方位，也不願大搖大擺地走在華麗的遊行隊伍裡，更不願活在引人矚目的位置上，而是——如果可以的話——和宇宙的造物主同行；我不想生活在這個片刻不得安寧、神經質、擾擾攘攘、又瑣碎淺薄的十九世紀，反倒寧願或坐或站地沉思，任由這個時代走過。人們

327 譯註：梭羅在此用了一個雙關語 sage，有聖賢的意思，也有鼠尾草的意思。

328 譯註：出自《論語，子罕第九》，大意是說：「你可以奪去一國軍隊的主帥，卻不能強迫男子漢改變他的志向。」

329 譯註：出自英國詩人 Joseph Blanco White（1775-1841）的十四行詩〈夜與死〉（Night and Death）。原文為「看哪！造物在人的眼前展開。」梭羅的引文有些變異。

330 譯註：Croesus 是大約西元前六世紀，位在小亞細亞西部的利底亞王國（Lydia）末代國王，擁有無盡財富，因此他的名字就成了富豪的同義詞。

331 譯註：Mameluke 是埃及軍隊的一個階級，1811 年遭到當時的埃及總督穆罕默德・阿里下令屠殺，據說其中一名軍官跳牆逃跑，才免於一死。Bey 是一種尊稱，有「老爺」、「首領」的含意。

到底在慶祝什麼？他們全都是某某籌備委員會的一員，每個鐘頭都期望有人站起來致詞。上帝只是那一天的主席，韋伯斯特[332]是他的演說家。對那些強烈且應該要吸引我的事物，我願意考慮、接受，並受其牽引——不會故意拉扯天平，試圖減輕其重量——我不會設想一個虛構的情況，而是接受現實的情況；我會走在我唯一可以走的道路上，在這條路上，沒有任何力量可以阻止我。我不會在還沒有打好堅實的基礎之前，就開始搭建拱門，還沾沾自喜；我們還是不要玩踩踏薄冰的遊戲吧！到處都有結實的底部支撐。我們都讀過這個故事：路人問男孩說，他眼前的沼澤有沒有堅實的底，那男孩答道說有，但是路人的馬才一踩進去，就往下沉，一直淹到了馬肚；路人說：「我以為你說這個泥塘的底很堅實。」「是很堅實啊，」那男孩答道，「但是你還沒有走到一半呢。」社會的泥塘與流沙也是如此，但是只有老手才能深諳箇中三昧。只有在某些特定且罕見的巧合中，所思、所說、所做的事情才是好的。我不願糊里糊塗地光是在板條與灰泥牆上釘釘子，那會讓我徹夜不得安枕；給我一把鐵鎚吧，讓我摸到下釘的襯板，不要只靠牆上的灰泥，一鎚定音，把釘子釘到底，牢牢地釘好，這樣你在半夜醒來，想到自己的工作，才會感到心滿意足——這樣的工作才能請繆思女神來看，而不會感到汗顏。願上帝幫助你，也只有這樣，上帝才會幫助你。每一根釘進去的釘子，都必須像是在宇宙這個大機器上的另外一根鉚釘一樣，這才是沿續前人的工作。

我不要愛情，不要金錢，也不要名聲，只要給我真理。我曾經坐上盛宴的餐桌，滿桌豐富的佳餚美酒，熱情的招呼款待，卻少了真誠與真理；離開如此冷淡的餐桌，我依然饑腸轆轆。

這樣的款待像冰一樣的冷，想必，不用冰塊也可以冷凍了。他們跟我談到佳釀的年份、葡萄的名氣，但是我卻只想到一種更古老、更新穎、也更純潔的酒，那是用更光輝的葡萄釀出來的美酒，是他們不曾收穫、也買不到的酒。那樣的風格——那樣的豪邸、房產和「娛興」——對我來說，猶若無物。我去拜訪國王，他卻讓我在大廳等候，這樣的作為像是一個沒有能力款待賓客的人。在我住處附近，有個住在樹洞裡的人，他的態度才真的叫做有王者風範；我去拜訪他，可能還會更好一點呢。

我們還要在門廊枯坐，忍受這種無聊陳腐的陋習多久？這些陋習讓所有的工作都變得不切實際，彷彿一個人的一天要從漫長的痛苦開始，白天雇工人替他鋤馬鈴薯，到了下午又抱持著預設的善意，去實踐基督徒的溫順與慈悲！想想中國的自大[333]和人類那種顢頇的自滿吧！這一代的人，有一點自以為是名門世系的最後一代而感到沾沾自喜；在波士頓、倫敦、巴黎和羅馬，思及歷史悠久的血統，談到在藝術、科學和文學上的進展，就不免洋洋得意起來。他們還有「哲學學會」的刊物和公開悼念偉人的頌詞。這如同善良的亞當沉緬在自己的美德之中。「是的，我們成就了偉業，唱了聖歌，這將永垂不朽。」——也就是說，在我們還記得的時候，永垂不朽。想想亞述帝國[334]的博學社團與偉人，如今安在？相形之下，我們是多麼年輕的哲學家與實驗家

332 譯註：Daniel Wesbster 是麻薩諸塞州的參議員，著名的演說家。請參見前註。
333 譯註：在梭羅的年代，一般都認為中國當時的大清帝國自鳴得意又自大自滿。
334 譯註：Assyria 是位在西亞兩河流域的古老帝國，統治期間大約在西元前 2500-605 年之間。

啊！我的讀者之中，還沒有哪一個已經過完了人的一生；以人類的生命來說，現在還只是春天呢！如果我們在康科德現在就已經有七年之癢[335]，那可還沒見識過十七年之蟬[336]呢。對於我們居住的這個地球，我們熟悉的還只是皮毛而已。大部份的人都不曾潛入地表六呎以下，也沒有跳到地表六呎以上；我們連自己在哪裡都搞不清楚。更何況，我們有將近一半的時間都在沉睡。然而，我們卻自以為聰明，以為自己在這個世界上建立了秩序。沒錯，我們的思想深沉，我們有野心勃勃的冒險精神！我站著俯看昆蟲在森林地面的松針之間爬行，努力地想要掩藏自己，不讓我看見，不免捫心自問：它為什麼會有如此謙卑的想法，要把自己的頭藏起來，不讓我這個可能帶給它恩惠的人看見呢？說不定我可以為它整個種族帶來什麼歡欣鼓舞的消息。於是，我又想到那個可以帶來更大恩惠、更大智慧的造物者，高高地站在我這個人類螻蟻之上。

新奇的事物源源不絕地流入這個世界，然而我們卻甘於容忍令人難以想像的陳腐舊習。我只需點出在大部份所謂最開明的國家都還在聆聽什麼樣的佈道，就可見一斑。佈道裡有喜悅、哀傷這樣的字眼，不過卻只是讚美詩裡的包袱，帶著濃重的鼻音唱出來，可是我們相信的仍然是凡俗與卑微。我們以為只能換掉外在的衣服而已。他們說不列顛帝國非常強大且值得尊敬，說美國是一流的強國，但是我們卻不相信在每一個人背後都有起伏漲落的潮汐，只要我們願意在心裡懷抱這樣的潮汐，就可以讓不列顛帝國像木片一樣地漂浮起來。誰知道下一個從土裡鑽

335 譯註：指疥瘡，一種由蝨子引起的傳染病，會造成皮膚極度搔癢。

336 譯註：蟬的幼蟲在土裡生活十七年才破土而出，故名之。1843年，梭羅在史泰登島（Staten Island）上看過這種蟬，但是在康科德並沒有。

出來的，會是什麼樣的十七年之蟬呢？在我生活的這個世界上的政府，可不像不列顛一樣，可以在晚飯後喝酒閒聊之間就建構出來。

我們的內在生活就像是河流裡的水，可能今年會漲到人類從來不曾見過的高度，淹沒焦枯的高地；甚至今年也可能會是多事之秋的年頭，讓所有的麝鼠全都淹死。我們居住的土地也並非永遠都是乾的；我在離湖岸很遠的內陸，也看過古老河川流過的遺跡，那是早在科學記錄洪水氾濫之前的事。每個人都曾經聽說過這個在新英格蘭流傳甚廣的故事：有隻強壯、美麗的甲蟲，從蘋果樹做成的舊餐桌裡一片乾燥的面板裡鑽出來；那張桌子已經在農夫家的廚房裡擺了六十年，先在康乃狄克，後來搬到麻薩諸塞——許多年前，當那棵樹還活著的時候，這顆蟲卵就已經在樹裡了，這一點從蟲卵外的樹木年輪就可以看得出來；或許是茶壺的熱度孵化了蟲卵，有好幾個星期都聽到它在啃噬木頭，最後從裡面鑽了出來。聽了這樣的故事，誰不會對重生與不朽的信仰更深信不移？誰知道呢？當社會這個枯死的木頭還是一棵青翠又生氣蓬勃的樹木時，有一顆蟲卵埋進了樹皮底下，隨著樹木成長，用一圈又一圈的年輪，經年累月地將它深埋在樹幹裡，後來這棵樹逐漸變成了一個類似風乾的墳墓，誰知道這顆蟲卵會孵化成什麼樣美麗又有雙翼的生命？——或許，哪一天，有一家人圍坐在這塊木板享受盛宴時，驚愕地聽到它多年來在裡面啃噬木頭，突然從這個社會最微不足道而且是第一次使用的家具中鑽出來，終於能夠享受完美的夏日人生！

我不敢說隨便哪個張三李四都能理解這些事情，然而，光是時光流逝並不足以保證黎明的到來，這正是明日的特質。讓我們目眩的光，對我們來說，猶如黑暗。只有在我們清醒時，才會看到黎明曙光。還有更多的黎明曙光等著我們。太陽只不過是一顆晨星。

梭羅人物年表

1817　7 月 12 日生於麻薩諸塞州的康科德鎮，父為約翰 ・ 梭羅；母為辛西婭 ・ 梭羅。

1828-33　康科德專校。

1833-37　哈佛大學。

1837　在公立康科德中央中學擔任教員。

1838-41　與哥哥約翰共同管理康科德的一所私立學校。

1839　與哥哥划船共遊康科德與梅里馬克河。

1840　詩與散文發表於《日晷》。

1841-43　住到愛默生位於康科德的家中。

1842　哥哥約翰突然死於破傷風。出版〈麻薩諸塞州自然史〉。

1843　出版〈步向瓦修賽特〉與〈冬日的散步〉；於紐約州的史塔騰擔任愛默生子女的家教。

1844　與愛德華 ・ 霍爾在康科德不慎引起森林火災。

1845-47　居住在華爾登湖畔的小木屋裡。

1846　到緬因州森林旅行；因拒絕付人頭稅，入獄一夜。

1847-48　在愛默生赴英講學時期，住在愛默生家。

1848　開始專業演講者的生涯；出版〈克特登與緬因森林〉。

1849　出版《在康科德和梅里馬克河上的一周時光》與發表〈論公民的抗爭〉；到鱈角旅行；姊姊海倫死於結核病。

1850　到鱈角與加拿大魁北克旅行。

1853　到緬因森林旅行；發表部分的〈加拿大的美國北方佬〉。

1854　出版《湖濱散記》；發表〈麻薩諸塞州的奴隸制度〉。

1855　發表部分〈鱈角〉；到鱈角旅行。

1856　赴紐澤西州珀恩安博尹附近的伊戈伍德社區

調查。

5～6月在日記中討論森林樹木的演替。

11月：與《紐約論壇周報》編輯格里利（Horace Greeley）討論植物的自然發生。

1857 到鱈角與緬因州森林旅行；發表〈奇松庫克〉。

1858 到新罕什布爾州的白山旅行。

1859 父親約翰過世；發表〈為約翰・布朗上校請願〉。

1860 1月1日：與友人討論達爾文的《物種源始》。

2月：研讀並摘錄《物種源始》。

9月20日：在米鐸薩克司農學會以「森林樹木的演替」為題演講。

10月8日：在《紐約論壇周報》發表〈森林樹木的演替〉。

10月至11月：幾乎每日走訪當地林區；撰寫許多札記形式的短文，後來成為結集〈種子的傳播』的材料；鋪陳延伸〈森林樹木的演替」一文，並收入〈種子的傳播〉中。

12月：開始撰寫《野果》。

12月3日：研究樹木生長時，罹患了重感冒，惡化為支氣管炎，無法起身外出。

12月11日：最後一次演講「秋季色調」（在康乃狄克州的瓦特博里）。

12月30日：回格里利12月13日的信，談論植物的自然發生。

1861 1至2月：繼續撰寫《野果》。

2月2日：在《紐約論壇周報》上刊登12月30日寫給格里利的信，否決植物自然發生的可能性。

3月至5月初：撰寫〈種子的傳播〉。

5月12到7月14日：為回復身體健康，與曼恩同遊明尼蘇達州。

1862 整理早年的講稿與文章以便出版，似乎對死期已有預感。

5月6日逝於麻薩諸塞州康科德鎮。

湖濱散記【當代經典《華爾登湖》全新中譯本】

關於簡樸、獨立、自由與靈性，梭羅獻給我們這個世代的心靈筆記

Walden, or Life in the Woods

作　　者　亨利·大衛·梭羅 Henry David Thoreau
譯　　者　劉泗翰
封面設計　莊謹銘
內頁排版　高巧怡
行銷企劃　蕭浩仰、江紫涓
行銷統籌　駱漢琦
業務發行　邱紹溢
果力總編輯　蔣慧仙
總 編 輯　李亞南
出　　版　果力文化／漫遊者文化事業股份有限公司
地　　址　台北市103大同區重慶北路二段88號2樓之6
電　　話　(02) 2715-2022
傳　　真　(02) 2715-2021
服務信箱　service@azothbooks.com
網路書店　www.azothbooks.com
果力臉書　www.facebook.com/revealbooks
漫遊者臉書　www.facebook.com/azothbooks.read
發　　行　大雁出版基地
地　　址　新北市231新店區北新路三段207-3號5樓
電　　話　(02) 8913-1005
訂單傳真　(02) 8913-1056
初版一刷　2020年10月
初版四刷(2)　2024年5月
定　　價　380元

ISBN　978-986-97590-6-9

Walden, or Life in the Woods. Written by Henry David Thoreau, 1854. The Project Gutenberg EBook of Walden. (www.gutenberg.org)

國家圖書館出版品預行編目 (CIP) 資料

湖濱散記：關於簡樸、獨立、自由與靈性，梭羅獻給我們這個世代的心靈筆記(當代經典《華爾登湖》全新中譯本) / 亨利・大衛・梭羅（Henry David Thoreau）著；劉泗翰譯. -- 初版. -- 臺北市：果力文化, 2020.10
384 面；15x21 公分
譯自：Walden, or Life in the Woods.
ISBN 978-986-97590-6-9(平裝)
874.6　　　　109014612

特別感謝 Christina Katopodis, THE WALDEN SOUNDSCAPE. (https://thewaldensoundscape.com/)